大唐悬疑录2

璇玑图密码

唐 隐 作品

江苏人民出版社

关于《璇玑图》的典故和历史事实

　　相传，前秦将军窦滔新结识了一位能歌善舞的女子，纳为妾后，百般宠爱。窦滔的妻子苏蕙为挽回丈夫心意，将840字诗文进行了绝妙的编排，用五色丝线绣成八寸见方的锦缎，无论正读、反读、纵横反复都可以解读出一首诗。窦滔看后回心转意，两人又恩爱如初。

　　这便是《璇玑图》故事的源头，虽然当时已传为美谈，但还远没有流传千古的影响力。真正使《璇玑图》风行天下的，是300多年后的女皇武则天。

　　武则天十分喜爱《璇玑图》，亲自作序《织锦回文记》，不仅称赞苏蕙的才华，也为她坚守真爱，凭借智慧从"小三"身边夺回丈夫的行为叫好。

　　有女皇帝的推崇，又有才女争取爱情的动人故事背景，再加上《璇玑图》本身奇巧绝伦，因而引来文人雅客历时千年的品赏和追捧。

　　据典籍记载，与《璇玑图》有关的名人有百位之多，其中梁元帝、李白、黄庭坚、朱淑真等都曾歌咏过苏蕙。关汉卿还曾作《苏氏织锦回文》杂剧。清代李汝珍的小说《镜花缘》中辑录了《璇玑图》和武则天的序文，令《璇玑图》更广泛地流传开来。

　　解读《璇玑图》中的回文诗，成为历代文人的风尚，甚至成为一种比拼才华和智力的竞技。武则天着意推求，得诗二百余首。宋代高僧起宗，将其分解为十图，得诗3752首。明代学者康万民，苦研一生得诗4206首。当前统计，可组诗7958首。

附：武则天《织锦回文记》全文

前秦苻坚时，秦州刺史扶风窦滔妻苏氏，陈留令武功道质第三女也。名蕙，字若兰。识知精明，仪容秀丽；谦默自守，不求显扬。行年十六，归于窦氏，滔甚敬之。然苏性近于急，颇伤嫉妒。

滔字连波，右将军子真之孙，朗之第二子也。风神秀伟，该通经史，允文允武，时论高之。苻坚委以心膂之任，备历显职，皆有政闻。迁秦州刺史，以忤旨谪戍敦煌。会坚寇晋，襄阳虑有危逼，藉滔才略，乃拜安南将军，留镇襄阳焉。

初，滔有宠姬赵阳台，歌舞之妙，无出其右，滔置之别所。苏氏知之，求而获焉，苦加捶辱，滔深以为憾。阳台又专形苏氏之短，谮毁交至，滔益忿焉。苏氏时年二十一。及滔将镇襄阳，邀其同往，苏氏忿之，不与偕行。滔遂携阳台之任，断其音问。

苏氏悔恨自伤，因织锦回文。五彩相宣，莹心耀目；纵横八寸，题诗二百余首，计八百余言，纵横反覆，皆成章句。其文点画无阙，才情之妙，超今迈古，名曰《璇玑图》，然读者不能尽通。苏氏笑而谓人曰：徘徊宛转，自成文章，非我佳人，莫之能解。遂发苍头，赍致襄阳焉。滔省览锦字，感其妙绝，因送阳台之关中，而具车徒盛礼，邀迎苏氏，归于汉南，恩好愈重。

苏氏著文词五千余言，属隋季丧乱，文字散落，追求不获，而锦字回文盛见传写。是近代闺怨之宗，旨属文士，咸龟镜焉。朕听政之暇，留心坟典、散帙之次，偶见斯图。因述若兰之才，复美连波之悔过，遂制此记，聊以示将来也。如意元年五月一日，大周天册金轮皇帝御制。

《璇玑图密码》人物表

- **裴玄静**：本书女主角，女神探，女道士。大唐宰相裴度的侄女，唐朝著名诗人李贺的未婚妻。中国古代神仙传记《续仙传》中记载"五云盘旋，仙女奏乐，白凤载玄静升天，向西北而去"，是古代传说中著名的女仙人之一。

- **崔淼**：本书男主角，以江湖郎中的身份示人，行事神秘，具有多重背景，与大唐皇家有着隐秘渊源。

- **李纯**：唐宪宗，唐朝第十一位皇帝。在位期间成功削藩，巩固了中央集权，实现"元和中兴"，是唐朝中后期历史评价最高的君主。元和十五年(公元820年)，被宦官陈弘志杀害，享年四十三岁，在位十五年。

- **段成式**：唐代小说家，所著《酉阳杂俎》为志怪小说之鼻祖。武元衡的外孙，博闻强记，在诗坛与李商隐、温庭筠齐名。

- **聂隐娘**：魏博藩镇大将聂锋之女，身怀绝技，是中国古代最著名的女刺客。

- **韩湘**：唐代文学家韩愈的侄孙，传说中的八仙之一，世人多称其为"韩湘子"。

- **宋家五姐妹**：唐代著名诗人宋庭芬的五女，名若华、若仙、若茵、若昭、若伦。皆以文才著称，德宗时期入宫，称为内学士。其中宋若华所著《女论语》流传后世。

● **杜秋娘**：唐代歌妓，尤以一首《金缕衣》流传后世，其中"好花堪折直须折，莫待花落空折枝"为千古名句，受到唐宪宗的宠幸，封为秋妃。离开大明宫后，六十多岁时遇大诗人杜牧，杜牧曾写诗感叹。

● **白居易**：唐代诗人，字乐天。与元稹共同倡导新乐府运动。《长恨歌》和《琵琶行》都是唐诗中的瑰丽名篇，对后世影响深远。

● **李贺（长吉）**：唐代诗人，字长吉，裴玄静未婚夫。有"诗鬼"之称，与"诗仙"李白、"诗圣"杜甫、"诗佛"王维齐名。与李白、李商隐并称为"唐代三李"。终生郁郁不得志，27岁即英年早逝。

● **裴度**：唐代四朝宰相，文学家，裴玄静叔父。继武元衡之后辅助唐宪宗李纯削藩，平定淮西，功业卓著。

● **吐突承璀**：神策军中尉，唐宪宗最宠信的宦官，心机颇重，权势极大。

● **郭念云**：唐宪宗的贵妃，唐朝大将郭子仪的孙女。因郭家背景显赫而遭到唐宪宗的忌惮，终生不肯册封其为后。

● **李忠言**：唐顺宗最信任的内侍，顺宗死后成为其丰陵的守陵人。

● **陈弘志**：唐宪宗的贴身内侍，后亲手弑杀唐宪宗。

● **禾娘**：王义的女儿，女刺客聂隐娘的徒弟。

● **李素**：波斯人，唐宪宗的司天台监。

● **李弥**：诗人李贺的弟弟，智力低下，但记忆力惊人。

● **段文昌**：唐朝宰相，段成式的父亲。

● **武肖珂**：武元衡之女，段成式的母亲。

● **李忱**：唐宣宗，唐宪宗李纯的第十三子，早年被视为智力低下，后经宦官拥立为皇帝，在位期间唐朝社会繁荣安定，史称"大中之治"。李忱也被百姓尊称为"小太宗"。

● **郭鏦**：郭子仪孙，升平公主和郭暧之子。娶顺宗之女汉阳公主李畅为妻，为极受恩宠之贵戚。

● **郑琼娥**：唐宣宗李忱的生母，原为叛臣李琦之妾，后成为郭贵妃的侍婢，受唐宪宗临幸生下李忱。唐宣宗登基后，郑氏被尊为皇太后。

目 录

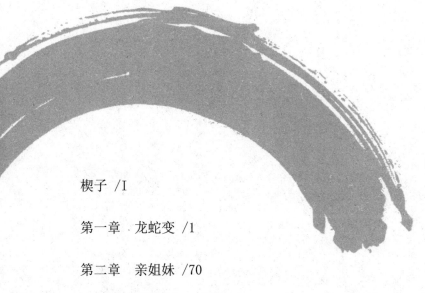

楔 子

　　她知道，那些人随时都会冲进来。

　　她的听觉从未如此敏锐，听得见周遭一切细微的声响：长生殿外朔风猎猎、松枝被积雪压得吱嘎作响、殿内即将燃尽的烛芯发出的毕啵声，以及她自己越来越疾速的心跳，还有……龙榻之上起伏不定的呼吸——病中的女皇正在承受噩梦的煎熬吗？

　　"婉儿……"

　　上官婉儿全身一凛，绣针扎进食指。她顾不上疼，将锦帕和针线往身边一抛，便像只猫一般飞快又轻盈地移到榻边，跪伏在女皇的面前。

　　太多年了，她就是以这种姿态活下来的，已经成为本能。

　　"大家要什么？"

　　武则天轻哼："五郎……六郎……"

　　"他们正在迎仙宫中，为大家祈祷平安。"上官婉儿不敢抬头，却感到一只枯干的手抚上自己的面颊，从鬓边缓缓移到眉心。她不得不扬起脸来。

　　武则天的双目半开半合："你在做什么？"

　　"我……我在刺绣……"

"刺绣？不应该啊。婉儿的手是为朕拟写诏书的，怎么可以拿起针线来呢？"

上官婉儿无言以对。

武则天的手指仍然按在她额头的梅花上，轻轻叹了口气："这花子还是在你脸上最美。"

上官婉儿的视线模糊了。她这一生中所有的光鲜和美丽，都是用屈辱和鲜血换来的。对此，除了她自己，就只有女皇最了解。从这点来说，眼前的老妇既是婉儿的主宰和倚靠，更是她唯一的知己。

"婉儿，你为什么如此紧张？"

上官婉儿的心里咯噔一下。女皇的目光像利剑般直刺过来，就在她避无可避的刹那间，殿门被人猛地推开了！

寒风卷着杂沓的脚步声、刀剑的碰撞声和宫女的惊呼声一起拥进来。

血从殿门口一路淋漓地滴过来。然后，上官婉儿才看清羽林卫将军李多祚提在手中的两颗人头。

五郎。六郎。

曾经号称媲美神仙的无上俊秀，已经成了两团不堪入目的血污。

上官婉儿瘫倒在御榻之前。她的慌乱、悲戚，乃至兔死狐悲的绝望都是那么真实。

而被女婿王同皎半推半扶上前的太子李显，看上去甚至比婉儿更委顿。当女皇凌厉地发问"是谁要谋反？"时，这位太子殿下吓得脸色铁青，连一个字都说不出来。

宰相张柬之答："张易之、张昌宗谋反，臣等奉太子之令杀之，拥兵入宫，罪当万死！"

武则天却望着太子："显，原来是你。"

李显语不成句："儿子……臣……不是……是他们……"

武则天的目光中只有嘲弄，她摇了摇头，平静地说："小子既诛，你还东宫去吧。"

"是。"李显抬腿要走。

群臣大惊，连上官婉儿都慌了，下意识地把刚绣的锦帕捏紧在手心里。

司刑少卿桓彦范拦住李显，大喝："太子不能回去！当年天皇将爱子托付给陛下，而今太子早已成年，居东宫多年，天意人心，均盼国之神器早归李氏。我等不忘太宗、天皇之德，奉太子命诛杀贼臣。愿陛下传位太子，以顺天人之望！"

群臣一同跪下："请陛下传位太子！"

武则天环视众人，缓缓指向其中之一："李湛，你也参加了诛杀易之和昌宗吗？朕对你们父子不薄，想不到也有今天。"李湛羞愧无言。女皇又转向检校太子右庶子崔玄暐："那些人都是宰相推举的，唯有你是朕亲手提拔，竟然也在此列？"

崔玄暐硬着头皮回答："臣正为报陛下之大德！"

上官婉儿胆战心惊地倾听着这些对答。她突然意识到，今日这场策划已久的政变并不能终结残杀。恰恰相反，等在他们所有人面前的，将是更加凄厉难测的命运。

冷汗浸透了她的全身。难道活下去就真的这么难？

武则天终于缓缓躺下，闭上了眼睛。

上官婉儿不易察觉地向众人点了点头。已然魂飞魄散的太子李显在王同皎的搀扶下，踉跄退出。

长生殿内恢复寂静。

上官婉儿又等待片刻，才悄悄凑上去观察武则天的脸。几缕白发粘在皱纹密布的额上，她看起来多么衰老、憔悴，和任何一个行将就木的老妇人没有区别。

所以这一次，女皇是确凿无疑地失败了。

但是婉儿明白，女皇并不是败给那些冲进殿来逼宫的臣子们，更不是败给那个现在肯定还在瑟瑟发抖的太子。她只是败给了广大辽阔的时间而已。

光阴面前，孰能无败？

那么从今往后，没有了女皇武则天的上官婉儿，又会怎么样呢？

想起李显虚弱的步伐，上官婉儿也不禁叹了口气。天下终究还是要交到这个懦弱无能的人手中吗？不过对于婉儿来说，这还算是个令人欣慰的消息。二十多年过去了，李显对她的眷恋一如当初。而她，必须、也只能凭借这点质朴的情感生存下去。

从十四岁时第一次走出掖庭，直到今天，上官婉儿仍然是一株依附于权力阴影之下的藤蔓，顽强而瑟缩地活着，每一天都过得如履薄冰，战战兢兢。

"婉儿，"武则天微微睁开眼睛，"你还在这儿？"

"是，我在。"

"怎么不去找显？"

上官婉儿哽咽住了。

"显是个好人……今后，你就跟着他吧。"

上官婉儿摇了摇头，泪水无声地落下来。

武则天凝神端详了她一会儿，突然问："你方才在绣什么？"

婉儿一震，"是……《璇玑图》。绣、绣着玩的。"

"《璇玑图》……就是朕写过序的《璇玑图》吗？记得，是好多年前的事了吧……"武则天喃喃，"婉儿，拿来给朕看看。"

上官婉儿颤抖着双手，将沾满汗水的绢帕捧到武则天的眼前。武则天微蔑双目，默默地看了很久，很久。

就在上官婉儿行将崩溃之时，武则天抬手，指了指帕子的中央，低声道："这里脏了。"

帕心确有一小片殷红，正是婉儿刚刚刺破手指的血迹。

武则天长长地叹息一声，重新合上眼睛。

从那天起，女皇就几乎不再说话了。每天只是卧于榻上，即使醒来也缄默无语。

三天后，李显在通天宫里第二次即位。女皇被尊为太上皇，移居上阳宫。上官婉儿依旧陪在她的身旁。女皇的退位诏书和李显的即位诏书，均出自婉儿之手。拟写这两份诏书时，上官婉儿十分平静。毕竟在十五年前，也是她为女皇撰写了登基诏书。

盛衰变迁，有时候比人们想象的更加迅疾，而且无可挽回。

放下写诏书的笔，上官婉儿又拾起针线，继续绣那幅锦帕。

五彩斑斓的《璇玑图》终于绣成了。最后，她在锦帕中心染血的地方，用红色的丝线绣了一个"心"字。

一如多年之前，她将梅花贴在眉心的伤口处一样，这一次，上官婉儿又把自己的血装点成了独树一帜的美。

正是凭借着这份智慧，她才能够在权力斗争的血雨腥风中存活下来。

随后，上官婉儿命人偷偷将《璇玑图》锦帕送给了新皇帝。

十一个月后，女皇悄然驾崩于神都上阳宫仙居殿。第二年正月，皇帝李显扶母亲灵柩回到长安。根据武则天的遗旨，死后去帝号，以则天皇后的身份与高宗李治合葬乾陵。

刚刚回到长安，李显便迫不及待地将神龙政变的五位干将——张柬之、崔玄暐、袁恕己、敬晖、桓彦范全部贬杀。得到消息时，上官婉儿回味着自己在政变当时的预感，犹自后怕。所幸，她已经为自己的未来做足了准备。

她并没有等待太久。

景龙元年，皇帝李显封上官婉儿为昭容，位列九嫔之尊。这一年，上官婉儿正满四十岁。

一幅沾血的《璇玑图》，为上官婉儿开启了崭新的人生。然而可悲的是，新生活仅仅持续了短暂的五年。景龙四年七月，在又一轮宫廷政变中，上官婉儿被李隆基诛杀于旗下。

从灭门惨祸中幸存下来的上官婉儿，最终还是孤零零地死去了。一代才女，无亲无后，如落花一般寂寞地飘逝。然而，她在世间留下了自己的印迹。除了才华耀眼的诗文和诏书之外，她的梅花妆早就是大唐女子的时髦。而中央有个红"心"的《璇玑图》，也渐渐流入民间，成了深受喜爱的闺阁游戏，一代又一代地流传下去。

同样流传下去的，还有隐藏在《璇玑图》中能够改变女性命运的神秘力量……

第一章
龙蛇变

1

大唐元和十年末，一向平静的广州南海区域，突然船难频发。

渔船十发九亡，基本上有去无回。只有极少数的生还者在获救后，用极度恐惧的口吻带给大家一条消息：海里面出现了一条恶龙！

据说，这条蛟龙身形硕大无朋，见头不见尾。平时潜伏在大海深处，每当有船只靠近之时，便突然掀起冲天巨浪，将船只打翻。龙尾长达数丈，挟带着海水扫过来，如同一面直达天际的水墙压下，根本躲无可躲。那蛟龙的口中还能喷出烈焰，水火交加，再无船只能够抵挡，几乎都在顷刻间便粉身碎骨。

而船上的人们，在水与火并举的攻击之下，绝大多数落水之前就已经死了。他们的断肢残臂散发出的血腥气，又引来食人鱼群簇拥。食人鱼疯狂吞噬人们的躯体，不分死活。

与此同时，那恶龙腾身半空，一边嚎叫，一边俯瞰海面上的死亡"盛宴"，仿佛在欣赏自己的杰作。直至整片海面都被鲜血染红……

广州刺史得到报告，先后派遣了数支水军船队，出海"剿龙"。

然而这些水军在出发之后，就全部消失得无影无踪。

几天过去，人们发现波涛把一些奇形怪状的东西推上海岸，是无数尸体的残块、毛发缠绕的头颅，还有破裂的船板和桅杆，乃至刀剑等武器的碎片。从破衣烂衫中尚能辨认出水军的记号……这些遗骸载沉载浮，将宁静的海岸装点成了地狱的模样。

几次三番之后，广州刺史再也不敢承担责任，只得放弃"剿龙"。

到了元和十一年的元月，本该是最繁忙的冬季捕鱼期，整个南海的海面上却连一条船的影子都看不见。

这一夜。

死寂的南海，就像一个无垠的大坟场。

没有一丝风，海里的月影毫无瑕疵，看起来比空中的那轮明月本身更大更圆更亮。也没有一片云，海天交接处的天际线光滑圆润，像梦境一样清晰。

可是快看，居然有三艘船缓缓驶过来，驶入了这场迷梦！

什么人如此大胆，不要命了吗？

三艘船的船身都不大也不宽，看上去既老旧又简陋。甲板上并未配载武器装备，连捕鱼的器具也一概全无。行驶在最前面的那艘船稍微齐整些，狭窄的桅杆上挑着面旗子，看起来像是主船。因为海面无风，旗子蔫蔫地下垂着，但从色彩和形状还是能辨别出来，那是一面倭国旗。

那么说，这几艘船是驶往倭国的。

难怪船上水手的装束也有些奇怪，面貌类似唐人，讲起话来却叽哩呱啦的。

莫非这些倭国人没有听说蛟龙之事，所以才敢闯入这片死亡海域？但更有可能的是，思乡心切的他们甘愿冒被恶龙夺命的风险，也要驾船返乡。须知每年只有这段时间，从大唐往倭国的海路上风浪平缓，可以比较安全地行船，错过了就必须等待来年。如果在其他季节贸然启航的话，海上的风浪随时能导致船毁人亡。相较之下，恶龙倒未必是最可怕的。

也许只有回家的冲动，才能支撑人们闯向龙潭虎穴。

月光静静地洒下，为三艘小船照出一片清明的远方。微风拂过，旗子悄悄地鼓荡起来……

突然！

就在小船的正前方，平整如镜的海面赫然裂开。船身剧烈摇摆，船上的人们猝不及防，纷纷倒在甲板上。还没等他们反应过来，就见一条巨大的蛟龙从翻滚的波涛间腾空而起！它离得是那么近，月光映在龙身的鳞片上，灼灼银光洒落，直耀得人眼花缭乱。

伴随着巨龙的舞动，海水如倾盆大雨般倾泻下来。船身左右倾斜，人就跟着从这一头滚到那一头。海水从头顶和侧面不断地泼溅进来，船体几乎瞬间没入汪洋。虽然船只很快又顽强地钻出水面，但是那么小的三艘船，又能坚持多久呢？

蛟龙似乎也看出了猎物的孱弱，所以根本没有使出力气，而是优哉游哉地逗弄小船，就像猫儿戏耍老鼠一般，慢慢地折磨这些送上门来的牺牲品。船上的倭人们已吓得肝胆俱裂，只能拼尽最后一口气垂死挣扎。

可是即便如此，船也眼看要倾覆了。就在千钧一发之际，主船之上，倭人们中的为首者攀上桅杆，奋力将顶端的旗子展开，用唐语大喊道："请鲛人！"

原来，这面旗子竟是有里外两层的。外面的倭国旗被扯落之后，从里层赫然露出一面五彩斑斓的锦旗，恰似一段绚丽的彩虹在夜空中升起。

刹那间，连蛟龙仿佛都愣了愣神。

海面上突现片刻宁静。紧接着，不远处波浪四分，海水推着黑色的泡沫高高涌起，托出一个人形。只见"她"浑身上下披着透明的羽翼，随海浪飒飒飘荡，更有一头绿色的长发迎风摇曳，下身竟是一条长长的鱼尾起伏于波涛之间。

船上的人们喜出望外地惊呼起来："鲛人，真的是鲛人来了！"

而"她"却对这一切置若罔闻，只是高高地仰起脸，凝望蛟龙。蛟龙也在回望"她"。所有人都屏息凝神,时间仿佛也停止了。

月光映衬出"她"的面庞,竟是世上罕见的绝美,却又透着几分哀戚。缓缓地,"她"向蛟龙点了点头,抬起右臂轻柔地挥动,像是在隔空抚摸着蛟龙,又像在用目光对它说着什么。

蛟龙垂下了巨大的头颅,胡须轻轻摇摆,简直变成了一只驯服的小绵羊。

波涛平息下来,船身渐渐稳住。船上的人们总算能喘过口气,紧张又好奇地注视海面上的这一幕。

他们都在暗想,"鲛人降龙"的传说,居然是真的吗?

出发前孤注一掷所做的安排,谁都没有抱太大的希望,却没想到活生生地发生在眼前了……

蛟龙的脑袋越垂越低,身躯似乎也在逐渐向后退去。就在大家都以为即将死里逃生时,蛟龙突然又高昂起头,仰天发出一声长嘶。啸声划破长空,响彻了整个海面。

随即,它回过头怒视前方,一双暴眼中精光迸射!

不好!

大家知道情况有变,刚想调转船头逃跑,哪里来得及。一股接一股的烈焰已从蛟龙的口中连续喷出,海面上再度掀起惊涛骇浪,比方才的更加猛烈。三艘小船顿时又陷入绝境。所有人都在想,这回彻底完了。

一阵缥缈的歌声响起来。

是"鲛人"在唱:

> 九州不足步,愿得凌云翔。
> 逍遥八纮外,游目历遐荒。
> 披我丹霞衣,袭我素霓裳。
> 华盖纷唵蔼,六龙仰天骧。

天籁般的歌声冲上云霄,又钻入人的心底。

此曲只应天上有。

人们连逃命都忘了。蛟龙更是像着了魔一样，彻底卸下原先凶神恶煞的模样，整个身躯都松弛下来，柔缓地浸入海水中，围绕"鲛人"慢慢地盘旋着，像是在倾听，又像是在守护"她"。

三艘小船完全可以抓住这个机会，溜之大吉了。

最出乎意料的事情发生了。

主船上的首领发出一声唿哨。三艘小船呈扇面排开，刚刚还狼狈不堪的倭人们忽然变得精神抖擞，前后分成数排列队船上。所有人手中都像变戏法似的，出现了一把弯弓，握得牢牢的。

最靠近船舷的首先拉弓搭箭，伴随着"鲛人"愈加婉转、动人心魄的歌声，箭支齐刷刷地向蛟龙射过去！

这一轮射完，前排的人退后，后排的人旋即冲前，继续射。

海面上宛如下起密集的箭雨。顷刻间，蛟龙的身躯就变成了一个庞大的箭垛子。

蛟龙扭动头尾，放声悲鸣。那声音惨烈得简直能够撕裂苍穹，使正在"屠龙"的人们几乎魂飞魄散。但他们深知，已到了生死存亡的最关键时刻，挺不住也得挺住。

箭雨下得更加猛烈了。"鲛人"的歌声也越发高亢，凌驾于人们的呐喊和蛟龙的痛号之上。

奇怪的是，那蛟龙尽管痛苦不堪，却再也无法反击。想必是"鲛人"用歌咏扼制住了它的命脉，使这暴虐的恶龙只能被动挨打。很快，周遭数里的海水都被它的血染红了。终于，它的头颅无力地拍打在海面上，再也抬不起来。嚎叫也停止了，扎满箭矢的身躯僵硬地漂浮在血水中，只有尾巴的末端还有一下没一下地抽搐着。

"撒网！"船上的首领高叫。

从三艘小船上各撒下数具大网，才能刚刚罩住蛟龙硕大无比的躯干。直到此时，整个行动才暴露出其精心策划的实质。

当确认蛟龙被绑缚得无法动弹，并且已奄奄一息时，主船上的首领再次爬上桅杆，解下那面五彩锦旗。

"鲛人"也停止歌唱，目不转睛地盯着旗子。

首领大喝一声："谢鲛人！"扬起手，锦旗飘然坠下，正落在"鲛人"高高举起的双臂间。

三船再次启航，拖拽着垂死的蛟龙，向海岸边全速驶去。心有余悸的人们回首望去，见那"鲛人"依旧笔直地伫立于翻滚的波浪之中。皎洁的月光将她映得通体透明，如梦似幻一般。在那张雪白的面孔上，有两道清晰的红色泪痕划过。

是为血泪。

"什么是血泪？"坐在墙根下的胖男孩问。

"鲛人之泪能化为珍珠。如果把珍珠剖开的话，就有血水流出来，所以鲛人的眼泪其实是血凝成的。"

"可我家里的珍珠都是白色的，我从来没见过红色的珍珠。"

"你不读诗的吗？杜子美的诗怎么写的？客从南溟来，遗我泉客珠……缄之箧笥久……开视化为血。"被围在中央的少年不耐烦地回答，"懂了吗，要剖开才能看到血！"今天中午放学之后，他便在这里给大家讲南海捕龙的惊险故事，滔滔不绝讲到现在，连口水都没喝过。就算再喜欢干的事儿，也实在有些辛苦了。

正月里的天气怪冷的。东宫崇文馆的周围密植着一大片竹林，阵阵竹涛从高耸的院墙上随风而入，几只寒鸦一直在头顶盘旋聒噪。少年和同伴们躲在讲堂后面这个朝阳的小院里，整个下午都有太阳晒得暖融融，可不知怎么的，少年仍然时不时会有种凉飕飕的感觉。

他曾经和崇文馆的伙伴们提到过这份异样，但他们都不以为然。没办法，谁让他的知觉总是比别人更敏锐呢。

段成式是在气候温和的成都长大的。去年父亲回朝任职，十二岁的段成式跟随着父母头一回来到长安城，住进外公武元衡在靖安坊里的府邸。自从去年六月武元衡遇刺之后，这所前宰相的大宅就一直空着。

作为贵族子弟，段成式刚来到长安，便被安排进东宫里的崇文馆上学，至今不过数月。

段成式从一开始就觉得，东宫是个特别阴森的地方。

他听母亲说过，其实现在的东宫里，已经没有太子殿下了。从玄宗皇帝建十六王宅起，皇子们都被圈禁在从兴宁坊到永嘉坊的豪华王府中。即使正式册封的太子也不住东宫，而是从十六王宅直接搬进大明宫中的少阳院，和皇帝一起居住。年前刚刚被立为太子的三皇子李亨，就是如此。

因此现在的东宫，基本上只是位于太极宫东墙一侧的普通宫殿而已，仅保留了原先隶属于东宫的一些官署，最主要的便是王公贵族子弟们上学的崇文馆。

或许是人气不够旺的缘故，东宫里的植物相比其他宫殿要茂盛许多，在冬季里尤其显得荒僻而幽深。再加上从小听说的那些太子被废被杀的故事，段成式对东宫的一草一木都充满了奇特的想象。

只是他的这些想象要么太诡异，要么太浪漫，并不便于付诸语言。

"可你刚才不是说，鲛人脸上流的泪就是红的吗？那又怎么能变成白色的珍珠呢？"小胖子郭浣还不依不饶了。

段成式的气不打一处来："结起来就是白的，化开来就是红的！笨蛋！"

别看郭浣其貌不扬，他可是汉阳公主李畅和驸马都尉郭鏦的小儿子。当今圣上是他的亲阿舅，郭贵妃是他的亲姑母，如假包换的正宗皇亲国戚。郭浣家财万贯，从小就阅尽天下奇珍。因此尽管他对段成式十分崇拜，觉得段成式无所不知无所不晓，却认为自己也能够在珠宝之类的问题上发表一下意见。

遭到抢白，郭浣涨红着脸又问："你还没说清楚，鲛人为什么要哭？"

"因为蛟龙被抓了啊。"

"可你不是说了，鲛人唱歌困住了蛟龙，才使龙被抓的呀。"

"是啊。"

"那她不愿意蛟龙被抓，为什么又要唱歌呢？"

段成式深深地叹了口气："你说呢？"

郭浣摇了摇头。他羞愧极了，觉得自己愚钝得不配做段成式的朋友。段成式则胸有成竹地环顾四周，其他几个孩子早都听傻了，眼巴巴地等着他公布答案。唯有角落里那个最小的孩子，却像什么也没听见看见似的，只管独自低着头，冲着脚尖发呆。如果没人打岔，他可以将这个姿势保持一整天。

他是皇帝的第十三子李忱，今年才刚满六岁，人称"十三郎"。

每次看到李忱，段成式的心里就不太舒服。其实李忱还没到来崇文馆上学的年纪，却因为其母郑氏只是个卑贱的宫女，至今仍在服侍郭贵妃，没办法很好地照顾儿子，所以皇帝才命李忱来崇文馆读书，免得他失之管教。可是李忱太小了，课上讲的书他根本听不懂，加之性子又特别沉默，在崇文馆中便是成天呆坐，连话都说不上几句，也没人愿意搭理他。实际上大家心里都认定，这个"十三郎"压根就是个小白痴嘛。只有段成式，每次讲故事的时候都会带上李忱。

刚入崇文馆时，周围那些从小在京城长大的贵族子弟们看不起段成式，搞了不少恶作剧排挤他。但是段成式很快就用想象恣肆、千奇百怪的故事征服了他们。现如今，连他这一口带着川音的官话都再也没人敢笑话了。

段成式的天性和遭遇，都使他去关注那些孤独、奇怪，与周围格格不入的人。

十三郎就是这样的人。至于李忱对自己讲的奇闻轶事是否听进去了、听懂了，段成式不清楚，也不在乎。

"好吧，我就告诉你们。"段成式收回目光，慢条斯理地说，"其实呢，鲛人是为了得到那幅五彩的旗子，才肯帮人捕龙的。因为那旗子——是用天下最珍贵的鲛绡制成的。"

"鲛……绡……"

段成式用神往的语调念道："梁朝任昉在《述异记》中记载，'南海出鲛绡纱，又名龙纱。以为服，入水不濡。'鲛绡，就是鲛人编织的神物，可以之号令。"

"可鲛绡为什么是五彩的呢？"

段成式怒视着冥顽不化的郭浣："我说是五彩的就是五彩的！"

“可是……”

“可是什么，莫非你见过？”

“我没……”小胖子将脑袋一昂，“你见过吗？”

所有人的目光都集中到段成式的身上，连李忱都把头抬起来了。段成式明白，必须应对好这个挑衅，否则今后还有谁会相信自己的话呢？

他把右手探入怀中，小心翼翼地往外掏：“就让你们开开眼。”

众人只觉什么东西在眼前一晃，倒像是块五彩缤纷的丝绢，可还未来得及看清楚，就被段成式又收回去了。

大家面面相觑：这就是神奇的鲛绡？

“你还有何话说？”段成式以目为剑，直指郭浣。

郭浣尚未回答，山石后却有人应道：“段成式，你闹够了吧！”

声音不高，对段成式却有晴天霹雳般的效果，顿时就把他给劈傻了。

一人从山石后转出来，慢悠悠地踱到段成式面前，将右手一伸：“什么五彩鲛绡，也给我见识见识吧。”

段成式哭丧着脸喊：“爹爹……”却又不敢违逆，只得把东西从怀里掏出来，双手呈给父亲段文昌。

“这不是你母亲绣的《璇玑图》吗？”段文昌把脸一沉，“段成式，你好大的胆子！”

2

裴玄静到了武元衡府后，就一直被晾在堂上。仆人说给老爷通报，便一去不复返了。

她独自坐等，倒也安逸。

虽尚在外堂，入府后一路观来，触目所见的朱梁椒墙、楼阁参差，已能感受到宰相府的气派。唯叹斯人已去，让裴玄静深深地体会到了“物是人非”这四个字的滋味。

实际上，今天的这座府邸已经不能再被称为武相公府了。就像她自己，也已不是半年多前第一次来到长安城的裴玄静。

犹记得那时，她孤身从家乡来京城投奔叔父裴度，心中只有一个念头：与李长吉完婚。岂料婚约已毁，唯一支持她的宰相武元衡又当街遇刺身亡，却留给了她一只神秘的金缕瓶和一首晦涩的五言诗。从此，她便身不由己地踏上了凶险莫测的解谜之旅。其间她屡次面临生死危机，遇上了从江湖郎中崔淼到女侠聂隐娘的各色人物，甚至直面当今皇帝……最终，长吉与世长辞，由于所破解出的《兰亭序》谜底触及了皇家隐秘，裴玄静自己也被皇帝送进金仙观，名曰修道，实则囚禁。

不仅仅是逝者已矣，生者同样不可能回到过去，从头再来。那个给裴玄静带来命运逆转的人，不正是武元衡吗？

"你是谁？"

堂前站立一名锦衣少年，正在好奇地打量着她。

裴玄静微笑作答："我叫裴玄静。敢问小郎君尊姓大名？"

他把乌溜溜的眼珠一转："你猜。"

"我猜……小郎君姓段。"

"为何？"

"因为如今这府里的老爷姓段，看小郎君的样子当是府中少主，自然也姓段略。"

段成式点点头："猜对了，我叫段成式。"他迟疑了一下，"我听说过你，裴炼师……姐姐。"

裴玄静差点儿笑出声来，这孩子还挺能套近乎。

他问："你来找我爹爹吗？"

"是。"

"找他干吗？"

裴玄静微笑不语。

段成式的眼珠又一转，马上换了话题："炼师姐姐，你见过鲛人吗？"

"鲛人？"裴玄静还真有点跟不上他的思路。

"就是生活在海里的异族人类，貌美，善歌，落泪成珠。"

"哦，倒是听过这样的传说。不过，未有机缘目睹。"

段成式一本正经地说："我爹说那些都是虚妄之词，叫我别信。他坚称海里根本就没有鲛人，可我就是觉得有。我还觉得……鲛人应该和炼师姐姐一个样子。"

裴玄静愕然，刚想追问他如此莫名的联想从何而来，段成式突然左顾右盼道："我爹来了。千万别跟他说见过我哦！"说完便以迅雷不及掩耳之势溜了。

段文昌现身堂前。

只第一眼，裴玄静便得出结论，段成式长得不像父亲，更像他的外公——武元衡。

新任翰林学士兼祠部郎中的段文昌一表人才，只是气质略显浮躁，对裴玄静的来访表现得相当冷淡。

裴玄静陈清来意：自己曾与武相公有过一面之缘，又获赠相公亲制的新婚贺礼，不胜感激。然自己不慎将贺礼丢失，心中万分惭愧。故今日特来府上一谒，既为拜祭武相公，也想了解些武相公去世前的情况，看看是否还有希望将贺礼寻回来。

段文昌当即回答，丈人的灵柩已送回祖籍安葬，府中不设灵位，裴玄静的好意心领了。至于贺礼等等，他们一家人是丈人过世之后才来到长安的，对相关的情况一概不知。

总之，爱莫能助。

这种态度原在裴玄静的意料之中。段文昌对围绕《兰亭序》的故事一无所知，本没必要配合她。若不是有裴度的这一层关系在，恐怕他根本就不会面见一个女道士。

对此行裴玄静并没抱什么希望。

皇帝自从给裴玄静布置了任务之后，便将她禁足于金仙观中，仿佛认定了裴玄静光靠神机妙算，哪里都不用去，任何人都不用见，就能凭空把金缕瓶给变回来。结果可想而知，转眼过了新年，裴玄静对金缕瓶的下落仍然毫无所得。

就在三天前，金仙观外的金吾卫突然消失得无影无踪。起初，裴玄静尚不能确定状况。风平浪静的两天过去之后，她懂了：皇帝把自己释放了。

这也意味着，皇帝要求她尽快行动起来。

今天贸然闯到武元衡的府上，就是裴玄静采取的第一个行动。

既然段文昌这个态度，裴玄静便告辞了。

段文昌只打发了一个仆人送她出府。

从角门出去，宰相府旁的小巷中空无一人。裴玄静向前走了一小段，突然止步回头，把紧随其后的段成式逮了个正着。

她故意板起脸来问："小郎君，你在跟踪我吗？"

段成式的脸涨得通红，还想嘴硬："我……我是顺道嘛。"

裴玄静笑着摇了摇头，她实在是打心眼里喜欢这个精灵古怪的少年。尤其是蕴含在他眼角眉梢的聪慧与风情，简直和他的外公一模一样，令她不自觉地揣测：会不会，冥冥中的因缘仍在延续？

于是她直截了当地说："我知道，小郎君是想帮我的忙。"

"你怎么知道的？"话音刚落，段成式自己也不好意思地笑了，忙问，"炼师姐姐，你是想找我外公的什么东西吗，要不要我帮你找？"

"是要找样东西。不过那样东西早就不在你府上了，是我在外头丢失了它。"

"这样啊……"段成式有点失落。

裴玄静想了想，道："你外公在遇刺前一天的晚上，写过一首诗给我。我就是靠着这首诗找到那样东西的。今天我想请小郎君再帮我想一想，诗中是否还有什么特别之处，或许是我尚未发觉的？"

段成式把腰杆一挺："你说，什么样的诗？"

"夜久喧暂息，池台惟月明。无因驻清景，日出事还生。"

念罢，只见段成式张口结舌，仿佛突然变傻了。裴玄静连忙宽慰他："想不到什么也没关系，我本是随便一试。"

"炼师姐姐，你可曾去过我家后院？"段成式问。

"不曾。"

"怪不得。"段成式一字一句地说，"我外公的书阁叫作'喧息阁'，就建在后花园中的'明月池'上。"

这回轮到裴玄静闭不拢嘴了。

原来，答案竟是如此明晰而直接吗？自己之前拐弯抹角、费尽心机找到的大雁塔，难道仅仅是歪打正着？又或者是武元衡的声东击西之策？

无论如何，武元衡的书阁值得一探。

只是段文昌……裴玄静望着段成式，微笑起来。

段成式立刻领会了她的意思，跃跃欲试。"我去外公的书阁找一找！可是……"他又为难起来，"我不知道找什么呀。"

裴玄静略一思索，道："没关系，小郎君便做我的一双眼睛吧。"

"眼睛？"

"嗯。据我猜测，在你外公的书阁里，应该还藏着一些线索。可是现下我进不去那里，所以就只有请小郎君去替我观察。虽然你没有确切的目标，有些无的放矢，但也不打紧。我想……最好的办法是，小郎君干脆把书阁中所有摆放的家什、物品等等都记录下来，绘成图，连方位都标识清楚。然后我再根据图纸，一样样地向你询问详情。如此虽曲折，或可一试。"

段成式的眼珠子连转了好几圈，决然道："行！就这么办！"

"尤其要留意墙上挂的字画、案上置的摆设。"

"我懂！"段成式满脸的表情都在说，别啰唆啦，放心交给我吧。

裴玄静说："小郎君快回家吧，当心让你爹爹发现你偷跑出来……"

"不怕。"段成式问，"炼师姐姐给我三天时间，三天后我去哪里找你？"

"我在辅兴坊中的金仙观修道。你要是能出得来……"

"没问题。三天后我便去金仙观找姐姐。"

裴玄静笑着向段成式盈盈一拜："多谢段小郎君。"

段成式的脸上也笑开了花："那我先回去啦。"刚迈开步子，又转回身来，注视着裴玄静问，"炼师姐姐，你相信海里有鲛人吗？"

四目相对时，裴玄静发现这少年的眼神清澈得如同山泉，仿佛能照出尘世之外的智慧。

她郑重地点头道："我相信。"

段成式心满意足地跑回家去了。

3

大明宫实在太大了。

从左神策军驻扎的九仙门去往皇帝的寝宫，即使骑马也得一刻多钟。入夜后，除非特别危急的情况，就算是吐突承璀这样最高级别的宦官也只能步行，那就得走上大半个时辰了。需蒙皇帝特别恩准，年老体衰的大宦官才会被允许乘辇。

吐突承璀还不需要这种优待。一旦走出大明宫，他的气焰和排场几乎能超过任何一位宰相。但是只要在宫中，在皇帝的眼皮底下，吐突承璀又是最谦卑的奴才。

此刻他正健步如飞，奉命赶往清思殿。下午的时候飘了点小雪，大部分刚落到地上就化了。只有吐突承璀走的这条捷径上，由于平时很少有人经过，因而铺了薄薄一层像绒毡似的积雪，踩在上头别有一番惬意。雪后初霁的月色格外清透，在身前身后的树丛间起舞弄影。一路之上，只要抬头北望，便能看到夜空中飘浮着一层清光，那是繁星在太液池中的反射。

吐突承璀对这一切太熟悉了，闭着眼睛都能直达目的地。他的脚步丝毫没有因为积雪而缓滞。可是，就在快走出周围这片竹林，清思殿的荧荧烛火已经在前方闪烁时……几个人影突然从小道的尽头冒出来。

"什么人？"吐突承璀一按腰间的佩剑。因为这回是皇帝秘召，他并未带任何随从。不过，对吐突承璀这位禁军总管来说，大明宫虽然属于皇帝，但几乎也是他的领地，从来只有别人怕他的份。

果然，那几个人本来就形迹鬼祟，听到吐突承璀的声音顿时吓呆了。

　　为首者抖抖索索地上前道："吐突将军，是、是我们……"

　　原来是皇帝身边的几名内侍，都还熟悉。

　　吐突承璀皱眉："你们在干什么，为何走这条路，不要命了吗？"在宫中行走是有严格的规矩的。一般情况下，内侍不允许走这条捷径。巡逻的神策军遇上擅自行动者，可当即诛杀。

　　"吐突中尉饶命啊！"几个内侍知道他的厉害，赶紧跪地求饶。为首者慌忙解释："是……是圣上吩咐避人耳目。"

　　吐突承璀这才发现，他们还抬着一个人。

　　他定睛再看，倒是大吃了一惊。

　　只见此人浑身血肉模糊，衣服都被染得看不出本色，四肢也已冻得硬邦邦了。

　　吐突承璀认出来了："这不是……魏德才吗？"

　　"正是魏公公……"

　　"究竟是怎么回事！"吐突承璀厉声喝问。

　　这个魏德才可是皇帝身边炙手可热的宠侍，因为有一手按摩的绝技，长于为皇帝解乏。近年来皇帝的睡眠越来越差，御医也拿不出什么好办法，反倒是魏德才的按摩能帮助皇帝入眠，所以皇帝日益离不开他。因其深得皇帝喜爱，连吐突承璀平日都要让他三分。

　　万万没想到，今天他竟落到这步田地了？

　　"是圣上动的手吗？"嘴里这样问着，吐突承璀心里还不太确信。要处置皇帝身边的大红人，除非皇帝亲自下令，可是……何至于？

　　一名内侍凑上来，附在吐突承璀的耳边道："今天也不知怎么的，魏公公竟然看错了时辰，没到点儿就去唤醒圣上。您知道的，这可是犯了天大的忌讳！圣上果然大发雷霆，随手就抽了魏公公几鞭子，又命拖到外头去打。打完再让在雪地里头跪着，这不就……"

　　吐突承璀往魏德才的鼻子底下探了探手，暗暗倒吸一口凉气。

　　死了。

他紧锁双眉，一时理不清心中的感受。

其实，长久以来吐突承璀都在怀疑，魏德才是郭贵妃收买的人。郭贵妃能够时刻掌握皇帝的动向，其中便有魏德才不小的功劳。吐突承璀甚至认为，魏德才与前太子李宁的死也脱不开干系。不过吐突承璀尽管暗中搜集了不少相关的证据，但一直未正式呈交给皇帝。

一则，证据还不够充分，肆意攻击的话反显得吐突承璀小人之心，容不下魏德才受宠，夺了自己的风头；二则，皇帝好不容易有这个人在身边，能帮着休息调理，吐突承璀也实在不忍心再给剥夺了。年前皇帝立了三皇子李宥为太子，和郭贵妃的关系略有改善，吐突承璀就更不好说三道四了。

魏德才这么突然就玩完了，确实出乎吐突承璀的意料。

他自言自语道："魏德才不是一向最小心吗？"正因为皇帝的睡眠太金贵，一旦被打搅必然暴怒，把人打死打残亦属平常，所以内侍们都不敢伺候他午睡，生怕一不留神就成了皇帝鞭下的冤魂。唯有魏德才细心谨慎，手上又有绝活，按时唤醒皇帝就成了他的专职。

如此性命攸关的事情也会出错吗？

抬死尸的内侍们均低头不语。

吐突承璀摆摆手："你们去吧，小心点。"

难怪皇帝要这帮人把尸体偷运出去，是不想有人借题发挥，趁机大闹一场吧。

他一直凝视着他们消失在林荫深处，才转身往清思殿而去。

本以为今天皇帝的心情一定很差，不料刚到殿门外，便听到从里面传出朗朗的笑声。

来迎候他的是陈弘志："吐突将军，圣上让您直接进去。"

自从吐突承璀把他从丰陵带回宫中，陈弘志就靠着丰陵令李忠言传授的煎茶术赢得了皇帝的青睐。换句话说，眼下皇帝最喜欢的内侍，除了魏德才便是陈弘志了。

不过，从今天起陈弘志就没有竞争对手了。想到这里，吐突承璀不由得盯了陈弘志一眼。

陈弘志肯定全程目睹了魏德才的死，但此刻从这张稚气未脱的脸上，除了谄媚的笑容，再也看不出其他。

吐突承璀在心里冷笑，挺不简单的嘛。

又一阵笑声从雕有花穗连雀的云母屏风后面传来，除了皇帝之外，还有个女声。吐突承璀居然一下子没听出是哪位嫔妃。

陈弘志机灵地说："圣上正在召见宋学士呢。"

"哦。"

陈弘志又补充道："是宋三娘子。"

吐突承璀嗔怒："知道了，说话还大喘气！"

陈弘志讪笑着退下了。

难怪吐突承璀对她的声音比较陌生——宋三娘子，虽然都长住大明宫中，平时打交道的机会并不多。

贝州处士宋庭芬有五女：若华、若仙、若茵、若昭、若伦。个个才学出众、文名远扬。贞元七年时，老大若华第一个被当时的德宗皇帝召入禁中，获封为翰林女学士。之后若干年里，除了二妹若仙因病早亡，其余的三位妹妹也相继入宫，并且都成了以学识奉诏的女学士。

如今，宋家大姐若华主管着宫中字画，连皇帝见了她，都要尊称一声"宋先生"。陈弘志说的三娘子，正是宋若华最得力的助手——宋家三妹宋若茵。吐突承璀的职责与书画相去甚远，所以在场面上与宋若华还时有相遇，和宋若茵就一年也未必能碰上几次了。

宋若茵的身材很高挑，站在皇帝李纯的身边，几乎与他比肩，人又瘦削，穿一身宫中女官的赭色圆领袍，戴着黑纱幞头，脸上不施粉黛，乍一看还真难辨雌雄。

吐突承璀虽说是个阉人，但因一向在大内走动，遍览人间绝色，所以对女人容貌的要求还挺高的。像宋若茵这样的才女，如果让吐突承璀来品评，终究欠缺了点姿色。再者说，宋家姐妹以女官身份长居禁中，但又誓言终身不嫁，不算皇帝的女人，怎么都有些暧昧不清的味道。据说当年德宗皇帝将宋若华纳入禁中时，她就提了这个条件，并得到德宗皇帝的首肯。此后几个妹妹相继入宫，也循此例。

当然，这种事最终还得取决于皇帝本人的意思。他要是真想染指，谁都躲不过去。

可是，吐突承璀上上下下端详一番宋若茵，仍然觉得可能性微乎其微。他是见识过"素面朝天"的绝代佳人的，与之相比，宋若茵就太乏善可陈了。皇帝肯定也这么觉得。

不过眼下，皇帝和宋若茵倒是聊得挺欢的样子。两人肩并肩站在御案前，对着摊开在上面的一幅织锦有说有笑。吐突承璀上前时，正听见宋若茵在说："大家，妾敢保证就是她。"

皇帝微笑颔首："既然若茵这么说，朕还有什么可怀疑的呢？"

宋若茵的脸微微一红："大家请看，此绢轻薄如蝉翼，入水不濡，实为南海特产之鲛绡。要在尺幅鲛绡之上绣字，每字大小不逾粟粒，而又点划分明，细于毫发，必不能使用寻常丝线，而要将一缕丝线分为三缕，染上五彩而绣。因而，绢上虽绣有八百余字，却重不足一两。妾以宫中所藏的《法华经》逐针逐线比较，确定出自同一人之手。整个大内，包括民间，有此能为者，天下仅此一人。"

"朕说了，朕相信你的判断。"皇帝再次强调，"你家大姐在书画上的修养无人能比，但论及其他技艺，还是三娘子的学识更渊博。"

皇帝的语气听得吐突承璀愣了愣，再看宋若茵，白皙的脸上泛起两朵大大的红云，在满殿红烛的映衬下，居然也焕发出艳若桃李的娇媚来。

就凭这一个瞬间，谁敢说宋若茵不美？

连吐突承璀都看呆了。

但在下一个瞬间，宋若茵就恢复了常态，她微笑着向吐突承璀款款施礼，招呼道："若茵见过吐突将军。"

平心而论，一般的嫔妃还真做不到宋若茵这般机变又大方。也正是才华与素养带来美貌之外的东西，才使她们姐妹能够从容立足于后宫的暗流涌动之中吧。

宋若茵向皇帝告退。

皇帝却说："等等，三娘子帮了朕的大忙，朕要赏赐于你。"

"能为大家做事，是若茵三生有幸，哪里还敢拿赏赐。"

"朕想赏就赏，你还要拒绝吗？"

"若茵万万不敢。"

吐突承璀在一旁略感尴尬。作为皇帝身边最亲近的宦官，皇帝与嫔妃们打情骂俏并不避讳吐突承璀，他早都能坦然处之。可是今天这个场面，就是让吐突承璀觉得怪怪的，但又说不清楚究竟哪里不对劲。

"赏赐什么呢？"皇帝兴致勃勃地问，"若茵你说吧，你想要什么？"

"……那妾就斗胆要……要一样大家身边的东西。"宋若茵的脸又红透了。

皇帝一挑剑眉："朕身边的？"

宋若茵环顾四周，目光最终落在屏风前方。她伸出纤纤玉指一点，娇声道："大家便把这仙人铜漏赏赐于妾吧。"

吐突承璀心说，女学士的眼光果然不凡。这具仙人铜漏可是天宝年间新罗国的贡品，整个大唐也找不出第二件来。

只听皇帝慷慨地说："行，就赏你这具仙人铜漏。"

宋若茵当即下跪谢恩。皇帝命内侍捧着铜漏，随宋若茵离开。

清思殿内的气氛顿时变冷了。不论相貌性情，女人总是软软暖暖的，还带着袅袅香气，就像在熏笼上熏透了的锦衾。她们离开时，就仿佛把男人的体温一起带走了。

耳边又没有了铜漏的滴答声。往日听惯了不觉得，现在整座殿内寂寥得使人发慌。

皇帝兀自沉吟着。吐突承璀垂头侍立，耐心等待。

许久，方听皇帝叹息一声："都准备好了吗？"

"是，随时可以出发。"

皇帝淡淡地笑道："寒冬之际，去广州跑一趟也不错。那里温暖。"

"大家要奴去哪里，奴就去哪里，哪怕刀山火海，并无区别。"

皇帝点了点头，没有说话。

烛影在他的脸上摇晃，吐突承璀算是看出来了，皇帝确实没有休息好，疲倦使他的面色发暗，额头上的皱纹也有些深。

皇帝又开口了，语调中好似含着无限惆怅："十年了，她终于又出现了。"

吐突承璀小心翼翼地应道："大家早就料到了吧。"

"是啊，朕相信她忍不住的。刺绣是她的命，十年不绣，已经是她的极限。但只要她活着，就一定会拿起绣针。只要她拿起绣针，就一定会被发现。"皇帝轻轻敲了敲御案，"广州献上来的这幅《璇玑图》，朕一望便知是她所绣。让宋若茵来帮着确认，只为万无一失。"

"是。"

"你来看啊。如此巧夺天工的绣品，除了卢眉娘，还能出自谁之手？"

吐突承璀奉命向前探了探脑袋。实话讲他对刺绣没什么兴趣，对《璇玑图》更是一无所知。倒是皇帝提到的那个名字令他有一瞬间心驰神漾。

他定了定神，郑重地说："请大家放心，奴一定把她找出来。"

"带回来。"

"是，带回来。"

"还有……"皇帝欲言又止。

吐突承璀忙道："奴明白。"

还有那把匕首。吐突承璀心里清楚，皇帝真正的意图，是为了找那把名叫"纯勾"的匕首。如果真舍不得卢眉娘，十年前就不会放她出宫。十年后又突然想起她来，原因还在于皇帝开始疑心，当年正是卢眉娘把"纯勾"带走了。

皇帝寻找"纯勾"已经有很长一段时间了，却连条像样的线索都没发现。偏巧此时，销声匿迹整整十年的卢眉娘又出现了，犹如死而复生一般神奇。

于是皇帝抓住南海捕获蛟龙，欲献祥瑞的机会，派遣吐突承璀去广州跑一趟。名义上是去鉴别祥瑞的真伪，运回蛟龙，其实是为了掩盖吐突承璀亲赴广州的真实目的——寻找一个名叫卢眉娘的女子。

吐突承璀该出发了，今天是来向皇帝辞行的。

皇帝命吐突承璀把《璇玑图》织锦妥善收好，带去广州。寻访卢眉娘时，应该用得上。同时带上的，还有"纯勾"匕首的图样。

吐突承璀退出清思殿时，天上又纷纷扬扬地飘起了小雪。今年的冬天仿佛是比往年更冷些。他迈步刚要下台阶，一盏绛纱灯笼恰到好处地伸到跟前，暖光照亮一方玉台，细密雪花像玉屑般无声无息地落下，宛然梦中的景象。

"吐突将军留神脚下，雪滑。"陈弘志举着灯笼，殷勤地说。

吐突承璀走了几步，又停下来，问："他们在干什么？"

玉阶左侧的不远处，几个内侍正忙忙碌碌地在地上铲扫着什么。

"哦，他们在铲雪。"

"铲雪？"

"是，那块儿地面上脏了，要铲干净。"

明白了。那里就是魏德才的死亡现场，这是要把残留的血污打扫掉。

吐突承璀冷笑起来："多此一举。这一夜雪后，什么都看不见了吧。"

"将军说的是，不过……雪总是要化的，等太阳出来再让人看见什么，就不好了。"

吐突承璀注视着陈弘志，后者神色若常。

所以魏德才就像融雪一般消失了，不会留下半点痕迹。今后连这个名字都不会有人提起。

他不是第一个，也肯定不是最后一个。

在大明宫中沉浮半生，已然登上宦官生涯最高峰的吐突承璀在此刻，感到了一阵锥心刺骨的寒意。

有人在今天消失，有人在今天复活。

今天，真是一个不同寻常的日子。

4

自那天和裴玄静见面后，段成式只要得空，就一个人钻进武元衡的书阁里，又写又画，忙得不亦乐乎，还把仆人们统统赶在外面。

如此这般折腾了两天之后，终于有人去向段文昌汇报了。

段文昌听完，没有像上回得到崇文馆讲师的小报告后，专程去东宫偷听了一回段成式的玄怪语录，而是默默思索片刻，起身去了后堂。

他的发妻、武元衡之女武肖珂听到动静，搁下手中的笔，迎上来。按照大唐贵妇家居时亦盛妆的习惯，武氏的头顶挽着高耸的惊鹄髻，额心贴着梅花形的翠钿，颊黄如凤尾般扫在眉梢两侧——这些都是段文昌熟悉的，但那对用黛笔描得又深又浓的眉毛、嘴角边的一对黑色圆靥，却是她回到长安后新学的妆容，段文昌有点儿看不惯。

段文昌落座，看了看妻子正在书写的纸笺，问："你还在研究《璇玑图》吗？"

武肖珂淡淡地回答："还不是若茵提到咱们少时常玩的这《璇玑图》，勾起了我的怀旧之情。本也闲来无事，索性就多玩玩。"

与从小客居荆州，后来又在西川任职多年的段文昌不同，武肖珂出生在长安，婚配段家之后才远赴的西川。直到去年返回长安，武肖珂在成都度过了十多年，唯一的儿子段成式也出生在那里。

少女时代的武肖珂以才学闻名，因而和宋家姐妹惺惺相惜，颇有交情。其中，宋若茵与她的年纪相仿，关系也最亲近。即使在武肖珂远嫁成都的那些年里，两人也一直保持着书信往来。此番武氏回京，便与宋若茵恢复了密友的关系。只是武肖珂无诏不便进入大内，宋若茵倒是出入自由，所以每次都是宋若茵来武府探望。

"宋若茵？她又来过了？"

武肖珂瞥了丈夫一眼："怎么，你有事找她？"

"我？我有什么事……"

"郭贵妃封后的事情，我帮你打听过了。"

"怎么样？"段文昌想做出淡然的样子，但在最熟悉他的妻子眼中，效果适得其反。

"据若茵说，郭贵妃早该封后，却屡遭挫折，大约是与圣上的态度有关。不过年前圣上已立了三皇子为太子，郭贵妃乃太子嫡母兼生母，封后当是顺理成章的了。"

段文昌若有所思，武肖珂也不理他，顾自拿起笔，对照着面前的《璇玑图》织锦，继续书写起来。

少顷，段文昌才回过神来，向妻子搭讪道："这《璇玑图》就那么有趣吗？我却不知。"

"闺阁之戏，夫君自然不屑。"

"呵呵。"段文昌干笑道，"我记得则天皇后为《璇玑图》写过序吧？想必应该不是闺阁之戏那么简单。"

听丈夫提起自己家族中最声名显赫的女人，武肖珂总算露出一丝笑容，答道："是啊，我们幼时都背诵过这篇序文呢。直到今日，尚能记得不少。"

"哦，娘子可否背几句听听？"

段文昌有意讨好，武肖珂不便再矜持了，道："别的记不太真切了，只有这几句，'初，滔有宠姬赵阳台，歌舞之妙，无出其右，滔置之别所。苏氏知之，求而获焉，苦加捶辱，滔深以为憾。阳台又专形苏氏之短，谗毁交至，滔益忿焉。'"

见段文昌有不解之色，武肖珂便解释道："这个滔，便是前秦苻坚时，秦州的刺史窦滔，也就是《璇玑图》的作者苏蕙的丈夫。则天皇后序言中的这段话，讲的是苏蕙制《璇玑图》的由来。苏蕙的丈夫窦滔宠爱小妾赵阳台，苏蕙妒之甚切。当时苏蕙才二十一岁，也是年轻气盛，连窦滔去襄阳赴任，她都拒绝同行。结果窦滔一气之下，带了赵阳台走，并且绝了与苏蕙的音书往来。"

段文昌提起兴致问："原来还有这么一段故事。那苏蕙怎么做呢？"

武肖珂轻轻拿起案上的锦帕，道："则天皇后接着写道，'苏氏悔恨自伤，因织锦回文。五彩相宣，莹心耀目；纵横八寸，题诗二百余首，计八百余言，纵横反覆，皆成章句。其文点画无阙，才情之妙，超今迈古，名曰《璇玑图》，然读者不能尽通。苏氏笑而谓人曰：徘徊宛转，自成文章，非我佳人，莫之能解。遂发苍头，赍致襄阳焉。滔省览锦字，感其妙绝，因送阳台之关中，而具车徒盛礼，邀迎苏氏，归于汉南，恩好愈重。'"

段文昌恍然大悟："原来《璇玑图》是女子用来争宠的啊。"

武肖珂冷笑，"仅仅如此的话，《璇玑图》何以能得到则天皇后的青睐。她可是天下最不需要争宠的一个女子了。"

让妻子呛了一鼻子灰，段文昌的脸色有些发青，终究隐忍不发。

武肖珂又道："苏蕙为自己所创的回文诗锦帕取名《璇玑图》，是取自北斗七星中的天璇星和天玑星。因为不论北斗七星如何旋转，从天璇星到天枢星的方位，始终指向北极星。而从天玑星连起天枢星，又永远与北斗星保持在一条线上。所以，《璇玑图》的意思就是纵横交错、回旋往复，不论怎么读都能成诗。如此精妙绝伦的制作，连则天女皇都叹为观止。她不仅亲自为之作序，还在视政之余尽心研读，从中读出了二百多首诗呢。我当然不敢比过则天女皇，于今也读出近二百首来。其实，《璇玑图》中的每一首诗，诉说的都是苏蕙对丈夫的深情，并寄托着她希望丈夫能幡然醒悟，与自己重修旧好的心愿。"

沉默片刻，段文昌方勉强道："如此甚好，甚好。"

气氛相当窘迫。

武肖珂平复了一下心情，问："夫君是有别的事吧？"

"哦，还不是为了成式！"很高兴能扯开话题，段文昌忙把儿子这两日来的古怪行径述说一遍，末了道，"这孩子是越来越不让人省心了。"

"他整天钻在我爹爹的书阁里？干什么呢？"武肖珂思忖着，微笑起来，"我知道了，他一定是在钻研那幅仿东晋顾恺之的《洛神赋图》。"

"就是挂在书阁西墙上的那幅《洛神赋图》吗？他为何突然对那个产生兴趣了？"

武肖珂笑道："你不是告诉我，前些天他在崇文馆里大肆编造南海捕龙的故事，还把曹植的游仙诗也用上了。"

"对，他胡诌什么鲛人唱的歌，竟然引用了曹子建的诗作，也真能东拉西扯的，亏得那些孩子们还都信以为真。"

"据我猜测，成式近来肯定是对曹子建产生了兴趣。"武肖珂说，"念《洛神赋》入了迷，所以才去父亲的书阁里睹画思仙吧。"

段文昌摇头道："就是不知他何时才能对正经学问产生兴趣。成天钻在一些妖魔鬼怪的奇闻轶事里，自己还喜欢信口开河，编出些匪夷所思的故事来唬人，甚至偷了你的锦帕出去炫耀。这样下去如何才能继承家业，光耀门楣。"

"夫君所谓的光耀门楣，是否只有仕途这一条道呢？"武肖珂被触及心事，不禁喃喃，"想我爹爹生前为人淡泊，虽位极人臣，最终还不是……"

段文昌却在想，自家先祖段志玄官拜褒国公，也是凌烟阁上位列第十的开国功臣。除了入仕为官，段文昌想不出还有什么别的人生选择。丈人终于宰相任上，在段文昌看来就是死得其所。他本人的政治野心亦在相位，为此才在武元衡遇刺之后，下决心带着家人离开舒服自在的成都，入京一搏。

然而，最初的这几个月并不顺利。他不适应京官们的作风，更难以融入他们的派系。段文昌发现，自己虽已跻身朝堂之上，却被拒于真正的朝野核心之外。每次上朝时，他都能感觉到同僚们投来的目光中，包含着疏远、戒备甚至鄙夷。唉，假如丈人还活着，情况定会截然相反，可是……

还有段成式，从小就是个聪明绝顶的孩子。段文昌曾对他寄托了厚望，可是现在看来，天资太高，高过了头，似乎未必是件好事。东宫的讲课老师特意让段文昌去现场观摩儿子的"劣迹"，多少有点嘲讽这对外来父子的意思吧。

南海蛟龙。光凭着一些捕风捉影的传闻，段成式就能编出那么奇幻诡谲的故事来，也着实令人诧异。

段文昌突然问："宋若茵来访时，可曾提到南海捕到蛟龙之事？"

"未曾详谈，怎么？"

"娘子是否记得，贞元末年，大概成式三岁的时候，西川资江也曾捕到过一条蛟龙？"

武肖珂记得有过这么回事。当时的西川节度使还是韦皋，段文昌投在他的麾下当幕僚。韦皋死后，段文昌率先归顺了朝廷。之后武元衡便被宪宗皇帝委派为剑南西川节度使，到成都任职整整七年。所以段成式还是外公看着长大的呢。

她的心头一阵酸楚，便随口应道："我记得韦帅以巨匣盛之，置于街头给百姓围观。"

"没错。结果三天之后，那蛟龙就被烟熏死了。"

武肖珂疑问地看了一眼丈夫。

段文昌道："我总觉得，这次的南海蛟龙之事十分蹊跷，背后似有隐情。"

武肖珂沉默不语。她当然能听出丈夫的弦外之音，是想让自己通过宋若茵的关系再打听些内情，但是她并不情愿，所以就当作没听见。

话不投机，段文昌也感到索然无味，便起身道："今夜有同僚宴请，暮鼓之前肯定散不了，就不回来了。"

七彩琉璃珠帘发出一阵轻响，段文昌的背影消失在帘外。武肖珂闭起眼睛，静静等候。过了大约一刻钟，婢女来报："阿郎骑着马，向北里的方向去了。"

"知道了，你下去吧。"

婢女答应着，一边悄然退下，一边向主母投去同情的目光。最近这段时间以来，主人几乎夜夜造访平康坊北里，在这处长安城最出名的烟花巷中流连忘返。主母的心中该多不好受啊。

武肖珂凝望着面前的《璇玑图》，脸上渐渐绽开一个苦涩的笑。所以他今天来表达的所有好意，低声下气，都只是为了叫自己去探听情报。

武肖珂不得不承认，丈夫的心已经远离了。

她还指望一幅《璇玑图》能点醒他，就像当年苏蕙点醒窦滔一样，使他们夫妻二人重新回到琴瑟和谐、相濡以沫的幸福生活中去？

嗬，她好傻。自从返回长安的那一天起，她便失去他了。

"阿母，我饿了！"段成式欢叫着闯进母亲的房间，顿时目瞪口呆地站住了。

他的母亲正用痉挛的手握紧剪刀，把绣着《璇玑图》的锦帕一刀一刀剪得粉碎。

5

金仙观位于长安城的辅兴坊中，占去了差不多四分之一的里坊面积。除去道家修行的殿所之外，金仙观内亭台楼阁林立，更有一个假山池塘花木流水样样不缺的大花园。在裴玄静看来，这所道观的规模和气派，比叔父裴度的相府不知强了多少倍。就算将门口的匾额换成某某宫的话，也绝对没问题。

裴玄静是在奉命入金仙观修道后，才渐渐了解到这所皇家道观的来历。

金仙观得名于金仙公主，她是睿宗皇帝之女，玄宗皇帝之妹。当年与金仙公主一同皈依道教的，还有她的同胞妹妹玉真公主。而谈到金仙、玉真二位公主入道的缘由，又不得不扯到一代女皇武则天的身上。

睿宗皇帝李旦第一次即位时，封窦氏为德妃，德妃便是李隆基和金仙、玉真的生母。载初元年，武则天废黜李旦的帝位，降为皇嗣，软禁于洛阳东宫。长寿二年时，皇嗣妃窦氏和刘氏遭到宫婢韦团儿诬告，说她们以厌盛巫蛊之术诅咒武则天。正月初二那天，二妃奉命入宫朝见则天皇帝，结果同时遇害。此后睿宗与玄宗父子多次寻找她们的遗体，均无所获，因而在李旦复位之后，也只能以招魂的形式将二妃陪葬于靖陵。

武则天以杀立威的残忍手段从中可见一斑。为了权力，哪怕是对待自己的亲生骨肉，她同样可以大开杀戒，毫不留情。

正因为有武则天这样一位祖母，金仙和玉真二位公主早早便看透了皇家的血腥和冷酷，遂共同发愿，以为亡母"祈福"的名义入道修行。或许是为了补偿二位公主，睿宗皇帝在替她们修建"金仙观"和"玉真观"时，竭尽奢侈豪阔，把两座道观都建成了巨大的女子行宫。

由于是皇家女观，在金仙公主之后，百年来还曾有过大唐公主和皇家女眷入金仙观修行。但在裴玄静奉命入观的元和十年，金仙观却已被封闭了许多年。正是为了安置裴玄静，宪宗皇帝才亲自下令重新启用金仙观，连陪同裴玄静共同修道的炼师们，也是从长安城其他道观中专门召集来的。

金仙观是在贞元末年被封的，裴玄静留意打听了一番，居然没人能对她说清楚具体的缘由。只隐约听说，贞元末年时，曾经在金仙观中发生过一次灭观惨祸，当时整个观内的道众几乎悉数被杀。从那以后，金仙观就被朝廷下令封闭起来。但为何会发生这桩惨祸？凶手找到了吗？最终是否绳之以法？这些全都是谜。

甚至连叔父裴度都语焉不详。裴玄静从而猜出，个中曲直只怕又是不得为外人道也。

同样显得分外神秘的，还有金仙观本身。

金仙观的西半部分以大殿和道舍为主，是为前院。自从裴玄静入观后，这半部分就都开辟启用了。但是以花园楼阁为主的东半部分称为后院，面积大得多，却遵皇帝之命依旧封闭着。金仙观的东侧紧邻宫城，也就是说，从后院过去便是巍巍大内了。

一道矮矮的围墙隔开了前后院，围墙上唯一的一扇木门终日紧锁着。朝围墙内的上方望过去，楼阁凌空错落，掩于参天古木的浓荫之后。大白天时，能看到高阁上错落的檐牙和紧闭的窗扉，甚至最近的亭台柱子上剥落的彩漆和巨大的蛛网也清晰可见。入夜后，这一切便都成了重重叠叠的黑影。枯黄的藤蔓和树枝从围墙顶端探出头来，仿佛要竭力摆脱里面那个阴森恐怖的地方。

所有入观的炼师们都被预先告知，后花园里头闹鬼闹得厉害，因此即使大白天也没有人敢靠近一步。

裴玄静却不怎么相信这一套。她始终觉得，皇帝把自己弄到金仙观里，另有其深意。

因为《兰亭序》之谜和皇帝打起交道，裴玄静就认识到，当今天子的心机格外深沉。他就像一个运筹帷幄的棋手，有条不紊地操控着棋局。在每下一步棋的时候，早已经想好了此后的数步、数十步棋，乃至终局。

过去裴玄静只听说，先皇特别喜欢弈棋，围棋国手王叔文先生，便是以精湛的棋艺博得先皇宠信的。不过于今看来，反倒是当今天子下得一手好棋。

不，裴玄静认为，并非皇帝的棋术真有那么高明，而是天下仅他一人，可以把其他所有人都当作棋子来摆布。

那么她至少应该做到：当一颗清醒的棋子。

在获得皇帝允许的情况下，裴玄静曾于新年元日回家探望过叔父，听裴度谈起日益艰难的削藩战况。皇帝执意要在淮西和成德双线作战，裴度作为主帅虽然承受巨大的压力，仍愿殚精竭虑为朝廷效命。可是另一位宰相李逢吉却担心裴度独揽战功，所以拼命在朝堂上诋毁裴度的战略。裴度每天不仅要在前线对付淮西和成德两大藩镇，还要在政治上腹背受敌，但他从未表露过半分退缩的意思。和遇刺身亡的武元衡一样，裴度是铁了心要为宪宗皇帝的削藩大计战斗到底，哪怕流尽最后一滴血。

就连他们这样的人，也甘当皇帝的一颗棋子，无非是因为心中的信念：自己在做于国于民最有利的事。

在价值远高于个人的伟大事业面前，人可以牺牲的不仅是生命，还有荣辱乃至自由的意志。

渺小如她，自然更无须纠结。

想明白了这些，对于金仙观里的种种神秘和恐怖的氛围，裴玄静便能处之泰然了。

当李弥来告诉她有人找时，裴玄静还沉浸在这些思绪中。

裴玄静赶到金仙观门前，只见段成式正背着双手，大模大样地观赏着门上的匾额。今天的他一身京城少年流行的胡装：上着彩锦面毡袍，下着红罗裤，脚踏羊皮靴，头上还戴着一顶混脱彩的小毡帽，越发显得面若傅粉、唇红齿白。

段成式身后的路边停着一辆油篷马车，有一位上了年纪的家奴候在车旁。

"炼师姐姐，我准时吧！"一见到裴玄静，他便欢快地叫了起来。

"嗯，比我想象的还早呢。"此时正值他们约定的第三天后的正午，裴玄静原以为段成式得傍晚时才能溜出府。

段成式跨前一步，略踮起脚尖，对裴玄静低声道："崇文馆刚放学我就溜出来了，等午饭时间一过，就得回家去。"

"那我带你去旁边铺子吃东西，"裴玄静忙说，"千万别饿着。"

段成式有些犹豫，裴玄静说："咱们边吃边聊。"她见段成式的眼睛滴溜乱转地往金仙观里直瞅，知道他好奇。但是金仙观的内幕肯定十分复杂，说不定还挺凶险，裴玄静可不想把段成式牵扯进来。这个孩子听见"秘密"二字就两眼放光，要是真让他看见闹鬼的后花园，多半立马就翻墙进去一探究竟了。

段成式何其会看眼色，明白裴玄静不想让自己进道观，便爽快地一拍肚子："哎呀，我真的好饿！炼师姐姐，你能带我去吃羊肉羹吗？"

"行。"裴玄静招呼李弥一起走，平常在道观里吃得清苦，干脆今天也带他去大快朵颐。

三人肩并肩走过马车，那个老家人一直沉默地注视着他们。裴玄静轻声问段成式："这位苍头是你家的吧，要紧吗？"

"没事。赖苍头是原先外公府里的，只听阿母的话。我的事儿就算阿母知道了也没关系，她最疼我，什么都依着我，只要瞒着我爹就行。"顿了顿，段成式又道，"赖伯才不会去跟我爹说呢。"

他的语气里既包含着天真，又透露出一丝与年龄不符的隐痛。

对这种官宦人家复杂难解的家庭关系，裴玄静不用问也能猜出几分来。她有些心疼这个格外早慧的少年，便岔开话题道："我们到了。这家铺子看起来有点脏，不过羊肉羹是长安一绝。段小郎君，你怕不怕吃完拉肚子？"

正好一锅肉羹起锅，混杂着羊肉、葱白和羊油的香气扑面而来。段成式拼命吸着鼻子道："不怕！"

李弥和段成式各捧着一碗羊肉羹，稀里哗啦地吃开了。裴玄静不碰荤腥，只在旁看他们吃。段成式吃得满头大汗，还忙里偷闲从袖子里掏出一张叠得四四方方的纸，朝裴玄静一笑，塞进她的手中。

正是武元衡书阁的平面图。

可是乍一看，裴玄静还以为段成式偷懒了。图上才画着寥寥几件家什，宰相的书阁竟会如此简朴吗？细细再看，又发现段成式在每样东西旁都做了标注，从用料到尺寸，包括雕刻的花纹和配饰都详细记录下来。裴玄静这才知道自己错怪了少年，又一想，武元衡的气质恬淡而性格刚强，确实不会喜欢奢侈繁琐，他的书阁正是如此才对味。

书阁面南开敞，北墙前置长榻，榻后竖立着四扇连屏，段成式注：饰以金碧山水之《江帆楼阁图》。长榻上的书几，陈列笔墨纸砚。段成式也没忘记下每样东西的品名，并标明仍按武元衡生前的样子布置。东墙前是一整面书柜，段成式注曰：以檀木制。纵十列，竖十二排。每格均盛书卷若干。西墙下则是一条架几案，案上放博山炉。段成式又注：案后悬一幅仿东晋顾恺之的《洛神赋图》。

裴玄静注视着图纸，默默思索起来。

"炼师姐姐，有什么特别吗？"段成式已经吃完了，正在盯着她的脸看呢。

裴玄静反问："你呢，你发现什么了吗？"

段成式摇了摇头。"这三天来，我把书阁里所有的犄角旮旯都翻了个遍，并没找到任何值得注意的东西。连书柜上的书卷我也几乎个个都看过了，可是……"他显得有些懊丧。

裴玄静沉吟片刻，又道："你外公的藏书比我想象的少。"

"那倒不是。外公还有一座两层的藏书楼，也在后花园中。不过他最爱和最常翻阅的书卷都放在书阁里面。我和府里的仆人打听过，外公过世之前，由于政务繁忙，已经很久没去过藏书楼了。"

裴玄静点了点头："那么从这个书柜里，你能看出哪些书是他最近翻阅过的吗？"

段成式噘嘴道："我本来还指望通过书卷的新旧、折印和蒙灰程度来判断，哪几部书是外公最常看的。可是……外公对书爱护有加，从表面上基本看不出区别。至于灰尘嘛，从他过世到现在，仆人们每天都去书阁打扫，搞得窗明几净的，哪里都找不到一粒灰。"他苦着脸的样子，倒好像干净是个天大的罪过。

"府上的家仆很尽职。"裴玄静微笑着说，心中却在想，这样就算武元衡留有什么线索，只怕已被人无意间清理掉了。

可是，假如真的是非常重要的线索，武元衡会让它轻易消失吗？

"段小郎君，你的外公很喜欢曹子建？"裴玄静看着《洛神赋图》那个标注问。

"喜欢。我七岁时，外公就教我曹子建的诗。我的第一本《曹子建集》也是外公送给我的。不过……"段成式皱起眉头，"说到曹子建，倒真有一件怪事。"

"哦？"

段成式面露迷惘："我在外公的书阁里找了个遍，并未发现《曹子建集》。"

确实可疑。墙上挂了《洛神赋图》，书阁里却无一本《曹子建集》，偏偏又钟爱曹植的诗文？

裴玄静凝神思考。

段成式知道不该打搅，索性和李弥聊开了。他个性开朗，头脑又灵光，天生一个自来熟，哪怕和李弥这样略微迟钝的人打起交道，也不在话下。

李弥的心地又特别单纯，一来二去的，就把自己和裴玄静的底统统透给段成式了。

聊了一通，段成式总结道："自虚哥哥，我真喜欢你。我觉得你和十三郎挺像的，下回我介绍你们俩认识。"

"十三郎是谁？"这下裴玄静要干预了。

"嗯，就是皇帝的第十三子，和我们一块儿在崇文馆上学。"说着，段成式指了指自己的脑袋，"十三郎大名叫李忱，也是个可怜的孩子。"

裴玄静明白他的意思，断然道："多谢小郎君好意，但我们不想与皇家多有牵连。"

"好吧……"

"不对。"旁边的李弥却突然冒出这两个字来。

原来他趁裴玄静不留神，把书阁的平面图拿过去看了。

裴玄静忙问："自虚，哪里不对？"

李弥指着图上的架几案，道："反了。"

反了？

刹那间，裴玄静反应过来。在她自己的书房中，也有一条架几案，却是置于东墙之下的。李弥记忆东西全凭形象，所以他一眼便发现，武元衡书阁中的架几案的位置不对。

当然，谁也没规定过架几案非得放在东墙下。

段成式却说："那个博山炉就不该放在西墙下面。夏天焚香时烟光往外面飘。我们刚住进去的时候正好是七月，阿母日日在外公的书阁里焚香祭奠他，结果老远都闻到了，屋子里反而不香。"

"为何不将博山炉移一移？"裴玄静莫名地紧张起来。

"移不了。"段成式郁闷地回答，"书阁里的家什都是固定住的，没一样可以动。连博山炉的脚都有机括连在架几案上，没法移动。"

"咦，炼师姐姐，"他看着裴玄静骤然变白的脸问，"你是不是想到什么了？"

裴玄静定了定神，重新拿起图纸，指着那个书柜问段成式："书柜里的每一个格子、每一本书，你确实都检查过了吗？"

段成式有些不高兴了："每个格子都看了，每个书卷也都翻过，但不可能都从头到尾读一遍啊，没那么多时间。"

"不必。段小郎君这次回去，只要将此书柜中从上往下数第三行，从左往右数的第二个格子仔细搜索一遍。"

段成式张大了嘴巴。

"记住了吗？从上往下数的第三行，从左往右数的第二排，就是那一个格子，里面的每一部书都要仔仔细细地翻看。另外，格子本身也要认真检查，看看是否还藏有暗格，或者机关按钮之类的。"

"哦。"段成式挠了挠头，"这么厉害啊。我记住了，今天就去查！"

裴玄静见那老苍头已经驾着马车等在铺外，便道："时候不早了，小郎君快回府吧。若是有什么发现，就尽快来金仙观找我。"

"一言为定！"

这天晚上裴玄静失眠了，她的预感非常强烈。凭借多年来的探案经验，她直觉这次一定能有所发现。

第二天中午，段成式果然又来了。

裴玄静看到少年的两个眼圈都是黑的，心中涌起一阵歉意。

"小郎君还要吃羊肉羹吗？"

段成式点头："今天可以不带自虚哥哥吗？我有话要单独和炼师姐姐说。"他的嗓子也有些沙哑。

裴玄静自然同意。

两人仍然在那家路边小铺坐下，段成式挑了个最靠里的位置。其实他的考究装束与周围格格不入，更别说裴玄静那一身洁白的道袍，但肉汤上时时冒起的乳白色雾气成了最好的掩护，将他们与来往的路人隔开。

段成式碰都没碰面前的肉羹，却从怀里取出一个绢包，放在裴玄静面前。

裴玄静的心快要跳出来了，仅仅从绢包的外形，她就能猜出来里面是什么。

6

裴玄静用颤抖的手指掀开丝绢的一角——金缕瓶。

和她曾经拼命保护过，但最终还是失去了的那个金缕瓶一模一样。

不过，裴玄静现在可以肯定地说，那个金缕瓶是假的，眼前的这个才是真的。

直到此刻她才恍然大悟，为什么尹少卿在濒临死亡之际还要赶到昌谷去杀人。他一定发现了从裴玄静手中抢到的金缕瓶是个假货，从而认定自己被崔淼耍了。

尹少卿错怪崔淼了。实际上，是他们都被武元衡耍了。

裴玄静百感交集地合上丝绢。

她应该责怪武元衡吗？竟然骗她为了一个赝品付出那么多，差点丢掉性命，甚至错过了与长吉的最后一面。

不，她想她能够理解武元衡的苦心。他所做的一切，都是为了守护心中最宝贵的价值。

他达到目的了，不是吗？

在武元衡死去半年多之后，金缕瓶终于能够物归原主了。

段成式一直在留神观察着裴玄静的表情，这时方问："姐姐，这就是你要找的东西，对吗？"

裴玄静点了点头。

"可你不是说，东西丢了？"

"我以为丢了。不过现在我们知道，你外公一直把它藏得好好的。"裴玄静苦涩地笑了笑，问，"你是在哪里发现它的？"

段成式回答："我按照姐姐的指点，仔细检查了书柜里第三排第二列的那个格子。里面的书卷平平无奇，我并没看出什么特别的。但书柜的每个格子内都有雕刻得十分精细的暗纹，放满书卷时根本留意不到。我就是从这些花纹里发现了异常！整个书柜之中，唯独这个格子的暗纹中央是活动的，很像一个暗钮。我便用力按了下去，结果你知道发生了什么？"段成式大大地喘了口气，"起初什么事都没有，我等了好半天，心都快凉了，却突然看到，西墙下的博山炉好像比原先长高了。"

"博山炉可以移动了？"

"对！原来这个机关就是开启博山炉脚下锁扣的！博山炉好重啊，我费了吃奶的劲才将它挪开，可是它下面除了灰也没别的了呀。我又琢磨了好半天，才想到是不是博山炉的底下有什么，就把胳膊伸进去……"

段成式捋起袖子，让裴玄静看他右手腕上的淤青。

"哎呀，怎么弄成这样？"

"博山炉下面的空隙很窄，我一个人抬不起它，只能拼命把手塞进去，然后……就摸到了这个。"段成式指了指绢包，"它就嵌在博山炉底部正中的一个凹塘里。多亏这瓶子小，要不然我可没本事把它扒出来。"

再一次，裴玄静被武元衡的良苦用心震撼到了。难道他就不担心，金缕瓶或将永不见天日吗？

段成式打断了她的浮想联翩："炼师姐姐，你是从家什均无法移动这一点推测出，屋内设有机关，对吗？"

"是的。而且我认为，武相公的机关以密藏为目的，况且又在自己家中，应当不会有危险的设计。否则，我是断断不敢叫小郎君去探查的。"裴玄静歉然地抚了抚段成式的胳膊，"不料还是让你吃了点小苦头，对不起。"

段成式豪迈地一挥手："这算不得什么！"但不知何故，裴玄静总觉他今天的神色异常，似乎暗藏心事。

段成式又说："我就有一点没想通，炼师姐姐是如何从整个书柜中找到那唯一的格子的呢？"

"因为曹子建啊。"

"曹子建？"

"小郎君告诉我，你外公生前十分喜爱曹植的诗文，但他的书阁中并没有曹子建的书籍，却又挂了一幅以曹子建《洛神赋》为题的画。这就不得不令人深思，会否是你外公刻意为之呢？假设是，那么他的用意肯定是要人特别留意这幅画，所以，我们应该从这幅画入手。可惜我不能去现场目睹，但据小郎君的描述来看，画上应该没有明显的线索。而且我认为，以武相公的谨慎而言，他也不太可能直接在画上做文章。因此我们只能从画的含义、暗示或者象征这几个方面去思考。于是，我便注意到了书柜的格局：书柜横十二排，竖十列。十二和十，小郎君，从这两个数字中，你想到什么了吗？"

段成式的眼睛骤然一亮，"天干地支！"他大声叫出来。

"真聪明。"裴玄静夸赞。

"如果按天干地支算，那个格子就应该是——壬寅！可……为什么是壬寅呢？"

"小郎君会背《洛神赋》吗？"

"会啊，我可喜欢呢。"段成式朗朗地念起来，"黄初三年，余朝京师，还济洛川。古人有言，斯水之神，名曰宓妃。感宋玉对楚王神女之事，遂作斯赋……啊！"他倒吸一口气，"黄初三年！是……"

"正是壬寅年。"

段成式呆了呆，随即由衷地道："炼师姐姐，你真是神了！所以，我外公是用《洛神赋》作暗号啊。"

他起劲地往裴玄静身边凑了凑："姐姐，你怎么能一下就算出黄初三年的干支来？"

"这并不难，有些窍门以后我教你。"

"太好了！"

聊到现在，段成式面前的羊肉羹都结成肉冻了，他还一筷子没吃。裴玄静说："凉的肉羹会吃坏肚子的，我给你再要一碗热的吧。"

"不用了，我不饿。"段成式又显得心事重重起来。

沉默片刻，段成式问："姐姐，这个小瓶子值很多钱吧？"

"应该是……无价的吧。"

"你要拿走它吗？"

裴玄静让段成式给问住了。

原先她只希望找到有关金缕瓶的线索，却不料直接发现了金缕瓶的真身。那么，现在是该决定如何处置它了。

既然任务是皇帝下达的，裴玄静琢磨，最合适的办法还是把金缕瓶交给皇帝吧。

于是她说："此瓶最早是太宗皇帝赐给臣下的，所以我打算，仍将它呈交给当今圣上。"

段成式耷拉着脑袋不说话。

裴玄静问："怎么了？"

段成式抬起脸，清亮的双眸上好像遮了一层淡淡的雾气："姐姐，金缕瓶是在外公的屋子里找到的，为什么要交给别人呢？"

"这……"裴玄静居然回答不了这个问题。而且她意识到，面前的少年早有盘算。

她索性问："那么，你想怎样呢？"

"我想要这个金缕瓶。"

意外，却又不意外。

裴玄静思忖，其实段成式也有他的道理。

从渊源来讲，金缕瓶的确属于皇家。但自从太宗皇帝将其赐给萧翼之后，又历经了多次辗转，武元衡应该算是最后一位拥有者。虽然裴玄静曾经拿到过一个金缕瓶，但那毕竟是假的。

若论起来，外孙要外公的东西，并不算过分的要求。

可是她怎么向皇帝交代呢？

裴玄静试探着问："小郎君会把金缕瓶交给父母大人吗？"

"不！"段成式断然否认，见裴玄静仍在犹豫，他有些急了，"姐姐，我就是拿去派个用场，用完了便还给你，行吗？"

似乎不好再拒绝了，但裴玄静的内心被愈发浓重的阴影所笼罩。段成式今天的种种表现都很失常，让她不能不担心。

她决定再试探一把："小郎君要用尽管拿去。不过……能不能告诉炼师姐姐，你打算怎么用呢？"

段成式的脸腾地涨红了。他回避着她的目光，期期艾艾地说："不能……告诉你……"

"好。"裴玄静道，"你拿去用吧，用多久都没关系。"

"谢谢……"段成式的声音低得几乎听不见。

裴玄静的心中有底了——很显然，段成式自己也认为不应该占有金缕瓶。他必定是遇到了什么天大的难题，必须借金缕瓶一用。

他们仍然回到金仙观门口，裴玄静目送着段成式乘上马车走了。

马车出了辅兴坊后便一路向南，在皇城前的大道左拐，继续往东行驶。

段成式把金缕瓶塞在怀里，感觉到它随着自己急促的心跳，也在不停地跳跃着——扑通，扑通……

他掀开车帘，对赖苍头道："赖伯，到了朱雀大街别拐弯，一直朝前走。"

"小郎君，咱们不回家啊？"

"不回家。"

"那去哪儿？"

段成式用力咬了咬嘴唇，说："平康坊。"

"啊？"赖苍头差点儿从车上掉下去。他回过头来，瞠目结舌地看着小主人。

"就去我爹爹最近常去的地方，你知道的！"

"可是小郎君，那不是你能去的地方啊！"

段成式蛮横地说："我说能去就能去，哪来那么多废话！"

赖苍头连连摇头："不行。这要让阿郎知道了怪罪下来，我可担当不起。不行不行……"

段成式把脸拉得老长："我爹不会知道的，就算知道了，我也有办法帮你开脱。但你若是不帮我……我从今天起就天天找你的茬儿，你等着，不出半个月，我就让阿母把你赶出府去！"

"我的小祖宗啊！"赖苍头连死的心都有了。段成式的聪明劲儿他平日可都看在眼里，知道这个小主人绝对不是省油的灯。他要是真想把自己赶出去，只怕自己难逃此劫。赖苍头一辈子在武元衡府上当差，压根没想过离开后该怎么生活。

朱雀大街就在眼前了。

"咳！"赖苍头一咬牙，扬鞭催马横穿而过。好歹府里的主母还是武家大小姐，段成式又是他母亲的心头肉，就把宝押在这个小祖宗身上吧。

车轮从"平康坊"的北门下缓缓滚过。

毕竟是生平头一次进到烟花柳巷，段成式紧张得连气都喘不上来了。刚回长安时，因是武元衡的家人，皇帝还亲自召见过他们一家。可是段成式分明记得，那回面见天子，自己好像也没这么害怕过。

他悄悄掀起车帘朝外望，只见青砖铺就的坊街净水扫洒，纤尘不染。坊街两侧均是一处连一处的精致小院，扇扇院门前竹帘高挑，遮住深锁的门扉。正是午后时分，街上几乎看不见行人，更没有想象中的丝竹管弦。整座里坊幽静淡雅，宛如一幅江南人家的画卷。

马车停在西南隅的一个小院前。赖苍头干巴巴地道："小郎君，就是这儿了。"

段成式跳下车，却见此处的门庭比别家更窄小，又是一条断头路，周围静得有些森严。

段成式让赖伯靠边等候，自己直了直发软的双腿，上前叩门。

须臾，门扉开启一条小缝，有人自里面道："秋都知今日不见客，请回吧。"就要关门。

段成式早料到这一出，忙扒住门叫："有人让我送样东西过来给都知。"

门开大了些，一个遍体绫罗满头珠翠的中年妇人站在门前，上下打量段成式："你这小郎君是从哪儿来的，谁让你送东西？拿来给我。"

"不能给你，我须亲手交给秋都知！"段成式一本正经地说，"我也不会告诉你是谁让我来的。"

"哎呦！"鸨儿倒有些吃不准了。看段成式的相貌和打扮，分明出身显贵，难不成是个小郡王，从宫里头来的？她再一琢磨，反正就是个孩子，放他进去料也无妨，便笑道："跟我来吧。"

进门便是一座小小庭院，假山怪石、花卉鱼池，无不精致。鸨儿领着段成式在阁道上左拐右绕，很快就把他转晕了。原来这所院子外表深狭，里面却别有洞天。

总算来到一处回廊四合的内庭，娇声笑语扑面而来。透过长架檐下垂落的藤萝望进去，只见几个姹紫嫣红的女子围在庭中央的一口水井旁，正在热闹地谈笑着。

鸨儿叫道："秋娘，这位小郎君找你呢。"

一个女子闻声转过脸来。刹那间，段成式觉得自己的面孔升温，从脖子到耳朵后面都发烫了。

所谓绝代佳人，就该是她的样子吧。

隆冬时节，这女子却穿着件抹胸长裙，雪白的酥胸和两条莲藕般的玉臂傲然裸露于外，肩上搭着的金色披帛长曳及地，与大红罗裙的凤尾一起拖在身后。她含笑走来时，仿佛携带了一整片春光，寒冷都不知退缩到哪里去了。

"妈妈，谁找我？"她的声音更是婉转动听，似莺歌如燕语，"我不是让你去找两个苦力来，爬下井去看看怎么不出水了，你到底去了没有呀？"

"正打算出门呢，这不，让他给截住了。"

"他？"杜秋娘的目光这才落到段成式的身上。

环佩叮当，浓香袅袅，段成式简直要晕倒了。杜秋娘把他从头到脚看了一遍，两只秋水般的明眸中隐现困惑——很显然，她也没猜出他的来历。

"有人让你送东西给我？"

段成式竭力镇定自己，朗声道："不是，是我自己要见你。"

鸨儿生气了："呦，你这孩子怎么骗人呐。"

"妈妈勿恼。"杜秋娘倒像是来了兴趣，对段成式道，"你见我做什么呢？"

"我素闻秋都知色艺冠绝长安，我、我就想见识一下你的……本事。"

他的话音刚落，庭中众女子笑作一团。鸨儿都笑出了眼泪："这雏儿，毛都没长齐呢，就要见识人家的本事，开蒙得够早啊！"伸手来摸段成式的脸，"要不阿姨来陪你尝个鲜？"

"别碰我！"段成式劈手将鸨儿的手打开。

唯一没笑的是杜秋娘，她盯着段成式道："要见识秋娘的本事，小郎君付得起缠头吗？"

"你要多少？我付。"

杜秋娘面无表情地说："掀帘一睹，即需百金。若想听一曲，则以无价宝物换之。小郎君今日已经占得便宜了，难道还想得寸进尺吗？"

"我不想占便宜。"段成式咬了咬牙，从怀中掏出已经焐得温热的绢包，递上去，"你看值不值一曲。"

丝绢褙下，杜秋娘用纤细的玉指摩挲了金缕瓶许久，忽道："跟我来。"

杜秋娘领着段成式进入设厅，吩咐："取我的琵琶来。"

小婢果然取来一柄紫檀琵琶。杜秋娘小心翼翼地把金缕瓶放在几案上，然后盘腿上榻，把琵琶横抱怀中，纤指轻拂琴弦，屋中便响起一片冰蔽玉碎般的乐音来。

杜秋娘扬声唱道："劝君莫惜金缕衣，劝君惜取少年时。有花堪折直须折，莫待花落空折枝。"

段成式觉得胸口遭到狠狠一击，他的那颗少年心陷入难以言表的巨大哀伤中，仿佛就在这短短一曲中，把人间所有的愁滋味都尝尽识遍了。

段成式强忍着才没有落下泪来。

一曲终了。静默片刻，杜秋娘才放下琵琶，道："你可以走了。"

段成式不动。

"还有什么事？"

段成式红着眼圈道："秋都知，我可以请你帮个忙吗？"

"帮忙？"

"你可不可以，不再见我的爹爹。"

杜秋娘一凛，问："你爹爹？他是谁？"

"他是、是段……"

"原来是他！"杜秋娘冷笑道，"我知道了，你就是那位西川来的段大人的公子。哼，果然有出息，今天跑到我这儿来找麻烦了。"

"我不是来找麻烦的，我是来求都知帮忙。"

"我为什么要帮你？"

"因为……我不想看到阿母难过。"

杜秋娘愣了愣，随即笑得花枝乱颤："段小郎君，你这是要断了秋娘的财路啊。若是为了哪家主母不开心，我们就不做生意，那整个北里还不都得关门咯。"

鸨儿来拉段成式："行啦行啦，快回家去吧。"

"我不嘛！"段成式索性耍起赖来，"你不帮忙就把金缕瓶还我！"

正闹腾着，又有一名侍儿跑进来，对杜秋娘说："都知，门口来了个女道士，说见到咱们院子上方有黑气凌空，恐有异物，说得怪吓人的，要不要让她进来识一识？"

"女道士？"杜秋娘冷笑，"今天还真够热闹的，什么人都来了。好啊，那就请她进来，我倒想听听有何说辞。"

片刻之后，那侍儿果然领进一个白衣女子来。只见她头顶道冠，全身缟素，不施脂粉也不配首饰，偏偏呈现出一种勾魂摄魄的美来。此间的女子个个自恃绝色，今天忽见这位女道士，居然都生出自叹弗如的挫折感，连杜秋娘的眼神中都含了点酸。

暂时没人理会段成式了，其实他刚才一听说女道士，就料到是裴玄静。这时见到她，真是又惊又喜又愧，恨不得立刻扑上去哭诉一番。但裴玄静的眼神往他这边淡淡一瞟，段成式便赶紧克制住了自己，心领神会地做出一副旁观者的样子。

他明白了，眼下最好的办法就是保持沉默，让裴玄静去发挥。

裴玄静实在放心不下金缕瓶，所以另雇了辆马车，紧跟着段成式进了平康坊。她远远地看着段成式进了杜秋娘的院门，起初也对他的举动百思不得其解。裴玄静越想越不对劲，干脆去找蹲在墙角发呆的赖苍头打听。

愁眉苦脸的赖苍头一见裴玄静，就像见了救星，把苦水一股脑儿倒出来，连主人家的隐私都顾不上藏了。

裴玄静前后一联想，几乎能断定段成式要金缕瓶到底想干什么了。

傻孩子！她在心中暗叹，这不是胡闹嘛。

裴玄静决定得自己闯一闯了。

但是，女道士怎么才能进妓院呢？

这可难不住裴玄静。就在等待的过程中，她已经观察到妓院的侍儿从角门带了几个苦力进去，谈论着水井突然莫名其妙地干了……

就这样，裴玄静姗姗来至平康坊第一名妓杜秋娘的房中。

杜秋娘懒洋洋地问："请问这位炼师，你看出此院有何异样了？"

裴玄静行礼如仪，款款道来："贫道偶过此地，见贵宅上空黑气压顶，阴霾凝滞，恐有邪祟入侵。敢问……这一两天来，府上发生过什么怪事吗？"

"有啊……"侍儿刚想插嘴，被杜秋娘以眼神制止了。她说："炼师以为，何为怪，何为不怪呢？"

裴玄静道："解释起来有些麻烦，不如我给都知讲一个故事吧。"

"请。"

"扬州法云寺僧人珉楚，与商人章某交好。章死时，珉楚还为其诵经超度。几个月后的一天，珉楚竟在市上遇到了章某。章告诉珉楚，自己已被冥司任命为掠剩鬼。因为人一生可享用的财富是有限的，一旦过限，冥界便会终其寿数，而把多余的财富掠走。说着，章某又从路边的卖花女手中买下一枝花，赠予珉楚。并说，路人见此花开口笑者，便是将死之人。章某说完就消失了。珉楚胆战心惊，持花一路回寺院，路上果然有人对花而笑。到寺院门口时，珉楚终于大喊一声，将花抛入水沟，却听水声溅起，水面上浮起一段人的手骨……"

"啊！"屋内诸女无不吓得花容失色。

杜秋娘的嘴唇也发白了，颤声问："这故事和我有什么关系？"

"这故事讲的是不可占命外之财，否则就会有'掠剩鬼'拿着鬼花找上门来。鬼花飘在空中，落在水里，便有黑云聚集、井水干枯等等异状。"

杜秋娘强辩道："我何时占了命外之财，悉以才艺换之。"

裴玄静嫣然一笑："那要看对谁。譬如公侯豪富，情愿挥金如土以博佳人一笑，倒也无妨。可有些人的东西，都知便不该占。"

"我……"杜秋娘看了看金缕瓶，又看了看段成式，再看了看身旁那些脸色煞白的女子们，正要说什么，有个声音自屏风后面传出来——

"秋娘，莫要被骗。她是为了那个金缕瓶！"

裴玄静浑身一震，愣愣地望着那个从屏风后转出来的身影，好像真的见了鬼。

7

那个男人径直来到裴玄静的面前，含笑道："好美的炼师啊！可惜编瞎话的水平还欠些火候，实在应该先向崔某讨教讨教的。"

"静娘。"崔淼向裴玄静深施一礼，"许久不见。"

裴玄静稍微冷静下来了，还礼道："崔郎，许久不见，却不想在此地重逢。"她把"此地"二字重重地说出来。

"有缘千里来相会嘛。"崔淼的笑容一如既往——潇洒、机智、满不在乎。

"你们认识？"杜秋娘也上前来，目光轮流扫过二人。

崔淼笑答："只要是一等一的美女，不管是女道士，还是名都知，天生都与崔某有缘。"

"哼。"杜秋娘看裴玄静的眼神中醋意更浓了，"你为什么说她在骗人？"

"哎呀，秋娘你想啊，院中的井自昨日午后便打不出水了。可这个孩子刚刚才来了不久，所以井水干涸与你拿了金缕瓶根本就没关系，炼师却硬要把两件事往一块儿扯，不是明摆着诈你吗？再说了，所谓黑云压顶就她看见了，谁能证明？还不是都凭她的一张嘴，想怎么说就怎么说。"

杜秋娘困惑地说："其实我也疑心她的话，但问题是，她又如何得知，这个孩子会带个金缕瓶来见我呢？"

崔淼道："来来，我给秋娘介绍一下她的来历，你便清楚了。这位天仙一般的炼师呢，姓裴，名唤玄静。她的叔父可是赫赫有名的裴度相公，当今圣上最倚重的宰相。"

"裴相公？"杜秋娘恍然大悟，"裴相公和去年遇刺的武相公私交深厚。这个段小郎君是武相公的外孙，所以……"

"所以他们俩就是串通好的嘛。"

"你胡说！"段成式叫起来，"我们没有串通！"

但杜秋娘根本不理会他，却仰首对崔淼说："差点儿给她骗到了，多亏了郎君……"她的双眸熠熠生辉，更加显得明艳逼人，腰肢却柔弱无力地向崔淼靠过去。崔淼伸出右臂，正好将她的娇躯拢入怀中，低声道："别担心，有我呢。"

裴玄静的胸口燃起了一团烈火，痛、酸、恨、怨……各种滋味搅得她几乎无法自持。她恨不得立刻扭头就走，偏又走不了。她绝对不想再看一眼那个人，却又忍不住不看。

就在距她一步之遥，崔淼的怀里搂着杜秋娘。两张几乎找不到瑕疵的脸上，满是柔情蜜意。他那一身半旧的月白长袍，配着她的簇新火红石榴裙，美得就像一幅画。

画的名字应当叫——神仙眷侣。

裴玄静的眼睛刺痛不已。

她向前跨出半步，坚决地说："既然话都挑明了，就请将金缕瓶还给我们。崔郎知道的，此乃关键证物，擅留必将招祸。"

崔淼道："今日有我在这里，静娘怕难如愿。"

"正因为有崔郎在，今天我必须拿回金缕瓶！"

崔淼轻轻放开杜秋娘，微笑道："好啊，静娘尽管来试。"

正在僵持不下，突然，从庭院里传来几声惊恐的尖叫："蛇！蛇！"

紧接着侍儿跌跌撞撞冲进设厅，脸都吓绿了，只会直着脖子嚷："从井、井里钻出来好多蛇，蛇啊！爬得到处都是！"

屋内诸人一时惊得手足无措。杜秋娘到底见过些世面，抢步出门查看，转眼又惨白着一张脸跑回来，用尽全力关上门，转首怒视裴玄静："你这个女妖道，是不是你搞的鬼！"

裴玄静刚想反驳，恰恰瞥见一条花蛇在关门的瞬间从缝隙钻了进来。杜秋娘的裙摆长曳于地，它就顺着那红色罗裙的凤尾悠游而上，转眼爬到杜秋娘的腰间，还昂起三角形的脑袋东张西望。

"啊，蛇，蛇！"杜秋娘吓得语无伦次。

"闪开！"崔淼大喝一声，抢步上前，手里不知抢起个什么东西，往杜秋娘的裙子上用力扫去。

随着杜秋娘的尖叫，花蛇应声落地。裴玄静这才看清，原来崔淼手中是一杆碾玉拂尘，本来插在屏风上，被他急中生智拿来当武器了。

拂尘的好处在于不会伤到杜秋娘，但也没能将蛇一击毙命。掉在地上的花蛇受了惊吓，四处乱窜起来。屋子里顿时充满了尖叫声。

"快离开这儿！"崔淼见势不妙，赶紧护住杜秋娘往外跑。

门外的廊道上早就乱作一团。妓女们平日里见了达官贵人还能搭搭架子，如今见到遍地乱爬的蛇，就只剩下乱喊乱叫的本事了。

门户大敞之后，庭院中的蛇纷纷往厅里爬进来。

裴玄静拉住段成式的手："走！"两人趁乱一口气冲出院子。

刚跑到街边，早已望眼欲穿的赖苍头就迎了上来："小郎君，你这是……"

段成式一步跃上马车，回头叫裴玄静："炼师姐姐，咱们一起走。"

裴玄静向他伸出右手："先把金缕瓶给我。"方才混乱之际，她看见段成式从榻边几案上抓回了金缕瓶。

段成式的脸由白转红，从怀中取出金缕瓶给她，嘴里委屈地嘟囔："我是想在车上给你的。姐姐，今天都是我错了……"一边说着，泪水在眼眶里直打转。

裴玄静柔声道："姐姐不怪你，快回家吧。记住，今日之事，能瞒则瞒，千万对谁都不能说。"

"我懂。"段成式问，"炼师姐姐，你真的不跟我们一起走吗？"

"不了，我还有别的事。"

段成式的马车走远了。

裴玄静闪在一处屋檐下，冷眼看着杜秋娘的院子人进人出、大呼小叫地闹腾了好一会儿，终于渐渐安定下来，应该是找到办法收拾那些蛇了吧。

并没有人特意来追赶她和段成式，崔淼也没有出现。

裴玄静这才整了整衣裙，低下头疾步向坊外走去。

寒风打在裴玄静的脸上，生疼生疼的。整个下午就这么兵荒马乱地过去了。此时已近傍晚，来平康坊寻春的人渐渐多起来，不时有锦衣男子骑马从裴玄静的身边经过，她能清楚地感觉到他们火辣辣的目光。年轻美貌的女道士单独走在北里的坊街上，怪不得男人们浮想联翩。

也许她应该搭段成式的马车走，至少出了平康坊再说。可是裴玄静不愿意，因为她心乱如麻，无法在少年面前掩藏自己的情绪。

这个下午，有人让她感受到了从未有过的屈辱和挫败。虽然寻获了金缕瓶，但案情的突破根本振奋不了她。

她从未明确承认过那份情感，但不等于她不在乎。实际上她在乎极了，超出自己的想象。

裴玄静恨透了自己的软弱，所以必须独自走一走，整理一下纷乱的心绪。

然而裴玄静太高估长安北里的治安了。又走了没多远，开始有三三两两的男子调马依行，在她的身旁忽前忽后，眉目传情。

裴玄静低头加快脚步，才刚转过一个街角，突然有人冷不丁拦在她的面前。

那人说："炼师，我家主人请你上车。"

裴玄静吓得倒退半步，再看那人身旁果然停了一辆马车，马匹和车驾乍看都很普通，黑色油篷布遮得严严实实。

拦住她的陌生人打扮得也平常，可是身姿挺拔伟岸，双目炯炯，神态极为威武。

裴玄静的心更慌了。如此神秘不易辨识身份，莫非遇上了黑道？

她勉强问道："你家主人是谁，我认识吗？"

"炼师上车便知。"那人伸手一抓裴玄静的胳膊，她还没来得及叫出声，就被一股脑儿塞进车里去了。

裴玄静险些摔在车厢的地毯上。她晕头转向地半跪着，一只手伸过来。

"坐吧，无须拘礼。"

她立刻就认出了这个声音，只得顺从地搭住那只手，借力起身坐好，方抬头道："……李公子。"

皇帝微微地点了一下头。

车里车外简直天壤之别。座椅上铺着貂绒垫子，脚下的波斯地毯上绣满大朵祥云。车厢内部全部覆盖金黄色的锦缎，绯色纱帷自车顶垂下。最主要的是车内飘荡的龙涎香气，使这一方狭小的空间顿时显得超凡脱俗，尊贵到了极致。

皇帝倒是一身便装，青色圆领袍，黑纱幞头，腰带上除了中间的一整块无瑕玉扣之外，再无其他装饰。不过在裴玄静看来，今天皇帝的这身打扮平易亲切，连他那副过于标致的五官也变得柔和多了。

皇帝撩起车帘的一角，看着车窗外道："朕偶尔也想在这城里逛逛，看看普通百姓……朕的子民们是如何生活的。不料，却看到了娘子。"

裴玄静说："是。"

皇帝的目光回到她的脸上，裴玄静等着他盘问自己，少顷，却等来了一块雪白的丝帕。

"擦一擦。"他说，又指了指自己的眼睛下方。

裴玄静脱口而出："妾没有哭。"

"是灰。"

裴玄静尴尬极了，只得双手接过丝帕，擦了擦眼睛下方。丝帕靠近鼻子时，龙涎香的味道便直冲脑际，使她有瞬间的晕眩感。

她握着丝帕，不知该不该还给皇帝。

"拿着吧。就算洗过一次，龙涎香也能保留很长时间。"他真是什么都知道。

"是。"

裴玄静收起丝帕，顺势从怀中取出金缕瓶，毕恭毕敬地呈上去："李公子……这是刚在武相公府中找到的。"

皇帝露出一丝惊喜的表情，将金缕瓶托在手中看了又看，轻声叹道："就是它吗？应该是吧。"

裴玄静很惊讶："公子没有见过金缕瓶？"

"只听说过……"皇帝轻抚着瓶身道，"贞观年间，正值大唐创业初期，太宗皇帝崇俭，宫中尚方局仅用少量金箔贴面，凭来自西域的特殊技艺制作了一批金缕瓶，赐予重臣。历经百年之后，宫中各种奢靡金器数不胜数，尚方局却再也不能复原当初的工艺了，所以连朕都没有见过这个式样的金缕瓶……算起来，百余年中大唐失传的，何止这一件。"

他对着裴玄静微笑了："娘子很能办事。"

裴玄静有些迷迷糊糊的。马车一直在前进，她却不关心自己会被带往何方——刚刚过去的下午使她身心俱疲。此刻马车内温暖、舒适，充满令人心旷神怡的龙涎香气，更有天子坐在对面，注视着她……裴玄静只能听天由命了。

马车行进的速度慢下来，有人在车帘外问："公子，今天是走夹道，还是丹凤门？"

皇帝没有回答，却看着裴玄静问："娘子今晚在观里有什么特别的安排吗？"

裴玄静一下没明白他的意思。

皇帝又微微一笑，道："从此处入皇城夹道，离辅兴坊便越来越远了。如果娘子不急着回金仙观，不如就随我一起进宫吧。今天娘子送还金缕瓶，正巧我也有些东西要给娘子看，应当有助于娘子的调查。"

听起来多么合情合理，所以当裴玄静回答"不"的时候，皇帝的表情首先是困惑，然后才变成愠怒。

裴玄静说："妾弟心智不全，如果今夜见不到妾回去，定然哭闹不休，使阖观上下不宁。所以妾必须回去，还望公子见谅。调查案情不急于一时，若公子允许，日后妾再去叨扰公子。"

皇帝皱了皱眉，他肯定从未被女人如此直截了当地拒绝过，少顷，方冷冷地道："也罢，那么娘子便在此地下车吧，朕另外命人送你回去。其他的事，以后再说。"

裴玄静刚下车，便立即有人赶了另外一辆马车过来。她这才发现，围绕着皇帝所坐马车的前后左右，数丈之内几乎一半以上的路人都是便衣侍卫。

暮色苍茫，她仿佛看见长安城的上空，一条浑身绑缚锁链的巨龙正在艰难地腾飞着。

金缕瓶果然是一个神秘的信号，当其重现之时，便将两个久违的男人带到她的面前。

这两个男人都具备部分支配她的力量：一个占据情感的上风；一个掌握至高无上的权力。在他们面前，裴玄静还能保持清醒的自我吗？

她的命运刚刚经过一小段平静而寂寞的缓行，急流险滩又出现在前方了。

8

这天深夜亥时刚过，宫中来使——皇帝急召司天台监李素入宫议事。

今夜李素本不该在司天台当值，难得回家睡个安稳觉，结果还落了空。他慌忙起身洗漱更衣，随中使在夜深人静的朱雀大街上策马狂奔，由金吾卫护送着直接进入大明宫。

延英殿内烛火辉煌，除了御座上的皇帝之外，座中还有京兆尹郭鏦。

待李素参见落座后，皇帝吩咐郭鏦："京兆尹说说吧。"

京兆尹郭鏦具有多重身份，他是郭子仪的孙子，太傅郭暧和升平公主之子。因娶了皇帝的胞妹汉阳公主李畅，所以又是皇帝的亲妹夫兼小舅子。虽拥有如此显赫的家世背景，郭鏦倒是难得的性情谦和，从不以富贵欺人。他和李畅还是一对模范夫妻。因蒙世代皇恩，郭鏦家财万贯，田庄封邑数不胜数，建于城南的别墅比皇家行宫还漂亮，他却把家中的财务大权一概交予妻子李畅。比起他那位"打金枝"的老爸来，郭鏦绝对算得上好丈夫了。

郭鏦唯一的缺点是养尊处优惯了，处理具体事务的能力比较差。凭祖荫当个闲官也就罢了，偏偏皇帝看中他为人忠厚，年前授了个京兆尹的实职给他。结果今天一出事，郭鏦的言谈应对就有些露怯了。

总之，郭鏦絮絮叨叨讲了半天，李素才算听明白。

原来在上元节刚过去的十来天内，长安城中接连有民众报告，家中发现了蛇迹，从长安县到万年县都有。起初只是一两条蛇，后来渐渐演变成数十条甚至上百条蛇一起出现，从地窖、井下、树洞乃至沟渠里钻出，爬得遍地都是，把老百姓们吓得够呛。

隆冬时节，本该蛰伏过冬的蛇却四处流窜，而且越来越频繁，也难怪大家人心惶惶。

两县的长官接报后都派人去勘察过，可是发生蛇患的地方越来越多，环境也五花八门，故查了数日后毫无结果。京兆府的压力骤然变大了。

李素也听出来了，要让郭鏦来处理这种事，实在力不从心。

但皇帝深夜亲自组织讨论对策，会不会也有些小题大做了？这毕竟不是什么军国大事。

郭鏦还在说："最新一起蛇患就发生在今日午后，平康坊北里杜秋娘宅，报院中水井突然干涸，今天着人下井疏通，不料却爬出近百条蛇来。现已把井堵死，但仍有活蛇四处蜿蜒，举宅难安……"

杜秋娘！

李素的心中豁然开朗。他忍不住悄悄瞥了一眼皇帝，却见那张脸上写满的俱是忧国忧民之色，李素又赶紧把头低下了。

"行了，行了。蛇患朕已经了解，无须多言。"皇帝不耐烦地打断郭鏦，转而问李素，"司天台最近有否发现异常天象？"

李素慢条斯理地回答："陛下，天象并无异状。"

"哦……"皇帝思忖着又问，"那李卿怎么看此事？"

李素懂了，原来皇帝之所以召见自己，是怀疑蛇患代表着某种凶兆。大冬天里闹蛇，的确太不寻常，也不像人力可以为之，难怪皇帝有此疑心。

而疑心，向来是帝王最大的弱点之一。

李素拿定了主意，遂正襟危坐道："陛下，关于京城蛇患，臣倒是有个想法，不知当不当说。"

"但说无妨。"

"陛下，臣今日头一次听说蛇患之事，不过据臣所知，今岁正月以来，一直有关于南海蛟龙的传闻喧嚣尘上。"

"南海蛟龙？"皇帝反驳道，"那并非传闻，而是广州上报的祥瑞。朕已派吐突承璀即日奔赴广州，押运蛟龙回京。"

李素连忙称是："陛下圣明，是臣口误了。其实臣想说的是，南海蛟龙与京城蛇患之间，是否存在某种关联？"

"南海蛟龙……与京城蛇患？"

"陛下容禀。臣记得《说文》里提到'龙，鳞虫之长，春分而登天，秋分而潜渊。'这里的鳞虫，指的就是水蛇之类。《说文》中又有'蛟，龙之属也。池鱼，满三千六百，蛟来为之长，能率鱼飞置笱水中，即蛟去。'所以，蛟龙与蛇本属同源。实非臣一人之见，自古以来皆有此说。"

皇帝紧锁眉头，没有说话。

李素便继续往下说："蛟龙者，虽为灵属，但常爱兴风作浪，泽野千里，为害百姓，故而又被称为恶蛟。恶蛟必须在遇到雷电暴雨时，扶摇直上腾跃九霄，方可渡劫化为真龙。臣以为，南海所捕到的，肯定是这种恶蛟。臣记得，在贞元末年时，西川资江也曾抓到过一条类似的巨蛟。当时的西川节度使韦皋令公欲献祥瑞于朝廷，先在街头放置三日供百姓观看，不料那蛟龙居然晒死了。"

皇帝欲言又止，脸上的阴云愈加浓重。

李素道："当时臣恰好在西川，记得尚在夏末秋初之际，蛟龙晒死后，益州的田野乡间、河塘沟渠之中，到处都是死蛇。有些略浅窄的溪水，都被蛇的尸体堵塞了。"

郭鏦在一旁听得毛骨悚然，脱口而出："竟然还有这种事？"

"正是！"李素趁势对皇帝进言，"所以臣才推断，京城蛇患很可能与南海蛟龙有关。恶蛟既为灵物，自然不甘心被抓，乃使蛰伏之蛇作乱京师，以为警示。"

皇帝冷哼一声，问："以为警示？警示什么，警示谁？"

李素俯首不语。话说到这个份上，以皇帝的精明，绝对能听出其中威胁的意味。

延英殿中的静穆保持了许久。

终于，皇帝发出一声叹息："朕觉得神鬼之事，还是宁可信其有，不可信其无。二位爱卿认为呢？"

两位臣子不约而同地称道："陛下圣明。"

皇帝又问："既然李卿认为，京城蛇患或传上天警示，那么卿有何手段可解其意呢？"

"这……"李素始料未及，皇帝又把球扔回到他头上了。

好厉害的陛下啊，李素不由在心中暗叹。破译上苍征兆这类活儿向来不好干，关键是要能揣摩圣意。按理说司天台监负有此责，但李素刚才胡扯了半天南海蛟龙，就是要把这件棘手之事给抛出去。

波斯人在大唐的朝堂上混了大半辈子，对朝野的风云变幻极为敏感，否则怎能至今稳稳坐镇司天台。蛇患背后到底有没有阴谋，什么样的阴谋，李素还猜不出来，所以绝对不愿沾手。

可是现在皇帝逼到眼前，李素只得硬着头皮道："臣建议……以扶乩之法在宫中卜卦，以求吉凶。"

"扶乩……能解蛇患之意？"思忖良久，皇帝做了决定，"好吧，就依李卿所言，朕命人在宫中扶乩吧。"

离开大明宫，在寒风凛冽的长安街头往家赶时，东方已微露晨曦。李素和郭鏦沿着朱雀大街并肩行了一小段。郭鏦发现，李素一直在回首北眺，不禁好奇地问："李台监，可是天象有异吗？"

李素长叹一声道："京兆尹今后多留意天璇和天玑二星吧。"

"天璇星和天玑星？"郭鏦问，"难道天象真有异常？既然如此，方才在延英殿中，司天台监为什么不报于圣上呢？"

"还不是因为你们家！"

"我家？"

李素冷笑道："前几日祠部郎中段文昌上了一个奏表，京兆尹不会没有听说吧？"

"你是说……"郭鏦的脸色随之一变。

就在数天前，从西川刚回朝任职不久的祠部郎中段文昌上表，奏请皇帝封后。此表一出，朝野哗然。郭念云封后之事，从皇帝刚登基时起至今，十年中被反复提起，又屡屡落空。最近一次老臣权德舆率众上表，给皇帝施加了很大压力，仍被皇帝借口天候不吉拖延，最后不了了之。

至此，所有的人都看出来了，皇帝就是不想封郭念云为后，因而再无人愿逆龙鳞。

偏偏冒出来这么一个段文昌，居然又提封后之事。此人刚从西川回京，应该是看到皇帝新立太子，便想当然地奏请为太子之母封后。他不了解围绕立储和封后的是是非非，对皇帝与郭氏之间的嫌隙更是一无所知，又急于在朝中立足，所以才会如此冒失行事吧。

段文昌上了这个奏表后，诸臣罕见地一致沉默，都等着看皇帝如何表态。

身为郭贵妃的兄长，郭鏦对立后之事一向三缄其口，竭力避嫌。不料今天李素竟从蛇患扯到这上头来。

他问李素："你是想说蛇患和……那件事有关？"

"我怎么想不重要，重要的是圣上怎么想。"

李素的弦外之音，郭鏦这才听懂了！

蛇患来得蹊跷，又与段文昌上表的时机正好契合。皇帝会不会因此怀疑，有人在利用蛇患给郭氏封后造势呢？李素不愿再与立后之事扯上关系，所以坚称天象无异，而谈及南海蛟龙，也是试图化解皇帝的疑心。

"方才我在殿上大谈南海蛟龙，实属无奈之举。可叹圣上目光如炬，根本不理会我的说辞。"

前面就是郭府所在的安兴坊了，李素朝郭鏦拱拱手，打算告辞。

郭鏦却不肯放他走，拉着李素的马鬃问："那如何又说到扶乩呢？"

"宫中之事，还在宫中解决嘛！"

郭鏦一愣，手情不自禁地松开了。李素催马疾奔的背影很快消失在里坊深处。

扶乩，乃道家通灵占卜之术。扶，指扶架子；乩，谓卜以问疑。扶乩前，先要准备一个装有细沙的木盘，乩笔或插在一个簸箕上，或用一个铁圈、竹圈来固定。待扶乩之时，乩人请来神灵附体，用乩笔在沙盘上写字，写出的字便为神启。乩人又被称为鸾生，或者正鸾。往往旁边还要有人记录和解释沙盘上的字，这个配合的人称为副鸾。

扶乩之术源远流长，到东晋时杨羲以扶乩的方法写成《上清真经》三十一卷，此法遂盛极一时，并流入民间。正月十五上元节时，普通百姓也会在家中以扶乩术迎紫姑神，卜问来年的农耕、桑织、功名之事。而在民间扶乩的风俗中，正鸾和副鸾都由女子担任，则与道家正式的扶乩术大相径庭了。

女子扶乩，自则天皇后时起成为宫中惯例。当年，则天皇后为抬高女子的地位，即皇后位不久，便邀集了官夫人和后宫女眷，举行了先蚕仪式。先蚕始于汉代，与皇帝的籍田之礼配合进行，教导百姓善尽男耕女织的责任。此外，则天皇后还在后宫女官中指定人选，于每年上元节时行扶乩，求测来年运势。第一位宫中正鸾便是她最宠信的上官婉儿。

则天皇后一人主持了四次先蚕仪式，在她之后便难以为继了。但上元节后宫扶乩的惯例倒是沿袭了下来。德宗七年起，每年后宫扶乩迎紫姑的仪式，都由女尚书宋若华担任正鸾。德宗之后，经过短命的顺宗朝，宪宗皇帝即位十年来，仍循此例。唯独今年，由于削藩战事紧张，皇帝下诏简化了上元节的诸多庆贺活动，连宫中扶乩都一并免除了。

今天李素急中生智，建议再行扶乩，以问蛇患吉凶，实可谓老奸巨猾。即使皇帝疑心蛇患与立后有关，只要把占卜推至后宫，哪怕有人要兴风作浪，也不能殃及前朝。

烈烈寒风拂面，郭鏦在十字街头呆立许久，终于想通了来龙去脉。他仰望苍穹，只觉漫天星光清冷无限，庄严而残酷。

晨钟尚未响起，李素手持宫中颁发的特许腰牌，才叫开了布政坊的坊门。

离祆祠还有一段距离，便听到悠扬的波斯乐音在夜色中飘荡，中间还夹杂着低哑沉痛的歌声。每次都是这样，当一场通宵饮宴将近尾声之时，所有的欢声笑语终成凄怆声调。

李素在祆祠前挽住缰绳，驻足静听。

一个男声，用波斯语唱道："我爱透风的帐篷，胜过高大的宫殿。我爱旷野飒飒风声，胜过鼓乐喧天。牧民简朴的日子，比花天酒地生活要甜。我爱我的故乡啊，胜过皇宫深院……"

在大唐安身立命的波斯人李素如同遭到迎头痛击，顷刻老泪纵横。

乡音难辨，却是心声。大唐再好，终为他乡。可是对于李素来说，故乡越来越遥远，他深知自己终将成为异乡之鬼，灵魂漂泊无所归依，更没有救赎。

李素敲开祆祠的门，将马匹交给奴子，自己缓步走向中央拱顶的祭火堂。歌声正是从祭火堂后传来的，待李素转过大半个圆堂时，却被眼前的景象骇住了。

空地中央，数个陶罐排列成圆形，圈住一个人。此人盘腿席地而坐，全身赤裸，仅在腰间以围布遮体。往脸上看，满面虬髯，包着头，隆鼻凹目。但黝黑的皮肤和枯干的四肢都表明他并非波斯人，而是一位来自天竺的苦修行者。

苦修行者的对面，刚高歌完一曲的李景度沉默而坐。在他的身旁，波斯人纷纷放下手中的竖琴、洞箫和唢呐，神情萧索。

这一刻，歌乐声俱灭，只有空地四周的火堆燃烧正酣，发出断续的噼啪之响。

寂静之中，天竺人举起手中笛子，放到唇边。笛音悠悠而起，摇摇曳曳。伴随着这婉转诡异的笛声，天竺人身旁的陶罐中有什么东西缓缓升起来。

李素情不自禁地瞪大双眼。起初，他以为自己老眼昏花了，错把火苗和烟的影子看成实体，但随即，他便在极度的恐惧中认识到，那些扭捏摇摆的东西是实实在在的……蛇！

天竺人的笛声高亢起来，众蛇随之舞动得越发欢快。

忽然，李景度大喝一声，从毡毯上一跃而起。周围的波斯人如同得到号令，琴箫顿起，为天竺人的笛音伴奏。越来越多的蛇从陶罐中钻出来，聚集在天竺人的身边，彼此纠缠，仿佛在编织一块会自行扭动的巨毯，又似波涛起伏不止……

"啊！"李素大喊着向后仰倒。

9

裴玄静在北里街头遇上微服出巡的皇帝后，平平静静的五天过去了。第六天上午，有中使来接她入宫。

这位中使很陌生，也很沉默，除了传达皇帝的口谕之外，并不多说一个字。

裴玄静居然有点想念吐突承璀了，吐突承璀尽管态度恶劣，却常有意无意地向她透露一些内情。于是裴玄静搭讪着问："许久未见吐突将军了，他很忙吧？"

"吐突中尉奉旨去广州了。"

"哦。"

马车进入皇城夹道后，两侧便只能看见高耸的围墙了。青白相间的琉璃瓦上，浮动着阳光的熠熠金色。一侧的青砖墙外，市井之声不绝于耳；另一侧的墙内，则是皇宫大内中庄严的寂静。对比强烈。

从辅兴坊到大明宫，要沿着夹道绕过整个太极宫和东宫，距离颇为漫长。马车徐徐前行，仿佛总也走不到头。裴玄静不禁想，如果那天自己跟随皇帝一起入宫，会是怎样的情形呢？在这段长路上，他又会对她说些什么？

事实上，那天裴玄静拒绝皇帝，完全是一时冲动。因为她在杜秋娘宅受了刺激，所以看哪个男人都讨厌，尤其是漂亮的男人！

要是让崔淼知道，裴玄静竟然由于吃他的醋而迁怒于皇帝，这家伙只怕会乐得飞起来。

裴玄静努力把崔淼的笑脸从脑海里驱赶出去。在平康坊寻欢是崔淼的权利，自己有什么理由生气？更重要的是，崔淼和杜秋娘怎么厮混都是安全的，而与裴玄静接近的话，后果就不可预测了。所以当初她才非要赶他走。她还记得最后他说，要做她的一个谜题，不离不弃地纠缠着她。言犹在耳，才过去几个月，此君就把誓言抛到九霄云外去了。

不，不要再为崔淼烦恼了。裴玄静告诫自己，在向皇帝提出入观修道时，不是就已经想清楚了吗？从此不涉男女私情，只修炼、悟道，探索人心真理。怎么才一见到崔淼，便方寸大乱了呢？

裴玄静暗下决心，等会儿见到皇帝，一定要为那天的唐突向他致歉。

皇帝没有给她这个机会。

进了大明宫后，马车经过紫宸殿向西行，驶入一所僻静的院落。与大明宫中那些气宇轩昂的豪华殿宇不同，此处房舍小巧精致，围出一方幽雅的庭院。庭中花砖漫道，芳草萋萋，栽有十来棵高大的树木，两三只黄雀在掉光了叶子的枝丫间跳跃。

中使介绍："此处名为柿林院，宫中内翰林的衙所，请炼师随我来。"

内翰林是什么意思？裴玄静正纳闷着，就被引入正堂。

她被眼前的景象震撼到了。

宽敞明亮的轩堂中，四壁从顶至地全都是一层接一层的巨型檀木书架。重重叠叠的卷轴置放其中，无不配以各色锦缎的封帙和丝绦。微风拂过时，卷轴挂下的玉签轻轻相击，响声清脆玲珑。四具松木扶梯斜靠在书架旁，供人登高寻书。左右两侧的屏风上悬挂着若干字画，裴玄静一眼认出的就有王羲之、颜真卿和阎立本的真品。哪一件拿出去都价值连城，在这里却被随意地摆放着。

堂中芸香和墨香四溢，连窗下盛开的水仙和腊梅的香气都被掩盖了。

此间的书案也是裴玄静所见过书案中最大的，仅仅比皇帝的御案小一些。

端坐案后的内官闻声抬起头。

中使介绍："这位是内尚书宋大娘子，这位是裴炼师。"

裴玄静明白了，所谓内翰林就是宫中负责文书的女官。外朝负责文书的是翰林院，那么内廷与之相对应的，就是这所柿林院了。柿林院？哈，裴玄静恍然大悟，方才庭中所见的高大树木不就是柿子树吗？

而眼前这位女官，当是赫赫有名的才女，宋家五女中的老大宋若华了。

　　宋若华自德宗七年入宫后，便总领秘阁图籍至今，才学扬名天下。裴玄静还听说，宋若华正在编纂一部共十章的《女论语》，成文后将为天下女子的言行规范。六宫妃嫔、诸王和公主均以她为师，连当今圣上见了宋若华都要尊称一声"宋先生"。

　　宋若华微笑着迎上前来。她已届中年，可能是用脑太过的缘故，气色不太好，岁月的痕迹便更清楚地暴露在容貌上，但她的一举一动都娴雅有度，展现出饱读诗书的底气。

　　原非以色事人，也就无所谓色衰了。

　　中使完成任务告退，留下两个女人自己攀谈。

　　宋若华请裴玄静落座后，见她还在好奇地四下打量，便介绍道："宫中藏书尽在集贤书院，在我这里的，是全部索引和一部分需要校对修订的珍藏。"又指给裴玄静看那四具木梯，"藏书分甲、乙、丙、丁四部，各自对应'经''史''子''集'，并以红、青、碧、白四色标识区分。所有的玉签和丝绦均分四色，连登高的木梯也如此。"

　　裴玄静由衷赞道："真是叹为观止，大娘子镇日与这些珍藏为伴，难怪气度不凡。"

　　宋若华微笑："炼师太过奖了。"顿了顿，道，"今早得圣上口谕，说炼师要来与我商议事情。却不知是何事？"

　　裴玄静也发蒙了，皇帝的葫芦里究竟卖的什么药？

　　宋若华见裴玄静的样子，并不意外，款款拿过一个锦盒，摆在二人面前："圣上还命人送来了这个盒子，我想应该等炼师来了一起看吧。"果然是在宫中历练了大半生的人，言谈谨慎而又暗含机锋。

　　打开锦盒，里面只盛了一张薄薄的纸。宋若华将纸直接递给裴玄静："炼师认得这个吗？"

　　纸上书写的，正是"真兰亭现"的离合诗。

　　当初，裴玄静正是从武元衡包裹在金缕瓶外的黑布上读出这首诗的。起初不明所以，后来才发现，此诗四句一组，能以离合的规则析出

"真兰亭现"这四个字。而直到裴玄静解开《兰亭序》真迹的谜底后，皇帝才亲口告诉她，这首来历不明的离合诗是在御案上发现的。

裴玄静明白了，这肯定就是在皇帝御案上发现的原件。那天皇帝在马车中说要给她看的，应该就是这件证物了。因为裴玄静找回了金缕瓶，皇帝才算认可了她的能力，决定把离合诗的原本交给她做线索，寻找整个事件的幕后策划者。裴玄静却没头没脑地让皇帝碰了一鼻子灰。想到这里，裴玄静心中懊恼不已。

可为什么，皇帝要把宋若华牵扯进来呢？

裴玄静便简单答道："我曾听人提起过这首诗。"

对宋若华应该知无不言，还是有所保留？她一时尚难以决断。

宋若华说："若华久闻炼师高名，既然炼师知道这首诗，想必清楚来龙去脉。圣上既然把你我安排到一起，据我推测，一定是要我配合炼师吧。所以炼师需要我做什么，尽管吩咐便是。"

她果然比裴玄静老练得多，看着裴玄静的目光也很温和。也许在宋若华的眼中，裴玄静只是一个和自己的小妹妹差不多大的女孩子，尽管资质超群，终究还稚嫩着呢。

既然宋若华都这么说了，裴玄静也不便再东想西想了，便拿起纸仔细琢磨，道："圣上吩咐我找出这首诗的炮制者。据我想来，无非是从纸张、笔墨、书写的方式和笔迹几个方面来寻找蛛丝马迹。因为东西是在宫中发现的，所以想请尚书娘子帮忙辨识一下。"

宋若华点头道："这倒不难。首先是纸，嗯，乃宫中专用的益州黄麻纸。用墨嘛……"她将纸放在鼻子下面闻了闻，"也是宫中专用的徽州墨，历久而馨香不散。至于书写的方式和笔迹，"她微微一笑，将纸放下来，"我想炼师也一定能看出来，这所有四十个字都是临写的王羲之字体。临摹得算不上高明，只见其形而未得其神，还需要多下点功夫。"

"所以这个书写者的书法造诣一般？"

"是很一般。"

"……有没有可能是高手伪装成这样的呢？"

"你是说故意写得像个生手？"宋若华沉吟道，"不大可能。书法最见功底处在于细节，而细节是隐瞒不了的。就算有意写得生拙，还是会从一笔一画、一顿一撇中露出真相来。生手就是生手，对此我可以保证。"

裴玄静没话说了，想了想又问："那么据宋先生判断，宫中能炮制出这样东西的，大概会有哪些人？"

"我想……少说也有成百上千吧。"

"成百上千？"

"对啊。纸、墨均为宫中常用之物，又非顶级。所以一般内侍、宫人都可轻易取得。至于书法，我刚才已经说过了，随便一个初通文墨的人，临摹一段时间的王羲之，就是这个水平。因此我才说，这样的人大明宫中自然有成百上千。"

"那……也不可能比对笔迹吗？"

宋若华笑道："就算圣上同意，让所有内侍宫人都把这首诗临摹一遍，炼师要逐一对比过来，恐怕也得一年半载吧。况且，以我之浅见……这么做不会有什么结果的。"

虽然她的语气很亲切，裴玄静还是受了莫大的打击。她不甘心地说："可我就是不信书写此诗者学识浅薄。也许抄录的另有其人，但作者肯定饱读诗书。"

宋若华淡淡地反问："炼师这么肯定，是因为此诗的内容吧？可是在若华看来，这也不过就是首普普通通的离合诗罢了，称不上功力深厚。"

这一惊非同小可。裴玄静目瞪口呆，才一会儿工夫，宋若华就已经识破端倪了？

宋若华又道："至于离合出的'真兰亭现'四字么……倒是有些意思。诗中所用之典也都扣题，然失之堆砌……我以为不算上佳之作。"笑了笑，又道，"扯远了。炼师并不需我品评诗作，就当若华说了废话吧。"

裴玄静根本无法答话，因为她的自信心正在崩溃中。

这也太难以置信了——她曾经绞尽脑汁才破解的"真兰亭现"离合诗谜，对宋若华来说简直不费吹灰之力？那么以宋若华在书画和典籍上的造诣，以及她对皇家的历史和隐私的掌握程度，要解开《兰亭序》的真迹之谜，是不是也不无可能呢？

肯定比裴玄静更有把握啊！

懂了。裴玄静终于领悟了皇帝的意思。他今天特意让裴玄静来到柿林院，并不单单是叫宋若华协助裴玄静破案。皇帝还要裴玄静明白，他并非只有她一人可用。事实上，皇帝手中的可用之策、可用之才，应有尽有。

裴玄静之所以能够勘破《兰亭序》真迹之谜，只不过是因为她凑巧被武元衡选中了，也可能是她的身份和背景，比宋若华更适合做解谜人。

总而言之，她的才能绝非最主要的原因。

皇帝要裴玄静认识到，今天她能得到皇帝的赏识，被委以重任，实属难得的幸运，是应该匍匐于地感激涕零的浩荡皇恩。

她裴玄静，还远未到可以恃才骄纵的地步！

裴玄静情不自禁地握紧拳头——没想到一个无意中的小小冒犯，竟然招致这样的后果。

所以皇帝既不斥责她，也不惩罚她。因为他看出了裴玄静的骄傲，便决定从根本上击溃她的信心。他所要的，是彻彻底底的服从，违逆者只有死路一条。对裴玄静用不着下狠手，只要给她点颜色看看，让她学乖就行了。

在宋若华的面前，裴玄静如坐针毡。

宋若华关心地问："炼师怎么了，是不是哪里不妥？"但她那洞若观火的目光，越发使裴玄静感到窘迫："我……我该走了。"

"这……"宋若华显得有些为难，"那么这个锦盒怎么办，是留在我这里，还是炼师带走？"

裴玄静尚未回答，有人在门口应道："是什么好东西，也让我看看吧？"

宋若华的脸色一变，注视着从门外翩然而入者，断然回绝："不行。"

"不行就算了。可是大姐，你总该给我们介绍一下吧？"说话间，宋若茵已经大步走到案前，眼睛滴溜溜地在裴玄静身上直打转。她又高又瘦，颇有点居高临下的气势。

宋若华干巴巴地说："这是我的三妹若茵。"

裴玄静与宋若茵见礼。宋若茵笑道："我还以为女神探怎么个三头六臂呢，原来这么年轻，看起来比我家小妹若伦还小一些。可是呢，长得又比我们几姐妹都美貌，难怪圣上都那么上心思。大姐，你说是不是？"

"三妹。"宋若华的脸色更差了，"裴炼师要回去了。"

"这么急就要走？到我那里去坐坐吧。"宋若茵亲热地说，"我与炼师一见如故，还望炼师赏光。"

"若茵，休得无礼。"

"无礼？大姐此话差矣，若茵怎么无礼了？"宋若茵将柳眉一竖，看起来还挺凶的。

宋若华叹了口气，干脆不理她了。

裴玄静向宋若华告辞。自从宋若茵突然冒出来，宋若华整个人都变得没精打采的，连敷衍裴玄静都顾不上了。反而是宋若茵兴冲冲地主动要送裴玄静。

临出门前，宋若华将写着离合诗的纸叠好交给裴玄静，低声道："破案既为炼师之责，若华不便代为保管。"裴玄静将纸揣入怀中。

来到院中央的柿子树下，宋若茵突然压低声音对裴玄静说："烦请炼师务必到我房中去一趟，若茵有事相求。"

裴玄静哪里还有心情应付她，又不便拒绝，只得勉强跟着宋若茵穿过月洞门，来到西侧跨院。宋若茵单独住了这个小跨院。庭中同样种满了柿子树，就连房里的格局也相似，四壁全都是从顶及地的木架，但架上的东西却大相径庭。

宋若华的房中摆满了字画。而宋若茵的房中摆放的却是五花八门的织锦、绸缎、各色瓷器、玉雕，还有许多裴玄静见所未见，连名字都叫不出来的珍玩。

宋若茵留意着裴玄静惊讶的目光，解释道："我和大姐不一样，从小不爱字画，却爱钻研各种精巧的手艺。从女工的刺绣、编织、剪纸、花样，乃至男子才能碰的雕刻、木艺、烧陶、制瓷等等，我都喜欢，还会自己设计制作一些奇巧好玩的物件。"她随手从案上拿起一个猫形的玩偶，递给裴玄静。玩偶贴着绿玉的眼睛，粘着银丝的胡子，裴玄静才拿在手上细瞧，不防宋若茵往猫屁股上一捏，"喵"的一声，把裴玄静吓了一跳。

宋若茵"咯咯"地笑起来，歉道："炼师莫怪，我就爱搞这些小把戏。"

裴玄静哭笑不得，她的心情糟透了，只想赶紧离开，便道："三娘子的心思真巧，玄静佩服。不过我真的该走了。"

宋若茵就像没听见她的话，仍自顾自地说着："要说呢，我大姐的屋子是最值钱的。而我这里，尽管没那么多无价之宝，却也样样是独一无二的。"她看着裴玄静道，"像咱们柿林院这种地方，幸亏是在皇宫大内，无须特别防卫。否则的话，只怕日日夜夜都得重兵把守——防贼。"

裴玄静心念一动，接口问："宫里也会有贼吗？"

"我原来也认为绝不可能。"宋若茵再度压低声音，神神秘秘地说，"但就在最近这几天，我却感觉……有贼光顾了。"

"你感觉？"

宋若茵一把拉住裴玄静的手，将她拖到纱帘后面："你看这具仙人铜漏，是圣上前些日子刚刚赏赐给我的。就是它来了之后，我便感觉夜里开始不安宁了。"

裴玄静能看出仙人铜漏是件宝物，若放在民间的话，确实容易遭贼惦记。但在皇宫大内之中，差不多的宝物不计其数，就算想偷也偷不过来吧，何必单单盯上这一件。况且隔壁宋若华的房中，还有那么多价值连城的书画。

裴玄静问："三娘子说的不安宁，具体指什么？是有外人闯入的痕迹吗，还是丢失了什么？"

"那倒没有，就是一种感觉。夜里我闭起眼睛，就总感到有人在窗下潜伏着，想要钻进来，可起来查看时，又什么都没有了……"

裴玄静劝道："如果没有确凿的事实，很可能就是三娘子的臆想了。三娘子太顾虑仙人铜漏的安全，以至疑心生暗鬼。也许放宽心，便什么事都没有了。"

"你胡说！"宋若茵忽然翻脸，"什么都还没查呢，就说我疑神疑鬼，如此草率，居然也敢称神探。我看根本是浪得虚名，凭的不是本事，终究是一张脸吧！"

裴玄静气愣了，敢情这宋家姐妹是自己的命中克星吧？

她再也没有耐心了，便道："三娘子没别的事，我告辞了。"

宋若茵低声嘟囔着什么，似乎还在挽留。但裴玄静根本没听她的话，径直走了出去。

那天夜里，裴玄静在案前呆坐，离合诗的原件就摆放在面前。夜半三更时，她不得不承认，宋若华说得非常有道理。这纸张、墨迹，乃至笔体，每一样都平淡无奇，成不了线索。即使有，也必须是对书画有极深的造诣，又对大明宫中的一切了解至深的人才能发现。

宋若华也许是这种人，但裴玄静肯定不是。

裴玄静苦涩地想，皇帝真是找错人了。

她心灰意冷地伏在案上，沉沉地睡了过去……

裴玄静梦见了长吉。

她兴奋地又哭又笑，扑上去想抓住他，却扑了个空。

长吉像一阵烟雾般地消失了。裴玄静愣愣地等待了很久，期待他能再次出现。哪怕只是幻象，她也希望能多看他一眼。

长吉没有出现，裴玄静却醒来了。

她倾听着周围死一般的寂静，忽然有种冲动，想立即起身去闹鬼的后院走一走。

长吉会不会在那里等她呢？

她是多么思念他啊，多么想当面对他念一念那两句诗："请君暂上凌烟阁，若个书生万户侯。"

她想告诉他，自己能够走向大明宫，住进金仙观，勇敢地面对充溢着血腥味的真相，就是因为这两句诗。

裴玄静相信，凌烟阁中寄托了长吉的梦想。不仅仅是长吉的，还有武元衡、柳宗元、叔父、皇帝……乃至这个伟大帝国的所有缔造者们的梦想。

而她，尽管永远失去了长吉，也能够凭借这个梦想与他联系在一起。

她曾经多么庆幸，自己虽为女子，却拥有一份小小的才能，从而可以和男人一样，参与到这份伟大的事业中去。虽以孑然一身立足世间，亦能不畏孤独。

在失去挚爱以后，裴玄静的全部人生基石便在于此。

可是没想到，这两天她频受打击，每一下竟然都打在这个根基上。裴玄静发现，不管是皇帝还是宋氏姐妹，甚至连崔淼都压根没把她的才能当回事。归根结底，他们都只把她当成一个可以随意摆布的女子而已。

这才是裴玄静万万不能接受的。

她已经失去了爱情，难道还要失去自信和尊严吗？

她又从枕下摸出了长吉赠予的匕首。直到今天，她还是不明白这件信物的用意，是证明、保护还是毁灭……

"嫂子，嫂子！快开门！"

是李弥在拍门。裴玄静猛地从床上坐起来，三更已过，怎么回事？

门外还在叫："嫂子，是皇宫里面来人找你！"

因李弥是男儿，所以安排他睡在离观门最近的房间里。他人虽愚钝，帮着搬运些杂物，当个小门房什么的，还挺管用的。

裴玄静赶紧披衣开门。

还是昨天接她入宫的那位中使："圣上有旨，命炼师速速入宫。"

这回裴玄静没有试图打听什么，中使格外凝重的神色已经传达出非同寻常的紧张气氛，令她不敢擅自揣测。

马车走的是和白天一模一样的路，但因为是深夜，给人迥然相异的感觉。

裴玄静的心越揪越紧。

马车停在柿林院前。宋若华率先迎上来："这个时候惊扰炼师，实在过意不去。可是圣上坚持要让炼师来……"她还想竭力维持镇定，但悲戚的语调和脸上的泪痕根本掩饰不住。一夜之间，宋若华看起来又老了许多。

裴玄静忙问："发生了什么事？"

宋若华摇了摇头，领着裴玄静往西院走。跨过月洞门，便见满庭的柿子树上都洒了淡淡的月光，好像披了一层薄纱。

中间那棵柿子树下横躺着一个人。

即使躺着，也能看出她比普通的女子身长不少。

"是三妹，她……"宋若华泣不成声。

宋若茵死了。

第二章
亲姐妹

1

裴玄静向柿子树下的尸体走过去。

寒风劲吹，枯枝在她的头顶瑟瑟摇摆。

裴玄静停下脚步——且慢，这并不是一所普通的小院。这里是大明宫中的柿林院。巍巍宫墙之内，连风也刮得比别处更凌厉。

距离尸体还有两棵柿子树，裴玄静站定回首，问宋若华："是谁发现的，什么时候？"

"是若昭……大约一个时辰前发现的。"

"若昭？"

从宋若华身后闪出一名年轻女子，满脸是泪，向裴玄静行礼道："若昭见过炼师。正是我发现三姐出事的。"

宋若华解释："若昭是我们的四妹。"

宋若昭的五官轮廓与若华、若茵相似，但因年纪尚轻，看上去就顺眼许多，几乎可称为美女。只见她鬓发略散，披了一件大斗篷遮住全身，像刚刚从榻上爬起来的。

宋若昭用颤抖的声音说："夜里我、我睡不着，想找三姐聊聊天，她一向睡得很晚……所以我披衣下榻，独自朝西院来。刚进院子，就看到三姐躺在地上……我……"她举起帕子抹了抹泪，"我先叫了两声，她没动静，我怕得很……上去仔细一看，她的脸都青了……"宋若昭扑到大姐怀里失声痛哭起来。

裴玄静问："你当即确定她死了？"

宋若华代替若昭回答："当时若昭吓得尖叫起来，把众人都吵醒了。我们起来查看，是我探了三妹的鼻息，确定她已死……然后，我们便禀报了圣上。"

"是大娘子去禀报的吗？"

"不是，我和四妹留在这儿守着，是小妹若伦去的。"

又一个年轻女子瑟缩地出现在宋若华的身边，而且衣冠齐整，应该是特意穿戴好了去向皇帝报告的。

到目前为止，除去早已病故的若仙，裴玄静算是认全了宋家姐妹。

她问宋若伦："圣上怎么说？"

"他只说会请炼师来查案，让我们在此等候，什么都不要动，什么都不要做。"

裴玄静点了点头："所以你们就一直等到现在？在此期间，三娘子……始终躺在那里吗？"

宋若华哀戚地回答："圣命断不敢违，故而我亲自带领众人守候在此。"她的身子微微一晃，若昭和若伦忙从两边搀住她，异口同声地叫道："大姐！"

看得出来宋家姐妹的感情非常好，大姐若华更是妹妹们的主心骨。

裴玄静略一沉吟，道："情况我都了解了，玄静先告退。"

宋若华始料未及，忙问："炼师要去哪里，不先查案吗？"

"查案？并没人要我查案。"

宋家姐妹面面相觑。宋若华问："炼师何出此言？炼师身负神探之名，圣上贪夜召来炼师，当然是请你来调查三妹的死因啊。"

"大娘子过奖。"裴玄静淡淡地回答，"圣上召我入宫时并未传口谕，况且宫里有内侍省，朝中有大理寺，宋三娘子之死自有他们主持公道，怎么都轮不到玄静来断案。而今之计，不如我先去求见圣上，讨得他的旨意再说吧。"

见她执意要走，宋若华抢步上前挡住去路，声泪俱下地说："炼师别走！请炼师无论如何勘察了现场再离开。我们也可将若茵移至房内，免得她的身子再暴露于外……天很快就要亮了。求求炼师了！"说着，双膝跪倒在裴玄静的面前。

"求求炼师了！"若昭和若伦也一齐跪下来。

裴玄静忙去拉宋若华："宋家娘子快起来！这是怎么说的，我……"

宋若华泣不成声："昨天下午炼师来访时，我与若茵多有得罪，还望炼师见谅。而今若茵惨遭不测，请炼师看在同为女子的份上，莫让外人来触碰她的身体吧。"

话都说到这个份上，裴玄静不好再推辞了。

宋若华虽然摇摇欲坠，仍坚持提着灯笼给裴玄静照亮，又命其他人等包括两个妹妹退后，只她一人陪同裴玄静来到宋若茵横躺的柿子树下。

灯笼的光打到宋若茵的脸上，裴玄静立刻断定：她是中毒而亡的。

正如宋若昭所说，宋若茵的整张脸都发青了，肿胀变形得厉害。眼睛、鼻子和嘴角边粘满黑红色的血沫。

裴玄静听到身旁宋若华的急促呼吸，心想：她会不会早就知道三妹是如此可怕的模样，才不愿让别人来勘验尸身呢？

裴玄静轻声问："一个时辰前你们发现她时，已经是这般模样了吗？"

"还没、没这么吓人。"宋若华气喘吁吁地回答。

裴玄静点点头，中毒致死毋庸置疑了，当务之急是确定毒从何而入。

她从宋若茵的发髻开始，检查到宋若茵的右手时，裴玄静的眼睛一亮：宋若茵右手拇指的指腹处，有一小块淡淡的黑色印迹。再看其他四指，没有同样的现象。裴玄静不露声色，继续检查了一番，再无特别的发现了。

见裴玄静停下思索起来，宋若华探问："炼师有何发现吗？"

裴玄静却反问道："三娘子晚饭吃的是什么？"

"我们四姐妹一起吃的晚饭，就在我房中。"宋若华悲伤地说，"我们向来如此。"

"大家吃的都是一样的？"

"是一样的。"

"饭后还用过茶水或者夜宵之类吗？"

宋若华回答："每天晚饭之后，姐妹们都会在我房中闲谈，直到睡前才各自回房。因为最近我的身子不太好，精神短少，所以晚饭后没多久大家就散了。若茵习惯晚睡，回房还会自己烹茶，她的房中自备了茶具。至于夜宵，一般是没有的。前几日过上元节时，圣上在宫中赏赐了许多点心，我们都还吃剩下不少。夜里饿的话，若茵大概也会吃一些吧。不过，那些也是大家一样的。"

裴玄静点了点头。她刚才已经查看过宋若茵的舌苔，颜色形状并无异常，所以基本可以断定，宋若茵所中的毒不是从饮食中来的。现在问这些，只是进一步确认。

她又问："若昭和若伦的卧房在哪里？"

"她俩一起睡在东厢房，就在我的卧房隔壁。"

也就是说，三姐妹都住在柿林院的东半边，整个西跨院只有宋若茵一人居住。

"在若昭喊叫之前，你们没有听到任何动静吗？"

"没有。最近我身子不爽，睡得很早，并焚安息香以安神，所以睡得也特别深沉。若伦呢，正在好睡的年纪。据她说，连若昭出去她都全然不知。"

"知道了。我再去三娘子的房中查看一下，你便可安置她了。"

再次走进这间琳琅满目的屋子，裴玄静感到一阵悲凉。宋若茵曾对自己出言不逊，但死者为大，何况她还死得那么惨。想到这些，裴玄静也就原谅宋若茵了。

案上的茶具摆放整齐，干干净净。黑漆描金荷叶圆盒中盛满精致的御点，有毕罗、透花糍、冰霜柿饼等等，一块未动。正如裴玄静所推测的，宋若茵死前根本没有饮食过。

毒非从口入——这一点，可以确定了。

下一个疑问马上来了。按照宋若华的说法，宋若茵回房的时候尚早，直到二更左右被发现死于柿子树下，其中有将近两个时辰的时间。她未按习惯饮茶，而且衣饰齐整，说明根本就没上过床。

那么这整段时间里，宋若茵都在忙什么呢？

裴玄静环顾四周，架几上摆满了五花八门、稀奇古怪的玩意儿……突然，她的目光被一个木盒吸引住了。

这个木盒在所有陈设中很显眼，因为它实在太粗糙了——四四方方的形状，以原木构成，油漆都没涂，似乎是个还未完工的半成品，盒盖半开半掩。

裴玄静问宋若华："这是做什么的？"

"不知道。"宋若华困惑地摇了摇头，"我从未见过它。"

裴玄静移开盒盖，不禁愣住了。

盒子里面的构造稀奇罕见：四条边框朝内一侧开了凹槽。另有两根中空的木棍一横、一竖，两头分别架在边框的凹槽上。换句话说，从上往下看木盒的内部，是一个"田"字。不可思议的是，就在这个"田"字的下方，木盒的底面上，铺着一块五彩斑斓的锦帕。

宋若华率先惊叫出来："怎么是《璇玑图》？"

原来那锦帕上所绣的，正是纵横交错总成诗的五彩回文织锦——《璇玑图》。

裴玄静问："你见过这个《璇玑图》吗？"

"没有。"宋若华显得更困惑了，"《璇玑图》是我们姐妹小时候玩过的东西，已经好多年没碰了。"

"最近可曾听三娘子提起过？"

"这……"宋若华的面色微微一变，随即摇头否认，"没有，并没听她提到过。"

裴玄静不再追问，接着研究盒子的构造："这块《璇玑图》锦帕是怎么铺进去的呢？"她摸索着盒子的外侧，用力向外一拉——《璇玑图》竟被她拉了出来！

原来木盒的底部是活络的。铺着《璇玑图》的底层就像一个抽屉，可以作为一个整体拉出来。所以，只要先拉出木盒底层，铺上锦帕，再推回原位，就恢复成为一个完整的盒子。

木盒的构思相当巧妙，却根本看不出是做什么用的。

裴玄静还是问宋若华："你能看出这个盒子的用处吗？"

宋若华只是摇头，脸上的哀戚又浓了几分。

"据我推断，三娘子死前就在摆弄这个盒子。"裴玄静思忖着说，"木盒是簇新的，似乎还未完工，盒盖也半开着……大娘子真的想不到此盒的用处吗？"

宋若华半倚在墙上，脸色煞白地说："真的抱歉，我此刻非常不舒服……还望炼师体谅。盒子的用处，可否容、容我慢慢想……"

"可以。"裴玄静道，"大娘子请节哀，保重身体为要。不过在案情大白之前，请大娘子务必保管好这个盒子。我以为，此物之中可能藏着三娘子惨死的秘密，是极为关键的证物。别让任何人触碰它，大娘子自己也别擅动。"

"……谨遵炼师的吩咐。"

见宋若华都快站不住了，裴玄静上前搀扶道："这里我查完了，咱们先出去吧。"

走到门边时，裴玄静突然低声嘟囔了一句："仙人铜漏。"

"什么？"

"昨天三娘子给我看过一个仙人铜漏，说是圣上赏赐的，现在在哪里？"

宋若华有气无力地回答："圣上是赏赐了若茵一个仙人铜漏，应该在这屋里啊，没有吗？"

裴玄静摇头："昨天就放在屏风后面。我刚才留意看过了，那里没有。"

"会不会她换了个地方摆放？"

裴玄静心想，仙人铜漏虽不大，但其中有水流动，会发出不间断的滴答声。此刻屋中却只有一片死寂，仿佛这间屋子也随同主人一起死去了。

她说："肯定不在这里，麻烦大娘子在其他房中找一找吧。"

"好。"

离开柿林院时，裴玄静听见宋若华勉力吩咐众人，将宋若茵遗体移入西厢。直到此时，压抑的哭声才此起彼伏地响起来。对柿林院中的人来说，这只能是个不眠之夜了。

中使等候在门外，一见裴玄静出来便道："圣上在清思殿中，请炼师随我来。"

黎明之前的大明宫中，到处都是磐石一般沉重的黑暗，星光离得很远。

中使领着裴玄静在寒风中一路步行，见她走得吃力，便解释道："从柿林院到清思殿都是上坡路，好在距离不远，炼师不必着急。"

原来如此。

裴玄静记得叔父曾经提起过，大明宫位于长安城东北的龙首原上，是整座长安城地势最高之处。每逢天降大雨，大明宫被雨水洗刷一遍，污泥浊水却都流向城南低洼之地，在穷苦百姓聚居的地方积涝成泽。

没想到在大明宫里面，皇帝的居所还要占据制高点。

可是，住得那么高又怎样呢？人世间的罪恶、疾病，乃至死亡，没有一样躲得开。

裴玄静的心里很清楚，其实在柿林院的调查才刚开了个头。宋若茵是被毒死的，不论自杀还是他杀，首先都要寻找到动机。但刚刚在柿林院中一番粗浅的勘察，并未给宋若茵的死找到一个扎实的理由。

深入下去，就必然要接触到罪恶的渊薮之地——人心。柿林院里的人心，只不过是大明宫中人心的小小缩影罢了。所以裴玄静决定停下来，先见一见这座恢宏宫殿的最高主宰者。

皇帝斜倚在御榻上，面无表情地看着裴玄静入殿参拜。

"宋若茵是怎么死的？"

"中毒。"

"中毒？"皇帝诧异，马上追问，"是何人所为，为什么？"

"妾不知道。"

"你不知道？"皇帝反问，"朕不是让你去查吗，你就这样来搪塞朕？"

裴玄静抬头直视皇帝："陛下，为什么是妾？"

"为什么不能是你？"

"因为妾没有这个能力。"

皇帝微微睁大了眼睛，目光瞬息万变，最终凝成一抹意味深长的笑意："朕说你有，你就有。"

"可是陛下……"

"不要反驳朕，"皇帝说，"有些规矩你还是不太懂，得慢慢学。"

裴玄静沉默。

他问："是不是因为朕把离合诗送去了柿林院？"

"陛下应该早点把离合诗送去给宋若华看，就少了许多麻烦，更没有玄静的事了。"

"朕要不要拿去柿林院，给不给宋若华看，也不该由你来说吧。"

"总之……是妾愚钝，配不上陛下的厚望。"

皇帝沉默片刻，问："你的叔父有没有向你提起过，当群臣碍于藩镇之猖獗，上表请朕罢免他的官职，以讨好贼藩，换取战事平息时，朕是怎么回答他们的？"

裴玄静想了想，回答："妾听过这件事。当时陛下怒称，'朕仅用裴卿一人，足以击败王承宗、李师道这两个乱臣贼子。'群臣复不敢言。"

皇帝点了点头，"应该信任谁，仰赖谁，朕的心里最清楚。朕以为裴……卿亦不会令朕失望。"

"但妾还是不明白，望陛下明示！"

"你还真是执拗。"皇帝的微笑中竟有些许无奈，"离合诗是在朕的案头发现的。你觉得，朕还能相信宫里的人吗？"

"宫里有那么多人，难道陛下一个都不信吗？"

皇帝没有回答。

这么说她猜对了，裴玄静情不自禁地倒吸了一口凉气。

良久，皇帝说："当然了，即使在宫中，能作此诗的人也并不多。宋若华算是一个。"

裴玄静幡然醒悟——原来皇帝把离合诗送去柿林院，要震慑的人并非自己，而是宋若华！不，准确地说是一箭双雕，让她们二人都知道彼此的存在，从而心生忌惮。

她在庆幸的同时，又被自脚底升起的寒意激得微微颤抖。

"现在你知道了，要得到朕的信任有多么不容易。"

裴玄静重新认识了皇帝。天子——她头一次真切地理解了这个词的含义，感受到其中蕴含的力量和残酷的实质。她头一次意识到，自己所面对的是这个世上最孤独的人。他独自一人对抗全天下，手里握着的却是最虚妄的武器——天赐皇权。

裴玄静竟然有些同情他了。至少，他一直在努力做一个好皇帝。不是吗？

"所以，你会调查宋若茵的死？"皇帝问。

"是，妾当全力以赴。"

他满意地微笑了，旋即又皱起眉头："奇怪。离合诗送过去之后，朕本想看看宋若华的反应，不料反倒是若茵出了事。"

"三娘子的死应该和离合诗没有关系。"

"哦？"

裴玄静说："陛下，请再多给妾一点时间，妾会查出来的。"

皇帝点头允诺："可以，朕予你全权处理此案。"又道，"大明宫，加上西内太极宫和南内兴庆宫，总共超过万人，每天都有人死亡，其中亦不乏死因不明者。但在朕看来，有些不必追究，有些却必须彻查。对于那些必须彻查的，朕只能委派最信任的人。"

裴玄静问："还有离合诗的案子呢？"

"你也一起查。"

"妾……"

"你可以的。"皇帝平静地说，"都是从柿林院查起，朕不会催你，你有足够的时间。"

"遵旨。"

大明宫中响起第一声晨钟，内侍来服侍皇帝更衣了。

"今天是望日，上朝的时间比平时更早。否则还能和娘子多谈一会儿。"皇帝说着，示意裴玄静退下，又轻松地补充道，"自朕登基以来，已不知度过多少个不眠之夜。刚刚过去的这一夜，还算愉快。"

他似乎已经完全忘记了，宋若茵就死在昨夜。

离开清思殿时裴玄静告诉中使，自己要立即返回柿林院一趟。

中使应道："圣上吩咐过了，一切都遵炼师之命。"

大明宫中仍然漆黑一片，但只要举目望去，就能看见在前方的不远处，漫天繁星与视线齐平，扩展延伸直至无穷远方。它们的下面，是从长安城的庞大黑夜中升起的一盏盏灯火。

晨钟持续鸣响，伴随着一扇接一扇宫门开启的吱呀声，裴玄静正费劲地顶风走着，突然看到两道蜿蜒的红光从正南方踟蹰而来。

她问："那是什么？"

"哦，那是群臣分列两队上朝呢。今天是望日大朝会，圣上将御紫宸殿。"

裴玄静情不自禁地抻长脖子，努力想看清楚红光的最前端——叔父，一定在那里。

她似乎看见了，又似乎没有，双目却被寒风吹得阵阵发酸。

从这一刻起，裴玄静真正地走入大唐帝国的核心。她还不知道，这将是一条不归路。

2

从平康坊回来之后，段成式就发起烧来，一则确实受了点惊吓，二则也是做贼心虚。在回家的路上，赖苍头和段成式就对好口供，声称那天下午段成式偷跑去荐福寺看戏，贪玩忘归才染上风寒。武肖珂溺爱段成式，见到儿子一病，当即手忙脚乱，把赖苍头劈头盖脸训斥一顿，哪里还顾得上分辨真假。

母亲这头容易蒙混，起初段成式还怕段文昌会从杜秋娘那里了解实情。但说来也怪，自从那天以后，段文昌就再不去逛平康坊了。每日忙完公务后，便老老实实回家待着，搞得段成式直纳闷，莫非杜秋娘接受了自己的请求，将父亲拒之门外了？可是她当着自己的面，不是严词拒绝的吗？

大人们的心思实在太难懂了。

在家里赖了几天，段成式再也待不住了。眼看一切风平浪静，自己大闹北里名妓宅的事情应该算是过去了吧？段成式决定，上学去！

心不在焉地在崇文馆里混过一个上午，放学时段成式琢磨，是不是找个机会再溜去金仙观一趟，找找炼师姐姐？她会不会还在生自己的气呢？段成式拿不定主意。

有人轻轻地扯了扯段成式的袖子。

"咦？"段成式很诧异，竟是"小白痴"十三郎李忱直勾勾地瞅着自己呢。

"你……找我？"

李忱点了点头。

"有事？"

李忱又点了点头。

"什么事？"

李忱低下头看脚尖。这小孩还真是惜字如金，能不开口就不开口，跟个哑巴差不太多。

段成式挠了挠头，一拉李忱的胳膊："你跟我来。"

两人躲到盘龙影壁后面。

段成式把双手往腰里一叉："说吧，什么事？"

李忱愣了一会儿，才慢慢地把右手探入衣服前襟，从脖领子里拽出一样东西来。

原来是一条细细的红丝绳，中间缀着几颗小圆珠子。

李忱把珠子托到段成式眼前："你看。"

段成式看得真切：总共五颗小珠子，圆润光滑，乳白透明，和母亲房中垂挂的水晶帘上的珠子一模一样。并没什么特别之处啊？

段成式凑得更近一些——咦，那是什么？在乳白色的珠子里面，好像有丝丝缕缕的红色……

"你上这边来看。"李忱拉着段成式换个角度。

风在影壁的另一边呼呼地刮着，天上飘过来一朵云，正好罩在他们的头顶上。周围突然变得昏暗起来。段成式凝视着五颗小圆珠，忽然，珠子中间的红色开始流动变幻起来，像火焰，又像鲜血，似乎有某种不可捉摸的生命力正在聚集，即将破壳而出……

段成式吓得往后一缩，红丝绳从手中掉落。

李忱"呵呵"地笑了起来。

"这是什么东西？"

"……血珠。"

段成式瞪大眼睛："什么血珠？"

"鲛人的血泪结成的珠子啊，你上次说的故事里就有。"可能是不常开口的缘故，李忱讲起话来口齿含混，语速又慢。但在讲这几句话的时候，他的目光湛亮，透着自信。

"鲛人的血泪？"段成式却皱起了眉头。所谓鲛人降龙的故事，本是他听到南海蛟龙的传闻之后，根据平时搜罗来的玄怪传奇，掺入自己的想象，添油加醋编造出来的。虽然段成式从心底里坚信海里有龙，也有鲛人，但毕竟从未目睹过。

连他自己都不敢肯定：鲛人的血泪——血珠，会是真的吗？

然而李忱的这几颗珠子确实太美丽太奇妙了，超过段成式所见过的任何一件珍宝。他不禁想：假如真有鲛人血泪凝珠，恐怕也只能如此。

段成式喘了口粗气，问："你从哪里得来的？"

"是我爹爹送给我的。"李忱愣愣地回答，"在我六岁生日那天。"

"你爹爹？"段成式翻了翻白眼，那不就是皇帝吗？

"爹爹叫阿母用红绳系起珠子，挂在我的脖子上。他还说……"

"还说什么？"

"他说绝对不可以给别人看见这些珠子。不管让谁看到了，他都要杀那个人的头。"

"呃！"段成式不由自主地摸了摸脖子，"杀头，不会吧……"

李忱又"呵呵"地笑起来："你别怕。我不告诉爹爹，他不会知道的。"

"多谢十三郎不杀之恩！"段成式没好气地说，"从今往后我的小命可就捏在你手里了。哦对了，你爹爹……唔，圣上说了这些珠子是鲛人的血泪凝成的吗？"

"没有。他只告诉我这叫血珠，还说能保我一生吉祥。"

"这样啊……那圣上有没有提起过，血珠从何而来？"

"他说……他说……"李忱费劲地思索着，好不容易才憋出一句话，"好像……是在兴庆宫的龙池旁边发现的。"

段成式郁闷地看着李忱傻乎乎的模样。

"再回答我最后一个问题。"段成式问，"你为什么要给我看血珠，有何目的？"

李忱摇摇头，又恢复了白痴般的招牌神情，再问什么都不开口了。

段成式无奈地直叹气。

也许，最好的办法是忘记这次谈话，当作什么都没看见，什么都没听说。

但是段成式做不到啊。他满脑子都是那五颗奇异的血珠——它们真会是鲛人血泪凝结而成的吗？他多么希望是真的！

因为这样就能证明，他所幻想和神往的一切——海中的蛟龙与降龙的鲛人，统统都是真实存在的。血珠为皇帝所有，这本身就是一条强有力的理由。假如血珠是由南海献上的，或者干脆由海外诸国进贡而来，那就更不用怀疑了。

偏偏李忱这个小傻瓜说，血珠是在兴庆宫的龙池里找到的。长安南内兴庆宫，离开大海何止十万八千里。就算兴庆宫里有个湖叫作龙池，可谁都知道，蛟龙和鲛人绝对不会出现在一个湖里面。除非——

段成式刚回到家，就在房中一通乱翻，找出一卷杜甫的诗集来。

翻动书卷时，他的手都激动得颤抖起来，找到了！

杜子美的《石笋行》中这样写道：

> 君不见益州城西门，陌上石笋双高蹲。
> 古来相传是海眼，苔藓蚀尽波涛痕。
> 雨多往往得瑟瑟，此事恍惚难明论。
> 恐是昔时卿相墓，立石为表今仍存。

段成式抱起书卷，直奔母亲武肖珂的房间。

"阿母阿母，你记不记得咱们成都西门那里，有一对石笋！"他一边掀帘而入，一边迫不及待地嚷嚷，"夏天每逢大雨的时候，石笋周围就会冒出杂色小珠子来，百姓们都去捡拾。有人说那些珠子是从龙宫里散出的宝贝，还有人说石笋是'海眼'，在地底下直通万里之遥的大海！阿母，你说长安城里会不会也有'海眼'呢？阿母……"

他住了口，呆呆地看着母亲。武肖珂用帕子擦了擦哭红的双眼，招呼道："成式，你来了，来见过这位裴炼师。"

段成式蒙了。倒是裴玄静对他点头致意，微笑道："这位就是段小郎君吗？果然少年英气，颇有几分神似武相公。"

段成式这才反应过来，忙上前向裴玄静行礼。

武肖珂说："成式，昨日夜间，你的若茵阿姨，突然过世了……"

一语未了，潸然泪下。

"若茵阿姨？"这个消息太意外了。

武肖珂又哽咽着说："裴炼师是奉圣上之命，来调查若茵阿姨的死。"

裴玄静接着解释道："宋三娘子是中毒而死的。目前尚不明确毒物从何而来，故圣上下令彻查。我打算先从三娘子这两天的行踪入手。听宋大娘子提起，三娘子与武娘子私交甚好，所以今日特来一问，不知武娘子最近是否见过宋三娘子？"

武肖珂还没开口，却被段成式抢了先："若茵阿姨昨天刚来过我们家！"

他这么一说，武肖珂只得承认："是，若茵昨日午后来过我这里。"

"她来做什么？谈了些什么？神情是否如常？"

"只谈了闲话而已，有说有笑的，看不出任何异样啊。"

"她光来闲坐？没有任何事情吗？"

仍然是段成式抢着回答："阿母你忘了吗？若茵阿姨带来了一件仙人铜漏。"

武肖珂不解地看着儿子，这孩子向来机灵，今天是怎么了，对一个陌生人有问必答，也不看看自己的眼色？

"就是圣上赐的仙人铜漏吗？"裴玄静随意地接了一句，"难怪不在宋三娘子房中。"

武肖珂只好回答了："是这样的……那仙人铜漏坏了，若茵想先放在我这里，让我帮忙寻一位合适的工匠来修理。待修好了，她再拿回宫里去。"顿了顿，又补充道，"因为仙人铜漏乃圣上所赐，若茵担心宫中人多嘴杂，有人会借铜漏损坏大做文章，不得已才偷偷寄放到我这儿。"

武肖珂是想为好友解释几句：私自将皇宫里的宝物，尤其是皇帝钦赐之物拿出宫，宋若茵的做法显然不合规矩。

裴玄静点了点头，又问："铜漏损坏在哪里，我可以看一下吗？"

"炼师请看。"武肖珂亲自掀起寝阁的帷帐，仙人铜漏就置于一面绉纱屏风下方，朦胧的光线使它如同蒙着一层轻烟。"滴答，滴答"，细细的一脉流水均匀地、不间断地滴入仙人手捧的铜盘中。

　　"若茵并未明说损坏在何处。不过……"武肖珂迟疑了一下，道，"昨夜我自己留意了一下，发现铜漏快了。"

　　"快了？"

　　"嗯，我和更声对比，铜漏略快了些。"

　　"是这样……"裴玄静思忖着问，"难道宋若茵不告诉你铜漏的问题所在，却要你自己想办法修理吗？"

　　"她告诉了我该去找哪一家铺子。"武肖珂伤感地说，"若茵从小就喜欢钻研稀奇古怪的物件，长安城内各门手艺最高的匠人她都熟悉。所以我根本没多问，哪里知道……"

　　"我猜，娘子还没来得及去那家铺子吧？"

　　武肖珂摇了摇头："铜漏才送来一天……事已至此，还有必要拿去修吗？"说着又抹起泪来，"要不，请炼师把仙人铜漏带回宫里去吧？"

　　裴玄静道："不。我想，仙人铜漏还是先放在此地。宋三娘子死得蹊跷，这几天柿林院中肯定也比较忙乱，现在送回去并不妥。索性麻烦武娘子多保管几日。待宋若茵之死真相大白后，再送还不迟。"

　　"这……"

　　"武娘子请放心，今后若是有人问起，我会替你解释。"裴玄静口中的"有人"是谁，大家心领神会，武肖珂这才点了头。

　　"为免节外生枝，仙人铜漏的事也望娘子务必保守秘密，千万别让外人知道。"

　　武肖珂应承："若茵昨日送来铜漏时，也再三嘱咐要保密。因而放在我的寝阁中，绝不会给外人看见。"

　　"好，总之小心为上。"

　　裴玄静再叮嘱几句，让武肖珂想到什么情况，就立即派人送信给自己，这才起身告辞。段成式主动陪送裴玄静出府。

在廊道上走了一小段，看四下无人，段成式轻声说："炼师姐姐，我……"

裴玄静止步，微笑地望着他。

顿时，段成式又不知从何说起了。他想打听金缕瓶的去向，更想把最新发现的血珠告诉裴玄静，还有自己关于"海眼"的猜想……可是此时此刻，这些话题都不合适了。毕竟，若茵阿姨死得不明不白，裴玄静在忙人命关天的大事，他只能把自己的奇思怪想先搁下来。

段成式问："炼师姐姐，我可以帮你做什么吗？"

"当然咯，我本来就打算请小郎君帮忙呢。"裴玄静说，"仙人铜漏有诸多疑点。首先，这么贵重的宝物怎么会坏？其次，三娘子刚把铜漏送出宫，当天晚上就死了。虽说目前还看不出两者之间有关联，总归叫人怀疑。所以，我想请小郎君从你阿母那里拿到修理铺的名字。"

"这倒不难。找到铺子以后，要叫工匠来修理铜漏吗？"

"不。我方才已经说了，仙人铜漏在你府上的事，知道的人越少越好。"裴玄静说，"我是想请段小郎君去修理铺探访一番，与工匠们聊聊，了解一下铺子的背景、工匠的手艺等等。尤其要确认他们是否认识你若茵阿姨，熟悉程度怎样……"

"我明白了，就是去察言观色，打探情报！"

裴玄静笑道："段小郎君必不负我所托。"

段成式也微红着脸笑了。

看着他可爱的模样，裴玄静的心中十分温暖。和那么多心事重重、欲语还休的成人打过交道，愈发觉得少年人的可贵——纯真、热情，对人对事始终抱有善意。真希望他能永远如此，一辈子活得像个少年。

裴玄静情不自禁地叹了口气。

段成式马上问："炼师姐姐，你不开心吗？"

裴玄静没有直接回答他，却反问："小郎君，你觉得若茵阿姨是个什么样的人？"

"若茵阿姨吗？我觉得……她是个特别、特别聪明的人，"段成式的眼神又活络起来，"就只比炼师姐姐差一点儿。不过，她是个不开心的人。"

"不开心?"

"嗯……"段成式难得地字斟句酌起来，"她的不开心和别人还不一样。比方说，我阿母会因为丢了东西或做错了事而不开心。阿母的不开心其实是懊恼，说过去也就过去了。但是若茵阿姨，我总觉得她心里特别想要什么，却怎么也得不到，所以她的不开心里有许多焦躁。她就算在笑的时候，也让我觉得紧张，替她着急。"

裴玄静暗自心惊。虽只和宋若茵见过一次面，她的喜怒无常却给裴玄静留下了深刻印象。现在，少年段成式把宋若茵的问题准确地形容了出来——欲求不满。

在返回辅兴坊的马车上，裴玄静打了个盹。昨晚基本没怎么睡，实在很困倦了。当她被一阵喧闹声吵醒时，掀开车帘一看，已到金仙观外。

金仙观前炸开锅了。

一大片黑压压的人群簇拥着，似乎正要往观内闯。

裴玄静一眼就看见李弥，双手横握一条又长又粗的门闩，挡在观门口，颇有一夫当关万夫莫开的气势。可他的身躯那么瘦小，独自面对上百号人，这场面实在既滑稽又恐怖。

3

李弥也看见了裴玄静，冲她直脖子大喊起来："嫂子快来啊！"

裴玄静三步两步赶到他身边。

"出什么事了?"

"他们硬要到观里面去，我不让！"李弥急得满头大汗。因为裴玄静吩咐过他，不得她的允许任何人不能入金仙观。他的脑袋里就一根筋，只知道忠实执行。

"是谁要进观，为什么？"

正说着，有个人趋前来，口称："裴炼师，事情是这样的。"

裴玄静一看，倒也认识。此人正是辅兴坊的坊正，姓韦。因为金仙观占着辅兴坊四分之一的面积，又是皇家道观，所以韦坊正素来对金仙观秉持敬而远之的态度，一向还算相安无事。

韦坊正告诉裴玄静，原来今年上元节过后，长安城内的各个地方都闹起了蛇患。不论是百姓家中，还是观庙衙所，均有蛇类违反自然节律爬出来，导致人心不安。日前京兆府应圣上之命，加大清除蛇患的力度，正在各处搜查蛇群可能聚集的地方，一旦发现就尽数消灭，以绝后患。

辅兴坊内差不多都查遍了，现在就剩下金仙观这么大块的地方，才不得已惊扰炼师。

裴玄静想了想，道："我们一直在金仙观里住着，从来没有发现过蛇。况且金仙观那么大，后院更是花木繁盛，要彻查的话根本不可能。所以我认为，实在无此必要。"她对韦坊正嫣然一笑，"观中居住的炼师都是女子，我们都不怕，诸位就更不必担心了吧。"

"这……"韦坊正显得十分为难，"裴炼师，实不相瞒。这几日辅兴坊中时有蛇情，我们都去查过了，也使用了各种方法除蛇。凡是洞穴洼地之类蛇群可能躲藏之处，用烟熏过，用水灌过，也用土填过，总之想尽了一切办法，但总会有新的蛇冒出来。所以大家思来想去，还得查到金仙观里来……"

"坊正的意思是？"

"别处都有蛇情，唯独金仙观中风平浪静，会不会太奇怪了？况且炼师方才也说，金仙观的后院人迹不至、花木葱茏，还有废弃已久的池塘假山什么的，那正是蛇虫滋生之地啊。"

裴玄静越听越不对劲，皱起眉头问："听坊正的话，似乎认定了金仙观为辅兴坊中蛇患的源头？"

韦坊正欠身向前，压低声音道："不瞒炼师说，今日京兆尹召集全城坊正商议蛇患之事，在座诸人分析下来，确实认为长安城中最可疑的地方便是金仙观了……"

裴玄静瞪大眼睛，旋即笑起来，"各位官爷既然这么肯定，何不干脆上报圣上？"

"哎呀，裴炼师这话说的……不是为难本官嘛。"韦坊正做出一脸苦相来，"其实据本官看来，炼师便放人进观一查，即可洗脱嫌疑，何乐而不为呢？再说，假如观中真的藏有蛇穴，迟早祸害到炼师们身上，及早清除也是为了炼师们好嘛。"

他的话不无道理。但裴玄静的直觉告诉她，事情并没有这么简单。金仙观本来一直有金吾卫把守着，除非得到皇帝特许，任何人不得入观。恰恰是在上元节过去不久，皇帝撤掉了金仙观的守卫，今天这位韦坊正就带人来冲观，岂不怪哉？

她想了想，说："实在要入观也行。只是人多眼杂，观内皆为女冠，很不方便。坊正是否应该安排得更妥当一些？"

韦坊正听她松口了，顿时眼睛一亮，连连点头道："是是是。那些都是看热闹的百姓，因为这位小兄弟拦着不让进观，他们害怕蛇患危及自身，故而吵闹起来，本官把他们遣散便是。至于入观灭蛇嘛，我这里倒有个绝招。"

"什么绝招？"

韦坊正笑道："官府寻到了一位搜蛇灭蛇的高手。这两天已帮忙清理了很多地方的蛇患。入金仙观的人无须多，只他一人便可。"

"金仙观这么大，一个人可不行，还需多带一名助手。"崔淼一边说着，一边大刺刺地步上金仙观前的台阶。一名青衣随从紧跟在他后边，手里提着大药箱。

果然是他。

自从平康坊一晤之后，裴玄静便下意识地等待着——崔淼迟早会找上门来的。不过，这回他竟以灭蛇高手的身份出现，仍然令她始料未及。崔淼每次现身时都有惊人之举，似乎铆足了劲要引起她的注意。

看着这个既熟悉又陌生的身影，裴玄静心中的滋味难以描述。

只听"咕咚"一声，李弥扔下抱到现在的门闩，大喊："三水哥……"便要往崔淼冲过去，却被裴玄静轻轻拦下。

她说："数日不见，崔郎不仅有了随从，还替官府办起事来了。"

"为民除害，匹夫有责。"崔淼微微欠身，笑得既潇洒又坦荡。

裴玄静回首对韦坊正道："既然如此，就请这位灭蛇高手和他的随从入观吧。"

"好好，多谢炼师，多谢炼师。"韦坊正总算能交差了，大大地松了口气，连忙命人将围观的百姓驱散。还周道地留下数名官差在观外维持秩序，自己优哉游哉地回衙门喝茶去了。

四个人相继入观，李弥把观门牢牢阖上。

裴玄静端详着青衣随从，微笑道："禾娘，你长高了，也变漂亮了。"

禾娘低下头不作声。她对裴玄静总带着点不知所谓的敌意，又好像有些害怕裴玄静。

半年不到的时间，青春之美在禾娘的身上蓬勃而出。今天的她已不适合男装了。丰满娇嫩的面颊和凹凸有致的身材，处处出卖妙龄少女的真相。现在即使着男装，也没人能认出当初那个郎闪儿了。

就连李弥也在不停地打量禾娘，大约觉得十分新鲜有趣吧。

崔淼却说："静娘，你瘦了。"他环顾四周，用惆怅的口吻叹道，"道观里的日子不好过吧。"

"自然远远比不上平康坊的日子。"

崔淼蓦然回首，注视着裴玄静微笑。

他笑得越动人，裴玄静就越恼火，忍不住讥讽道："崔郎向来自诩清高，怎么也投靠上京兆府了呢？"

"谁说我投靠了。那可是人家京兆尹郭大人亲自请我出马，为灭京城蛇患出一臂之力。不信你去问他。"崔淼一副得意洋洋的样子。

"崔郎的能耐大，居然惊动到了京兆尹？"

"哈。全因鄙人在秋娘宅中小试身手，本来只想英雄救美的。咳，谁知就闹得尽人皆知了。"

"原来如此。"裴玄静咬牙切齿地说，"我只听说那杜秋娘身价极高，王公贵族们为了见她一面，浪掷千金尚难如愿。崔郎却能在杜宅自由出入，真真是魅力非凡呐。"

崔淼大笑起来："别人她都可以不见，郎中总是要见的吧。"

裴玄静一愣。

"静娘误会了。"崔淼的语气太过温柔，"可我就是喜欢静娘的误会，喜欢极了。"

裴玄静登时面红耳赤，呆了呆，恶狠狠地道："闲话少说，请崔郎即刻开始搜寻蛇穴吧。"

崔淼说："你还当真了？搜什么蛇穴，还不如让自虚带禾娘在观里玩玩逛逛呢。"

裴玄静无语，再看李弥一脸开心的样子，想他平日也实在闷得慌，便点了点头。

李弥兴高采烈地拉着禾娘走了。

直到他们的背影转过小径，裴玄静才喃喃地问："真的不用搜吗？万一有蛇……"

"不会，我说不会就不会。"崔淼说，"有我在这里，静娘便不用担心。"

他在杜秋娘面前也说过类似的话，却似怀着截然不同的情愫。裴玄静很想漠然置之，内心偏又起伏难平，便岔开话题："崔郎想进金仙观来，总有许多法子，何必闹出这么大的阵仗来。"

"静娘此言差矣。崔某半年前乔装改扮、躲躲闪闪地才混进来，今天却是京兆尹亲自请我出手。所谓此一时彼一时，在下要的正是这个大阵仗。"

裴玄静又是一惊。

"况且，相比娘子所为能惊动到的人，区区京兆尹又算得了什么。"他的表情看似真诚，但言语中的挑衅意味无比鲜明。

崔淼就是那个崔淼，他的愤世嫉俗和尖酸刻薄永远不会改变。他意味深长地道："数月前与静娘分手时，崔某就说过，我会光明正大地回来。"

裴玄静更惊奇了："如此说来，倒是那些蛇为崔郎打了先锋？"

崔淼含笑不语。

难以置信。他竟然连蛇都能指挥利用吗？细思之下，裴玄静简直有种毛骨悚然的感觉。假如这一切都是真的，她就更无法相信，崔淼做出如此惊天动地的安排，仅仅是为了与她再见一面。

可是——那日在杜秋娘宅中，崔淼见到蛇时不也很慌乱吗？

她脱口而出："我不信。"

"静娘不信什么？"

"你。"

"我还是那句话。总有一天静娘会明白，相比其他人，我还是最值得你相信的。"他深深地叹了口气。

"那好，请崔郎现在就回答我，那天在杜秋娘宅中，本来金缕瓶几乎已落入你手，偏巧蛇情出现，我才能趁乱夺回金缕瓶。假如说蛇患都是你安排的，对此你又如何解释呢？"

崔淼扬起眉毛，反问："这不是明摆着的事吗，还需要我解释什么？"

"你的意思……是你故意安排，助我取回金缕瓶？"

崔淼将两手一摊。

裴玄静愈加心惊，追问："为什么？"

"为了你啊。"

裴玄静垂下眼帘，她真的不知还能说什么，心乱如麻。

良久，崔淼打破沉默道："静娘，如果你不问，我也不愿多提。以静娘所见，你我相处至今，我何曾有一次害过你。我所做的每件事，都是为了……"他的声音有些颤抖，"静娘这么聪明的人，心里自然明白。"

"我当然明白。"裴玄静抬起头，直视着他说，"但我更明白的是，每次崔郎在帮我的同时，又总能达到其他目的。崔郎谋略深远，手段高超，玄静着实佩服。但我多么希望……崔郎的一切作为都是明明白白、简简单单的，不需要多么高明的智慧，只用一颗最淳朴善良的心便能看得清楚，我也就没什么可顾虑的了。"

崔淼的脸色变了又变。

裴玄静颤抖着声音说："崔郎，切勿玩火……别让我为你担心。"最后这句话连她自己都听不清了，但已把心意表达到了极限。

然后她便静静地看着他，等待。

崔淼终于开口了："所谓的飞蛾扑火，静娘可知否？"

裴玄静的心直直地沉下去。

崔淼勉强挤出一个苦笑："不管怎样，今天能从静娘口中听到顾虑和担心这样的字眼，我也该满足了。算是不枉此行！"不等裴玄静答话，他便朝屋外大喊起来，"禾娘、自虚，别贪玩了，我们该走了！"

"至少在下可以保证，从现在起，再不会有人以蛇祸之名骚扰金仙观。崔某这点简单明白的心意，还望炼师笑纳。"抛下这句话，他便头也不回地走了。

金仙观回复往日的宁静，仿佛什么都没有发生过。

裴玄静全身无力地站在原地。每次和崔淼打交道都令她精疲力竭。他们都试图在话语中掺入太多隐意，再添上复杂难解的情感，简直成了互相打哑谜。结果不仅说服不了对方，更说服不了自己。

裴玄静感到非常沮丧，还有越来越深的忧虑。

她的判断没有错——崔淼从来就不是一个沉迷于风花雪月的人。他的所作所为中尽管有负气的成分，但绝不单单是做给裴玄静看的。才过去几个月，他显然变得更加胆大包天了。

崔淼究竟在策划什么？他明明知道她在为他担心、牵肠挂肚，却刻意置之不理。他的目标必然与她所认同的道理相违背，并且只能带来更大的混乱与损害。

"嫂子。"李弥来到裴玄静身边，期期艾艾道，"……这是三水哥哥让我给你的。"他摊开手掌，裴玄静看见一个朴实无华的青布小香囊。李弥说："三水哥哥讲，这个香囊中装了祛风辟邪的草药。天气一天天暖起来，观中花草繁盛，戴着它可防虫蝇滋扰。"

"自虚你拿着吧。"裴玄静心情复杂地说。

"我也有。"李弥憨厚地说，又摊开另一个手掌，果然还有个一模一样的香囊，"这是禾娘给我的。"

裴玄静笑了："好吧。"她取过给自己的那一个，和李弥手中的那个比一比，"咦，自虚，你的香囊上粘了片绿芽？"

李弥不好意思起来："是禾娘发现的，她就给我粘在香囊上了。"

"这是迎春花！"裴玄静惊喜地说，"自虚，是春天要来了。"

李弥应道："春天要来了。"

她仰起头来，晴空中白云漂浮，果然又多了几分温煦之感。不知不觉中，春天已迫在眼前。四季变化、光阴流转，自然永远该怎样就怎样。掌心中那么娇弱的生命初绽，才是天地间最强大的意志。

裴玄静猛醒：我真是白白修道了。关心则乱，连以柔克刚的道理都忘记了吗？

她下定决心，不管崔淼在打什么主意，她都不会让他为所欲为。

她是为了他好。他终有一天会承认的。

4

襄州城外的汉水驿，因位于长安到岭南和长安到江浙两条驿路的交汇处，所以常年人满为患，来往的官吏和客商为争夺一间上房而大打出手的情况，也时有发生。

这天酉时才过，就有一队神策军煌煌而至，刚进驿站便扬言要包下全部上房。站在那为首的紫袍将军面前，驿吏早吓得唯唯诺诺，哪里还敢说半个不字。上房本都住满了人，驿吏只得差驿丁将客人逐个请出。客人们大多已用过晚饭，正准备休息，谁愿意在此时换房？驿站中顿时鸡飞狗跳，吵闹声四起。

正厅角落的一副座头上，一名青衫文士正在自斟自饮，见此情景，不禁低声吟道："意气骄满路，鞍马光照尘。借问何为者，人称是内臣。朱绂皆大夫，紫绶或将军……"

他把声音压得很低，偏偏念到这句时，紫袍将军的目光刷地扫过来，随即面露轻慢之色，扬声道："我道是谁，原来是白乐天。"

白居易放下酒杯，从容地朝吐突承璀点了点头："正是本官。"

"白司马这是要去江州赴任吧？"吐突承璀冷笑。

去年武元衡遭刺杀后，时任太子左赞善大夫的白居易第一个上表要求严惩凶手，不料却被皇帝判为越职言事。之后又遭朝中对手弹劾，于元和十一年初被贬为江州司马。正在奔赴贬地的途中，却在汉水驿与权势熏天的第一宠宦吐突承璀不期而遇了。

而方才他口中所吟的诗句，恰恰是讽刺宦官的飞扬跋扈，难怪吐突承璀一下就把矛头对准了白居易。

见吐突承璀发问，白居易不卑不亢地答道："没错，本官正在赴任途中。却不知吐突将军所往何处？"

"奉圣上旨意，去广州运送蛟龙回京，献祥瑞！"吐突承璀大声说，恨不得全驿站的人都能听见。

"哦，祥瑞。"

"吐突将军，上房准备好了。"驿吏战战兢兢地来请吐突承璀进房。

吐突承璀朝白居易一指："他的房间让出了吗？"

"他……没住上房。"

"那也得让。"

白居易皱起眉头："吐突将军这是何意？"

"没别的意思，就是让你搬出去。"

"你！"白居易不禁心头火起。他知道，吐突承璀如此无理挑衅，正是因为自己一向所写的那些嘲讽权宦的诗句，遂厉声回绝："我不搬！"

"不搬？你想步元稹的后尘吗？"

元和四年，白居易最好的朋友元稹在华阳县敷水驿站时，曾与宦官刘士元和仇士良为争一间正厅而发生口角，元稹被打伤。朝廷不仅不主持公道，反而将元稹贬为江陵府参军。去年元稹平叛淮西有功，被皇帝召回长安，本来打算升迁重用，却又因为仇士良的上司吐突承璀从中作梗，再度改贬偏僻的通州。

有谁胆敢得罪吐突承璀，他便要将其置于死地而后快。白居易是手无缚鸡之力的文人，官职与权势也根本不能和吐突承璀相比，但他的诗才是一件凌厉的武器。借今天的机会，吐突承璀要狠狠地教训一番白居易，最好打得他从此噤声，再不敢写那些歪诗才好。

白居易清楚吐突承璀的险恶用心，越发气愤难抑："白某今天还就是不搬了！"

"哦？"吐突承璀狞笑一声，左右几名神策军抢步上前，就要对白居易来个饿虎扑食。突然，空中掠过几道劲风，几个人应声倒下。

"怎么回事？"吐突承璀大惊。

倒在地上的神策军个个手捂前胸，痛得翻滚哀号。

"是铅丸！"不知谁叫起来。

吐突承璀向后倒退半步，只觉有什么东西贴着鼻尖飞过。"唰唰"连声，吐突承璀定睛一看，围绕着自己身体的前后左右，数枚铅丸已深深地钻入泥地。

"有刺客，快保护将军！"神策军们一拥而上，护住了吐突承璀。可是环顾四周，正厅里的住客和驿丁们有的往外逃，有的往桌子底下钻，没一个长得像刺客的。

吐突承璀汗如雨下，但恐惧之余，他还是维持了一线理智：刺客真想杀人的话，自己刚才就见阎王了，更不会留下几个神策军的性命。

白居易仍然正襟危坐着，脸色却吓得煞白。很显然，他也对这一切感到十分意外和震惊。

吐突承璀明白了，定是有高人路见不平，暗中出手维护白居易。白居易是举世闻名的大诗人，有人相助也不奇怪。

也罢，吐突承璀想，今天就放过白居易。反正他躲得过初一，躲不过十五，今后有的是机会收拾他。广州之行才是最重要的，切不可因小失大。

"走。"他压低声音吩咐左右。神策军们簇拥着吐突承璀，迅速撤回驿站后堂。

过了好一会儿，白居易才缓过神来，向窗外抱拳拱手道："多谢壮士。"

"瞎谢什么，壮士又不在那儿。"屋顶上，聂隐娘轻轻盖拢瓦片，"况且根本就不是什么壮士。"

她将手中的铅丸塞回怀中，自言自语道："莫非——真有南海蛟龙这回事？"

"飞云轩"坐落在长安东市东南隅的一角，紧邻东边的坊墙。从"飞云轩"的后门望出去，便能看到对面道政坊中最阔大的建筑——郑王府的阙瓦飞檐。

"飞云轩"的名字起得响亮，实际上门面不足半架，是一间又黑又窄的破烂小铺，售卖些便宜的笔墨纸砚，位置还那么偏，生意可想而知。

但要说起它正对面道政坊中的郑王府，可是声名赫赫。早在代宗皇帝大历年间，郑王府就成了长安城中最著名的凶宅。万国来朝的大唐帝都长安，也是妖魔鬼怪特别青睐的地方。除了金碧辉煌的皇宫侯府和庄严肃穆的庙宇观堂之外，长安城中的另一类胜景便是层出不穷、遍地开花的凶宅。

道政坊里的郑王府，尤其凶得有来头。当今圣上的叔祖郑王和叔叔舒王，父子两代都是在郑王府中暴卒的。坊间一直有传闻说，这两父子和当今圣上的祖父与父亲，也就是德宗皇帝、顺宗皇帝均有过帝位之争，相继落败而亡。那股子怨气郁结了几十年，绝对凶不可测。

再加上道政坊北面的兴庆宫，自"安史之乱"后遭到唐皇唾弃，日渐凋敝。十年前，先皇在兴庆宫中驾崩，兴庆宫就成为皇太后和皇太妃们养老的居所。兴庆宫中曾经蒸蔚的王气被阴气取代，更无法遏制在一坊之隔的郑王府中肆虐的鬼怪了。

近年来长安城中甚至出现了"西金仙""东郑王"的说法，指的就是与皇家有直接关联的这两大凶宅。

东市的东侧毗邻道政坊，风水极差，"飞云轩"又正对着郑王府，掌柜要不是实在拿不出钱来，怎会在这种地方开铺头。"飞云轩"的左右两侧，沿着一溜的铺子也个个半死不活。"飞云轩"的钱掌柜祖传下这爿小店，经营至今越来越差，眼看离关门大吉也不远了。

钱掌柜寻思着，早死早超生，等哪天真赔光了就离开长安，去外地谋生吧。

这天直到午饭后，"飞云轩"才迎来了几天来的第一位客人，是个衣冠楚楚的少年人。

钱掌柜午觉睡得正酣，勉强打起精神招呼："小郎君，要买什么呀？纸、笔还是砚台？"

其实他一看这少年的打扮和相貌，就料定绝对看不上自家店里的东西：摆明了的贵胄出身，多半是贪玩瞎逛到此，随意消遣的吧。

少年问："此处可是'飞云轩'？"

"是啊。"掌柜指了指靠在墙边的门牌。钉子锈断了，门牌只好摘下来。

段成式不觉皱起眉头，若茵阿姨留给阿母的字条上就写着：东市"飞云轩"。他和阿母在一起想了好久，都想不起来在东市见过这么一家店，还以为毕竟到长安未满半年，仍有不熟悉的店家。未承想，居然是这么一家破烂小铺。

段成式问："掌柜的，你们家修不修铜器？"

"修铜器？"钱掌柜一脸闻所未闻的表情。

"不修吗？"

钱掌柜连连摇头。

段成式不甘心，又问："新罗进贡的仙人铜漏，也不会修？"

钱掌柜苦着脸道："小郎君啊，您看看我这店里，哪里有一件铜器？还新罗进贡的什么仙……别说修，我要是看上一眼都怕折寿哦。"

这是怎么回事？段成式紧张地思索着，再问："你店中有没有一个老张？"

在宋若茵留下的纸条上，除了店名之外，还写着一个姓氏：张。段成式自作主张，将其称为"老张"。

钱掌柜的脸色一下就变了："你找老张？"

"对啊，他在吗？"蒙对了！段成式心中大喜。

"不知道。"

"不知道是什么意思？"

"你找他干吗？"

"修铜器啊。"

钱掌柜瞠目结舌，半晌方道："老张不会修铜器，你还是走吧，免得碰钉子。"

段成式急了："你这掌柜好啰唆，我找老张干你何事？你把他叫出来不就得了？"

"不行不行。"

段成式从袖中摸出一小块金砂，往掌柜的手里一塞。掌柜的眼睛立刻闪耀起来，笑逐颜开："小郎君第一次来，不知道老张的脾气，他从不出来见人。还是我领小郎君去找他吧。"

"快走吧！"

钱掌柜把店门一关，领着段成式穿过黑黢黢的店堂，开后门进入后院。院子很小，堆满杂物，中间仅余巴掌大的地方走路。不知哪里来的污水流得遍地都是，简直找不到地方下脚。因为紧临坊边，院墙同时也是坊墙，又高又厚。午后的暖阳根本照不进来，整个后院都笼罩在暗影下，阴森逼人，飘荡着一股可疑的气息。

段成式莫名地紧张，更想不通，成日养在深宫的若茵阿姨怎么会找到这种地方。

没走几步就到墙边了。墙根下搭着一间窝棚似的小屋，房门紧闭。钱掌柜上前敲门："老张，有生意！"

连叫几声，屋内毫无反应。

钱掌柜尴尬地说："可能在睡觉。老张这人，日夜颠倒……"

"这种地方也能住人？"段成式的心里直打鼓，情不自禁地咽了口唾沫。

钱掌柜讪笑道："老张都在我这儿住了十来年了。小郎君，你看——"他用力一推，门应声而开，钱掌柜一猫腰，钻进去了。

段成式紧随而入，臭秽之气扑面而来，熏得他差点儿吐出来。这间屋子连扇窗都没有，只能依靠门口的一点亮光。段成式依稀看见，有个人仰卧在屋子中央。

"怎么回事，老张，老张！"钱掌柜叫着，向那人俯下身去。

段成式的心被不知来由的巨大恐惧攫住了，再不敢向前半步。他就着朦胧的光线看见，横躺之人的身躯似乎一点点向外膨胀开来，原先的人形渐渐随之变化，仿佛化成一只硕大的蜈蚣，正在长出数不胜数的短足来……

钱掌柜突然发出一声惨叫："啊！"向后猛地转过身来。

从他的脸上、身上绽开数不清的黑点，钱掌柜一边狂叫，一边发疯似的手舞足蹈，要把那些黑点打落下去。

段成式看明白了，那全都是蠕动的虫子！

与此同时，源源不断的活虫从地上的人身上散开来，像漆黑的流水一般四处漫溢。

段成式吓得踉跄倒退两步，扑通摔倒在门槛边。顷刻间，黑水就"淹"到了段成式的跟前。段成式没命地尖叫起来，跳起身向外狂奔。

钱掌柜跌跌撞撞地跟在后头，越来越多的虫子钻入鼻孔和嘴巴，令他喊不出声，更喘不过气来。还没跑到店堂外，他就一头栽倒在地上。

活虫的"黑水"转眼便覆盖了钱掌柜，不再往其他地方分散，而是专心致志地吞噬起这具新鲜的肉体……

5

　　隔天傍晚，裴玄静再访柿林院。因是大明宫中的内尚书衙所，柿林院外不设丧仪。宋若茵的棺椁停在西跨院中，简单的灵堂也摆在那里。宋若华带着两个妹妹迎到柿林院门前，三人都披着雪白的丧服。宋若华的脸让白衣一衬，越发显得血色全无，好像随时都会倒下去，只是勉力支撑自己应付眼前的困局。

　　裴玄静道："请大娘子遣退外人，下面的话我只能和三位宋家娘子说。"

　　宫女们退出去，屋子里只剩下裴玄静和宋家三姐妹了。

　　裴玄静先将宋若茵的木盒放于几上。那夜和皇帝交谈之后，她返回柿林院，就是为了取这件证物。

　　看见木盒，三姐妹的脸上都露出悲伤又忐忑的复杂表情。

　　裴玄静却没有从木盒谈起，而是问宋若华："大娘子可曾找到仙人铜漏？"

　　宋若华摇了摇头。

　　"我却找到了。"裴玄静说，"我听诸位提到过，三娘子在宫外有一位好友——武相公的女儿，常常出宫与她相会。我调查到，案发当天下午，三娘子恰恰去过武府，并且将圣上所赐的仙人铜漏托给武家娘子保管。据说，铜漏坏了，需要修理。"

　　三姐妹一起露出困惑的神情，不像是假装的。

　　"你们不知道铜漏坏了吗？"

　　宋若华答："若茵把圣上所赐仙人铜漏视若至宝，拿回来之后就一直藏在她的屋中，我们都只看过一眼，连她私自将铜漏送出宫都一无所知。"顿了顿，又道，"宫中耳目众多，说不定有人会以铜漏损坏为题做文章。若茵此举，也是为了避人口舌吧。"

　　"对。武家娘子也是这么说的。但正是仙人铜漏，将案情引导到了不可思议的方向。"裴玄静不慌不忙地说，"三娘子拜托武家娘子找人修理铜漏，并且指名道姓，要找东市'飞云轩'中的一位老张。于是昨日，段小郎君，也就是武家娘子的儿子专程去了一趟东市，找到了'飞云轩'和老张。"

裴玄静环视着三姐妹道："不料，段小郎君在那里遇上了令人毛骨悚然的可怕一幕：老张死了，而且死状极其恐怖，遍体爬满毒虫。'飞云轩'掌柜避之不及，也为毒虫所害，当场毙命。万幸的是，段小郎君机敏，逃得快，才未受伤害。事发之后，我们立即上报官府，调查老张和'飞云轩'的底细，如今已经查清楚了——老张，名唤张千，是从岭南流入京城的育蛊人。"

"育蛊人！"不知谁惊呼了一声。

"正是，此人擅长培养各类毒虫毒物，制炼毒药。他潜藏京城十余年，以制毒为生，曾经被官府查到过几次，但最后都不了了之。他看中'飞云轩'的位置，因其在东市最偏狭之处，既容易躲藏又方便做生意，所以在那里一住便是十年。'飞云轩'本身经营不善，掌柜的看在租金的份上，对老张所干的勾当睁一只眼闭一只眼。"

宋若华问："可是……三妹怎么会认识这种人？"

"这个问题很关键。"裴玄静的目光在三姐妹的脸上移动，"有人知道吗？"

无人应声。

"能够回答这个问题的人——三娘子和老张都死了。就连有可能知情的钱掌柜也遭遇不测。所以，还得由我们自己来发掘问题的答案……"裴玄静从袖中取出一样东西，举在手中，"我思之再三，最终找到了一个突破口。"

小妹若伦脱口问道："这不是一支笔吗？"

"正是一支普普通通的笔。"裴玄静说，"'飞云轩'乃一家售卖文房四宝的铺子，但只是最便宜粗陋的货色，比宫中日常所用差了何止千里。按理说，三娘子无论如何都不该去那种地方采买笔墨纸砚。但正是笔，使我联想起了另一样东西——一样至今令我百思不得其解的东西。"

裴玄静的目光落在木盒上——终于要谈到它了。

"这个木盒是在三娘子的房中发现的。据我推测,死前三娘子就在摆弄这个木盒。因此我特意将木盒取回,试图从中找出一些线索来。我对木盒的用处百思不得其解,尤其令我困惑的是这两根架空的木棍。它们造型相同,彼此交错,似乎应该有什么相互关联之处,可究竟在哪里呢?直到昨日'飞云轩'里出事之后,我才突然想到——"

裴玄静掀开盒盖放在一边,然后缓缓拨弄那两根一横一竖的木棒,直到两根木棒交错之处形成一个空洞,刚好位于木盒的正中央。

裴玄静把右手中的笔从洞中稳稳地穿了过去。

她说:"请看。"一边用四指握住笔杆,拇指加力推动笔端。跟随着笔的移动,一横一竖的木棍竟也相应地移动起来。

"就是这样。"停下动作,裴玄静望着三姐妹,一字一句地道,"据我推断,三娘子去'飞云轩',并非为了修理仙人铜漏。'飞云轩'的掌柜明确告诉段小郎君,他从来不懂修理铜器。事实上,三娘子到'飞云轩'去的真正目的,是找寻一支能够配得上这个木盒的笔。"

在她的对面,除了小妹若伦尚且满脸懵懂外,宋若华和宋若昭均面如死灰。

看来这三姐妹中确有人知情甚深,却执意隐瞒。那么,就别怪我裴玄静不客气了。

"诸位已经看到了,现在我手里只是一支普通的笔,虽然能够操作,却十分勉强且不趁手。那么,如果可以根据木盒的构造,定制一支特殊的笔,会不会就好很多了呢?又有哪家店铺既能满足这个要求,同时又不会被人发现呢?"

若昭和若伦都开始坐不住了,仓皇失措地望向大姐。宋若华却依旧坐得笔挺,纹丝不动。

裴玄静继续说:"'飞云轩'是祖传的生意。掌柜的祖父本有一门制笔的好手艺,所以才能在东市盘下铺子,开店至今。可惜后继乏人,后两代掌柜好吃懒做,嫌制笔这个行当又累又没赚头,只随便找些便宜货来售卖，再加上店铺位置又偏，生意便一天不如一天……实在没法子时，掌柜的也接些制笔的活计。他的手艺相当一般，要价又高，所以找他制笔的人并不多。但似乎对于三娘子来说，'飞云轩'却是最好的、唯一的选择。"

裴玄静凝视木盒，少顷，再度开口："这个木盒设计的关键，便是一横一竖两根中空的木棍，当彼此相交时，会形成一个空隙，再以一支特别定制的笔贯通连接。好，假如上述推论是正确的，问题便来了，三娘子定做的笔在哪里？当我发现木盒时，两根木棍相交的空隙处——是空的。也许，三娘子还没来得及定做？或者，'飞云轩'为她特制的笔还没能交到三娘子手中？这两种可能性都存在。当然，还存在另外一种可能性——'飞云轩'特制的笔原先就在木盒上，但在三娘子中毒身亡之后，笔不见了。"

"为什么会不见了呢？是三娘子或者其他人，将它藏起来了吗？为什么要藏起来？"裴玄静不再观察三姐妹的反应，而是循着自己的思路，一鼓作气说下去。进宫之前，她曾经在脑子里反反复复推演过许多遍，可是一旦从口中说出，她还是体会到了理性所带来的、足以碾压一切的巨大力量。"刚才我操作的时候，是用右手的拇指来推动这支笔的。我并没有刻意这么做，而是非常自然地采用了这个动作。正是这个动作，又将我的思路领回到宋若茵的死状上。"

裴玄静向三姐妹举起右手，摊开手掌，"在三娘子右手拇指的指腹处，有一处可疑的黑色斑痕。根据我的经验，这类黑斑往往是毒血凝聚而成的。也就是说，使三娘子中毒的伤口很可能就在她的右手拇指指腹上。虽然伤口很小，几乎难以察觉，但三娘子全身上下，就只有这个黑斑最值得怀疑。然而，我却一直无法确定这个结论，因为我实在想象不出，三娘子在什么情况下会以这种方式中毒……直到我解开木盒与笔的关联之谜。"

"三姐！"宋若昭忽然痛呼一声，泪流满面。

裴玄静问："怎么了？"

宋若昭颤抖着刚想说什么，却被宋若华厉声喝止："若昭！先听裴炼师把话说完。"

"大娘子说得对。"裴玄静道，"我的确还有些话没说完。"

"炼师请讲。"

终于来到最关键而可怕的部分了。裴玄静道："我方才说了，在三娘子留下的字条中，除了指明'飞云轩'之外，还明明白白地写着老张的姓氏。假如三娘子去'飞云轩'是为了定制特殊的笔，那么，她找老张又出于什么目的呢？据昨日仵作在'飞云轩'的勘察结果，老张应该死于这二日内，所以三娘子亡故时，他还活着。我们已经知道了，老张是个专业炼毒者，而三娘子死于中毒。这两者之间难道不存在因果吗？我认为一定有！而因果的核心，就是那支失踪了的定制笔！"

"恕我愚钝，请炼师说得更明白些。"此时此刻，宋若华反而变得神采奕奕，紧盯住裴玄静发问。

裴玄静从容作答："我的推断是：三娘子去'飞云轩'制笔，除了要让它在形式上完全契合木盒的整体构造之外，还有一个目的——给它淬上老张炼制的剧毒。'飞云轩'和老张已根据三娘子的要求，完成制作，并且三娘子也已将毒笔取回。案发当夜，三娘子应该就在安装木盒，并试验操作那支特殊的毒笔。但不知为何……也许是故意，也许纯粹是不小心，三娘子自己中毒身亡了。"

屋里太静了，能听到每个人剧烈的心跳声。

许久，宋若华发出一声冷笑，"炼师的这番推论着实精彩，听得人如坠五里雾中。然则推论毕竟是推论，炼师分析到现在，所谓若茵处心积虑制造出来、又为其所害的毒笔究竟在哪里呢？如果找不到实物，那么炼师的说法是否过于臆测了呢？对于无辜枉死的三妹，是否也算恶意中伤呢？炼师说来说去，故弄玄虚，却连一件实实在在的证据都拿不出来，也没有人证，又如何令人信服呢？只怕对圣上也交代不过去吧。"

裴玄静平静地说："我不在乎是否对圣上交代得过去。我在乎的是，任何人都不应该死得不明不白。老张不应该，'飞云轩'的掌柜不应该，宋若茵同样不应该。"

"大姐！"宋若昭痛哭流涕地喊起来，"是我……是我把那支……

笔藏起来的……"

"你、你说什么？"

"我去取来！"宋若昭奔去东厢房，转眼又奔回来，双手捧着一个纸包。

她将纸包搁在案上，正要掀开。裴玄静拦道："当心！"

宋若昭点头，"我知道。"她一边抽泣着，一边小心翼翼地将纸包展开，露出一支比普通的毛笔短一半的笔，"就是这个，是我在三姐身边捡到的……"

"和我设想的一模一样！"裴玄静惊喜地说，"这就清楚了，我知道这木盒的用场了！"

话音未落，就听"咕咚"一声，宋若华双眼向上一翻，整个人朝后仰倒下去。

6

宋若华气息奄奄地躺着，裴玄静不好再穷追猛打了。

她问："大娘子怎么了，要不要去请女医？"

"不必。"宋若昭哭着打开宋若华的妆奁，取出一个羊脂玉的小瓶，把瓶中不知是什么的液体滴了几滴在宋若华的口中。

稍待片刻，宋若华悠悠缓过一口气来，"炼师……"她立即颤巍巍地向裴玄静伸出手。

裴玄静握住她的手道："大娘子身体不爽，要不咱们押后再谈吧？"

"不！"宋若华强挣着坐起来，"就今天，现在，把该说的话都说了吧。若昭，你先说，到底是怎么回事？"

宋若昭流泪道："那夜我见三姐倒在柿子树下，没了气息，便知她已死了。当时她的右手摊开，旁边的地上就是这支笔。我……随手捡起笔来放入斗篷的内袋……"

裴玄静问："你当时就猜到了笔与木盒的关系，对吗？"

宋若昭饮泣着点了点头。

"而当我发现三娘子死于中毒时，你还推测，她的死很可能是这支笔造成的。"

宋若昭回答："是。我吓坏了，不知怎么办才好。我又担心，一旦交出了笔，会给三姐招来许多非议。三姐人都死了，还死得这么惨，我实在不愿……让她再遭耻辱……"

"你怎么就知道，揭露真相一定会给三娘子带来耻辱呢？"

宋若昭无言以对，只是低头哭泣。

宋若华有气无力地说："若昭不懂事，请炼师不要再责备她了，要怪就都怪我吧。"

裴玄静说："圣上只命我查明真相。惩戒，原非我之责。我也不想责备任何人。三娘子是你们的亲姐妹，因她之死而感到切肤之痛的，本应是你们，而不是我。"

"炼师不必再说下去了。"宋若华道，"炼师的意思我都明白。炼师还有什么想问的，就请尽管问吧，我们姐妹定当知无不言。至于其他的……到时候便任由圣上处置。"

"好。"裴玄静干脆地说，"大娘子坦率，那玄静也就直说了。这个木盒究竟有什么用处？加上若昭发现的这支毒笔，便十分清楚了，毕竟我也是道家中人——据我推断，这个木盒是一种特制的扶乩用具。我猜得对吗？"

宋若华长叹一声，颔首道："炼师所言极是，且听我从头说起吧。大约十天前，圣上将我与若茵一起召去，命我们在宫中做一次扶乩。原因正是新年以来的京城蛇患。"

"蛇患？"

"是啊，炼师没有听说吗？"

"当然，听说过……"裴玄静忽然有些不自在起来。

宋若华并未察觉她的异样，继续说道："历年上元节那天，宫中按例都要在玄元皇帝庙扶乩，以求新年运势。但圣上因削藩战事吃紧，今年特意下诏减免了上元节诸多庆贺事宜，连扶乩也一并免去了。不料上元节刚过去，京城就频发蛇患，所以圣上才特别忧惧，疑为上天降罪，故而执意要补上扶乩之事。"

"我明白了。"皇帝忧心忡忡的样子在裴玄静的脑际一闪而过，她问，"既然玄元皇帝庙中年年扶乩，想必一切礼仗用具都是现成的。三娘子为何重起炉灶，设计出如此奇特的扶乩用具来呢？"

宋若华露出凄婉的笑容："三妹这人啊，一向就喜欢标新立异。她太聪明了，又特别爱卖弄她的聪明。偏巧，当今圣上还挺欣赏她这一套的，不仅赐予若茵许多钱财，还允她随意出入宫禁，结交各个行当的能工巧匠，自由发挥她的奇思妙想，做出数不胜数的新奇玩意儿来。唉，其实在我看来，那些纯粹就是闹着玩，没什么实际用处。不过若茵玩得开心，圣上又支持，我们几个姐妹就权当看个热闹，跟着高兴罢了。谁都没想到，这次若茵当真了，非要设计一套全新的扶乩用具来。"

"圣上就接受了三娘子的提议？"

"是的。圣上是不想把事情闹大，搞得沸沸扬扬，朝野上下议论纷纷。他的本意就要机密行事。恰好若茵说，她有办法做出一个小扶乩来，只需要一两个人便能操控，正合了圣上的心意，他就一口答应了，让若茵尽快把东西做出来。"

裴玄静看着木盒——原来，这就是宋若茵做出来的小扶乩，却为什么演变成了一件杀人工具？

她小心翼翼地拿起那支好似截掉一半的笔，细细端详。

宋家三姐妹的目光均一瞬不瞬地盯在裴玄静的身上。

良久，裴玄静问宋若昭："你研究过这支笔吗？"

宋若昭点头："有，这支笔是内外两层的。"

裴玄静将笔平托在掌中……没错，从笔端向下就能看出来，在这支笔的中心，还嵌着极细的、像针一样的内芯。多么精巧的设计。

裴玄静抬起头，迎着三姐妹的目光道："我知道三娘子是怎么死的了。"

她再次将木盒移到自己面前，并拉出下部那个抽屉样的夹层。日光从窗外投进来，照在底部的《璇玑图》锦帕上，五彩斑斓，绚丽夺目。众人的眼前，仿佛瞬间升起一片迷幻的彩虹……

裴玄静手指《璇玑图》正中央的红色"心"字，道："这个'心'，便是杀人的症结所在。"

"你们来看。"她掀开锦帕，示意三姐妹凑近。所有的视线都聚集过来，落在同一个点上——木盒底部，对应《璇玑图》中央"心"字的地方，有一个难以察觉的微小凸起。裴玄静拿过毒笔，极其小心地将它的笔峰，对上这个微小的凸起。然后，轻轻朝下一按……

不知是谁，发出一声低低的惊呼。

从笔的上部，冒出一个极小的尖头。

裴玄静说："诸位都看见了吗？我想，三娘子就是被这个尖头上所淬的毒害死的。"

"三姐……"若昭和若伦齐声痛哭起来。

裴玄静也情不自禁地叹了口气："根据到目前为止的所有发现，我只能得出一个结论：三娘子主动请缨，为圣上设计的这件扶乩工具，确确实实是一件费尽心机的杀人凶器。我们都知道，通常的扶乩方法是，'正鸾'请神附体之后，用手中所持之笔，在沙盘中写下神灵的话。而三娘子制作的这个扶乩木盒，却是用《璇玑图》代替了常用的沙盘。在她设计的扶乩过程中，'正鸾'将以拇指从笔端推动这支特殊的笔，借助两根相互交错的木棍的力道和角度，随意地在《璇玑图》上游走。由于《璇玑图》中有八百多个字，纵、横、斜、交互、正反读，均可以成诗，所以根据笔尖通过《璇玑图》上的路线，就可以读出各种含义的词句来。不得不说，三娘子的心思非常巧妙。但——最可怕的事实却是，三娘子竟在这个精巧的扶乩木盒中，布置下了一个匪夷所思的杀人机关！

"现在我们懂了，三娘子为什么要去'飞云轩'定制这支特殊的笔。因为'飞云轩'不仅能够按照她的要求将笔截短，并且能在笔的内部嵌入一根极细的内芯。同时，'飞云轩'中还藏有一个擅长炼毒的老张，能替内芯淬上剧毒。最后，再加上这个位于盒子底部，被《璇玑图》锦帕遮住，根本无法察觉的微小凸起，就万事俱备了！假如三娘子并未暴卒，这个木盒也按她的计划在宫中扶乩时使用。那么，扶乩时会发生什么呢？当'正鸾'在神灵附体之时，总会有一刻，将笔移动到《璇玑图》中央的'心'字上。你们看，除了内芯之外，这支笔的笔锋还被做得特别短，几乎像一把刷子而不是书写用的毛笔。这就令扶乩之人在操作时，会不自觉地用拇指下按。此时，《璇玑图》中央'心'字所在的凸起就会朝上顶出笔芯——那将是一个极其轻微的刺痛，沉浸在扶乩状态中的'正鸾'甚至根本感觉不到，剧毒便透过指腹的伤口侵入体内。毒发后，'正鸾'的身体将会抽搐，但是大家都以为此乃神灵离身时的正常反应。等所有人明白过来的时候，'正鸾'已经气绝身亡了。"

裴玄静结束了长篇推论，顿了顿，才向三姐妹郑重发问："扶乩之时，将会由谁担任'正鸾'？"

"是我。"宋若华回答得十分平静，惨白如纸的脸上，浮起一丝含义晦涩的笑容，目光里只有深不见底的黑暗。

宋若昭在一旁哭得哀哀欲绝。裴玄静突然明白了，宋若昭早就猜出了一切，所以才会藏起那支毒笔。她是怎么说的？

——"三姐人都死了，还死得这么惨，我实在不愿……让她再遭耻辱……"

原来所谓的耻辱，就是宋若茵煞费苦心设下杀人毒局，最后反为其害，而她的谋杀对象正是她的亲姐姐——宋若华！

"所以大娘子看见毒笔时，就知道原委了，对吗？"

最后一抹生气从宋若华的脸上遁去了，只剩下一片虚空。她默默地点了点头。

"若昭藏笔，不但是为了帮三姐隐匿罪行，更是为了不让大姐伤心？"

宋若华拉过宋若昭："我的好妹妹……我们的好妹妹。"又揽过宋若伦来，三姐妹紧紧地拥抱在一起，宛如生离死别。

但这凄凉的场面带给裴玄静的，却是更大的困惑。

等三姐妹的情绪稍微平静下来，裴玄静提出了心中的问题："为什么？"

宋若华放开两位妹妹，反问："炼师是想问，三妹为什么要费尽心机地杀我？"

"大娘子知道原因吗？"

"不知道。"

"……不知道？"

宋若华已经完全平静下来了："我宋家五姊妹，二妹若仙早亡，三妹若茵从小便聪明过人，是个古灵精怪的女孩子。若昭和若伦年幼，在宫中的这些年里，一直是若茵与我相互扶持，共同支撑着柿林院。炼师或许没有体会，深宫大内的生活看似尊贵惬意，实则危机四伏，步步惊心。除了自家姊妹，我们在这里并没有其他能够依靠的人。所以，我要告诉炼师的是，若茵是我在这世上最亲的亲人。不论发生了什么，这一点都不会改变。"

裴玄静愣了愣，遂道："大娘子既然这么讲，我也无话可说了。我只能把这里发生的一切，如实禀报圣上。大娘子还是先想好，该如何向圣上回话吧。"她起身要走。

"炼师留步！"

裴玄静应声回头，不由大惊失色。

只见宋若华的右手紧握毒笔，抵住自己的咽喉，柳眉倒竖，厉声道："我想这支笔上的毒，杀两个人应是足够的。"

"你……"

宋若华惨笑："炼师如将若茵谋划杀人之事告知圣上，我们姐妹在大明宫中的清誉和前途必将毁于一旦。我宋若华身为长姊，绝不能眼睁睁看着这种事情发生。不如一死了之！"

"你死了，若昭和若伦怎么办？"

"是炼师要将她们送上绝路，又何必假慈悲！"

裴玄静气坏了："大娘子这是在强词夺理！"

宋若华再一次露出阴惨惨的笑容："炼师一心想为圣上效力，讨得圣上的欢心，这份心情我能理解。但请炼师不要忘了，除了若茵一案，圣上更关心的，乃是离合诗的来历！而要破解离合诗之谜，我宋若华今天便大言不惭地说一句，炼师若是没有我的帮助，断断解不开此谜！以炼师的精明，必不愿让离合诗的真相永远湮灭吧？"

"宋大娘子在威胁我吗？"

"不，我是在求炼师。若茵已死不能复生。我们三姐妹的性命，却在炼师的一念之间了。"话音未落，两行清泪徐徐淌下。

这是宋若华今天第一次落泪。似乎直到此时，她才卸下所有心防，将生死彻底交托到裴玄静的手中。

看见宋若华的眼泪，裴玄静的心突然软了下来。案子中的凶嫌已死，她想害死的人却在拼命为其辩护。这一切都使得裴玄静所竭力主张的真相，显得十分荒诞可笑。死去的凶嫌不可能再得到惩罚了，侥幸生还者却要背负不堪承受的后果……这样做真的对吗？

裴玄静是有原则，但也懂得现实的变通。她从来就不是迂夫子。事到如今，裴玄静最大的心理障碍在于——皇帝。

隐瞒真相无异于欺君。宋若华以死相逼，并用离合诗的谜底做交换。那么对于皇帝来说，两者究竟孰轻孰重呢？

裴玄静迟疑了一下，说："大娘子的苦衷，玄静听懂了。然此乃圣上交代下来的案子，一旦诘问起来，我最多只能拖延，绝不敢欺瞒……"

"炼师无须担心，宋若华亦不敢要炼师犯欺君之罪。我想求的，就是一些时间。"

"时间？多久？"

宋若华道："炼师既知圣命难违，我们姐妹又何尝不是呢？若茵是与我一起从圣上那里接下扶乩之命的。而今若茵虽死，我也必须要独立将扶乩完成。待扶乩之后，炼师想怎么处置我，便怎么处置吧。"

"这……"裴玄静问，"扶乩定在何时？"

"尚未有确切日期。圣上与我们的约定是，待若茵将新的扶乩用具制成，即定日子。"

"大娘子还想用这木盒扶乩？"裴玄静大为诧异。

"这个木盒肯定不能再用。"宋若华回答得很从容，"我可以请宫中的将作监按样再做一个，想必不难。木盒底部中心的凸起，据我猜想，应该是若茵自己动的手脚。在给将作监的图纸上不会标示这个。至于这支特制的笔……"宋若华将它轻轻推到裴玄静的面前，"毒笔是证物，就请炼师妥为保管。我另外再请将作监制作一支与木盒匹配的笔。不要内芯，也不淬毒，仅仅将笔截断成普通长度的一半。我相信，将作监的工匠们绝对可以胜任。"

"这么说，大娘子全都盘算好了？"

宋若华无力地微笑着："我只求能和若茵一起完成这次扶乩，向圣上复命。待此心愿一了，便死而无憾了。"

裴玄静找不到理由再拒绝了，但她的心中依旧充满了疑问——口口声声姐妹情深，宋若茵为什么要杀宋若华？而宋若华明知如此，不仅不恨宋若茵，还要拼死维护她的名誉，甚至执意为她完成未尽的使命……

屋内一时寂寂，每个人都沉浸在自己的心事中。

突然响起叩门声，宫女在外报称："圣上命裴炼师速去蓬莱山。"

裴玄静跳起来，伸手去取毒笔。

"且慢！炼师小心。"宋若华抽出木盒的底层，拿起《璇玑图》锦帕，将其细心地包裹在毒笔外面，方才交到裴玄静手中，"这样便不怕了。"她长长地松了口气，合目倒在榻上，似乎生命已消耗殆尽了。

7

太液池上，寒烟笼水，不胜凄清。

裴玄静没有想到，大明宫中的这泓池水竟如此辽阔，几似无垠。已经在街坊人家、田间陌头孕育的丝丝春意，完全无法抵达这泓碧水的深处。

蓬莱山是太液池中的一座小岛。太液亭从小岛的西端伸出去，以栈道相连。从水面上升起的云烟缭绕亭中，阵阵寒气刺骨。两只仙鹤在亭中悠闲踱步，见有人来，昂头一鸣，便振翅而去了。

裴玄静来到皇帝面前，跪坐叩首。

皇帝的神情却很温和，招呼道："炼师查案辛苦了。来，先品茶。"

内侍陈弘志殷勤地奉上茶盏。

"怎么样？"

裴玄静实话实说："醇而清新，非常好喝。"一口热茶下去，她感觉全身都暖和起来。这茶回味如甘，令极度低落的心情也略微振奋。

皇帝难得地微笑起来："这可是朕独家的茶，只有在朕这里才能喝到。"

他的自夸口气把裴玄静逗乐了。普天之下，唯皇帝所独有的好东西难道还少吗？他却为了一杯茶而沾沾自喜。说到底，所谓天子，不也就是个人嘛。

想到这里，裴玄静情不自禁地还了皇帝一个微笑。他却立刻阴沉下脸来，一本正经地发问："宋若茵究竟是怎么中毒的，有结论了吗？"

结论？裴玄静突然想起来，虽然下毒者为宋若茵本人，这点已经毋庸置疑了。但是似乎自己与宋若华都未明确提到，宋若茵究竟是怎么中毒的。有意，还是无意？

如果无意，那就应该是她在实验毒笔和木盒的运用时，不小心扎破手指，中毒遇害。机关算尽，反误自己性命。宋若华似乎就是这样认为的。但是宋若茵明明知道自己设计的厉害，却掉以轻心，这可能吗？

所以不能排除另一种可能：有意。也就是说，宋若茵是自杀的！如果沿着这条思路下去，就必须找出她的自杀动机。难道是为了对姐姐负疚，临时良心发现，干脆结果了自己？或者阴谋被人察觉，遭到胁迫，不得不一死了之……不，这些假设都太牵强，无法让人信服。假如宋若茵确实是自杀的，那么这背后一定隐藏着不可思议的可怕内幕。

裴玄静恍然领悟到，宋若华好像一直在引导自己接受无意的设定，而彻底放弃追踪自杀这个可能性。

她陷入沉思，皇帝等了好一会儿，忍不住问："怎么了，你没听见朕的问话吗？"

裴玄静忙答："是，关于宋若茵的死因……尚无结论。"

"尚无结论？"皇帝皱起眉头，"朕已经等了你好几天了。"

"是妾愚拙。但若非确凿的答案，妾不敢在陛下面前妄言。"

"你还要查多久？朕不能无限期地等下去，如果你查不出来，朕就将此案交给大理寺去办了。"

"请陛下等到宫中扶乩完成。如果到那时妾仍然没有结论，此案任凭陛下处理。"

"宫中扶乩？"

"是的。宋若茵虽死，宋若华仍愿独自承担扶乩之责。妾已答应她，在扶乩完成之前，尽量不让探案干扰到她。"

"谁给你权力应承她？"

"妾以为，对陛下来说……扶乩比宋若茵的命案更重要。"

皇帝死死地盯住她："又是谁给了你这样的胆量，揣度朕意？"

裴玄静浑身冒出了冷汗。更奇特的是，在极度的紧张中，她的脑海中竟然闪过崔淼的笑脸。这家伙不是言之凿凿，说什么蛇患全都是他一手造成的吗？如果他的话属实，那还要扶乩干什么，把崔淼抓来不就真相大白了？

她低着头回答："……是陛下说的，予我全权处理此案。"

良久，皇帝才说："宋若华告诉你，朕为什么要扶乩了？"

"说了。"

"那么你觉得……朕有必要这样做吗？"

裴玄静诧异地抬起头。在皇帝的脸上，是她从未见过的彷徨表情。区区蛇祸，竟使天子失去了自信！她赶紧把刚刚的念头摁灭了。且不说崔淼多半在虚张声势，一旦让皇帝知道有这么个人存在，光凭他敢夸下如此海口，就会令皇帝恨之入骨。

假如真把两人视为对手，那么隔空较量的这一局，皇帝已先输了气势。

这个想法让她自己都感到不寒而栗。

"陛下圣明。"裴玄静只能这么回答。

皇帝追问："宋若华还要准备多久？"

"她说要让将作监制作些东西，想来不会很久。"

"朕另召她来详问吧。不过你要记住，朕只宽限你到扶乩之日。"

"是。"

离开太液亭，仍然像来时那样，搭一叶扁舟泛波而去。

裴玄静刚坐上小船，陈弘志匆匆赶来，从舫公手中接过船桨，笑道："圣上命奴来送炼师上岸。"

裴玄静认得他是皇帝身边的内侍，便道："多谢公公。"

寒烟笼水，小船如同穿行在无边无际的薄雾之中。耳边只有船桨拨动池水的哗哗声，蓬莱山很快不见了，河岸犹在不明所以的远方。一时间，裴玄静忘记了自己身处深宫大内，仿佛来到渺无人烟的野外，栖身于一倾逝水之上，无根无源，亦不知何去何从。

"奴的手艺，炼师可还喜欢？"

裴玄静一怔，方觉是陈弘志在和自己说话，便问："……公公的手艺？"

"哈，那茶是奴亲手煎的。"

"原来如此，确为绝技。"

陈弘志笑起来："圣上从来不让我给别人烹茶，炼师可是第一个……"

裴玄静有些反感他那副欲言又止的样子。陈弘志应该和李弥差不多大，目光却多变而飘忽，满是不符合年龄的心机。她随口应道："那么说，今日是我的口福了。"

"是啊，圣上那么喜欢宋三娘子，连新罗进贡的仙人铜漏都肯赏给她，也从未命我给她烹过茶。"

裴玄静不愿多话，只淡淡地点了点头。

"唉，可这宋三娘子怎么就突然死了呢。"陈弘志却好似打开了话匣子，"圣上才看上眼，她就……也是个薄命的。"

裴玄静揶揄道："公公倒也怜香惜玉。"

陈弘志讪笑道："呵呵，炼师是有福之人。"

她掉转头，不愿再理睬他了。深宫大内的倾轧和争斗，足以将少年人的明朗剥夺得干干净净。在大明宫出入才没几天，裴玄静已经见过太多身不由己的人，实在感到沉重。

陈弘志突然问："炼师可曾在柿林院里见到仙人铜漏？"

"公公何出此问？"

"奴怎么听说，那仙人铜漏不在宫中了？"

"你听谁说的？"

"炼师只说见没见过吧？"

裴玄静皱眉道："我是去查宋若茵的死因，不是去看什么仙人铜漏的。陈公公这么关心，自己去柿林院走一遭不就清楚了？"

陈弘志笑了："我知道了，炼师没见到仙人铜漏嘛。"

"即使我没见到仙人铜漏，也不等于它不在柿林院。再说，圣上将仙人铜漏赐予宋三娘子，实与陈公公无半点关系。公公这么关心，又是为何呢？"

陈弘志停下划桨的手："宋三娘子要是真把圣上赐的宝物弄丢了，那可犯下大错咯。此等罪过，全看圣上的心情。或许一笑了之，但为此丢掉性命的，也有先例。"

因为用力划船，他的双颊微微泛红，冒出薄汗，越发显得稚嫩了。可从这个少年口中轻描淡写吐出的，却是叫人毛骨悚然的话语。

裴玄静越听越不对劲，盯着陈弘志问："公公说这些，究竟是什么意思？"

"啊呀，奴是见炼师给圣上逼问得紧，想帮一帮炼师呗。炼师请想，假如宋三娘子真的把仙人铜漏给弄丢了，她畏惧圣上天威，会不会一时想不开，就寻了短见呢？"

"你说宋三娘子是自杀？"

"……难不成还是被人杀了的？这更不可能啦，皇宫大内里头，不会不会，绝对不会……"陈弘志一味地摇头晃脑。

裴玄静不想再谈下去了。她扭头望向岸边，雾气渐渐消散，离岸最近的金殿悄然展露身姿。她知道，从此地弃舟上岸，再到走出宫禁，仍有很长很长的一段路。而有些人，是永远也走不出去的。

离开大明宫返回金仙观，裴玄静仍然纠结在宋若茵之死的谜题中。她是怎么死的，已经毋庸置疑了。但究竟是意外、他杀，还是自杀？裴玄静仍然无法回答这个关键问题。

皇帝身边的宠侍为什么如此关注宋若茵的死，还一口咬定她是自杀？

再有……仙人铜漏。裴玄静原以为，宋若茵将仙人铜漏送去武府，只是为了留下一条线索。陈弘志的异常表现使她意识到，仙人铜漏本身也可能暗藏玄机。

到目前为止，除了武肖珂母子和宋家姐妹之外，并无人知道仙人铜漏的去向。既然大明宫中有人对仙人铜漏的下落十分在意，那就说明，宋若茵将它藏在武肖珂处是相当正确的举措。武府虽比不上大内宫禁森严，却胜在人头干净，没有耳目。

要不要再去提醒一下武肖珂注意保密呢？

裴玄静尚未采取行动，段成式上门打听案情来了。

这回裴玄静不好意思再将他拒之门外，少年为了帮忙查案，身陷险境，差一点儿就丢了小命。裴玄静从心底里感到愧疚，并且万分后怕。

段成式倒像没事人似的了，也可能是装成没事的样子。其实那天他在"飞云轩"里吓得魂飞魄散，接连做了好几天噩梦。

由于祠部郎中的儿子在"飞云轩"中差点遇害，负责管理东市的万年县县令全力侦破"飞云轩"一案，所以才能那么迅速地查清"飞云轩"和老张的底细。老张的死状恐怖至极，仵作的结论是：他死于自己培育的毒蛊，从尸体的状况来看，死了最多不超过两天。所以裴玄静才能肯定地告诉宋若华，老张是在宋若茵之后死的。

不过，他死得也太凑巧了，否则总能从他口中问出些端倪来。

坐在裴玄静的房中，段成式一边不住地东张西望，一边还在感慨。

他的目光立即被案上的《璇玑图》锦帕和毒笔吸引过去了："咦，

这是做什么用的？"伸出手就要去拿毒笔。

裴玄静赶紧喝止："别动！"

段成式吓得一激灵，把手缩回去，眼巴巴地说："炼师姐姐，把你查到的都告诉我吧。"

裴玄静知道瞒不住他，便将自己在宋若茵一案上的发现，原原本本地讲了一遍。

段成式听得连连惊呼："天哪，我真想看看那个木头盒子。"他兴致勃勃地说。

"有什么可看的，你的若茵阿姨就是死在那上头。"

"也只有若茵阿姨才能想出那么精妙的杀人武器！"段成式又想朝毒笔伸手，迟疑了一下，终究不敢，便转向《璇玑图》。

"咦？若茵阿姨好喜欢《璇玑图》哦。"

"你怎么知道？"

"她前一次来我家时，就跟阿母说了半天《璇玑图》，闹得阿母自己也绣起《璇玑图》来，绣得漂亮极了，我偷偷拿出去炫耀，结果让爹爹发现了，还罚我跪了半个时辰。"段成式说得且喜且悲。

原来还有这么一出。

裴玄静从案上捡起《璇玑图》，捧到眼前，却见红、蓝、黄、黑、紫，五色交糅而成的一幅锦帕上，数百个米粒大小的字纵横交错，令人目眩神迷，烘托出正中央火红的"心"字。

正是在宋若茵的精心安排下，这个"心"字成了终极杀器。

裴玄静心中一动。到目前为止，她研究了木盒的机制，研究了毒笔的构造，却并未重视过《璇玑图》。在她的眼中，《璇玑图》只不过因其回文诗的特质而为宋若茵选中，充当了扶乩木盒的组成部分。

为什么她就没想到，也许宋若茵选择《璇玑图》另有深意呢？

这块锦帕上有那么多字，正、反、斜、纵横、回环，能够组成几百首诗。这其中会不会有宋若茵想说的话呢？扶乩，不就是当神灵附体之时，"正鸾"在无意识的状态下以手中之笔，记下神灵的话吗？

裴玄静似有所悟，为什么宋若华坚持要用木盒完成扶乩？须知附体的不一定是神灵，也可能是鬼魂！莫非宋若华期待着，扶乩之时三妹的鬼魂上身，便能将整个案子背后的真相揭露出来？

她很有可能这么想！

更重要的是，《璇玑图》值得好好研究。

“炼师姐姐，你想到什么了？”

“暂时还没有。”裴玄静微笑着说，“段小郎君该早些回家，否则你阿母又该担心了。”

段成式去探“飞云轩”，是经过武肖珂允许的。但在发生险情之后，武肖珂必不愿儿子再介入到宋若茵一案中去。裴玄静自己也不想再把段成式牵扯进来。这么可爱的少年，绝不允许受到半点伤害，哪怕一点点可能性也必须避免。何况宋若茵一案越查下去，就越觉得诡异难测，内幕极深。

段成式噘起嘴撒娇：“现在还早嘛，我还要听炼师姐姐分析案情。”

裴玄静正色道：“我答应小郎君，案情有进展必如实相告，但也请小郎君答应我两件事。”

“姐姐请说。”

“第一，小郎君从我这里听到的所有案情，都不可泄露出去。即使对你阿母，也不能说。”

“没问题。”

“第二，自今以后，小郎君不再直接介入探案，不见有嫌疑的人，也不去有嫌疑的地方。总之，一切安全为上。这两条，小郎君都务必要答应我。”

段成式苦着脸嘟囔：“我……”

“你答应吗？”

段成式极不情愿地点了头，但哪里肯善罢甘休，眼珠一转，立马又计上心来。

“炼师姐姐，这两条我都答应了，你可以让我去金仙观后院看看吗？”

裴玄静始料未及："后院？那里有什么可看的？"

"我听说……后院闹鬼。"

"你要看鬼？"裴玄静真有点吃不消了。

"我还从来没见过鬼呢……"

"不行！"裴玄静板起脸来，吩咐李弥立刻送段成式出观。不能再给这孩子机会，否则他定然死磨硬缠到自己心软为止。

李弥就坐在裴玄静的屋中，谈论案情的过程中，自始至终呆若木鸡，毫无反应。此刻听见裴玄静一声令下，他却马上跳起来，冲着段成式道："走。"

段成式无可奈何地告辞而出。

金仙观大得很，从裴玄静的屋子到观门要经过一片茂盛的竹林。走在林间小径上，枯黄的竹叶不停地拂过头顶。段成式悄悄瞥着竹林一侧高耸的围墙。围墙那一头，就是名闻遐迩的金仙观后院。从那边吹过来的风，似乎就多了那么点腥涩的味道。

他的心里实在痒得不行，便扯了扯李弥的衣袖："自虚哥哥，你放我到那头去看看行不？只看一眼。"

"嫂子说不行，就不行。"

段成式气得干瞪眼，还不甘心地左顾右盼。突然，他发现前方不远处，一丛茂密幽竹后的墙上，隐约露出一扇门的轮廓。段成式心下暗喜，这门肯定能通后院。

于是他边走边和李弥东拉西扯："自虚哥哥，你听说过海眼吗？"

"不知道。"

"我告诉你，海眼埋在地底下的极深极深处，能一直通到大海。"

"听不懂。"

"我最近才发现的，在长安城里面就有海眼，而且不止一处！其中之一在南内兴庆宫，还有一个嘛……就在这里！"段成式趁着李弥愣神之际，向掩在竹后的那扇门猛冲过去。门关着，他一推没推开，右脚便往最近的竹子上一攀，想趁势登竹翻墙而过。

离墙头还有一段距离呢，双脚就被牢牢抱住了。

段成式不敢大喊，只得低声恳求："自虚哥哥，你放手……"

"咕咚"——他被李弥扯住双腿，结结实实地摔在地上。

"为什么不让我过去？这扇门明明打开过！"段成式气急败坏，信口胡说，"自虚哥哥你坏，你让别人进去，就不让我去！"

"你怎么知道？"

"诶？"段成式瞪着李弥一阵红一阵白的脸，突然灵光乍现，再看那扇门，居然真的掀开一条缝……原来刚才自己误打误撞，已经把门弄开了。

"哇！自虚哥哥你……"实在是太大的意外，段成式都不知该说什么了。

李弥急道："你别告诉我嫂子。"

"可以啊，"段成式满脸坏笑，"不过你得让我进去逛逛。"

李弥耷拉着脑袋，从门闩上解下锈蚀的铁链子。

门敞开了。

眼前是一片幽深又荒凉的异域。草木疯狂生长，起伏蔓延，望不到头。早春的野花已然盛开，触目都是大片大片的红、粉和黄色。亭台楼阁悉数淹没其中，像海中的沉船只能露出破败的顶部。

但是段成式心中无限狂喜，因为他看到脚下的杂草从中，有一条清晰的由杂乱脚印组成的道路。

有人来过这里，而且就在最近！

段成式得意地扬起脸，李弥避开他的目光，低声说："你快点儿。"

段成式猛点头，循着脚印向前一溜小跑起来。

8

由脚印踏出的小径，在一个枯竭的池塘边消失了。

看得出池塘原来的面积相当大，但干涸之后淤泥堆积，又覆盖上一层叠一层的枯枝败叶，许多地方已经和地面齐平，几乎无法区分了。黄芦苦竹绕池而生，茂盛得插不进脚去。只有正对来路的地方，豁开一个缺口，两旁盛开着密密匝匝的迎春花。

段成式停在迎春花丛前，有些气喘。一只杜鹃不知躲在哪里啼叫，鸣声如泣，听得人头皮发麻。李弥紧跟着来到他身边，低声嘟囔："看完了吗？走吧？"

"那是什么？"段成式朝前一指。

就在迎春花丛的后面，淤泥上有明显的挖掘痕迹，芦苇和落叶也被踩得乱七八糟。

"此处有鬼！"话刚出口，段成式自己都吓了一跳。

"你别过去。"李弥想拉住他，哪里来得及，段成式三步并作两步往前疾冲，不料双脚刚踏上那块淤泥，遍地枯枝"哗啦啦"翻起，段成式只觉眼前一黑，便直坠而下。

"咕咚！"他摔了个嘴啃泥，晕头转向地刚想爬起来，李弥也从上面出溜下来了。

"叫你别来，这下怎么办？"李弥都快哭了。

段成式却惊喜地叫起来："哇，这下面真的有海眼！"

"什么海眼？"

"自虚哥哥，你来过！"段成式瞅着李弥直乐——这下可抓住把柄了。他觍着脸凑过去，"诶，这下面有什么好玩的？你带我看，我保证不告诉炼师姐姐。"

李弥说："下面黑，没带蜡烛……"

"这太简单了，难不倒我！"段成式麻利地开始解腰带。五品官员们佩戴的蹀躞七事，他居然一模一样地挂在腰上。要不怎么说武肖珂溺爱段成式呢。

段成式从腰带上取下火石，又从地上抓起一丛枯枝，打着火一点，就成了一支小火把。

李弥也知今天含糊不过去了，接过火把说："那你跟着我走，这下面可大了。"

幽暗火光照出一个巨大的地洞。从顶及地，触目所及之处都是湿漉漉的，还不停地有水珠滴下来。

段成式惊呼："哇，我们是在池塘底下吧。"

"池塘没水。"

段成式伸手碰了碰洞壁，摸到一手的青苔，又把手指放进嘴里吮了吮，摇头道："我听说海水是咸的，这个没味……"

再抬头，一看李弥走出去好远了，又忙着叫："自虚哥哥，等等我。"

赶上李弥，两人接连拐过几个弯，眼前出现了一个更加阔大的空间。初看与之前经过的地方没什么两样，但是段成式随即发现，这里的洞壁并不是空白的，上面似乎画了些什么。

他抢过李弥手中的火把——果然！那是一幅接一幅连续的壁画。

火光映照之下，画面上的笔触清晰，色泽鲜艳，仿佛就画在昨日。连绵不绝的青苔密布其上，又证明仅仅是他的错觉。这些画肯定来自久远的过去，但画中的一切却像利刃，直刺入他的心脏！

段成式无法相信自己的眼睛。

正对着他的第一幅画，漫长起伏的曲线描绘出波浪的形状。那么辽阔、跌宕的波幅，只能是大海的浪涛。海面上空点缀群星，一轮圆月高挂在画面的最远方。波浪深处，三艘船的桅杆有高有低。可以看出，一艘为主在前，两艘为辅在后。三船朝月亮的方向行驶，主船的桅杆顶部，一面旗帜低垂着。

静谧的海上月夜，无限空幻又真实得可怕。段成式的呼吸越来越急促，因为他看见在波浪的尽头，若隐若现地画着一条长尾的尖端。

段成式瞪圆了双眼，立即去看下一幅——画面风格大变，代表海浪的曲线或高耸入云或低沉如渊，显示海面上风浪大起！三艘小船来到画面最前方，首船上的人们仓皇挣扎的样子清晰可辨。但这幅画的主角不是他们，而是那条腾身半空张牙舞爪的巨龙！巨龙的暴目、胡须、利爪和鳞片无一不画得栩栩如生，呼之欲出。它在最前方，占去了一多半的画面，口喷烈火，尾掀巨浪，分明要将三艘小船置于死地。

段成式连连咽着唾沫，又移到下一幅画前，彻底呆住了。

他的目光再也无法从画的中央移开——那里，翻滚的波浪烘托起一个衣袂翩跹的身影，和顾恺之的洛神几乎一模一样。可是段成式知道，这位画中仙女绝非洛神，围绕在她周身的也不是纱衣，而是透明的羽翼。她——正是段成式魂牵梦萦的海中鲛人。画面所呈现的，也正是他想象中的场面。鲛人表情温柔，轻抬右臂，正在安抚蛟龙。蛟龙则半是抗拒半是服从，船上的人们紧张地注视着，等待着……

曾经呈现在他脑海中的瑰丽、诡谲而又匪夷所思的场景，竟然被人用画笔分毫不差地勾勒出来，而且是在一处废弃多年的道观的地底下……段成式的脑袋里乱作一团，根本无法思考，只能再看下去……

正如他所期待的，下一幅画中，蛟龙再次发怒，海面风起云涌，水火交加。高耸的海浪盖下来，小船眼看就要倾覆。首船的桅杆顶端，旌旗已经被风鼓起，可惜的是，旗上的色彩均已剥蚀，看不出究竟来了。鲛人位于画面后方，凝然而望，悲戚的丽容令人睹之心碎。段成式不禁喃喃自语："……唱吧，鲛人。"

李弥在旁边催促："火把快灭了，咱们走吧。"

段成式充耳不闻，再移到下一幅。果然，最惨烈凄厉的场面出现了。蛟龙被鲛人的歌声制住，失去了战斗力。三船之上万箭齐发，海空之间落下密集的箭雨，刺入蛟龙的身躯。画面上蛟龙扭曲着身躯，仰天长啸，其状惨不忍睹。鲛人退居到画面的最后端，几乎无法辨别她脸上的表情。但段成式分明看见了，盘旋在她的眼眶之中，那盈盈欲滴的……血泪。

火把的红光越来越幽暗了。

李弥急得直拉段成式的胳膊，"快走吧，再不走火把就灭了！"

段成式用力甩开李弥，奔向最后一幅画的位置。但是，画去哪里了？

按原先顺序应该是最后一幅画的地方，赫然竖立一块巨大的铁板。铁板严严实实地覆盖住了整块洞壁，一碰上去，便是满掌黑乎乎的铁锈。段成式大叫起来："画呢，画在哪里？"

整个洞窟都回荡着他的喊声。回音从四面八方涌过来，震得两人耳朵疼。

火把只剩下最后一点光头，被段成式这么哇啦一叫，那点光更是摇摇欲灭。

极度的紧张、疲惫和地下浑浊潮湿的空气，使段成式的脑袋开始迷乱了。他忘记了一切，只剩下一个念头——必须看见最后一幅画，证实鲛人血泪的想象！

段成式不顾一切地朝铁板撞过去，又踢又砸，铁板岿然不动。他喘着粗气停下来，颓然倚靠在又冷又湿的铁板上。突然，他听到了什么！

段成式趴在铁板上，将耳朵紧紧贴上去——"哗哗"，是水声？

他惊喜地朝李弥招手："你来听，这后面是不是有水？"

李弥也将耳朵附上铁板。好冷，他觉得耳朵都要冻成冰块了，愁眉苦脸地听了听："……什么都没有嘛……"

"有，就是有水声！"段成式涨红着脸叫道，"铁板后面一定能通到大海！"

"大……海？"李弥的理解力已经过限了，对"大海"这么陌生的题目只剩下干瞪眼。就在两人大眼瞪小眼之际，只听"扑哧"一声，最后一线火光泯灭了。

周围顿成一片漆黑，段成式平生第一次懂得了伸手不见五指的意思。最初的愣神过后，便是恐惧劈头盖脸而来。他往常自诩的胆量不知跑哪儿去了，刚好旁边伸过一只手抓住他的胳膊，段成式不管不顾地尖叫起来："啊！"

"别叫啦，是我呀！"李弥喝道，"你跟着我走。"

显然此时此刻，脑筋迟钝反而成了优势。李弥全无段成式那般疯狂的想像力，对他来讲，当务之急，不过是要在黑暗中找到回去的路。而对于段成式，就必须突破数不胜数的妖魔鬼怪的魔障了。

所幸洞窟的结构并不复杂。李弥和段成式贴着洞壁，顺着一个方向摸过去。走不太久，眼前已有朦朦胧胧的微光。再前探片刻，就回到原先下来的入口处。李弥蹲下身，让段成式爬上自己的肩膀，将他送出地面，然后自己接着爬出。

两人仰面倒在枯枝和淤泥之中，好一会儿才缓过劲来。

段成式又冲着李弥眉飞色舞起来："自虚哥哥你真棒！今天亏得有你，咱们才能发现海眼啊！"

李弥把段成式拽起来就走，他才不管什么海眼，只想快些把这个惹祸精赶出去。

段成式心知理亏，况且天色已晚，再耽搁下去就有可能露馅，便乖乖跟上李弥，跌跌撞撞地出了后院，又往金仙观外走去。嘴里还不肯闲着，嬉皮笑脸地说："自虚哥哥你放心，今天的事我对谁都不说。咱们一起瞒着炼师姐姐，不让她知道！等我得空了，再来找你探海眼哦。"

李弥气鼓鼓地说："下回？没有下回！"把段成式往外一推，用力关上了观门。

稍等片刻，估计段成式走远了，李弥才垂头丧气地往裴玄静的房间走去。来到低垂的湘帘之外时，又胆怯起来，只傻傻地侍立着，进不得也退不得。

裴玄静自内招呼："外面是自虚吗，怎么不进来？"

李弥耷拉着脑袋进去。

裴玄静抬头笑道："是不是成式这孩子调皮，拉你在观内玩到现在？"突然发现李弥身上脸上的污迹，忙问，"哟，这些是在哪儿蹭的？"

"嫂子，我……"李弥就要和盘托出了。他本性不懂骗人，更不知该如何欺骗裴玄静。

裴玄静却拉他到身边坐下，和颜悦色地说："没事。你平常一个人在观里太闷了，有成式和你玩玩也挺好的。衣服脏了没关系，洗洗就行了。"

李弥不吭声了。

裴玄静根本没想到李弥会有事瞒她。在她的心目中，李弥就是天底下最纯真的赤子。

李弥不敢看她的眼睛，只好盯着《璇玑图》看。裴玄静以为他有兴趣，便微笑着解释："这叫《璇玑图》，里面都是回文诗。我研究到现在，越想越想不通。正好自虚来了，你帮嫂子想想，好不好？"

李弥木木地"嗯"了一声。

裴玄静把锦帕挪到他的面前，指着上面的文字，娓娓道来："记得在我十来岁的时候，也和小伙伴一起玩过《璇玑图》。可我玩了一阵子之后，便觉索然无味，后来再没对它提起过兴致。这回碰上了，便特意重读一番。唉……说来也怪，许是我与《璇玑图》无缘吧，就是读不出它的好处。则天皇后为《璇玑图》写过序言，好多诗人也曾吟咏过它，想必总有缘故，我怎么就看不出呢？"

"哪些诗人？"每次听到诗人，李弥总会多问一句。哥哥李贺是他心中唯一的诗人。李弥不知道，也不懂得其他任何诗人和诗。但只要是诗人这个称呼，就会使他感到亲切。

裴玄静自是明白这一点，语气也变得益发温柔了，"南朝诗人江淹有诗云：'织锦曲兮泣已尽，回文诗兮影独伤。'梁元帝也写过：'乌鹊夜南飞，良人行未归。池水浮明月，寒风送捣衣。愿织回文锦，因君寄武威。'都是诉说女子思念丈夫，以回文织锦寄托离愁别绪的美好诗句。乃至我朝的大诗人李太白，更有'黄云城边乌欲栖，归飞哑哑枝上啼。机中织锦秦川女，碧纱如烟隔窗语。停梭问人忆远人，独宿空床泪如雨。'那么深切哀婉、动人肺腑的句子……"

说到这里，裴玄静自己也被触动了心事，一时默然。

"嫂子……"

裴玄静回过神来，继续说："苏蕙做织锦回文诗，为历代文人称颂，连则天女皇都亲自作序赞叹，我总以为，在这些诗中当满含女子的深情和才慧，还有自矜自尊的性格。可是很奇怪，我在《璇玑图》的回文诗里却读不到这些。过去没有读出来，今天我在此坐了很久，反反复复地读，仍然没有读出来。许多诗的词句和意境都相当含混平庸，令人失望。虽说为了回环往复均能押韵成诗，不可避免会有些硬凑的成分，但如果首首牵强，又诗意欠奉，则难免会有'盛名之下其实难副'的感觉。"

她见李弥一脸麻木，知道他听得糊涂，便笑道："自虚且跟我读来。"

裴玄静的玉指落在《璇玑图》的左上角，说："就从这个字——'仁'开始吧。沿着锦帕的最外圈，一个字一个字地读下来。照七律来断句。"

李弥虽然智力低下，到底是鬼才诗人的兄弟，读诗背诗都有天赋。一经裴玄静的指点，他便郎朗诵读起来：

> 仁智怀德圣虞唐，贞妙显华重荣章。
> 臣贤惟圣配英皇，伦匹离飘浮江湘。
> 津河隔塞殊山梁，民生感旷悲路长。
> 身微悯己处幽房，人贱为女有柔刚。
> 亲所怀想思谁望，纯清志洁齐冰霜。
> 新故感意殊面墙，春阳熙茂凋兰芳。
> 琴清流楚激弦商，秦由发声悲摧藏。
> 音和咏思惟空堂，心忧增慕怀惨伤。

"……我读得对吗，嫂子？"

"很对。"裴玄静说，"此诗还算通顺，意思也浅白。无非感慨世事艰难，女子与丈夫离散后的思念与自伤。但我很不喜欢这诗中的语气。你看这句'人贱为女有柔刚'，何其自轻自贱。还有这句'新故感意殊面墙'，明明是窦滔宠爱新欢而冷落发妻，苏蕙做织锦回文诗，晓之以理，动之以情，方使丈夫回心转意。但在这首诗中唯有悔恨自谴之意。难道窦滔移情别恋不该被指责，反而只有做妻子的应该面壁感怀，黯然内疚吗？这也太不公平了。"裴玄静忿忿地说，"我真不敢相信，如则天皇后那般胸怀天下的女子，竟然也会推崇这种诗句。"

李弥不明就里地"哦"了一声。

裴玄静又道："不止这首诗，《璇玑图》中处处可见此等语气。比如中央黄色的这两句：'贱女怀叹，鄙贱何如。'区区八字中，就有两个'贱'字，自卑自贱何其甚也。不知苏蕙当时是怎么作出来的。光我今日读着，就气得不行。"

李弥又"哦"了一声。

"还有这里。"裴玄静指到《璇玑图》的左上角，"依照红字可读出一首七绝：'秦王怀土眷旧乡，身荣君仁离殊方。春阳熙茂凋兰芳，琴清流楚激弦商。'真可气！说什么身荣，似乎看重的仅仅是丈夫的荣华富贵。全因窦滔获苻坚器重提拔，做了大官，苏蕙才对自己与小妾争风吃醋的行为大加懊悔，做出委曲求全的姿态来？这是何等俗气！何等势利！"

李弥终于听明白了，说："嫂子不喜欢里面的诗。"

"是非常不喜欢。小时候如此，今天更是如此。"裴玄静凝眉道，"而且我也不相信以梁元帝、李太白，乃至则天皇后的眼界、心胸和品位，会喜欢这里面的诗。可是……唉，也许终究是我的境界不够吧。"

她看着李弥，突然笑道："自虚，你若是没别的事，不如帮嫂子一个忙吧。"

"嫂子要我做什么？"

"我教你读《璇玑图》的方法，你把读出来的诗，一首一首录下来。如何？"

"行啊。"

李弥本有读诗的基础，虽不求甚解，五言、七言、韵脚和对偶什么的，光靠硬记也都烂熟于胸了。常人读诗要看用典、美感、技巧、意境等等。裴玄静就会因为与《璇玑图》中的诗达不到共鸣而感到乏味，但对李弥来说，这些全都不是问题。他只要按规则把诗读出来就行了，狗屁不通和绝妙辞章，在他眼里没有区别。

裴玄静也是灵机一动，想到让李弥来细读《璇玑图》。早在过年前，李弥已经把李贺的诗全部默写完了。如今他每天都闲极无聊，裴玄静要给他找点事情做做，打发时间。

裴玄静便开始教李弥读回文诗，两人研究得正起劲，一名炼师来通报，说有位宫中的女官来找裴玄静。

"女官？"裴玄静忙问，"是姓宋吗？"

"是。"

"既是女官，为何不直接请进来？"

"……她不肯进。"

裴玄静匆匆赶到观门口，果见一名女子等在门的内侧，全身都罩在黑纱幂离中。

"宋……"那女子闻声掀开幂离，露出一张年轻娟秀的面孔。裴玄静及时改口，"四娘子，是你来了？"

宋若昭微蹙着眉头应道："若昭奉家姐之命前来，打扰炼师了。"

宋家姐妹个个都是人精。眼前的这个宋若昭，从宋若茵的尸体旁取走毒笔藏匿，还向宋若华隐瞒，说明她自一开始就识破了案情的关键，所以绝非等闲之辈。

不过，当她的脸暴露在早春午后的暖阳中时，裴玄静发现，宋若昭确实还挺年轻的，应该和自己差不多岁数。细看她的长相，也比若华、若茵两位姐姐漂亮多了。

裴玄静道："请四娘子去我房中谈吧。"

"不必，只几句话，交代完了就走。"

"那么……四娘子请说。"

宋若昭道："那日炼师走后，家姐便命我把木盒和笔都画成图纸，送去将作监，请他们按图制作一个新的扶乩笔盒。将作大匠看了图样后说需要三天时间，所以家姐便让我昨日去取。不想昨日我到将作监时，将作大匠不仅给了我做好的笔盒，还拿出了两份一模一样的图纸。我一看便知，另一份则是三姐所画。"

"你是说，宋三娘子身边的木盒也是在将作监制作的？"

宋若昭点头："是。我和大姐曾经这样猜测过，但后来我们又认为不太可能。其一，三姐身边的木盒工艺太粗糙，不像将作监拿得出手的。其二，三姐设计的木盒能杀人，即使核心机关在于毒笔，她大概也不敢直接让将作监制作。三姐在宫外认识的能工巧匠不少，既然能找到'飞云轩'和老张做毒笔，要找一个做木盒的，亦非难事。此外……我们觉得，就算三姐的木盒是将作监制作的，我们也得装作不知道，才比较好。"

裴玄静点了点头。宋家姐妹心思之细密，由此可见一斑。如果她们想对付什么人，联手盘算的话，只怕够对方受的。可悲的是，宋若茵的谋杀对象是自己的亲姐姐。

"但你用你画的图纸定制木盒时，将作大匠并没提到三娘子也曾委托过他们。"

"确实如此。事实上，三姐是瞒着将作大匠，偷偷找了将作监一名新学徒的木匠制作的木盒。"

"原来如此！"裴玄静点头道，"怪不得木盒做得粗糙，原来出自学徒之手。"

宋若昭说："炼师莫急，且听我从头道来。将作大匠听说木盒将为扶乩所用，非常重视，便亲自开样监制。由于将作监经手各色金银宝物，故对每位匠人使用的材料和工具查验都非常严格，每次取用都必须登记造册，否则便无法开工。将作大匠在开样的时候，顺便查了查之前的账册，突然发现，就在差不多十天前，有人刚刚领取了完全相同的材料和完全相同的工具！并且也注为制作木盒。将作大匠深感纳罕，宫中平常绝对不会要将作监来做区区一个木盒。他便找来了册上登记的匠人询问。"

说到这里，宋若昭向裴玄静瞟了一眼："炼师或许还不知道，宫中的匠人都是宦者。"

"哦。"裴玄静此前还真不知道这一点。

宋若昭继续说："那名匠人是个才十五岁的石姓学徒。起先还想隐瞒，禁不住将作大匠一番逼问，最终承认说，十多天前正是三姐找的他，命他按图纸制作木盒，并给了他一笔钱。按理将作监的匠人不能私下接活，但这个学徒利欲熏心，况且以他的手艺，要再熬上很久才能有独立做工的机会，所以便毫不犹豫地应了这个活儿。"

"原来如此。"

"还不只如此。"宋若昭满面愁容地说，"将作大匠把那个学徒教训了一顿，本以为这事就完了。却不料之后将作大匠开始做木盒，又发现了新的问题——同样的木盒，那学徒开了成倍的料。"

"是否技艺不精，浪费太多？"

宋若昭摇了摇头，"于是将作大匠把学徒叫来重新审问，这次不客气，对他下了狠手。那人才彻底招了——"

"他招了什么？"

宋若昭扬起煞白的脸，道："他说，三姐当初让他做的是两个盒子。"

"两个？"裴玄静也大惊失色，"另一个在哪里？"

"他说……三姐让他送去了……平康坊北里的杜秋娘宅。"

第三章
杀连环

1

庭院中央的巨树亭亭如盖，树身粗至需几人合抱，吐突承璀认得出是榕树。而那满园似火般怒放的红花，吐突承璀就连名字都叫不上来了。昨夜刚刚赶到广州，迎接他的是一场潇潇春雨。早起雨止，地面尚湿，金灿灿的阳光便遒劲地洒下，从每一片透绿的树叶上反射过来，耀得人睁不开眼睛。

这便是南国了。

眼前的一切都让见多识广的吐突承璀觉得新鲜。不过，榕树下那几具绣架他还是熟悉的。丝绢以特别的折角方式绷紧在绣架上，只在大唐皇宫的尚衣坊中，才有这种技术。

绣架大多空着，大榕树下仅坐着一位绣娘。因为光线的缘故，她背对院门而坐，正在专注地飞针走线。庭深寂寂，偶尔从树荫中冒出几声莺啼。吐突承璀刚想上前去，忽从榕树下飘起一阵轻柔的歌声。

这个绣娘的习惯，每绣到陶醉忘形之时，便要唱上几句。

她唱的是：

> 我思仙人乃在碧海之东隅。
>
> 海寒多天风，白波连天倒蓬壶。
>
> 长鲸喷涌不可涉，抚心茫茫泪如珠。
>
> 西来青鸟东飞去，愿寄一书谢麻姑。

　　她是唱给自己听的，所以歌声极低，又时时被黄莺的鸣叫盖过。吐突承璀却把每一个字都听得清清楚楚，几乎情难自已。

　　他仿佛又回到了贞元二十年的东宫。

　　吐突承璀记得，那是他在东宫度过的最后一个春天。也可以说，自贞元二十年之后，春天就把东宫彻底抛弃了。

　　正是在东宫那个最后的春天里，吐突承璀第一次听到这天籁一般的歌声。

　　当时他办完一件什么差事，回东宫向太子殿下复命。刚走到丽正殿外，就见到如今的圣上——当时还是广陵郡王的李纯站在台阶下愣神。李纯的身后跟着几名随从，每人怀里抱着一大盆盛放的紫色牡丹花，花瓣如紫色丝绒般润滑浓丽，沁人的甜香扑鼻而来。打眼一看，便知是当下最稀有的品种——魏紫，而且还是并蒂双花，整座长安城里只有西明寺中才见得到几株，无价可求。李纯也不知用了什么手段，竟觅得这几盆珍贵的牡丹来送给父亲。

　　吐突承璀赶紧上前打招呼："大王怎么不进殿去？太子殿下他……"

　　李纯却竖起右手食指，示意他噤声。

　　吐突承璀这才注意到从丽正殿内传出的歌声，正唱到：

> 青冥浩荡不见底，日月照耀金银台。
>
> 霓为衣兮风为马，云之君兮纷纷而来下。
>
> 虎鼓瑟兮鸾回车，仙之人兮列如麻……

歌中唱的是仙人列如麻，吐突承璀却觉得头皮直发麻。他从不知道，天底下真有歌声可以好听到让人浑身战栗，皮肤上一波连一波荡过酥麻感，恨不得立即跟着手舞足蹈起来。

吐突承璀好不容易才克制住自己。从唱到的句子判断，李纯应该已经听了一会儿了，难怪一脸的如痴如醉。可是，吐突承璀不记得东宫有这样一位歌手啊。

他索性也在台阶下站定，陪着李纯将歌听完。

　　　　世间行乐亦如此，古来万事东流水。

　　　　别君去兮何时还？且放白鹿青崖间，须行即骑访名山。

　　　　安能摧眉折腰事权贵，使我不得开心颜！

一曲终了，余音袅袅不绝。心驰神漾。

良久，李纯才喃喃道："此方为仙乐矣。"

吐突承璀问："……大王，您的牡丹？"

李纯回过神来了，笑道："太子殿下刚刚听完仙乐，再看世间万物，肯定俱失颜色。我这些牡丹，只怕送的不是时候。"

"不会的。"

两人谈笑着走上台阶，李忠言从丽正殿内闪了出来，拦在二人面前。

"大王，"李忠言躬身对李纯道，"殿下说他今天头疼得厉害，就不请大王进去了。大王送来的牡丹只留下一盆即可，殿下说待他身体好一些，定要仔细赏玩。其余的就请大王仍然带回王府去，与王妃和诸位王子、县主们一起赏玩吧。"

身为太子李诵身边最亲近的内侍，李忠言丝毫没有恃宠而骄，对任何人都谦恭有礼。在太子的长子李纯面前，同样不卑不亢。

李纯的面色骤变，立即又掩饰过去，换用恳切的口吻道："李公公，太子殿下的身体不要紧吗？你看我都到这儿了，就让我进去给殿下请个安吧？"

他这一片赤诚的孝心，任谁看了都会感动的吧。

"这……"李忠言为难地说，"太子殿下再三说，大王的心意他很喜欢。但殿下今天身子的确很不爽，到现在还起不来，实不得已……"

"明白了。那我明日再来给殿下请安。"

李纯转身便走。吐突承璀正在进退两难，看李忠言给自己丢了个眼色过来，立刻心领神会，匆匆赶上李纯。

"大王，奴来送您。"

李纯只顾埋头疾行，一言不发。一直走到东宫最僻静的院墙之下，才猛停下步子，看着吐突承璀冷笑一声："你觉得怎样？"

"我？什么怎样？"吐突承璀被他问愣了。

李纯又冷笑了一声："头痛？见不了我，倒能听歌？"

吐突承璀赶紧把头一低，大气都不敢出。

捧着牡丹花的随从们走得慢，刚刚才赶上他们二人。

李纯厉声喝道："都把花放下！"

紫色牡丹花在宫墙下一溜排开，李纯缓缓地说："你知道我花了多大的力气，才搞到这几盆双头魏紫的吗？吐突公公，我刚才说得没错吧，今天这些花送得不是时候。"

他忽然抽出腰间的佩剑，朝那几盆娇艳欲滴的牡丹一通乱砍乱砸。

"哎哟，这是怎么说的！"吐突承璀要拦，哪里拦得住。

顷刻之间，稀世名花已零落成泥，碾作一地紫尘。李纯犹不解恨，再过去踩上几脚。

随从们都看呆了。

只有吐突承璀还敢摇头叹息："唉，牡丹何罪之有啊！"

李纯咬牙道："行了，你可以去向太子汇报了！"

吐突承璀"扑通"跪下。李纯问："你还不去？"

"大王……"吐突承璀苦笑，"您说我能干这种事吗？奴不想找死啊。"

李纯气鼓鼓地瞪了他一会儿，突然笑出来："你起来吧，是孤王难为你了。"

吐突承璀长长地松了口气，起身赔笑道："奴帮您把这些破盆烂花收拾了吧，让人看见了不好。"

"没事。花和泥就扔到御沟里，顺水流出去便是。花盆碎片还让他们带回去。"

吐突承璀这才发现，御沟就在身旁的墙根下。所以李纯并非气撞心头，随意发泄的。他居然连善后的方法都预先想好了。

大家各自用袍服的下摆兜着残花败叶，抛入御沟之中。紫色的花瓣碾碎之后，特别像凝结的血块，在水里打着转顺流而下。

吐突承璀陪在李纯身边，目送碧水回旋，带走无辜的落英缤纷。在一片水声潺潺中，李纯轻声道："我听说有些无聊的闲人墨客，喜欢守在宫外的御沟旁，等着看从宫中流出的落花香泥，以之为题吟诗作赋……哼，今天算他们有福了，许多人一辈子都未必能见到双头魏紫。"

"可惜都烂了。"

李纯朝吐突承璀竖起眉毛。

吐突承璀压低声音道："今天的歌，奴也是头一次在东宫听到，不知从哪儿来的……奴会去打听清楚是什么人。"

李纯盯着水中最后的一泓紫色，好像根本没有听到他的话。

就是从那天起，吐突承璀虽然在太子东宫当值，却实质上成了广陵郡王李纯的人。

很多决定命运的时刻，事后去看，都由偶然因素促成。吐突承璀从未告诉过任何人，改变自己命运的偶然因素是——卢眉娘的歌声。

"眉娘！"他终于无法扼制地叫出了声。

歌声戛然而止。那绣娘放下手中的针线，回头张望。

吐突承璀抢步上前，冲着她又叫了一声："眉娘！"

卢眉娘惊喜地跳起身来："是……吐突公公！"

"是我。"吐突承璀微笑答应。卢眉娘离开大明宫时，吐突承璀还没当上神策军左中尉，所以她仍用老方式称呼他。要是换了别人，吐突承璀肯定觉得受到冒犯，即使不当时撂下脸来，日后也必须算账。可是从她嘴里这么唤出来……他只感到无比亲切。

"眉娘，你真是一点都没变！"

吐突承璀悲喜交加地端详着卢眉娘，尤其是她那两条细若柳叶的秀眉。元和年间，女子的妆容因袭胡风，时兴赭眉黛唇，将一对眉毛越描越浓，越画越粗，早就见不到卢眉娘这样清淡的细眉了。只有她没变。

她当然也不可能变。因为当年先皇赐名给她，就是因为这两道惹人怜爱的天然秀眉。所以，她才叫作眉娘啊。

往事历历在目，仿佛一下子都从记忆的最深处跳出来。

"吐突公公说笑，都十多年过去了。眉娘……老了。"

"你老了？怎么会？"吐突承璀连连摇头。不不不，如果说这世上有什么是不会衰老的，那么今天吐突承璀必须要说，只有眼前的卢眉娘始终如昨，一成未变。

不仅仅是那双秀眉，还有她的歌声，她的绣技，乃至此刻绽开在她脸上的、娇憨质朴的笑容。这一切的一切，只能让吐突承璀产生错觉，仿佛时光永远停留在了贞元二十年——那最后一个春天里。

那时先皇还在东宫当太子，且已当了整整二十五年，看样子还得继续当下去。

吐突承璀时任太子东宫的内侍总管，因办事利落且忠心耿耿，深得太子殿下的喜爱。东宫里的其他人也都喜欢吐突承璀，这些人中包括了太子的长子、广陵郡王李纯。

那年，吐突承璀和李纯同为二十七岁，李忠言二十五岁，而卢眉娘才十四岁。

真不可思议啊，他们都曾经那么年轻过，而且有过真正的快乐。尽管非常短暂，又掺杂着各式各样的烦恼，但快乐毕竟是快乐。

在此后的漫长岁月中，经过了无数遍回想之后，吐突承璀终于琢磨透彻了一个道理：他们的快乐之所以那么脆弱，原因在于，这些快乐只属于东宫。当东宫不复存在时，他们的快乐也就一去不复返了。

当今圣上很早就下旨，册封后的太子不住东宫，而是搬入大明宫中的少阳院居住。表面上看，是为了更好地管教太子，让太子直接跟随在父皇身边，尽早培养处理政务的能力，同时也能增进皇帝和太子之间的父子感情。但政治老手们一眼就能看穿，这其实是李唐皇朝愈演愈烈的父子相争的必然后果：皇帝对太子的猜忌之心更甚以往，所以干脆把太子圈禁在大明宫中、自己的眼皮底下。从今往后太子将更不可能结交外臣，发展自己的势力，也就无法构成对其皇帝老子的真正威胁了。

然而，只有吐突承璀才懂得皇帝最深的心思——皇帝是想让东宫彻彻底底地死去，变成一座废墟。唯如此，那座活着的东宫才能永远地保存在他的记忆中。

"吐突公公？"是卢眉娘在叫他。

"眉娘？"

"你怎么会到广州来的？"

"我是专程来看你啊。"

"真的？"她欢喜得满脸红光，几乎要雀跃起来，马上又蹙了蹙眉尖，娇嗔道，"不可能……你骗我。"

"哈哈哈。"吐突承璀放声大笑起来，笑了好一会儿才停下，温言道，"不管是不是骗你吧，总之我来了。眉娘，记得那时我将你送出长安城南的安化门，在清明渠的码头登船去往大运河，已经过去十一年了吧？"

"十年，多四个月零三天。"

吐突承璀很讶异："记得这么准？"

"我是一天一天算的。"

"哦，为什么？"

卢眉娘笑而不答，两条细眉弯得更加俏丽了。看着她的样子，吐突承璀心头一酸，便道："眉娘，咱们分别了那么久，我有许多话要问你。你是不是也有话要问我？"

"当然咯。"

吐突承璀慷慨地说："好，你先问。"

卢眉娘想了想："唔……李忠言公公可好？"

"他呀，好着呢。在丰陵，日日夜夜陪在先皇身边。"

"啊，那敢情好。"

"谁说不是呢，清闲，也没那么多烦心事。"

卢眉娘沉默。

"嗯，没别的要问了？"

"还有……"卢眉娘吞吞吐吐起来。

"还有什么？"

"还有他……"

吐突承璀明知故问："他……是谁？"

"哎呀！你知道的，他是……圣上……"

"原来眉娘要问的是圣上啊！"吐突承璀一本正经地说，"和圣上有关的事情可就太多啦，眉娘想问的是哪一方面？"

卢眉娘也知道他在逗自己，涨红着脸道："眉娘只、只想问问……圣上如今的样子。"

"如今的样子？什么意思？"

"都说圣上长得和先皇特别像。现在圣上也快到当年先皇的岁数了。眉娘想问，他如今是不是特别像当初的先皇啊？"

"是像。"吐突承璀叹了口气，"有时候我冷不丁那么一瞅，都会弄错呢。诶，你问这干什么？"

"因为……先皇和圣上，都对眉娘特别好。"

"那倒是，他们都非常喜欢你。"吐突承璀微笑道，"说起来，圣上也怪惦记你的。"

卢眉娘又羞涩起来："……圣上惦记我？"

"是啊。就是他让我来看你的。"

卢眉娘惊喜地瞪大双眼："真的？"

吐突承璀一笑，"眉娘，你都问了这许多，该我问你了——你想不想回长安？"

"回长安？"

"是啊，圣上有这意思呢，所以才叫我来找你的。"

春光突然从卢眉娘的脸上消失了，她垂下眼帘，轻微但坚决地吐出一个字："不。"

"为什么不，你不是也很挂念圣上吗？"

"可这是两回事。"卢眉娘有些发急了。

"什么叫作两回事？"

卢眉娘冲口而出："因为原先不是这样说的，君无戏言呀！"

"原先是怎么说的？"吐突承璀紧盯着卢眉娘的脸问，"君是哪位君，言又是哪些言？"

卢眉娘低头不语，两弯细眉反显出倔强来，浑如刚入宫时那个南海小丫头的模样。当年，她是被当作一件贡品献给皇帝的，又由德宗皇帝下旨，转赠给了东宫太子。

吐突承璀叹了口气。对于大明宫来说，卢眉娘终究只是一个过客。她来自南蛮，又回归乡夷。加起来未满两年的宫廷生活，并没有教会她恐惧和服从。

他不想再逼迫她，便道："算了，先不谈这些。我还有很多别的要问呢。"他看了看周围，"这里很快会有人来吗？"

"我在教村子里的姑娘们刺绣，她们早上捕鱼，下午就会来……"

"那我先回避吧。"吐突承璀说，"今天晚上，眉娘，你陪我到海边走一走，咱们在那里详谈。"

"海边？"

"是啊。不怕眉娘笑话，我这辈子还没见过海呢，想去见识见识。"

"吐突公公你……"卢眉娘又一次笑靥如花了，"从这里向南走不多远便是海滩，我教姑娘们刺绣的时候，你可自去走走看看啊。"

"我一个人不敢去。"

卢眉娘惊得半张开嘴，随即甜甜地笑了："好，晚上我陪你去海边。"

2

一望无际的辽阔海面上，风云凝止，星光浩渺。

卢眉娘让吐突承璀脱去靴子，赤足走上沙滩。两人一直走到海水没过脚踝处，才找了块大大的礁石坐下。

浪涛以亘古不变的节奏拍击着海滩，吐突承璀倾听了许久，对卢眉娘说："过去读曹孟德的'东临碣石，以观沧海'，颇感豪迈寂寥。而今身临其境，却怎么不是那个味道呢？莫非当初曹孟德所见到的海，与今日之海不同？"

卢眉娘一脸茫然。

吐突承璀还在琢磨："我知道了，孟德所咏为东海，这里是南海。要不然就是东海和南海不一样？"

卢眉娘"扑哧"乐了，"东海和南海不一样？你当是泰山和庐山啊？吐突公公，这我可比你懂，全天下的海都是一样的！"

"都是一样的？"

"当然啦。而且，海水还是相通的呢。"卢眉娘说，"我在闽地福州待了许多年，每每思念家乡时，便凭海眺望，只当是在广州……"

"哦？你什么时候去过福州，还待了很多年？"

"啊！"卢眉娘自知失言，忙抬手捂住嘴巴。

吐突承璀伸出手去，轻轻将她的柔荑按下，低声说："眉娘，这里再无旁人，你就别瞒我了。我来广州之前，已经让刺史把你的情况打探清楚了——眉娘，我都知道了。"

她兀自低着头，他只能看见她那两道细眉，像受惊的小鸟一样轻轻跳动。

吐突承璀说："永贞元年末，我把你送上南归之路。可你到达广州后不久，即返身北上，去了福州，并且在那里一待就是整整十年。直到今年元月才从闽地回到广州。我说得对吗？"

卢眉娘还是沉默。

"为什么？你一个十几岁的女子，孤单单地离家别亲，在异地一待就是十年。眉娘，今天白天你提到过，说好了的事情，所指的就是这个吗？"见卢眉娘仍然默不作声，吐突承璀叹道，"其实你不说我也能猜出来。君无戏言……不是当今在位的君，那就只能是先皇了。可我真的不敢相信，那么仁慈的先皇，竟会对眉娘做出如此残忍的安排。"

"不！吐突公公，你不可以这样说先皇的！"卢眉娘急得眼圈都红了，"是，是他让我去福州的。可是如果当时他不放我走，我就得永远待在长安的皇宫里，一直到死，再也见不到我的亲人，再也见不到大海……先皇要求我答应的，只是十年而已。与人的一生相比，十年虽长，还是可以接受的。"

吐突承璀点了点头，不出所料。

"所以，十年到了，你就自由了，对吗？"

"对。先皇说过，只要我在福州待满十年。在这十年中，我只能独自一人生活。但十年以后，我就可以想去哪儿去哪儿，想做什么做什么。所以……"

"所以你就回家来了？"

"嗯。"

"不过我记得，你离开长安时，先皇已经驾崩了。决定放你走的，是当今圣上。"

卢眉娘低声道："我不知道先皇是怎么和圣上交代的。"

吐突承璀又点了点头。谁知道呢，也许这是他们父子之间的又一桩交易？但有一件事是可以肯定的，先皇对卢眉娘离开长安后所做的秘密安排，当今圣上被完全蒙在了鼓里。

"眉娘，先皇让你在福州做什么？"

卢眉娘犹豫着。

"告诉我吧，十年之限不是都已经过了吗？"吐突承璀温柔地说，"我来广州跑一趟也不容易，这辈子多半都不会再来了。眉娘，我要把你的消息带回去，带给圣上，带给李忠言公公，让他们都为你高兴。你说好吗？"

他知道能用什么打动卢眉娘——东宫的那最后一个春天。

果然，卢眉娘向他扬起脸来，无限赤诚地说："那我就告诉你，先皇要我在福州等人。"

"……等人？"连吐突承璀都能听出自己的声音大变，但是沉浸在回忆中的卢眉娘却忽略了。她说："先皇告诉我，在这十年中，有人会搭乘东瀛的船只来唐。他们将在福州上岸，我要去迎接他们，将先皇留下的书信交给他们，并送他们离开福州，西去长安，我的事情便完了。"

"就这样？"

"就这样。"

"可是你并没有等到人？"

"没有。"卢眉娘有些困惑，又有些懊丧，"也许他们根本就没有回来？不过先皇交代得很清楚，假如十年到了我还没有等到他们，就不用再等了。我的任务只有十年，多一天都不需要。"

"那么先皇的书信呢？"

"按照先皇的旨意，十年限期一到，如果没有人来，我就将信烧了。"

"你就没有打开看一看，信里写的什么？"

卢眉娘委屈地说："当然没有，你怎么会这样问？"

吐突承璀没有说话，他的心痛得纠成一团，说不出话来。

卢眉娘等了等，忍不住问："吐突公公，你知道先皇要我等的是谁吧？"

"不！"吐突承璀厉声喝道，"不要说出名字，别说！"

"我……"卢眉娘倒给他吓愣了。

吐突承璀稍稍平静了一下，勉强笑道："眉娘，我猜你没有全听先皇的话。"

"啊？"

"先皇有没有嘱咐过你，即使十年过去，你可以做任何事情，但唯独不能刺绣。"

卢眉娘的脸一下子红了。

"我没猜错吧？"吐突承璀怜惜地端详着她，"以先皇的为人，一定会那样嘱咐你。况且放你走时，圣上给了你许多金银赏赐，足够你过好几辈子了。你根本用不着再刺绣谋生。可你就是没听先皇的话！"

"我……我太想刺绣了。要是不刺绣，我都不知道自己还能做什么。"卢眉娘期期艾艾地说，"我觉得，十年都过去了，应该没关系的……吐突公公，先皇他不会怪我吧？"

吐突承璀深深地叹了口气："不会。先皇那么仁慈，肯定不会怪你。再说，若不是你绣了一幅《璇玑图》，我也找不到这里来。"

"我不敢绣佛经，因为那是专为先皇和圣上绣的。只有这《璇玑图》锦帕，本是女子的玩意儿，我猜想他们不会在意，所以才给同村姐妹们绣着玩。"

她不知道，本来她已经被完全遗忘了，直到那幅《璇玑图》被作为宝物送进大明宫。

眉娘啊眉娘，虽然你矢志不渝地践行了先皇的旨意，把一生中最好的十年光阴都献给了这份承诺，为什么偏偏不能坚持做到最后一件小事呢，你懂得这意味着什么吗？

吐突承璀陷入沉思，许久又道："还有一件往事，我一直想问眉娘。今日别后，想必再没有机会问了。"

"公公请问。"

"你第一次入东宫时，为先皇唱了一曲李太白的《游仙歌》，还记得当时的情景吗？"

"记得呀。"

"为何会唱起那首歌？"

"那天俱文珍公公带我进东宫拜见太子殿下。可是殿下病得厉害，起不了床。因为我是德宗皇帝赐下的，所以就让我隔着屏风磕头。本来要退下了，也不知怎么的，突然……"说到这里，卢眉娘停下，悄悄瞥了一眼吐突承璀，见他没什么反应，才又说下去，"……殿下问起我会不会唱《游仙歌》，我说会，便吩咐我唱了。等我唱完，太子殿下把我叫到榻前，说我唱得非常动听，他的头疼都好了许多。又说我原先的名字不好听，说我柳眉弯弯的样子可爱，便赐了我一个新的名字'眉娘'。"

此时此刻，在吐突承璀心中掀起的惊涛骇浪，足可令日月无光。原来这世上根本没有偶然，一切的一切都是命中注定的，是环环相扣，是因果报应！

许久，吐突承璀方喟叹道："……清楚了。"

他抬起头，指着海面上说："快看，那里好像有一艘船，是不是从东瀛来的？"

顺着他指示的方向，卢眉娘扭头看去。就在她一不留神的刹那，吐突承璀伸出双手，死死地扼住了她的咽喉。

卢眉娘的嘴里发出"咳咳"的声音，面孔先涨得通红，继而变得青白。吐突承璀无法直视那对瞪大的眼睛，只好微微合目，手中不由自主地加大了力气。

在海涛的轰鸣中，他似乎听到了极轻微的一声"咔嚓"。她的脖颈折断了。

方才还挣扎着攀住他的一双臂膀，软软地垂下去。卢眉娘瘫在他的怀抱中，眼睛仍然睁得大大的，里面既没有恐惧，也没有仇恨，只有无尽的困惑，仿佛在问：为什么？

吐突承璀轻轻将她的眼皮抚平，又无比爱怜地摸了摸那两道细眉。

从此以后，世间再也不会有这么纯真可爱的眉娘了。

能够与他分享记忆的人一个一个消逝。吐突承璀很清楚，东宫，将最终成为他和皇帝两个人之间的秘密。

有朝一日，皇帝将只能和他坐在一起，凭吊往事，追忆那些永远离去的人们。

3

二月二日中和节，是当今圣上的祖父德宗皇帝御旨钦定的新节日。

这一天中，长安城内各大庙观都有讲经摆戏之类的节目，供百姓们游乐。但更让长安人看中的是，从这一天起，长达数月的长安春游便正式拉开序幕了。

其实每年上元节一过，酷爱郊游的长安人就开始蠢蠢欲动。但时令毕竟还早，郊外一片苦寒，草木尚未萌芽，有心探春而春日迟迟。本来整个二月里都没有节日，人们必须等到三月初的上巳节才能出游。德宗皇帝正是体恤了长安人的这份思春情切，才特意选在二月二日设立新节，让那些早就按捺不住的脚步能畅快地迈出去。

安史之乱后，虽然战祸频发，国力日衰，但长安之春并未褪色半分。经过相对稳定的贞元和永贞，元和以来大唐整体情况趋好，人们春游的热情更加高涨了。自中和节设立至今，到初夏为止，每年的这段时间历时数月，士人淑女们或乘车、或骑马，在园圃和郊野中拉起帷幕、支起帐篷，饮宴游乐，甚至裸衣去巾，放浪形骸，尽情收获属于他们的春光。

元和十一年的中和节到了。

今年春天的雨水充沛，中和节前连续下了三天雨，二月二日当天也是时雨时晴，把绝大多数长安百姓的足迹困在了城内，只能去寺观名胜中倘佯一番，呼吸早春的气息。不过在曲江之畔，还是能看见三三两两的油壁车和花骢马。寒梅沿岸怒放，自乐游原上远远望去，宛似皑皑积雪不曾化尽。

裴玄静策马从乐游原上飞奔而下。她本善骑，自从入金仙观后，就放弃了骑马，出入均以车代步。大唐的女道士，尤其是年轻貌美的女道士，非常容易招来各色自诩风流的狂蜂浪蝶。哪怕在金仙观这种带有皇家背景的地方修道，照样有人觊觎。裴玄静不想惹麻烦，所以一向深居简出，连骑马都放弃了。但今天事发太紧急，她必须尽快找到杜秋娘！

宋若茵制作了两个扶乱木盒，其中之一害死了她自己，另一个送去了杜秋娘宅。宋若昭把这个惊天消息带给裴玄静时，正是在昨天——二月初一日。

宋若茵究竟想干什么，她怎么会结识杜秋娘？

宋若昭一问三不知，像只受了惊的兔子似的，一溜烟地跑回柿林院去了，却把一团乱麻统统扔给了裴玄静。

裴玄静快让宋家姐妹给气死了。她直觉到，宋若华和宋若昭肯定还隐瞒着什么内情！宋若茵都已经死了，不明白她们为何还要死卖关子。裴玄静一气之下，真想直接冲进大明宫，把目前所查知的情况往皇帝面前一摊。

但她又不能这样做。

皇帝的授命，宋若华的拜托，还有自己对于真相孜孜以求的好奇心和好胜心，都不允许裴玄静半途而废。她只能继续迎难而上。

且不论宋若茵出于什么目的，送到杜秋娘那里的扶乱木盒肯定是个大麻烦，弄不好就又是一条人命。裴玄静不能坐视不管，但怎么管呢？

她思之再三，还是硬着头皮去了一趟平康坊。大闹杜宅才过去没几天，那里的人对裴玄静这位"女妖道"绝对记忆犹新。上回裴玄静是以黑云压低、家宅不宁为由骗进门的，所以这次当她说到扶乱木盒可能招致死亡时，自己都觉得好似在满口胡诌。

果然，杜秋娘的一双妙目中全是鄙夷，亏得她还耐心听完了裴玄静的话，才悠悠地道："我从来没见过什么扶乱木盒。炼师真是辛苦了，还专门跑一趟，请回吧。"

裴玄静哭笑不得，只好说："事关性命，还望都知慎重对待。"

"我记得，上回炼师也是这么说的。"杜秋娘道，"我真不明白，炼师为何屡次三番来消遣秋娘，这样很有趣吗？"

做人真是不可一次失信，裴玄静懊恼极了。

"都知误会了。我说的……今天我说的，都是实话。"

"是不是实话，我听得出来。是不是好人，我也看得出来。我杜秋娘虽自小堕入风尘，却从不自轻自贱。我自以为，和名门闺秀比，秋娘并不卑微；和炼师这样的女神探比……秋娘也不是傻瓜。"

裴玄静深吁口气："既然如此，那就告辞了。"

杜秋娘道："炼师好自为之吧。"

临出门前，裴玄静将一封事先准备好的书信放在案上。信中画出扶乩木盒的构造，并注明了危险之处。

至于杜秋娘会不会看，看完会不会当真，就只能听天由命了。

其实是有一个人可以帮忙的——崔淼。假如能经由他去警告杜秋娘，应当有效。但裴玄静不愿再把崔淼拉进这个乱局。

他说过自己在飞蛾扑火，而裴玄静一心想做那层挡在飞蛾与烈火之间的纱笼。她深知前路崎岖，却一厢情愿地抱着盲目的自信和侥幸心理。情之所至，所谓的女神探自欺欺人起来，一点儿也不输给任何愚人。

伴随着淅淅沥沥的雨声，中和节的早晨到来了。

李弥来喊裴玄静去醴泉寺时，她才想起来自己答应过，今天要带他去看杂戏。

二人整装而出，雨倒是停了。有李弥在身边，裴玄静便可戴着帷帽步行。至少从外表上看，李弥绝对是个清秀挺拔的小伙子，够得上充当裴玄静的护花使者。

从辅兴坊向南穿过金城坊，便来到了醴泉坊。坊中有一座醴泉寺，是这个区域里规模最大的寺院了，中和节有杂戏上演。裴玄静他们到的时候，庙前已经熙熙攘攘挤满了人，找不到插足之处。

裴玄静满腹心事，却发现李弥似乎也不急着进寺，而是不停地向南张望。

"自虚，你在看什么？"

"……没看什么。"

裴玄静刚想追问，突然想起来——醴泉坊的南面，不正是西市吗？

"自虚，你是不是想去宋清药铺了？"

李弥的脸腾地红了。裴玄静的心也跟着撞鹿一般，突突乱跳起来。

宋清药铺——崔淼的落脚点。今天他会在那儿吗？也许应该去试一试，反正离得不远……

"自虚，你想不想去看看三水哥哥？"

"我想……"李弥居然也吞吞吐吐起来。裴玄静一念闪过：他最近怎么有点变了？

"我想去，嫂子，我们一起去吧。"李弥终于把话说完整了。

"好。"她求之不得。

两人匆匆赶到西市，熟门熟路地找到了宋清药铺的后门。这里还和往日一样安静，李弥上前叩门。

好一会儿才有人在里面应声："干什么呀，敲个不停，烦死了！"

裴玄静和李弥对看一眼，这口气，除了禾娘还能是谁？

李弥边敲边叫："禾娘，我和嫂子来看你和三水哥哥，你开门呀。"

"不开！"

裴玄静上前道："禾娘，我找崔郎有要事。他在里面吗？"

门霍然敞开。禾娘怒气冲冲地站在门口："要事，要事！你们的事情都是要事！我真不懂，天底下哪里有那么多要事！"

裴玄静一皱眉："我们？"

"是啊，不就是你们这些又美又有钱身份又高的……你们吗？"

裴玄静听出她话里有话，忙问："崔郎和女人在一起？"

"哼，我还真没怎么见他和男人在一起。"

裴玄静心念一动，难道是杜秋娘？赶紧追问："崔郎到底在不在？我无论如何要见他一面。"

"不在！"

"他去哪儿了？"

"中和节的好日子，怎可辜负了大好春光！"禾娘恶狠狠地说，"这又湿又冷的天气，还要去郊游赏春，非得冻死淋死了才算完。"

"他们去曲江了？"

"对。骑着大马，带着油幕、帷幄和坐具，应有尽有，刮风下雨都不怕。不但能喝酒唱歌，弹琴跳舞，还能占卜算卦……"

裴玄静打断禾娘的抱怨："你说什么？占卜算卦？"

"是啊。咱们的崔郎中可全能了。会治病救人，吟诗作赋，说笑谈情，连算命都会。我听说，他们今天还要玩什么扶乩呢。"

"禾娘！"裴玄静柳眉直竖，"他们走了多久了？"

禾娘被她吓了一大跳："大、大概半个多时辰吧。"

裴玄静一眼看见拴在后角门边的马匹："这是药铺的马吗？"

"是掌柜的……"

禾娘的话都还没说完，裴玄静已经解开缰绳，飞身上马："麻烦你跟宋掌柜打声招呼，我借他的马匹一用，去去就回。"

她就在李弥与禾娘惊惶的眼神中，疾奔而去了。愣了好一会儿，禾娘才问李弥："你嫂子犯失心疯了？"

李弥看着她，喃喃道："我不知道啊……禾娘。"

裴玄静已然方寸大乱。

看来那封信大概连拆都没拆开，就被杜秋娘撕得粉碎了。更可怕的是，她竟把崔淼也拉上了！裴玄静后悔不迭，早知如此，还不如自己先一步去找他。

中和节的长安城里，九街十二衢上到处人头攒动，裴玄静心急如焚，也只能勒紧缰绳，随着人群缓行，又花了将近半个时辰，才赶到曲江边。

烟雨蒙蒙中，曲江两岸刚抽出嫩枝的柳树随风飘摇，河面上如同升起一阵绵长的绿雾，迷幻缥缈，美若仙境。裴玄静哪还有心情赏景，从乐游原的高坡上竭力远望，心凉了大半。

帷幄星星点点地散布在整条曲江边。早春冻雨，游人稀少，但分布得更开更广。而且为了遮雨，全部都支起了帐篷，四周再围上油幕，根本就看不到里面的情形。裴玄静要想从中找到杜秋娘和崔淼，无异于大海捞针。

帷帽早被她扔掉了。雨水直接飘进眼窝，裴玄静的眼前一阵模糊。

她咬了咬牙，驱马向最大的那个帐篷跑去。

从禾娘的口气中可以听出，今日崔淼参加的曲江游春阵仗相当大。以杜秋娘京城第一名妓的身份，邀她出行者非富则贵，多半是王公侯爵。那么，就先挑这个最大的帐篷，碰碰运气吧。

马蹄踏着春泥，一路四溅。飞奔到大帐篷前面，裴玄静下马步行，但见泥地里到处金光灼灼，竟是洒了遍地的花钿和金箔。显见这个帐篷里的游春者，奢豪淫靡绝非常人可比。

帐篷外的树上系着数匹高头骏马，俱为难得一见的宝骢。枝头搭着油布，石墩上铺着毡毯，数名随从侍卫横七竖八地仰躺在上面，酒气和鼾声扑面而来。

大白天的，这些人就喝得烂醉了。裴玄静心中又急又惑，这究竟是些什么人，崔淼和杜秋娘会在他们中间吗？

顾不得其他了，裴玄静径直往帐篷里面闯。刚钻进帷幄，一阵浓郁的香气迎面袭来。紧接着，便有一个热乎乎软绵绵的身子扎到她的怀中。

"咦，你是谁啊？我怎么没见过你？"

竟是个软玉温香的少女，已经醉得东倒西歪，满脸通红地靠在裴玄静的身上说胡话。看她的脸蛋最多十六七岁，头上梳着如云重鬓，插满钗簪步摇，金银叠翠，流光溢彩，全身上下却脱得只剩下最里层的丝衫，宛如薄露压花，动一动便春光乍泄。

裴玄静只好扶住她，问："杜秋娘在这里吗，崔淼在吗？"

"秋娘……崔郎……刚才都还在呢，怎么不见了，去哪儿了？"

少女在原地团团乱转起来。

裴玄静又惊又喜，真的碰对了！她连忙举目四顾，可是帐篷里光线昏暗，只能看见毡毯上几个横卧的身体，想必也都烂醉如泥了。她想凑近些仔细辨认，少女却拖着她不肯松手。

"姐姐，姐姐……"少女娇憨地说，"你是谁？你长得真美呀，我好像在哪儿见过你……"

裴玄静让她缠得没办法，干脆反问："你是谁？"

"我？我是自虚啊……"

"你说什么？"

少女指着自己的鼻子："你不是问我名字吗？我叫李、自、虚！"

裴玄静惊得说不出话来了。

少女"咯咯"地笑起来，甩开裴玄静的胳膊，自顾自吟道："觥酬出座东方高，腰横半解星劳劳……夜饮朝眠断无事，楚罗之帱卧皇子。"

如同一记重锤打在裴玄静的头上。她努力定了定神，问："你怎么知道这首诗？"

少女还在叽叽咕咕地笑着："李长吉的诗写得真好，好听。"

"……楚罗之帱卧皇子，"裴玄静一把握住少女的肩膀，"你是襄阳公主？"

少女迷迷糊糊地问："唔，谁叫我？你找我有事吗？"

裴玄静松开手，朝后倒退了半步。方才少女口中所吟的，正是长吉所作《夜饮朝眠曲》中的句子。这首诗是他在长安做奉礼郎期间所写的。当时长吉有机会参加一些宫廷宴会，所以写了数首描绘宫中贵主饮宴无度、夜夜笙歌景象的诗，字句香艳而又含着讽刺。据说，这首《夜饮朝眠曲》所讽喻的正是皇帝最小的妹妹——襄阳公主。

襄阳公主，是先皇和王皇太后最年幼的女儿，也是当今圣上的同胞妹妹。先皇驾崩时，她才六岁。因其年幼丧父，皇帝作为襄阳公主的长兄，便对她格外疼爱，宠溺程度超过任何一位皇子和公主。

襄阳公主被皇帝宠坏了。年方豆蔻时，她就以奢靡放纵、任性娇蛮而闻名天下，偏生人又长得美貌绝伦，更招引得全长安的贵公子都围着她转。说来也怪，当今圣上为正风气，对皇族的管制相当严格，偏偏对这个小妹妹毫无办法。别说约束她的行为，哪怕公主想要星星月亮，皇帝也恨不得去摘给她。皇帝如此，襄阳公主就彻底没人敢管了。

裴玄静读《夜饮朝眠曲》时，也曾被诗中所描绘的妍丽画面所打动。她总感觉，长吉的笔不赞成这种醉生梦死的生活，他的心却不由自主地同情并欣赏着恣意挥霍的青春和生命。

长吉是一位多病、早慧而又怀才不遇的诗人，再没有人比他更能体会青春易朽，人生如梦。所以他用自己的不世才情，永远记下了襄阳公主的颓废之美。

可是……怎么襄阳公主的名字也叫李自虚？

裴玄静猛然惊觉，今天自己不是来研究这个问题的。崔淼在哪里？杜秋娘在哪里？扶乩木盒在哪里？

她在帐篷里四下寻找起来。襄阳公主李自虚醉糊涂了，就嘻嘻哈哈地跟在裴玄静身边转悠，嘴里还念念有词，不知在叨咕什么。

帐篷里很快找了一遍，醉倒在地的那些人中并无杜秋娘和崔淼。

裴玄静更着急了，难道襄阳公主在胡说？

她又问了一次："杜秋娘和崔淼去哪里了？"

"他们走了？"襄阳公主半睡半醒似的嘟囔，"抱着个木盒子走……要去扶、扶乩？神神秘秘的……不带我……"

裴玄静的声音都变了："他们朝哪个方向走了？"

"哪儿？……唔，从后面走到曲江边上……"

裴玄静掀开帷幄跑出去。这架大帐篷就搭在曲江岸边，一出去便见满岸扶柳摇曳，杏花树一棵接着一棵，细雨阵阵，从花枝间飘洒而下。

她一眼便看见横卧在杏花树下的崔淼。

他仰面朝天躺着，脸上粘着几片树叶，衣服都被雨水淋透了。在他身边不远处，滚落着一个木盒，和她在柿林院见到的那个一模一样。

裴玄静几乎无法呼吸了。她奔过去，在崔淼的身边蹲下来。雨越下越大，把她的眼睛完全蒙住了。朦胧中，她只看见一张全无血色的发青的脸。

裴玄静哑声叫道："崔郎！"

他毫无反应。

她忽然觉得天昏地暗。来晚了，为什么她总是晚到一步！

裴玄静颤抖着伸出手去，轻轻抚摸那张英俊的面孔。触手冰凉，酷似她已经体会过的绝望感觉。

眼泪恣肆而出。"崔郎！"裴玄静又叫了一声，用力将崔淼的身子抱起来，拼命摇撼起来。上一次面对心爱之人的死亡时，她只能无奈接受。但是这一次她再也压抑不住自己了，裴玄静痛哭出声。

"……静娘？"

突然，她听见有人在叫自己。

"……静娘，你干什么呀？"

裴玄静瞪着怀里的崔淼，那双漂亮的桃花眼已经睁开了，正盯着她看呢。

裴玄静两手一松，崔淼的后脑结结实实地撞到地上。

"哎哟！"他疼得大叫一声，"你干吗，想杀人啊？"

裴玄静问："你没死？"

"我……"崔淼挣扎着撑起身来，"是还没死，不过再让你这么折腾两下也差不多了……"

"你为什么躺在树下面？"

"我？好像是喝醉了？"崔淼揉着后脑勺茫然四顾。裴玄静跟着他到处乱看，正好瞧见襄阳公主也钻出了帷幄，正摇摇晃晃地朝他们走过来。

"崔郎……你怎么躲到这里来了……"襄阳公主说着，脚下绊了一绊，她低头看，原来是自己的高头云履踢到了一个木头盒子。

她俯下身要捡："咦？这是个什么盒子……"

裴玄静大叫："住手，别碰它！"

襄阳公主吓得向前一个趔趄。河岸本就是个斜坡，她的脚尖一用力，那木盒就咕噜噜地直朝曲江里滚过去。

裴玄静和崔淼都看呆了。

两人还在愣神，襄阳公主反应倒快，连蹦带跳地去追木盒。

这回崔淼和裴玄静异口同声地叫起来："公主小心啊！"

襄阳公主听见叫声，刚刚好在江岸边停下。

随着轻轻的"扑通"一声，木盒落入水中。

裴玄静情不自禁地松了口气，觉得自己快虚脱了。"静娘。"崔淼在她耳边低唤了一声，伸出手臂将她揽住，裴玄静也无力再抗拒。

突然，从岸边传来一声惊恐的尖叫。

襄阳公主像疯了似的朝他们跑过来，边跑边喊："杜、杜秋娘在、在水里漂……"

4

深夜的清思殿上，气氛格外肃杀。

震怒之中，皇帝下令将当天公主游春的侍卫统统诛杀，一个不留。其他相伴者不论王侯公子，还是教坊女妓，一律当作嫌犯送入大理寺，案情大白之前谁都不许离开，任何人求情都没用。

狠狠地杀罚了一通，皇帝的怒气却丝毫未减，仍像只暴躁的老虎般在殿上来回踱步。终于，他停在裴玄静面前，厉声道："你，还有什么要说的？"

他的双眸中好像燃着两团烈火，语调里却冒着森森寒气。

从曲江回到大明宫中，裴玄静就在这里跪到现在。她头一次见识了天威，也真正懂得了为什么在大明宫中见到的人，从宋家姐妹到陈弘志，每双目光的深处都隐藏着彻骨的恐惧。

她抬起头，茫然地回答："妾不明白陛下的意思。"

"你不明白？"皇帝声色俱厉地说，"好！那你现在就说一说，朕是如何信赖于你，而你，又是如何妄负朕的信任！"

"……妾没有及时把宋若茵制造扶乩木盒杀人凶器之事禀报陛下。"

"说得很对！那么，朕应该怎么处罚你呢？"

裴玄静低头不语。

"陛下……"和裴玄静并肩而跪的宋若华有气无力地说，"陛下，此事皆为妾之罪，因妾执意相求，炼师才同意暂时隐瞒。是妾欺君犯上，求陛下惩罚妾，不要怪罪炼、炼师……"她太虚弱了，每说一个字都似拼尽全力。短短的一段话说完，已经上气不接下气，整个人都快瘫倒了。

"住口！"皇帝手指宋若华，"你身为朕的内尚书，朕平日还尊你一声'宋先生'……你却对自己的妹妹疏于管教，纵使她作恶自戕，居然还想隐匿罪行，你、你……"连喘了好几口粗气，皇帝才咬牙切齿地说下去，"今天算你们二人福气，死的只是杜秋娘，如果是襄阳公主发生意外……朕，必诛你们的九族！"

裴玄静叫起来："陛下，我有话说！"

"你？"皇帝笑得格外狰狞，"好啊，说来听听。"

"陛下，假如当初妾把扶乩木盒的秘密禀报陛下，尚书娘子就不可能再去将作监制制新木盒。那么，宋若茵当时曾做过两个木盒的情况就不会揭露出来，线索也不可能引到杜秋娘那里。妾承认，妾为找杜秋娘耽误了一些时间，这是妾的过失。但襄阳公主会与杜秋娘等人一起出游，杜秋娘还把扶乩木盒随身携带，这些都是根本无法预测的事情。因而妾以为，妾的过错在于未能警醒杜秋娘，导致她为扶乩木盒所杀，也使襄阳公主身处险境。陛下当然应该责罚妾。但是妾毕竟及时赶到曲江边，避免了襄阳公主连遭不测，即使不算功劳，陛下也不该以欺君之罪论处！"

裴玄静的话音刚落，连宋若华都难以置信地瞪着她。

在皇帝盛怒之下顶撞他，已属胆大包天。何况，裴玄静方才的这番话连据理力争都算不上，谁都能听出来，她简直是在狡辩！

皇帝死死地盯住裴玄静，许久，才面无表情地问："你到底想说什么？"

裴玄静叩头道："请求陛下允妾继续勘察此案。妾定当万死不辞，将功折罪。"

"……朕还能相信你吗？"

"难道陛下就信大理寺？"

"为什么不信？至少他们不敢欺瞒朕。"

"查不出什么，自然也就不用欺瞒。"

皇帝冷笑："你就那么自信？"

裴玄静挺直身躯道："陛下，妾从未刻意欺瞒过陛下。妾心中只有一件事，那就是完成陛下所交托的任务。求……"她的声音止不住地颤抖起来，长跪稽首，"求陛下明鉴。"

皇帝许久不置一词。

清思殿中的空气凝滞不动，龙涎香的味道便愈发凸显出来，如同神迹一般缥缈，不可捉摸又使人自惭形秽。要在这种环境中坚持自我，确实太难太难了。

忽然一声脆响，就在裴玄静眼前的丝毯上，玉色碎片四溅而起。

原来是皇帝将御案上的茶盏扫落于地，指着帷帘喝道："你躲在那里干什么，滚出来！"

陈弘志从帘后匍匐而出，连连叩头道："奴奉、奉大家之命，刚从大理寺、寺回来，不敢打扰大家……"

"说！那里情况怎样？"

"大理寺卿还在连夜提审嫌犯，目前尚无定论。"

"都是些废物！"

"大、大家……还有一件、件事……"陈弘志的舌头直打结。

"说啊！"

"是……大理寺去将作监提押那名制作木盒的学徒工匠，发现他、他上吊自杀了。"

"上吊？"

"将作大匠原将他反锁在房中，打算再审的。没想到他解下自己的衣带，在房梁上吊死了。"

皇帝面沉似水，过了很久，才说："也罢，朕就再给你一次机会。"

裴玄静浑身一凛，她知道他是在对自己说，连忙叩头道："谢陛下。"

"不过，这次你若是再失手……"

"玄静任凭陛下处置。"

皇帝缓缓地摇了摇头："不，到那时你要考虑的是——会牵连到哪些人。"

裴玄静情不自禁地打了个寒噤。

既然敢于挑战，就要准备好承担后果。她知道自己被逼入了绝境。与皇帝的较量总是如此，每一次他都要她付出更大的代价。

裴玄静说："陛下，妾还有一个请求。"

"说。"

"请陛下下令释放关押在大理寺中的此案嫌犯。"

"为何？"

"陛下，杜秋娘刚打捞上岸时，妾就查看过，她的右手拇指指腹上有块黑斑，和宋若茵的情况完全相同。因此虽然扶乩木盒没有找到，杜秋娘死于木盒上的毒笔机关，当无疑问。这也就证明了，那些伴同游春者与此案毫无相涉。如果一味关押审问他们，万一有人熬刑不过胡说，甚至枉死于刑杖之下，不仅于案情无补，还可能损及皇家声望……"

"行了行了。"皇帝不耐烦地打断裴玄静，"朕既已委你全权勘察此案，你就看着办吧，朕给大理寺卿一个口谕便是。"

"至于你——"皇帝转向宋若华，语气略微和缓了些，"你们三姐妹就在柿林院中自我禁足吧，案情大白之前，不得随意出入。朕……不让神策军难为你们。"

"陛下……"

"退下吧。"皇帝摆了摆手。

宋若华问："陛下，那么扶乩呢？"

"扶乩？"皇帝紧锁双眉，"你现在还提这个干什么？"

"请陛下明示！"

"当然不能再做了！"皇帝又发起火来，"就是因为这个扶乩，已经断送了好几条人命，朕还不想做一意孤行的昏君！"

"可是陛下，扶乩由蛇患而起，不应该半途而废啊……"

裴玄静惊讶地看着宋若华，她是伤心过度乱了心智吗？怎么如此不明事理，不识好歹？

"不要再说了！你退下——"皇帝拂袖，向屏风后转去。

"陛下！"宋若华竟然在众目睽睽之下，膝行到皇帝跟前，挡住他的去路。

"陛下！"她举起双手，哀哀如泣道，"陛下，若茵是为了扶乩而死的。我愿代她完成这个任务……陛下！"

皇帝喝道："你这是做什么，疯了吗！朕现在就告诉你，京城蛇患已除，不必再行扶乩之事，你也不许再提，任何人都不可再提！违者一律处死！"

宋若华愣了愣，身子猛地向前扑去。一大摊殷红的鲜血从她的口中喷出，刚好落在皇帝的脚前。

裴玄静生平头一次光顾大理寺的牢房。

大理寺审理的均为朝廷重案，牢房戒备森严。整块长石砌成的牢房壁上，常年阴湿，长满了苔藓。早春时节，黄中泛绿的苔藓上又结了一层薄薄的冰霜，寒气逼人。

崔淼靠墙而坐，双目紧闭，面色十分苍白。

裴玄静在他身边蹲下。崔淼身上的衣服撕破了多处，血迹斑斑，从破口处可以清楚地看见皮肤上的鞭痕。

她的心中不胜酸楚，眼眶一下子就热起来。

崔淼听到动静，把眼睛睁开了，见是裴玄静，喜道："是你？你来了？"

"是我。"

裴玄静轻轻掀开他的衣服前襟，这回看得更清楚了，胸口遍布累累鞭痕。她不禁倒吸一口凉气，恨道："下手竟然这么狠！"

"不打我打谁啊。"崔淼倒是满不在乎，"同行诸人中，王侯公子打不得，怕今后遭到报复。歌女娼妓也打不得，软玉温香都曾在怀，况且人家还要靠那身娇嫩的肌肤谋生，也下不去手啊。看来看去，唯有我这个江湖郎中不打白不打，打残了也没人喊冤，打死了也没有人在乎，所以……"落到这个田地，他居然还能笑得出来。

裴玄静从皇帝那里抢下这件案子后，便连夜赶到大理寺来问案。因为案件牵涉到襄阳公主，死的又是京城第一名妓杜秋娘，大理寺卿本来就头大如斗，正发愁甩不掉麻烦呢，突然从天而降一位皇帝特使、女炼师，大理寺卿可算放下了一块大石头。这种案子，断对了是职责所在，断错了则后果不堪设想。襄阳公主是皇帝的心头肉，至于那位杜秋娘嘛……大理寺卿刚把案子移交给裴玄静，就忙不迭地回避了。

正如崔淼所言，案发好几个时辰了，大理寺卿根本没有取得任何进展，因为这起案件中几乎无人可审：宋若茵死了、杜秋娘死了、老张和钱掌柜死了。现在连将作监的学徒石姓木匠也死了。从死人嘴里问不到口供，那么活人呢？宋家姐妹藏于深宫，只要皇帝不发话，谁也不能直接去抓人。当天游春的男男女女，都有不便严刑拷问的理由，何况问也问不出个究竟来。至于襄阳公主嘛，案发后就被直接护送进了大明宫。皇帝是否亲自责问她，不得而知。但有一点可以肯定，公主受惊不小，皇帝绝不会允许任何人再去惊扰她。结果，大理寺卿只好把这几个时辰全部用来拷问崔淼了。如果裴玄静再来得晚些，大理寺卿把严刑逼供的十八般武器统统用上，崔淼的性命就堪忧了。

她掏出绢帕，替崔淼擦去脸上的虚汗，轻声问："他们光打你做什么？"

"不就是想逼我认罪吗？当官的没别的招数，只能找个替罪羊。"

"那他们可打错了算盘。"

崔淼一笑："还是静娘了解我。你呢，你有没有受苦？"

裴玄静摇了摇头。

"静娘，你可知我在挨打时，脑子里在想些什么？"

"什么？"

"想你呀。"崔淼柔声道，"我在想你怎么会突然赶到曲江边的，又为什么那么紧张地抱着我哭？你流泪的样子真好看，我只要盯着想，连鞭子打到身上都不觉得疼了……"

"瞎说。"

"真的。我还在想，如果这回我真的难逃一劫，让大理寺卿给活活打死了，你会不会为我流更多的眼泪？"

裴玄静嗔道："还越说越来劲了！"捏起拳头要捶打，又想到他刚刚饱受刑讯，终究不忍，拳头只是轻轻落到他的肩上。崔淼趁势把她的手握入自己的掌心，低声说："所以静娘来救我了，对吗？我知道的，你不会眼睁睁看着我死。"

裴玄静由他握着手，垂眸道："你先告诉我，怎么会跑去和襄阳公主一起游春？你何时结识的这等人物？"

"哈，这个问题大理寺卿都问了无数遍，崔某也回答了无数遍，不妨就再给静娘说一遍。我认识的人不是襄阳公主，而是杜秋娘。我曾为秋娘诊治过一些小毛病，后来又帮她的宅院灭蛇，故而结下了一点交情。秋娘乃京城位列第一的歌姬，襄阳公主喜好饮宴歌舞，过去没少请秋娘去捧场，两人是旧相识。中和节春游，襄阳公主邀了秋娘相陪。至于我嘛，是秋娘看得起带着去的。"说到这里，崔淼微微一哂，也不知算得意还是后怕。

裴玄静本来听得专注，看到他这个表情，顿时心头火起，将纤手从他的掌中抽出，问："杜秋娘随身携带的扶乩木盒又是怎么回事，崔郎可曾打开看过？"

"杜秋娘说想去曲江岸边扶乩，烟柳拂风，杏花含苞，正是求新年运势的好地方。其实崔某对这些事向来不以为然，子不语怪力乱神嘛。不过既然秋娘喜欢，就陪她凑个趣而已。那个木盒子不知从哪里来的，我也没打开看过。当时喝得酒酣耳热，醉倒了一片，秋娘喊我去曲江岸边，我就跟着出了帐。谁知让江风一吹，酒气上涌，登时天旋地转地倒下去了……再醒来时，便见到静娘你抱着我又哭又喊……"崔淼再次微微一笑，"静娘，你还没回答我呢，怎么会找来曲江岸边，而且似乎早知秋娘和我将有生命危险？另外，那个扶乩木盒是怎么回事，为什么大理寺卿和你都盯着它问？"

裴玄静避开他的目光："崔郎既然不知内情，就别再问了。"

"哦？那我就白白挨了一顿揍？"

"挨打事小，能脱身就好。"裴玄静道，"我知道崔郎与此案无关，但旁人未必这么想，所以还是尽快离开吧。"

"那秋娘怎么办？她可不能死而复生了。"

"案子总会查清楚的，到时定给死去的杜秋娘一个交代。"

崔淼紧盯着裴玄静，缓缓地道："假如在下没有猜错的话，静娘此来不单单是为了探望我，静娘是来查案的？"

"是。"裴玄静承认，"我把这件案子接下来了。"

"果真？静娘太令崔某佩服了。连大理寺卿都一筹莫展的案子，静娘倒敢接手。"

裴玄静不语。

崔淼仍然目不转睛地看着她："最主要的是，圣上竟也如此信赖静娘，把关系到宫闱隐秘的案件交托于你，可见静娘在他心中的分量。"

"崔郎言过了。我只是碰巧遇上襄阳公主的意外，所以圣上就……"

"不不不。"崔淼打断她，"我说的不是襄阳公主那个无知少女，而是杜秋娘！"

"杜秋娘怎么了？"

"你不知道？"崔淼打量着裴玄静，目光中充满了难以置信的嘲讽，"你竟然不知道？那还断什么案子，可见圣上也不那么信任你嘛！又或者说，他只在利用你的范围之内信任你……"他连连摇头。

裴玄静站起身："走吧。我这就送崔郎离开大理寺。"

从大理寺西侧的顺义门出皇城时，晨钟刚刚敲过第一通。东方天色澹然，长安城还笼罩在初春拂晓的雾气中，大街上晃动着极少数的几个行人，周身隐隐绰绰，如同隔在一面巨大的琉璃窗外。

晨风依旧刺骨，裴玄静犹豫了一下，还是将随身的包袱解开，取出里面的大氅，搭在崔淼的肩上。她来时就想到崔淼挨了刑讯，肯定伤痕累累，又衣不蔽体，所以特意带来这件大氅给他御寒。

崔淼却连看都不看她一眼，也没有道谢，反而紧锁双眉道："不行，我还得回大理寺。"

"为什么？"

"秋娘还在里边吧？"

"此刻还在殓房中……"裴玄静垂眸道，"我来之前，去看过一眼。"

"哦，她怎么样？"

"没什么变化，就像睡着了一样。"

即使低着头，她也能感觉到崔淼的目光，死死地盯着自己。

崔淼一字一句地说起来："她活着时，每天都过得烈火烹油一般热闹，现如今却只能独自一人冷冰冰地躺在尸房里。那些曾经捧着大把金银财宝，想要一睹芳容的人；那些曾如狂蜂浪蝶般追逐左右，赌咒发誓要死在石榴裙下的人，现在都到哪里去了，怎么连一个都见不到了？落到最后，恐怕只有我这个江湖郎中去为她收尸了！"

他转首问裴玄静："我可以去吗，主审官？"

裴玄静沉默。

崔淼的语气变得悲愤："杜秋娘只是一个妓女而已，虽然谈不上冰清玉洁，好歹也是个女儿身。人都死了，还求静娘大人放过她吧。"说到最后几个字时，他再也难抑痛楚，嗓音都嘶哑了。

裴玄静还是沉默。

崔淼说："既然如此，我还是回牢房去吧。"

"你……你要去收尸便去！"裴玄静伤心不已。

崔淼刚要转身，又停下来，道："静娘要不要一起去，现场督办？免得我这奸猾小人又耍什么花招。"

裴玄静气得别过脸去。

崔淼见她不理，兀自讥讽道："现在你知道秋娘为什么对我另眼相看了吧？崔某不才，好歹是个讲情义的。我原先一直觉得，静娘也是个有情有义的人。只可惜，静娘如今有些变了。"

裴玄静冲口道："你说我哪里变了？"

"也许是打交道的人变了，故而静娘的情义也较从前不同——变得有的放矢了。"

撂下这句特别伤人的话，崔淼便大踏步地返回大理寺，为杜秋娘收尸去了。

裴玄静愣在原地，许久缓不过神。

杜秋娘惨死，自己又受到不公的对待，所以崔淼憋了满肚子的火要发泄——这些裴玄静都能理解。可他凭什么质疑她的善意？

她甘冒巨大的风险，从皇帝手中硬抢下这个案子，到底是为了什么？

裴玄静并不指望崔淼的感激，但她一直相信，至少他们之间有种温柔的默契。这种默契无关风月，而是两个本质相近的人的相互理解。在追踪《兰亭序》真相的过程中，她与崔淼之间建立起这种理解，才是她无比珍视的。

苍茫世事，纷繁人间。他和她的身上都牵扯太多，太不简单，所以根本无法去设想未来。但只要有同情在，她就不会觉得太孤单。即使用"各为其主"这四个字来界定他们之间的关系，裴玄静也不在乎。因为她始终认为，自己和崔淼实质上都是"无主"的人。无主，无家，无亲，无故，这才是他们二人的根本。

江湖郎中和女道士，难道不该是这世间最漂泊又最自由的人吗？

可是今天，崔淼明明白白地表示，在他的眼里，他们各自的牵绊已成对立之势，水火不容。

晨钟再次鸣响。天边那轮残月依旧高悬，委婉如微蹙的黛眉，就像她一样孤独。

5

一阵急促的敲门声，虽然轻微，却将丰陵的死寂硬生生地打碎了。

落落空山之中，这种惊惶的声音显得格外不祥。它似乎预示着：死者在此地的统治看起来至高无上，实则不堪一击。平衡即将崩溃。

片刻之后，李忠言披着衣服来到更衣殿，右手持着一盏油灯，微光摇摇，照在他的脸上。往日充斥在这张脸上的未老先衰、心如止水，突然被矍铄和凌厉的表情所替代。

殿中一人全身罩着黑色的斗篷，正像热锅上的蚂蚁般团团乱转着。听到动静，他"嚯"地掀开帽子，露出一张惨白的脸。

李忠言喝道："你现在跑来干什么，找死啊！"

"李公公，李公公救我！"陈弘志"扑通"一声跪倒在地。

"出什么事了？"

"我、我快完啦……李公公救命啊！"

李忠言走到更衣殿的角落里，找到自己常坐的那张坐床，笃悠悠地坐稳了，才道："说吧。"

"是、是魏德才……"

"魏德才怎么了？"李忠言慢条斯理地说，"我依稀听说，他病重告假，出宫养病去了？"

陈弘志仰起涕泪交流的脸："不是，他死了。"

"死了？怎么死的？"

陈弘志哽咽着，将魏德才看错时辰遭到皇帝鞭笞而亡的经过讲述了一遍。

李忠言听得面露微笑，点头道："我就知道……"他盯着陈弘志，"魏德才怎么可能看错时辰，是你小子捣的鬼吧？"

"我、我看不惯他那副得意相。"

"不错，干得好。可是……太急了！"李忠言道，"我是怎么嘱咐你的？韬光养晦，静待时机。只要按照我的指点，你总有一天会飞黄腾达，成为皇帝最信任的内侍，把那什么魏德才踩在脚下。可你呢？却连几天、几个月都等不住！"

"我也是一时冲动，没想好就……"

李忠言摇了摇头："你这么有主见，现在又何必来找我？"

陈弘志做出一脸的可怜相："可是这事儿……被人发现了！"

"谁？"

陈弘志大大地喘了口气："宋若茵。"

"宋若茵？就是女尚书宋若华的三妹？"

"是。"

"这女人不简单啊。"李忠言思忖着说，"我倒没怎么和她打过交道。我记得当初是她家大姐若华在大明宫里侍奉德宗皇帝。先皇为避嫌疑，和宋家姐妹一直挺疏远的……"他的目光刷地扫过陈弘志，"我怎么听说，宋若茵也死了？"

"李公公，这您也听说啦？"

李忠言冷笑："丰陵和大明宫，并不像你以为的那么远。生与死，也不过一步之遥。"

陈弘志一凛，没敢接话。

李忠言俯下身去，凑近陈弘志的脸问："你老实告诉我，宋若茵是不是也是你搞死的？"

陈弘志垂头不语。

"哈，我果然没看错你！"李忠言抚掌而乐，"是个厉害角色，孺子可教也。"

陈弘志哭丧着脸说："李公公，您就别拿我开心了。我这里，真、真的撑不住了呀。"

"是让宋若茵这个女鬼缠得脱不了身吧？嗳我教你啊，你就跟她说，你是个阉人，她缠你也缠不出什么名堂来的。哈哈，说不定她就放过你了。"

"哪儿啊！"陈弘志恨道，"宋若茵那个丑女人，心肠可坏着呢。她若不是把我逼到走投无路，也不至于丢了性命啊！可万万没想到，这女人死则死矣，事情居然还没完没了！"

直到此时，李忠言似乎才真正产生了兴趣："你慢慢说，从头讲来。"

陈弘志咽下好几口唾沫，开始说了——

陈弘志设计害死魏德才的秘密，被宋若茵窥破之后，她便以此为把柄要挟陈弘志。宋若茵悄悄制作了两个扶乩木盒，逼着陈弘志将其中之一送去给平康坊的名妓杜秋娘。

李忠言奇道："扶乩木盒是什么东西？"

"哎呀，那玩意儿古怪着呢。我也从来没见过，不知宋若茵是怎么琢磨出来的。"陈弘志喘着粗气道，"最可怕的是，那玩意儿能杀人！"

"杀人？你说宋若茵想杀人？谁？"

"还能是谁啊？不就是那杜秋娘嘛。"

"她要杀杜秋娘？为什么？"

陈弘志的脸上突然荡起一抹淫亵的笑意，凑到李忠言的耳朵旁，道："李公公，杜秋娘不单单是长安城的第一名妓，她还有个特别的恩客——您可也听说过？"

李忠言圆睁双目："不会是你吧？"

"哎呀！"陈弘志又急又臊，"李公公，这都什么时候了，您还一个劲消遣我，我……"他干脆抹起眼泪来了。

"哼，既然杜秋娘有这种背景，宋若茵为什么要杀她？"

"我哪儿知道？总之她就是一味逼迫我，要我把扶乩木盒送去杜秋娘宅。她也没明说这盒子有问题，是我自己不放心，设法查出来的。"

"你自己查出来的？"

"对，宋若茵做了两个木盒。其中一个下了毒，另一个是没毒的。圣上为了蛇患的事情，命宋若华在宫中扶乩，所以宋若茵做的两个木盒，没毒的那个她们自己扶乩用，有毒的那个才让我去送给杜秋娘，还教我告诉杜秋娘说，这是那位……送给她的。咳！您明白宋若茵为什么打我的主意了吧？"

李忠言皱眉道："宋若茵想害死杜秋娘，借你之手把凶器送过去，就是为了博取杜秋娘的信任……当然，如果杜秋娘真死了，你倒也没有人能指认。"

"那怎么成！杜秋娘可不是一般的妓女，哪能随随便便就死了。李公公，您比我更清楚宫里头那位的性子，他会放过这件事？肯定查得血雨腥风，我可不信能逃得过去……"

"也对。真出了事，宋若茵绝对不会救你。而你也不敢咬出她来，因为你有害死魏德才的把柄在她手里，左右都是一个死。"

"是啊！所以我想来想去，绝对不能听宋若茵的，把有毒的木盒送给杜秋娘。"

"于是呢？"

陈弘志抬起头来，脸上红白交替："于是我就使了个调包计——把有毒的木盒换给了宋若茵。"

明白了。李忠言微微颔首："宋若茵的确是你杀的。"

陈弘志没有再否认。李忠言端详着他的脸，烛光之下，这张脸看起来实在稚嫩。有谁能想象得到，这个才刚十六岁的少年人，双手已经沾满了鲜血。

杀人也是会上瘾的，李忠言再清楚不过——陈弘志停不下来了。

他们这些穷苦人家的孩子，残损了身体，以一辈子的幸福和尊严为代价，卖身为奴，无非是为了混口饭吃。殊不知，大明宫要剥夺的不仅仅是这些，大明宫还要取走他们的心。

没有心是好事，那样就不会像他自己，远离大明宫整整十年了，还要日夜承受心痛的煎熬。

李忠言淡淡地笑了笑："你说实话，还杀了什么人没有？"

"我……没，没有……"陈弘志支吾几下，终于下决心坦白，"东市有家叫'飞云轩'的笔墨铺子，里头有个老张替宋若茵炼毒制作凶器，我把他也结果了。"

"还有呢？"

陈弘志苦着脸道："还有……还有……将作监的学徒木匠……"

"将作监的学徒？是不是姓石？"

"是，是我的同乡，我们一起入的宫。"

"为什么要杀他？"

"宋若茵逼着我去找人做木盒。我想来想去，只有石五郎和我从小在一块儿长大，彼此知根知底的，就把他荐给了宋若茵。我和五郎说好了，万一出事，不管我们两个中谁被发现，都绝不供出对方。另外一个设法援救对方，得了任何好处，也都一块儿平分。"

李忠言冷笑道："你是皇帝身边的新宠侍，他是将作监的下等学徒，他当然都听你的，指望着有朝一日能受到你的提携。我看这个石五郎的脑袋，也是块不开窍的石头吧。"

"唉！本来想得挺好，石五郎在将作监里身份最低，平常将作大匠连正眼都不会瞧他，所以就算查到将作监，按说也怀疑不到他的头上。可不知怎么的，石五郎给发现了！我原来也巴望着他能熬过去……"说到这里，陈弘志的脸上才浮起一层凄凉之色，"宫里头那些折磨人的手段李公公最清楚，与其让他活受罪，还不如帮他解脱了……"

"是帮你自己解脱吧？"

陈弘志低声饮泣。

良久，李忠言道："如此说来，宋若茵死了，这个案子中可能会威胁到你的人，也都死了。那你还怕什么呢？今天这么慌张地跑到我这里来，又是为何？"

"可是李公公，"陈弘志瞪大双眼，满脸惊恐地叫起来，"那杜秋娘还是死了，就在中和节这天！"

"什么，你不是说已经把木盒调包了？"

"是啊！扶乩木盒一个有毒，一个没毒，有毒的给了宋若茵。没毒的那个，是我亲自送去平康坊杜秋娘宅的。绝对不会错！可是，可是……杜秋娘居然因为扶乩而死了！"

"木盒呢？"

"掉到曲江里，没捞起来。"

李忠言皱起眉头，思忖着问："……杜秋娘肯定是死于扶乩木盒？"

"这我就不清楚了，只听说她的尸首是从曲江里捞起来的。"陈弘志战战兢兢地说，"李公公，您听我说，最最麻烦的还不是这个……中和节那天，杜秋娘是跟着襄阳公主去游春的……"

"襄阳公主也在场？"李忠言手指陈弘志，声色俱厉地喝问，"公主可曾受到伤害？"

"没没没……就是受了一点点惊吓而已。"

"当真没有？"

"哎呀！"陈弘志捶胸道，"李公公你想啊，如果襄阳公主有个三长两短，照咱们圣上的脾气，还不把整个大明宫兜底翻啊！我哪里还能偷跑出来。我也不会等查到我的头上，索性先自裁算了。”

李忠言切齿道：“算你明白！襄阳公主是先皇生前最钟爱的女儿，临终前都一直在念叨……”他的声音哽住了，稍稍平复了一下心情，才又问，“好了，所以圣上正在大力追查杜秋娘的死因，对吗？你小子担心，怕躲不过去？”

陈弘志猛点头。

“圣上派了谁来处理此案？”

“正是这个蹊跷呢。”陈弘志道，“李公公还记得上回的《兰亭序》案子吧？”

“吐突承璀跟我提起过。”

“那案子最后是一个女炼师破的，叫裴玄静，是裴度相公的侄女儿。”

“这次圣上也找了她？”

“对，就是她。连宋若茵的案子也一并交给她了。”

“一个女子，会有什么能耐？”

“看不出来，柔柔弱弱的，就是人长得特别美。也不知圣上是不是因为这点……连她修道的金仙观，都是圣上特别安排的。”

李忠言悚然变色：“金仙观！”

“是啊，金仙观怎么啦？”

李忠言不作声，陷入了沉思。陈弘志耐着性子等了很久，就快憋不住时，李忠言长叹一声，悠悠道：“来啦，时候总算快到啦……”

“您说什么？什么时候快到了？”

李忠言微笑：“小子，你知道世上什么最难吗？”

陈弘志摇了摇头。

“最难的就是——等。”

“等？”

“不是吗？我让你等，可你连几个月都等不住。等待，需要最多的力气和最大的耐性。这个道理，还是先皇教给我的……好了，不说这些了。你该回去了。"

"啊！"陈弘志大惊，"李公公，你还没教我该如何脱身呢？"

"既然裴炼师那么有本事，又深得圣上信任，我看你这次是在劫难逃了。"

陈弘志往李忠言跟前一扑，"李公公救我！您要是不救，我也不回去了，再不回去了！反正回去也是个死，呜呜呜……"

李忠言俯视痛哭流涕的陈弘志，不，这个人不能死。天生的狡诈和少年人少有的冷酷，都使他成为一个最难得的人选。自己等待了这么久，耗尽十年的光阴，不就是为了等待一个绝佳的时机吗？天时、地利、人和，缺一不可，为了——复仇。

最近李忠言正越来越清晰地感觉到，时机迫近了。

必须保下陈弘志的性命，他将成为李忠言手中最锋利的凶器。

"我让你查的事情，有结果了吗？"

"有有！"陈弘志赶紧回答，"李公公所料不错，吐突中尉去广州，根本就不是为了运什么蛟龙。"

"哼，就算南海真捕到蛟龙，哪里用得着吐突承璀亲自出马。"

"我偷听到的，吐突中尉是去找一个叫卢眉娘的人。"

"卢眉娘？"李忠言的身体突然晃了晃。

"李公公，你……"

李忠言定了定神："他们是怎么说的？"

"我也是从宋若茵那里打听来的。广州献上一幅刺绣，圣上让宋若茵去帮着验看，确准了是曾在宫中绣过《法华经》的卢眉娘所绣。"

"真的是她……"李忠言喃喃，神情无限凄楚。

陈弘志连大气都不敢出，良久，才听到李忠言哑着喉咙道："你的命，只有一个人能救。"

"求李公公指一条生路。"陈弘志"咕咚"磕了个响头。

"你得去投靠一个人。"

"谁？"

"你附耳过来。"李忠言在陈弘志凑过来的耳朵边说了三个字。

陈弘志惊叫出来："郭贵妃？"

"正是。"

"可郭贵妃为什么要帮我呀？"

"很简单，你就告诉郭贵妃说，宋若茵借你之手杀了杜秋娘，还要栽赃在她的头上。"

"这……"陈弘志紧张地思索着，"我倒是知道郭贵妃素来看不惯宋若茵，也厌恶杜秋娘……"

"此案的关键在于，就算查出石五郎制木盒，你送木盒，联手毒死了杜秋娘，但你二人均与杜秋娘无冤无仇，凭什么要杀她？圣上肯定会想，你二人，甚至包括宋若茵，都是受人指使的。那么从圣上的角度看，谁最恨杜秋娘呢？谁又最有能力来安排这一切呢？"

陈弘志的眼睛一亮："绝对是……郭贵妃！"

"所以你的这套说辞，她不敢不当真。"李忠言点头道，"另外，魏德才是郭贵妃收买的人，你知道吧？"

"知道。可我把他给弄死了呀。"

"那么你说，郭贵妃现在最想做什么？"

"……查清楚是谁干的，替魏德才报仇？"

"哼，那魏德才就是一条狗，你听说过有为狗寻仇的吗？"李忠言冷笑，"郭贵妃现在最想要的，是找到另外一条狗。而你，就是她眼下最好的选择。"

"但……她怎么能相信我呢？"

"她永远不会相信你，她只要能够控制你。控制一个奴才，无非恩威并施。对魏德才，她用的是钱财；对你，她可以用你的罪行和劣迹。道理都是一样的。总而言之，郭贵妃一定会设法帮你从此案中脱身的，你按计行事即可。"

陈弘志频频点头，又摇头："不行啊，万一让圣上发现我投靠郭贵妃，我不还是死路一条？"

李忠言大笑起来："你可以既投靠圣上，又投靠贵妃嘛。"

陈弘志的眼珠转了好几圈，终于恍然大悟地叫起来："我明白了！"

李忠言颔首："至于你究竟是谁的人，这一点只有你自己清楚，而且要永远搁在你的心里，不能告诉任何人。"

陈弘志志忑又兴奋地走了。

走到门边时，他突然停下来，转身跪倒。隔着殿中巨大的黑暗，陈弘志向着李忠言的方向高声道："李公公乃陈弘志的再生父母，陈弘志是李公公的人，一辈子都是李公公的人！"连磕三个响头，方起身离去。

李忠言又在更衣殿中坐了很久。

蜡烛早就熄灭了，他独自一人坐在黑暗之中，无声无息，仿佛彻底融化在陵园的死气里了。

但此时如果有人闯入更衣殿，就会发现在宛然凝固的一团漆黑中，有什么东西在熠熠闪烁。那是两只通红的眼睛，和眼中充溢的泪水。

李忠言在喃喃："眉娘啊眉娘，你这个傻丫头，怎么就不肯听先皇的话呢……"

如此反反复复，也不知念叨了多久，终有一声痛切至极的呜咽，从李忠言的胸口爆裂而出——"先皇陛下啊！眉娘没有等到他们，他们回不来啦……再也回不来啦！"

仿佛厉鬼发自地狱的号啕声，响彻了整座更衣殿。

6

"听说炼师很久了，今天才有机会见面，没想到这么年轻。"

中和节刚过没几天，阳光就变得明媚起来，大明宫的黄瓦丹楹上仿佛洒了一层薄薄的金粉，和郭贵妃那一身嵌满金丝的绯色长裙相互辉映，闪得人眼花缭乱。

郭念云的气色好极了。她完全不在意地将面庞暴露于艳阳之下，保养得当的肌肤如凝脂般润滑，找不到一点瑕疵。裴玄静惊奇地发现，从某个角度看，郭贵妃和皇帝的相貌颇有几分相似之处。这不奇怪，他们本来就是嫡亲的姑侄关系。但在五官轮廓之外，更相似的是这两个人的神态。

裴玄静在大明宫中见到的每个人，身上都带着一抹隐隐的恐惧。唯独李纯和郭念云的身上没有这种恐惧——他们是恐惧本身。

今日忽被郭贵妃召入大明宫中的长生院，裴玄静还是挺意外的。尽管命案一个接着一个，层出不穷，并且全部都围绕着大明宫，但时至今日，她还未曾和这位大明宫中地位最高的女性打过交道。

裴玄静不喜欢大明宫，更不喜欢大明宫中的人。

在杜秋娘遇害之前，裴玄静曾经认为，扶乩木盒的案子已有了部分结论：宋若茵制作了一个有毒的木盒，企图在扶乩时害死亲姐姐，最终却毒死了自己。尚未弄清的是：宋若茵为什么要杀害宋若华，她的动机是什么。而她本人的死，究竟是意外还是自杀？此外，裴玄静也不想彻底排除他杀的可能性。虽然从案发的环境和方式来看，他杀的可能微乎其微，但毕竟，宋若茵还留下了一条仙人铜漏的线索，这个线索的意义至今扑朔迷离。

是宋若华阻止了裴玄静将案子深挖下去，她要求裴玄静等到扶乩完成后再追查，以全死者的心愿，出于同情，裴玄静答应了。不料事情急转直下，宋若茵竟然制作了两个木盒，并将其中之一送给了杜秋娘。宫中女官和平康坊名妓，这两个风马牛不相及的女人居然以如此诡异骇人的方式联系了起来。更使裴玄静措手不及的是，杜秋娘紧跟着也死了。

现在裴玄静要解开的谜团变成了：宋若茵为什么要杀杜秋娘？裴玄静发现，这个问题和宋若茵杀姊一样难以理解。

宋若茵真是一个神秘莫测的女人，却又极端心狠手辣，满怀仇恨。

欲求不满——这是聪明过人的少年段成式对若茵阿姨的评价。如果能解开她的欲求所指，或许一切问题便会迎刃而解了吧。裴玄静寻思着，要不要再去柿林院走一遭，寻找些线索。

她还没成行，就被宫中派人请到了长生院。

郭贵妃仪态万方地端坐在坐床上迎客。

三十五岁的她面孔饱满，妆容妍丽，金色的阳光投在身后的巨幅屏风上，又反射回来，将贵妃头顶的凤冠照得琳琅生辉，金冠上镶嵌着满满的碧玉和宝石，色泽绚烂，富丽堂皇。由金线编织而成的鸾凤裙摆在榻边，围成一个孔雀开屏般的巨大扇形。

这个情景令裴玄静想起幼时见过的一幅则天女皇的金身像，与眼前的郭贵妃简直惟妙惟肖。还有太平公主的玉叶冠，据说是大唐皇家所拥有的一件无价之宝，会不会就是郭贵妃头上的这顶？

应该不是。裴玄静暗自揣测，那个属于女性的光荣时代早就远去。则天女皇、太平公主、韦皇后、上官婉儿……这些曾经把大明宫点缀得姹紫嫣红的名字都已成为历史。今日的郭贵妃，虽有皇帝发妻和太子生母的身份，却仍然无法登顶为皇后。从某种角度来说，也算是一个失意的人吧。但从她的外表上看不出丝毫落寞，只有至尊者独步天下的傲然。

寒暄几句之后，郭念云就把话题引到中和节的案子上。

"炼师是否查出杜秋娘的死因了？"

"杜秋娘应是死于中毒。"裴玄静将宋若茵制作毒木盒的情况说了一遍。

"以炼师所见，杜秋娘是宋若茵存心害死的？"

"从线索上推断，应是如此。"

"为什么呢，宋若茵为什么要杀害杜秋娘？"

裴玄静愧道："妾尚未查明。"

郭念云点点头："我倒是有一个想法。"

"贵妃？"

郭念云微微一笑，道："也难怪炼师想不通，有些事情你还不知道吧。"

你还不知道吧？裴玄静猛然想到，崔淼也说过同样的话——究竟不知道什么？

"贵妃是指和杜秋娘有关的事吗？"

郭念云缓慢地点了一下头。

"什么事？"

"世人皆知杜秋娘为北里的头牌都知。仅为一睹她的芳容，就需付出千金，更别说听她唱上一曲了。然而，她有一首最妙的曲子《金缕衣》，即便你捧着金山银山去求，她也不会唱给你听。非不能也，实不敢也。更蹊跷的是，每隔一段时间，秋宅便会有一天闭门谢客。这种时候，不管任何人以任何条件前去邀约，都只能吃闭门羹。"郭念云停下来，悠悠地望了一眼裴玄静，以一种既嘲讽又无奈，还隐含怨毒的口吻道，"炼师这么冰雪聪明，肯定能猜出是为什么。"

裴玄静震惊得说不出话来。

那天她尾随段成式闯入秋宅，杜秋娘不正在闭门谢客吗？她曾以为是井水堵塞的原因，甚至想过是否秋娘为了私会崔淼，才谢绝了其他恩客……

她就是没有想到——是因为皇帝！

如此说来，那天她离开杜宅，独自一人在平康坊中游走时，竟然被掳进皇帝的马车中，也就能够完美解释了。

那根本就不是什么巧遇。皇帝也并非单纯的微服私访，他是要去临幸一名妓女！

回忆起来，那天皇帝应该是还未去到杜宅，就发现那里有异样，于是临时决定返回。正在这时，他看见了行走在坊街上的裴玄静。

太不可思议了——堂堂大唐的皇帝，居然不顾万乘之尊去屈就一个妓女，这大大颠覆了他在裴玄静心目中的印象。在裴玄静看来，当今圣上是一位英明果敢、意志坚决的君主，同时也是一个精明冷酷、极端自负的男人。他的尊严容不下一丝一毫的侵犯。正是这点既让裴玄静害怕，也令她钦佩。

但就是这位君主，居然置后宫三千粉黛于不顾，乔装改扮造访花街柳巷。他的行踪若是传扬出去，且不说别的，单单安全就很难保障啊。

崔淼不是已经阴潜在杜秋娘身边了吗？假如那天皇帝没有临时折返，后果简直不堪设想。

裴玄静愁肠百转，思绪万千。郭念云就在对面注意地端详她，眼看这张清丽出尘的面孔上，神情先由困惑转为惊诧，再由惊诧转为慌乱……最后，裴玄静向郭念云望过来。郭贵妃从这双眼神里读到的，就只剩下同情了。

郭念云的心火辣辣地痛起来。她当然懂得这种同情的含义，却万万无法接受。凭什么，自己高居六宫之冠、太子生母、未来的皇太后，居然要让一个卑微的女道士施以同情，偏生还是自暴其丑，自取其辱。

郭念云将裴玄静召来，是计划好的行动，也有她要达到的目的。但此刻她却发现，个中屈辱仍然令自己承受不住。

这一切，都是那个人带给她的！

郭念云把对皇帝的恨，又在心中细细地咀嚼了一遍。对他的切骨仇恨，正是她的勇气源泉。

郭贵妃对裴玄静从容一笑："所以炼师已经明白了。"

裴玄静反而不好意思起来，面对他人的不幸，给予同情者常会产生这种羞愧的感觉。就在这一瞬，郭念云的笑容使裴玄静的心偏向了她——毕竟，大家同为女人。

裴玄静还以微笑，再提出一个问题："可是，为什么宋若茵想杀害杜秋娘呢？"

郭念云反问："炼师是想说，宋若茵乃宫中女官，并非嫔妃，她与杜秋娘之间不应该有冲突，对吗？"

裴玄静再度感到了强烈的愧疚。她甚至能体会到此时郭贵妃心中的煎熬。这段对话中的字字句句，实际上都在抽打这位至尊女人的脸，难得她还能保持雍容大度的仪态。

果然一切都有代价。

"炼师有所不知，宋若茵十年前进宫，正是圣上刚刚登基的时候。当时，她也就二十四五岁吧，因和我差不多年纪，所以我记得很清楚。这宋家姐妹也怪，好端端的良家女儿，又学得满腹经纶，却不肯安安生生地嫁人，偏要入宫做什么女学士。须知女子但凡入了宫墙，便与普通男子无缘。三宫六院、佳丽三千，此乃祖制，无可厚非。但女学士的身份却不明不白。那时节，宋家大姐若华已入宫十余年，尽管熬到了女尚书的封号，获赐紫衫，毕竟青春已逝，到头来还是孤孤单单一个人。所以我认为，宋若华未必愿意妹妹们走自己的老路。但她们还都相继入宫了。后来我发现，宋家姐妹中，就是宋若茵特别热衷于讨好圣上。圣上喜欢有才华的人，宋若茵就拼命在他面前展露她的小聪明。圣上日日勤劳国事，闲暇时愿意把玩一些奇巧之物，略作消遣，宋若茵便投其所好，把柿林院的西厢里搞得琳琅满目。圣上赐她钱物，许她自由出入宫禁，原也不算什么，却被她当作专宠一般的礼遇，恨不得叫三千粉黛俱失颜色，唯有她宋若茵与众不同……"长篇大论地说到这里，郭念云才顿了一顿，哂笑道，"连我都不敢如此自居，真不知她从哪里来的自信。"

裴玄静听明白了。或者说，她终于找到了令宋若茵"欲求不满"的最合理的解释。

答案原来就在眼前，只是自己从未朝那里去想，正如杜秋娘的秘密一样。

皇帝，还是皇帝——这个大明宫中唯一的男人。

大概郭贵妃是觉得，既然丢脸，不如一次丢到底，丢个干净。所以才将裴玄静召来，干脆将皇家隐私和盘托出。

扶乩木盒的凶杀案，归根结底竟是一个女人因嫉妒而疯狂的举动。

宋若茵对皇帝一片痴情，而皇帝或困于身份，或就是对她不感兴趣，便让宋若茵的满腔爱恋空付流水。在大明宫中虚耗了十年的光阴，宋若茵与皇帝近在咫尺，也常有机会晤面交谈，却始终无法得到他的眷顾。皇帝似乎更愿意把她当作一个玩伴，而非女人。从皇帝的立场来看，这一点儿也不奇怪。毕竟在他的后宫中，多的是女人，稀有的却是玩伴。所以他特别善待宋若茵，纵容她，甚至宠溺她，亦不足为奇。可悲的是，这种隆恩优待，并非宋若茵想要的。

很可能在宋若茵的眼中，后宫三千不值一提。就像郭念云所说的，宋若茵认为自己比所有嫔妃都特殊，在皇帝心中享有卓尔不群的地位。在后宫白白地熬去了青春，眼看着要熬成和大姐一样的妇人，那个男人永远可遇而不可求，宋若茵只能用这种自欺欺人的方式安慰自己了。

但是杜秋娘击碎了宋若茵的梦。

同样有身份的阻隔，皇帝却甘愿为了杜秋娘俯身屈就。他看上了杜秋娘，本可以直接将她纳入宫中，但他并没有这样做。或许是杜秋娘不愿从此没入宫闱，失去自由自在的生活；又或许是皇帝本人更喜欢充当一名神秘的恩客，时不时驾临秋宅，享受宫外求欢的刺激与新鲜……总而言之，皇帝对杜秋娘的态度再荒诞不经，也是一个男人对女人才有的宠爱方式。他对宋若茵却不是。

　　也许正是这一点，触发了宋若茵的杀心。后宫佳丽三千，宋若茵不可能一个个杀过来，她也没有把她们看成为竞争对手。但对于获得专宠的杜秋娘，宋若茵却断不能忍，必须除之而后快了。

　　再由此推断宋若茵之死，自杀的可能性就很大了。

　　她布置好了针对杜秋娘的杀局，认为万无一失了，于是先行了结自己的生命。宋若茵是个聪明人，明白自己的罪行总有一天会暴露，所害的又是皇帝眼下最心爱的女人，头一个饶不了自己的，便是皇帝。她虽然要杜秋娘死，却无法面对皇帝的憎恨，所以选择了先走一步。

　　想到这里，裴玄静觉得全身的血都变凉了。

7

　　何其酷烈的爱情，何其悲惨的命运，都只因为——宋若茵爱上了皇帝。

　　宋若华在得知另一个扶乩木盒被送去杜宅时，肯定就猜出了真相，她拼命要求扶乩，应当是想借机招来妹妹的亡魂，最后听一听她的心里话。

　　可怜。

　　裴玄静不禁黯然神伤，为了宋若茵，为了宋若华，还为了杜秋娘，甚至包括面前的郭贵妃。她们都为了同一个男人而活，也为了同一个男人而死，生命早就不由自主，幸福更无从谈起。

　　做皇帝的女人，真可怜。

裴玄静的心，又向郭贵妃稍稍偏过去儿分。

郭念云说："方才对炼师说的那些，委实不堪启齿。但想来想去，如果我不对炼师说的话，就绝对不会再有第二个人告诉炼师。毕竟是人命关天的大事，所以还是下决心召炼师来。但愿，对炼师破案有所裨益。"

"贵妃提供的线索确实关键，足可使案情拨云见日。"

"果真？那就太好了。"郭念云叹道，"其实我这样做，还是为了圣上。宋若茵和杜秋娘，都是圣上亲近的女子，她们出事，且不说圣上的心情必然大受影响，对于圣上的安全乃至声誉，也相当不利。"

裴玄静真心实意地说："贵妃的这番苦心，着实令玄静感动。"尊贵如郭念云，为了皇帝在外人面前自暴隐私，确实不容易。

"就是不知能不能让他……也有所触动了……"说这句话时，郭念云的脸上突然泛起了一抹红云，竟如少女般情思缱绻、欲语还休。

裴玄静当然知道，这个"他"指的是谁。皇帝会不会被触动，甚至被感动，裴玄静可猜不出来。显然郭念云作为他的发妻，也没有半分把握。

沉吟片刻，郭念云又道："炼师方才提到，宋若茵将一幅《璇玑图》锦帕垫在扶乩木盒里？"

"是的。"

"我想，她是有所指的。"

"贵妃的意思是？"

"当初苏蕙以一幅心血凝成的《璇玑图》挽回了丈夫窦滔的心。可惜有些人的心，就不那么容易挽回了。"

郭贵妃道出了心里话。

该说的都说完了，裴玄静告辞。郭念云说："我送炼师。"

"玄静不敢。"

"仲春天气，正好我也想在外面走一走。今日与炼师一见如故，就不要推辞了。"

郭贵妃这么热情，裴玄静只得从命。

走在长生院内，春光仿佛在她们谈话的这段时间里，又浓郁了几分。

曲径两侧，杏花如霞光般铺开。几树梨花刚刚吐蕊，还羞怯地躲在日影之下。但要不了多久，她们就会像雪白的云烟般弥漫开来，压住海棠，盖过蔷薇。再接下去，就是桃花的世界了。还未到春分节气，长生院中的茂树繁花，已有了"春风且莫定，吹向玉阶飞"的意境。

郭贵妃说："在我这长生院中，有一个小小花圃，专植牡丹。待到暮春时节牡丹盛开之时，我再请炼师来赏花吧。"

裴玄静笑了笑，郭念云亲热得让她有些不自在了。

郭贵妃问："炼师不喜欢牡丹吗？"

"喜欢，只是见得不多。"裴玄静坦白说，"其实长安之外，并不那么容易赏到牡丹。"

"是吗？这我竟不知。"

裴玄静低声吟道："'一丛深色花，十户中人赋'，牡丹从来不是普通人能够享有的。"

"这是白乐天的句子啊。然我从小念的，却是上官昭容的诗句——'势如连璧友，心如臭兰人'，还真以为，连双头牡丹都属平常，更想不到长安之外……"郭念云闲聊着，突然面色一凛，叫起来，"十三郎，你在做什么！"

她们正好走到花圃外面。花圃中已植下数排牡丹，却只有一个宫女在忙碌侍弄着，在她身边还跪着一个衣饰华丽的男孩，正撅着小屁股卖力地掘土，听到郭念云的叫唤，吓得扑通坐倒在地，傻乎乎地瞪着前方，张口结舌。

忙着种花的宫女见此情景，也赶紧双膝跪倒在泥地中。

郭念云厉声喝道："十三郎，那不是你做的事情，快出来！"

被叫作十三郎的男孩好像吓傻了，坐在原地，一动不动。

郭念云吩咐身旁的宫女："去，把他拉出来。"

宫女掀起裙摆跨过篱笆，一路踏着牡丹，上前拉扯男孩的小手。十三郎这会儿却反应迅速，返身双手抱住旁边的种花宫女，大声叫嚷：

"阿母，我不走，不走！"

"这成何体统！"郭念云气得花容变色，"郑琼娥，你到底想干什么？"

原来种花的宫女名叫郑琼娥。裴玄静冷眼看去，见她的双手沾满污垢，跪在泥地上，黄色的襦裙下摆更是一片狼藉。"贵妃娘娘恕罪！"她一边哀求着，一边竭力想把十三郎从自己身上推开。

她仰起苍白的面庞，鬓发散乱地粘在额头上，几道灰黑的泥痕划过双颊。但就是这张狼狈不堪的脸，令裴玄静大为震惊。

上一次见到同等的绝世姿容，还是在杜秋娘的脸上。

与杜秋娘娇艳欲滴的美貌相比，郑琼娥的容貌清雅端丽，此刻更显凄婉，但那动人心魄的美并不比杜秋娘逊色半分。甚至可以说，这个低贱的种花宫女比裴玄静至今所见的任何大明宫中的女人都美。

男人的气魄和女人的美丽，真是不可随意拿来比较的。世间心魔，常由此生。

郑琼娥之美，足令整个后宫为之失色，更遑论此刻满脸怒容的郭念云。当雍容华贵的气度尽失之后，郭贵妃的面容不仅变丑了，而且显得十分狰狞。

十三郎被从郑琼娥的身边拖开，到了郭贵妃面前，还在挣扎哭喊着——"阿母，阿母！"

郭念云呵斥："不许哭！跟你说过多少遍，我才是你的阿母！"

"不，你不是，不是！"

郭念云气得胸脯不停起伏，命身旁的宫女："给我掌嘴。"

宫女吓得躬身道："贵妃，我、我不敢……"

"你想抗旨吗！"

宫女只得搂住哭闹不休的孩子，在他脸上轻轻打了几巴掌。十三郎再傻也是皇子，她自是手下留情的，但即便如此，郑琼娥也受不了了，从花圃中直奔而出，跪在郭念云面前不停地磕头。

"求贵妃责罚我吧！孩子小不懂事。您知道的，他的脑筋不好……您别怪他……"她一边苦苦哀求着，一边泪如雨下。

郭念云咬牙切齿地说："你休要装出这副可怜相，别以为我不知道你在打什么主意。十三郎心智未开，你就想趁机缠住他，指望着靠他上达天……哼，这些都是痴心妄想！"顿了顿，又冷笑道，"你不用再来花圃了。我听说最近长安蛇患闹得厉害，长生院中花木繁盛，各种低洼荫僻的角落也不少，还有池塘和御沟流经的地方，你就去清理收拾那些地方吧……还有茅厕，也别忘了。"

郑琼娥深深俯首："是。"

裴玄静早就待不住了，刚才场面太混乱不便插嘴，瞅了个空连忙告退。

郭念云的脸色十分难看，冷然道："炼师请自便，我就不送了。"又命宫女："把十三郎带回去。"

言罢拂袖而去，把裴玄静撂在原地。

转眼冰火两重天，裴玄静虽意外，倒也不尴尬。她悄悄松了口气——终于不需要再演戏了。

郭念云的脸变得如此迅速，只能说明其中必有一张是假的。往往在突然袭击之下，人才会原形毕露。所以郭念云的两张脸中，孰真孰假不言而喻。

也许，郭贵妃自己也松了口气吧？

见左右无人，郑琼娥依旧长跪不起，裴玄静便走到她身边，低声道："贵妃已经走了，你也起来吧。"

郑琼娥闻声抬起头来，脸上泥灰糅杂，却越发衬出一对含泪的双眸，亮如星辰一般。美人就是美人，如此不堪的情状下，她仍然别有一番仪态，甚至更加楚楚动人了。

"起来吧。"裴玄静见她仍然一脸惊惶之色，干脆伸出手去，柔声道，"来。"

郑琼娥颤抖着拉住裴玄静的手。她的柔荑宛若无骨，即使让裴玄静这样一个女子握着，也不禁心中跳荡。但是——她的手很烫。

裴玄静皱眉："你病了？"

郑琼娥低声道："我没事。"她感觉到了裴玄静的善意，但仍保持戒心。毕竟，她的身份和处境都太特殊了。

裴玄静担心地说："我看你的身子十分柔弱，硬挺着怎么能行，会出大毛病的。"

"不会，我扛得住。"郑琼娥嫣然一笑。

裴玄静几乎看傻了。原来"一笑倾人城，二笑倾人国"，绝对不是诗人夸张的形容。

她突然记起段成式提到过：十三郎是个可怜的孩子，虽为皇帝亲生，母亲却只是一个低贱的宫女……原来段成式口中的十三郎，就是刚才那个哭闹不休的傻孩子，而他的生母，正是眼前的这个郑琼娥！

既然郑琼娥被皇帝临幸，并且生下了皇子，身份再微贱也不该仍只是个宫女。仅凭她的美貌，获封一个才人之类的品级也不算过分，至少更便于照顾十三郎。如今却让他们母子分离，郑琼娥明显遭到郭贵妃的虐待，十三郎的日子也不好过，皇帝竟都漠视不管吗？这可不像裴玄静所认识的皇帝的作风。

郑琼娥是个倾国倾城的大美人，但她的身上一定还有隐情。

"我该去干活了，多谢炼师。"郑琼娥说着要走。

"等等。"裴玄静从腰带上解下崔淼所赠的香囊，递过去，"这个香囊里都是些祛风辟邪的药物，多少能帮到你一些。请收下吧。"

"这，不……"

"拿着。"

郑琼娥不再推辞，把香囊捏在手中，对裴玄静点头致意后，便转身离去。

她的背影亦如弱柳扶风、轻云出岫，轻易便将所有人的目光都吸引过去。

有美如是，犹不自知。

望着郑琼娥的背影，裴玄静头一次感到大明宫变得生动起来。在这座辉煌的宫殿里并不仅仅有阴谋和斗争，谎言与无奈，也有着出自天然的美丽和坚持。那么，信任与爱呢？

裴玄静该走了，但还不能出大明宫。今天在长生院中听到的一切，使她决定，立即再访柿林院。

柿林院门前有神策军把守着，不过皇帝有令在先，并没有人阻拦裴玄静。

院中艳阳遍地，棵棵柿子树上新绿盎然，绿茵从花砖地的缝隙里钻出来，几只小雀儿来回跳跃着。宋若茵最终也没能避免皇帝的憎恶，对她的祭奠全被禁止，原先挂在西跨院门楣的灵幡都取下来了。

看得见的悲哀消弭了，看不见的悲哀却弥漫在空气中，只要一踏进柿林院便能感受到。

刚从柿子树下穿过，裴玄静就见到宋若华站在正堂门前。

自从中和节之夜，宋若华在皇帝面前吐血昏死后，裴玄静还是头一次见她。原以为她的样貌定然十分憔悴，但尽管面色惨白，宋若华却打扮得隆重而庄严。

裴玄静见识到了"女尚书"的紫色襦裙。

大唐有制，三品宰相方可着紫袍。宋若华是女官中第一个被赐予紫服的。宽袍、广袖，袖笼曳地，边缘缠满金线的花纹。紫裙硕大，把宋若华的整个人都包裹其中，只有苍白的手指甲露在袖外。

宋若华看起来活像一个盛装的玩偶，似乎一阵风便能吹倒，她却站得纹丝不动。

她就以这种大无畏的姿态，等候裴玄静到访。

裴玄静的心中油然而生几分敬佩，上前几步道："大娘子有恙，怎么不在房中休息？"

宋若华说："我在等你，炼师。"

"等我？大娘子怎么知道今天我会来？"

"我不知道，所以每天都在等，从早到晚。"宋若华说，"但是我知道，炼师总有一天要来的。"

裴玄静心中暗叹，道："是的，关于案子我有一些话要与大娘子谈。"

"不。今天我不要听炼师谈案情。"

"那你是……"

宋若华的脸上绽开一个无比诡异的笑容："我请炼师来扶乩。"

8

扶乩，按例应设"正鸾"与"副鸾"两名。过程中"正鸾"会请神附体，在神魂出窍的情况下操作扶乩用的笔，于沙盘或纸上写下神灵的预言。字迹往往晦涩难辨，所以还需要有一名"副鸾"在旁边记录。要想顺利完成扶乩，"正鸾"和"副鸾"的完美配合是关键。

宋若华非要裴玄静做她的"副鸾"。

"为什么不是若昭？"

"她不行。"

宋若华斩钉截铁地回绝裴玄静了，连一个理由都不给。她似乎已经失去了耐心，不愿再做无谓的周旋。她的一举一动好像都在强调：时间不多了。

裴玄静提出，先澄清案情，再谈扶乩。

宋若华点头应允。

裴玄静说："三娘子做了两个木盒，一个杀死了杜秋娘，另外一个按我最初的推断，是要杀害大娘子的，却阴差阳错地害死了三娘子自己。然则，我现在有一个新的观点——那另外一个木盒，三娘子本就打算用来自杀。"

宋若华没有流露出半点诧异，很平静地"哦"了一声。

裴玄静却有些难以启齿了，宋若茵怀着对皇帝无望的爱情，由爱生怨，由怨成恨，继而杀人并自杀，这一系列的惨痛事实，作为大姐的宋若华究竟了解多少呢？从宋若华之前的种种反常表现来看，她应当有所知晓，但当面揭穿的话，她又会怎样呢？

裴玄静把郭贵妃所透露的信息，字斟句酌地讲述了一遍。主要包含两个事实：宋若茵对皇帝的暗恋和皇帝对杜秋娘不合礼数、不同寻常的宠爱。结论便是：宋若茵由于嫉妒用扶乩木盒杀死了杜秋娘，继而畏罪自杀。

一番话讲完，宋若华神态如常，只淡淡地反问："炼师要讲的就是这些？"

"是。"

"炼师是从哪里听来这些秘事的？"

到底在宫中历练了大半生，宋若华立刻找到了问题的症结。

裴玄静坦承："是郭贵妃告诉我的。"

"郭贵妃？她竟对炼师如此开诚布公？"宋若华的语气中难得地充满讽刺。

"她是想对破案有所助益。毕竟……除了她，没人会告诉我这些情况。"

宋若华微微一笑："炼师是在责怪我吗？"

"大娘子多心了。"裴玄静道，"三娘子是你的亲妹妹，大娘子想维护她乃人之常情。只是，隐瞒的事实越多，越无助于破解案情。不论对三娘子，还有杜秋娘来说，都是不公正的。"

"公正？这个词听上去真陌生啊。尤其是在皇宫大内，在后宫女子中间……"宋若华悠悠长叹一声，"我们从来不敢奢望公正。炼师太不了解大明宫了。"

"是，我确实不了解。"裴玄静承认，"但我觉得扶乩木盒杀人案，至此应该有个定论了。假如大娘子不反对，我将如实报予圣上。"

"不急，炼师先与我扶乩吧。"

"还要扶乩？"裴玄静着实不解，"圣上都说了，蛇患已除不准扶乩。大娘子究竟为何如此执着？"

宋若华冷笑起来："长安城的蛇患或除，但大明宫中的蛇患却未必，而且都是些剧毒的蛇类——蟒、蝮、虺……"

裴玄静听得汗毛都竖起来了："怎么可能？我不明白。"

"会明白的。"宋若华向裴玄静伸出右手，"炼师，来吧。让你我共同为大明宫除害，为圣上分忧吧。"从紫色袖笼中探出的五根手指，比纸还要苍白，近乎透明。裴玄静想起查看宋若茵的尸体时，那右手的五根手指亦是如此，只有拇指指腹的黑色斑痕，像来自地狱的符印。

"怎么，害怕了？"宋若华笑着捏住裴玄静的手，如同触到一块冰，寒意从裴玄静的手直升到心里。

"炼师心地善良，头脑清明，是个好女儿。我对炼师只有一个劝告，如能抽身则抽身。此案一了，便尽量远离大明宫，远离皇家恩怨。这是一个无底深渊，会吞噬一切真与善。最后，会将你变得面目全非，连你自己都认不出自己来。真到了那个时刻，一切就都迟了。"说着这样令人毛骨悚然的话，宋若华的样子却和善而温柔，就像一个真正的大姐在劝解不懂事的小妹妹。

完全出乎意料地，裴玄静突然想起了聂隐娘。当聂隐娘向她发出共同隐遁，携手游历天下的邀请时，也用的极端平和的口吻，讲出的却是可令任何人为之震撼的语言。那一刻的萍水相逢，同是天涯沦落人的况味，今天竟然也在大明宫的柿林院中感受到了。裴玄静望着宋若华端正而憔悴的面容，这个女子肩负着家族的荣誉，率领姐妹们不依附于任何男人，只求以才学立身，也是个孤独而有志气的人。从这一点上来说，宋若华与聂隐娘确有相似之处。

区别在于，聂隐娘是自由的江湖人，而宋若华却像她自己所说，已被大明宫折磨得面目全非了。她为什么执意扶乩，难道只有魂灵出窍之时，方能见得本心？

裴玄静嗫嚅道："即使扶乩木盒案了了，还有《兰亭序》的案子……"

"啊，炼师倒是提醒我了。"宋若华笑道，"还有'真兰亭现'离合诗的来历。这都不是问题，炼师先与我扶乩，一切自有分晓。"

裴玄静只能答应了。

扶乩就在柿林院中进行。前院中央的四棵柿子树下，已经铺好一张青毡。阳光透过树叶的缝隙洒下来，给青毡画上一块又一块的金色斑点。

全身紫袍的宋若华端坐其上，披洒着金光，像一尊佛像的金身。裴玄静打横踞坐一侧。

宋若昭从屋内捧出一件东西来，上面覆盖着红绢，置于青毡之上。宋若华抬手轻掀，红绢下赫然露出一具四方木盒。

裴玄静不由喃喃："还用这个？"

"不用这个，又用什么？"

裴玄静转首望向宋若华："大娘子，扶乩之前我要检查。"

"请。"

裴玄静将木盒移到自己面前，果然是将作监正式的手艺，比原先那个学徒粗制滥造的产品强了不知多少倍。虽然一样未曾上漆，原色松木散发出天然的清香，所有边缘和转角都打磨得整洁光滑。她将抽屉样的底部拉出来，平滑无瑕，没有半点起伏。

宋若昭在一旁轻声唤道："炼师。"将一块织锦递到裴玄静手中。

又是一幅《璇玑图》。

阳光下再看到这五彩斑斓的丝绢，裴玄静有些头晕目眩。

宋若华道："请炼师亲手将此《璇玑图》垫入木盒。"

裴玄静展开《璇玑图》，惊道："这中间怎么……"

好端端的一幅织锦的正中央，竟然漏出一个破洞来。

宋若华平静作答："原先就是正中央的'心'字这里设了毒杀人的机关，我干脆就把'心'字剪掉了。还请炼师细查。"

确实，裴玄静现在看明白了，整幅《璇玑图》的中间被挖出一个空洞。原来在这个位置的，正是一个"心"字，也是宋若茵设计的毒杀关键所在。而宋若华将"心"字剪去之后，《璇玑图》垫入木盒底部时，此处是否有诈则一览无余。

裴玄静将挖掉了"心"的《璇玑图》铺好。

宋若华轻声叹道："这才是'璇玑无心'啊。"

"什么？"

"'璇玑无心胜有心'，炼师不曾听说过吗？"

裴玄静茫然地摇了摇头。

"没关系，很快就都明白了。"

"请炼师再验此笔。"宋若昭又捧上一个黑漆木盘，盘中放着一支截短了的笔。

裴玄静拿起来细看，可以想见仍是将作监定制，比出自"飞云轩"的笔精致许多。更重要的是，整支笔浑然天成，并没有蹊跷的内嵌笔芯。笔端是完整的，笔尖同样是完整的，是为硬毫。

裴玄静没有找到任何可以怀疑的地方。

宋若昭再捧上一方砚台，里面已磨好了墨："请炼师蘸墨。"

她们真是事无巨细，准备得万无一失了。

裴玄静将笔尖蘸饱了墨汁，然后插入两根交错木棒中间的空隙。一切就绪，她将木盒轻轻放到宋若华的面前。

宋若昭在青毡的四角都焚起了香。香烟袅袅，如蒸腾的云雾将宋若华和裴玄静包裹起来，也把她们与周围的现实世界隔绝开。

这一刻终于要到了。裴玄静知道，这不仅是宋若华期待的时刻，也应该是已经死去的宋若茵期待的时刻。

宋若华微眯起双眼，嘴里念念有词地在说着什么，但不可能听得清楚。随着她含混不清的祷告，很快两股奇妙的红晕升起来，把她那惨白的面容染成病态的绯红。渐渐地，她的身体开始前后摇晃，幅度不大，带着节律，对旁观者却有种无法言传的诡异感觉。因为众人能明显地感觉到，宋若华的神魂已经出窍而去，那么现在坐在大家面前的，又是谁呢？

突然，宋若华睁开双目，直勾勾地盯着面前的木盒。她伸出右手，将拇指抵在笔端，用力，笔开始移动，她却把眼睛又闭上了……

裴玄静强抑内心的悸动不安，聚精会神地盯住笔的轨迹。

笔在《璇玑图》的上方不停游走，忽然间宋若华的手一颤，笔尖微落，在五彩锦帕上留下一块黑色的墨迹。裴玄静连忙记下：是一个红色丝线绣成的"春"字。停止片刻，宋若华操纵的笔又开始移动，她仍然闭着眼睛，手势却略微放松，笔尖便在《璇玑图》上留下一道隐隐约约的淡淡墨痕。裴玄静的目光追踪着这条墨痕，蜿蜒摆动，若即若离，宛如一个无形的小小鬼影在日光之下舞蹈。当"她"暴露在春日艳阳下，瞬间就能被晒化，却依旧顽强地想要在这世上留下足迹，说出"她"的心事……

一个又一个字，在宋若华的笔下被点了出来。

从最初的红色的"春"起，之后依次是红色的"贞"、紫色的"永"、蓝色的"不"、蓝色的"木"和蓝色的"同"。最后，墨迹重重地涂抹在黑色的"嗟"字上时，宋若华发出一声凄厉的呜咽，睁开了眼睛。

她的双眸空洞地凝视着前方，不动，也不发一言。大家都屏息凝神地等待着，许久，才见她展颜一笑，虚弱地说："若茵，你放心地去吧。"

裹在紫色锦袍中的躯体不胜负荷，终于轰然倒下。

回到金仙观之后，裴玄静在房中坐到深夜。她的面前放着两幅《璇玑图》。一幅是完整的，之前她从宋若茵的木盒上作为证物取下；另一幅是刚刚在柿林院中完成扶乩后，由她带回来的。两幅《璇玑图》一模一样，不同之处仅仅在于，后一幅正中的"心"字不见了，上面还有斑斑驳驳的墨迹。

清朗月色透过窗纸洒落，使裴玄静面前的两幅《璇玑图》都蒙上一层如梦似幻的光影。

璇玑无心胜有心，究竟是什么意思呢？

裴玄静又逐个写下扶乩时记录的七个字，连起来是："春贞永不木同嗟。"

假如这句话是有意义的，倒像是宋若茵在感喟自己生为女子，却被闭锁在深宫内院，兼有不事男子的誓言，虽仍在盛年，却已成枯木。春贞永不木同嗟，是指这具枯木永远难逢春天了吧？

然而这样的解释可谓似是而非，并不能令裴玄静满意。

如果宋若茵要用这种方式为自己的行为辩护，显然不够有说服力。博取同情呢？又似乎不是宋若茵的个性。更何况，宋若华对妹妹那么了解，说到"春贞永不木同嗟"，恐怕宋若华比宋若茵的感受更深切吧？

总之，宋若华拼命胁迫裴玄静完成扶乩，从结果来看似乎并无必要。

夜很深了，几声夜莺的鸣叫从后院的深沉寂静中传来。裴玄静想起长吉咏春的句子："芳蹊密影成花洞，柳结浓烟花带重。"如今的后院，肯定就是诗中描绘的景象。天才就是如此，光凭锦心绣口便能写尽天下春光，绝不会遗漏一个角落。

长吉还写道："阿侯系锦觅周郎，凭仗东风好相送。"

天下女子，所思所念的都是心目中的周郎，这就是女子的春怀。然而宋家姐妹、杜秋娘、郑琼娥，还有郭贵妃，所有这些大明宫中的女子，她们的春怀早就凋零了。

春贞永不木同嗟？

晨曦微露时，裴玄静决定再去一次柿林院。

扶乩之后，宋若华便晕倒了。但过不多久又悠悠醒转，只是不能说话。裴玄静检查了她触碰过笔的手，并无异样，还特意在柿林院中留了半个时辰，见宋若华除了虚弱之外，没有其他问题，才放心离开。

一夜过去，想必宋若华能稍微缓过来一些了。裴玄静想趁热打铁，今天再逼问一番宋若华，套出她对"春贞永不木同嗟"的看法。然后，就是"真兰亭现"离合诗的来历，宋若华承诺在扶乩之后便向裴玄静和盘托出的，现在该是她兑现诺言的时候了。

来到观门时，李弥正站在耳房前。

曙光照在他清秀的面庞上，青衣粗袍的腰间，带子系得一丝不苟，显见已起来多时了。

"这么早就起来了？"裴玄静有些惊讶。

"我每天都这么早起的，嫂子。"李弥笑得有些羞涩，样子十分好看。

裴玄静的心头微微一荡，似乎在不经意中才发现，这个她所以为的大孩子突然长大成人了。她不禁喃喃："自虚你……"

"嫂子？"李弥一脸天真。

她必须走了，不知为何心中恻然，竟有些依依不舍。

裴玄静在观门前登车，向东北方的龙首原而去。这些日子她几乎天天在这条路上来来往往，却仍对那个目的地感到陌生和恐惧。今天，这种恐惧的预感尤甚以往。

宋若华的房门紧掩。宋若昭和宋若伦手足无措地站在院中，看到裴玄静就像见到救星似的迎上来。

宋若昭抢先说："大姐到现在还没起来，我们叫了好久也没应声。"

"为何不进屋查看？"

"这……"宋若昭含泪道，"我们不敢。"

裴玄静深深地望了她一眼，宋若昭垂眸拭泪，避开了她的目光。

裴玄静也不多话了，径直来到房门前，拍门唤道："宋大娘子，宋大娘子。"

门内无声无息。

裴玄静朝旁边一让："把门打开。"

榻前帘幔低垂，忽有一阵微风吹过，漫卷起帘帷上的银丝荷花。首先映入裴玄静眼帘的，是一只搁在枕边的盛装偶人，然后才是宋若华。

她端端正正地仰面躺着，头上挽着高髻，翠眉靓唇。裴玄静第一次在她的脸上看见额黄和花钿，还有眉心中央的一枚梅花形状的花子，都使宋若华看起来艳丽非常，完全不像她原来的样子。身上仍是那套女尚书的紫袍，十根纤纤玉指从袖端伸出，相互交叉地搭在一起。

她看起来就像枕边那个偶人放大了一般。

宋若华，就这么安详而隆重地走入了死亡。

第四章
璇玑心

1

终南山上，积雪尚未融尽，山花已成片盛开。

山风飒飒仍带寒意，但大片的暖阳照下来，足令这冬季的余威稍纵即逝。溪涧浔浔流动，澄澈如空的水中漂浮着几块未及化完的残冰，盘盘旋旋，将春日艳阳反射成点点金光。风摇树动，千枝万叶间传出阵阵鸟鸣。

吐突承璀带着一小队神策军在山间小道上疾行。从长安到广州的这个来回，为赶时间他没有走水路，但也花了将近一个月，总算帝都就在前方了。

最后这段行程，吐突承璀倍加小心。而今朝野内外各种暗流涌动，自去年武元衡遇刺之后，局势越发紧张莫测，所以一切谨慎为妙。借道终南山，可以不为人知地直达长安城外。再需两天左右的时间，便能回到大明宫，向皇帝复命了。想到这里，吐突承璀的心绪稍微放松了些。

突然，队伍最前面的神策军叫起来："吐突将军您快来看啊，这是什么？"

吐突承璀催马上前，顺着兵士手指的方向望去——前方是一小片沟壑环绕的山间平坡，坡上密林郁郁，山涧萦回，水边野兽足迹杂沓，山道沿着溪水，引入密林的深处。

吐突承璀皱了皱眉："怎么了？"

"您朝树上看！"

他这才发现在茂密的枝叶深处，似乎有几个白色的影子。

"将军您看，那是不是白蝙蝠？"

"白蝙蝠？"吐突承璀凝神细看，没错，这些倒悬于枝头的怪异之物正是蝙蝠，而且通体雪白，美得颇为罕异。时近正午，它们在日光灼灼的枝叶中一动不动，好像树荫间盛开的朵朵白花。

"……这倒是难得一见。"

"将军，要不要去射几只下来？"

"不行！"吐突承璀斥道，"白蝙蝠乃灵物，怎可触犯？遇上了算咱们的福气，干脆多沾一点吧。"

他传令下去，就地休息用饭。

神策军们团团而坐，将一辆遮着黑色油篷的马车围在中间。吐突承璀的目光从白蝙蝠那里收回，落到车篷上，心中又是一阵发闷。事情已经过去数天了，他仍然无法释怀。

吐突承璀独自走向山道一侧，朝山下眺望。与离开时相比，重峦叠嶂中已是绿野森森。远方的碧空之下，那条静静流淌的银带正是渭水。水面烟云缭绕，望不见彼岸。

他好像又一次看见了——海面。

"咦，怎么好像起雾了？"

吐突承璀一惊，回头喝问："什么雾？大中午的哪来的雾？"

"不知道啊，刚刚还清清爽爽的，怎么突然一会儿工夫……"

说话间，雾气从白蝙蝠栖身的树丛里升起，在空地中间迅速弥漫，转眼就看不清几步开外的人了。

吐突承璀大惊失色："怎么回事？"

无人应答，他只能隐隐绰绰地看到手下那些神策军们，一个接一个地歪倒在大树底下。

吐突承璀心道，糟糕，中埋伏了！

然而为时已晚。他的右手虽然搭在佩剑之上，却无力将它抽出。天旋地转之中，吐突承璀竭力在树上倚靠住身体，想看清从树丛中钻出来的人。

来者二人，均着黑色劲装，头戴斗笠，并以黑纱遮住口鼻。

吐突承璀挣扎着问："你、你们……想干什么？"

其中一个走上前来，举手一挥，竟然是根松枝，朝吐突承璀的额头轻轻一点，他便直挺挺地倒了下去。

以松枝为武器的人从袖中摸出一枚火褶，就着松枝的顶端擦出火来。青烟袅袅升起，林中空地上的诡异雾气顷刻散尽，就如它们来时一样渺茫神秘。与此同时，倒挂在枝头的白蝙蝠们齐刷刷振翅而起，在密林上空高飞盘旋。

燃松枝者道："好了，隐娘。"

他身旁的人点点头，从容不迫地摘下黑纱，露出一张冰清玉冷的面孔。

聂隐娘垂首看看吐突承璀，对丈夫道："你去搜一搜他的身上，看看有什么特别的。"

"好。"

树丛中枝叶耸动，有人边嚷边钻了出来："隐娘，隐娘！是我的白蝙蝠咒术奏效了吗？"

聂隐娘向他转过身去，不动声色地道："你自己看吧。"

韩湘喜道："就是有用了嘛！我方才念咒时，意念中便觉有人进入蝙蝠圈中。哈哈，果然都倒下了。可见我的咒术终于练成了！"

聂隐娘道："韩郎术成，实在可喜可贺，却不知被你困住的是些什么人。"

"管他是什么人。反正也无损害，过一个时辰自会醒转。到时候他们什么都不会记得……"韩湘乐滋滋地一边说，一边向躺卧在树下的诸人拱手，"此地难得有人经过，老兄们勿怪，就当帮韩湘练一次咒术……诶？"他突然愣了愣，"这些人怎么都是神策军的服色？"

聂隐娘冷冷地"嗯"了一声："你认得？"

"我……"韩湘挠了挠头，他虽不务正业，到底出身士人家族，从小在长安长大，神策军当然是认得的。

"你再去看看那个人吧，他是领头的。"

"哦。"韩湘走到隐娘夫君的身边，才一探头便惊呼起来，"是吐突承璀！"

"哎呀，糟了糟了！"韩湘顿足道，"这下闯了大祸了。要是让我叔父知道，定然饶不了我。"

"我听说韩夫子为人耿直，素有诤臣之名，难道也惧怕宦官吗？"

"惧怕倒谈不上，但能不惹也尽量不要惹嘛……"韩湘愁眉苦脸地说，"我怎么这么倒霉，好不容易练成一次咒术，居然就练到了吐突承璀的身上……不对啊！"他看着聂隐娘，"隐娘，这家伙怎么跑到终南山里来了？"

"韩郎问我吗？我怎么知道。"

"隐娘，你看这个。"聂隐娘的丈夫从吐突承璀的怀中掏出一张黄纸，递给她。

聂隐娘展开一阅，微微皱起了眉头。

韩湘还在自言自语："我记得前些天接到叔父来信，提到南海捕获蛟龙，欲献祥瑞。圣上特派吐突承璀去运蛟龙回来。所以说……他正在回程途中？"

聂隐娘道："蛟龙？莫非就在中间那辆油篷车里？"

话音未落，她的丈夫已经将车上油篷"哗啦"扯下。

"哎呀，如此不妥吧！"韩湘才叫出声，就被眼前的情景愣住了。

车上只有一口黑色的大箱子。

"这里头装着蛟龙？"

韩湘连连摇头："不可能，蛟龙不会这么小吧。"

"打开看看。"

"这……"韩湘根本来不及阻拦，聂隐娘的丈夫手起刀落，已经把木箱上的锁敲开了。箱盖上贴着明黄色的封条，他也连看都没看，随手撕下。

韩湘急道："这是怎么说的，撕的可是皇封啊！等吐突承璀清醒过来，一看便知箱子被人打开过。况且撕了皇封，可是大罪啊！万一让他查知是何人所为……"

"是韩郎以白蝙蝠咒术将吐突承璀及其手下困住的。"聂隐娘悠然道，"就算皇帝要问罪，也与我们夫妇无关。"

"隐娘你怎么这么说话，太失侠客风范了吧——哦！"韩湘终于恍然大悟，"我明白了。原来不是吐突承璀中了我的白蝙蝠圈套，是我韩湘中了隐娘你的圈套。"

听到此话，聂隐娘方才展颜一笑："没什么圈不圈套的。想看蛟龙吗，过来吧！"

韩湘也笑了："也罢，皇封撕都撕了，我就跟着开开眼吧，否则太不划算。"

箱盖非常沉重，大家一同用力，才将其稍稍挪开。

三人都愣住了。

箱子中仰躺着一个女子，因面上覆盖着一块锦帕，所以看不到她的容貌。漆黑长发披散脸侧，全身紧裹在青色葛布制成的窄裙中，裸露裙外的纤足上套着竹屐。双手交叠于胸前，长长的金跳脱在右腕上绕了一圈又一圈。

这番情景实在出乎意料。

两个男人一起问聂隐娘："怎么办？"

她想了想，伸手将那块锦帕取下来。

阳光透过树荫落在卢眉娘的脸上，仿佛在死者的苍白面容中缀入细碎的金屑。阴影斑驳中，那对弯弯的翠眉依旧十分醒目，甚至让人产生错觉——她还活着，至少这对眉毛还活着。

韩湘喃喃："她是谁？"

"不管是谁，她已经死了。"聂隐娘说。

"难道吐突承璀去广州，并不是为了运蛟龙，而是为了运送这个女子的尸体？"

聂隐娘思忖道："这女子应该死了不久。奇怪的是……"她轻轻捏了捏卢眉娘的手，"居然死而不僵。"

"是啊，尸体也没有丝毫损坏。除非她也是道家中人？"

"韩郎好道，就以为全天下都是道家中人吗？"

韩湘尴尬道："隐娘就别揶揄我了。如今这事儿闹的，怎么收场呢？"

"韩郎不必担心。我们就此隐去，待吐突承璀醒来，虽知中了暗招却无迹可寻，也只得吃下这个哑巴亏。再说，他既特意挑选山中小道匿行，定是皇命要保持机密。现在出了差错，他自己必然刻意隐瞒，你我反而无须担心。"

"那就好。"

三人又合力将箱盖移回原处。盖子即将合拢之际，韩湘朝卢眉娘连看了好几眼，想到她又要陷入严丝合缝的黑暗时，心中煞是怜惜和无奈。

要让神策军中尉亲自押运的尸体，其背景定然不容低估。但无论怎样，她死了，还在妙龄，终归是个苦命人吧。

韩湘刚松了口气，突然瞥见聂隐娘手中的锦帕，"哎呀！"他叫道，"忘记把这放回去了。"

"我要留个纪念。"聂隐娘随手便将锦帕纳入怀中。

"这万万不可……"韩湘还想劝说，却见隐娘眉目含笑，竟是淡淡的狡黠。啊，他这才醒悟，隐娘此举就是要让吐突承璀难堪。

这位曾经名动天下的刺客，而今退隐江湖的女子，只要她愿意，举重若轻间，仍能随意搅动人间的风云变幻。

韩湘无奈地摇头笑了。他终于明白，今天自己所谓的白蝙蝠咒术练成，不过是聂隐娘的略施小计罢了。想通了这点，韩湘反而感到释然了。能够成为聂隐娘计策中的一环，他还觉得蛮自豪的。

"隐娘，咱们快走吧，过不多久这些人就要醒来了。"

聂隐娘朝丈夫点了点头，转首向韩湘道："我们要去长安一趟，韩郎是打算随行呢，还是继续在山中练你的白蝙蝠？"

又是一个意外。

"长安？"韩湘问，"隐娘怎么突然想起要去长安，之前并未听你提过啊？"

聂隐娘道："我突然十分想念静娘。自昌谷一别，距今数月有余。我想去长安看看她。韩郎若不愿前往，大可安心留在终南山中。"

韩湘又惊又喜："去看静娘吗？甚好啊，我当然愿意随隐娘走一遭。顺便也去看看崔淼那个家伙，倒有些想念他。"

"想念他什么？"聂隐娘说起话来永远冷冰冰的，又一句接一句，让人无从判断她的真实意图，不过韩湘已经习惯了她的方式，便笑答："和他斗斗嘴，辩辩道，还是蛮有意思的。"

"此话当真？"

韩湘的脸有些泛红了："隐娘啊，我有时真觉得，和你讲话还不如和你比剑。"

"怎么，韩郎学到了什么独门武功，有把握胜过我了？"

"咳，怎么可能，我只是想死得痛快些。"

聂隐娘终于绷不住了，扑哧一笑。韩湘则大大地松了口气。

那边聂隐娘的丈夫已经检查了现场，把所有可疑的痕迹都消除了。韩湘打起唿哨，一直在密林上空盘旋的白蝙蝠应声而来，乖乖地被他装入随身的草篓。三人相继遁入树丛，走出不久拐入一处山坳，以树荫为遮，向斜上方望过去，正好可以看到吐突承璀一行人的动静。

果然等了没多久，横七竖八的神策军们纷纷醒转。吐突承璀在油篷车前暴跳如雷，整个山坳里都是他狂怒的吼声。

韩湘笑道："这个吐突中尉也不省点儿力气。不就是少了块帕子嘛，至于急成这样。"又对聂隐娘道："隐娘，那究竟是块什么珍稀的锦帕，方才没能看得真切，现在可否给我一睹为快？"

"女子的东西，韩郎还是不看为妙。"

"唉。"

"不过这个，你倒是可以看看，是否识得？"聂隐娘递给韩湘一张纸片，正是从吐突承璀身上搜出来的。纸上画的是一把小小的匕首，旁边还标着两个字：练勾。

韩湘摇头道："我对兵刃不熟啊。"

"这个名字也没听过？"

"从未曾听说。"

"我倒是见过一把刀，和这张图样极其相似。"

2

已经没有人能够说清楚，此刻聚集在清思殿上的目的究竟是什么。

甚至包括宪宗皇帝自己。

狂怒已使他精疲力竭，其实皇帝本人也非常希望能够冷静下来，能够思考，能够喘息，但席卷全身的怒火根本不肯放过他。他是君主，是至高无上的天下的主宰，每当怒火难遏的时候，他尽可以靠杀伐来消减这种暴戾之气，以使自己得到片刻的放松。过去他也一直这样做，但是今天，此时此刻他竟连这样的选择都不能够！

原因居然就是这个跪在御阶下的女子。

"杀了她！"

这个念头在他的脑海中转了无数遍。对于皇帝来说，无非就是一句话的事情。当然，事后对裴度需要解释，但皇帝深信，自己的宰辅深明大义，懂得社稷与个人孰轻孰重。更何况，他的这个侄女实在该杀啊！

特别令皇帝感到不可思议的是，事到如今，裴玄静还在试图为自己的行为辩解。

宋若茵，杜秋娘，现在是宋若华。皇帝身边的女人接连死去，而她裴玄静，是皇帝寄予了最大信任的人，不仅束手无策，甚至还纵使了这一系列的死亡，难道她不应该承担责任吗？

当然应该。所以，杀了她吧！

可不知怎么的，皇帝就是下不了这个命令。

裴玄静只肯承认，宋若华是在扶乩之后死亡的。但她又坚称，宋若华的死与扶乩没有直接关系。她的说法是："宋大娘子非为毒杀，况且在扶乩之前已患病多日。玄静以为，宋大娘子很可能是病故，因此首要需搞清楚她真正的死因。"

　　皇帝质问："朕早就严令禁止她再行扶乩之事，她执意妄为，虽死犹辜。而你为什么还要帮她？"

　　"因为妾想破案。"裴玄静煞白着一张脸回答。

　　"你想破案？违背朕的命令就能破案了？那么现在你破案了吗？啊？你回答啊！"

　　"还没有……"

　　"现在倒好，连朕的女尚书也死于扶乩了。这案子你还打算如何破？"

　　"妾真的没有想到大娘子也会死……扶乩木盒我全部都检查过，而且也亲手拿过，所以妾相信宋大娘子也不会有事的。妾还是低估她求死的决心了……"裴玄静的声音中有哀婉，但更多的是不解。

　　正是她这种孜孜以求、寻根究底的坚韧使皇帝叹为观止。说到底，宋若华、宋若茵，乃至杜秋娘，都只不过是他所拥有的众多女人之一，或者说是其中较为特殊的几个，他多少关心着她们。宋若华的才学、宋若茵的聪敏和杜秋娘的妩媚，都令皇帝喜欢。但归根结底，他更关心的是自己的安全，是手中的权力、胸中的社稷和眼前的万里河山。

　　裴玄静的种种表现都让皇帝感到，即使她的行为失当，却非出于私心。光这一点，就足够难得了。

　　就再给她一次机会又如何？

　　"三天。"

　　裴玄静闻声抬头："陛下？"

　　"朕只能再给你三天。假如三天之后，你仍然不能交给朕一个满意的答案……"皇帝停下来，似在斟酌后面的话。

　　裴玄静便直直地盯在那张阴晴不定的脸上，等待着。

　　他终于说："……那样你将令朕彻底失望。"

裴玄静的心剧烈地悸动了一下，随即冷静下来："妾遵旨。"

"吐突承璀马上就要回来了，到时候你办不完的，朕都交给他去办。"皇帝点到为止，又道，"你不要忘记了，你还欠着'真兰亭现'离合诗的谜。"

"是，妾都记得。"裴玄静叩头道，"不过妾想请问陛下，假如三天后妾能够交出答案呢？"

"你想如何？"

"妾想求陛下放我走，离开金仙观。"一言既出，连裴玄静自己都惊呆了。这念头应该已经在她心中酝酿很久了，于此刻突然迸发出来。

"放你走？"皇帝也露出不可思议的表情来，沉吟片刻，方才冷笑道，"很好啊，裴玄静，你是第一个敢与朕还价的女人。"

裴玄静低头不语。

"朕准你与朕还价，但不是现在。三天后，等你交出答案的时候，朕会给你机会谈一谈。记住，算上今天，总共三天。"

……不知不觉就到三更了。

推开窗，月色便如清泉般流进来。

裴玄静越来越觉得，真正的谜底就在触手可及之处。但正如人们常爱说的那句话：窗户纸一捅就破。而她，偏偏就是捅不破那层薄纸。

会不会是她自己不愿意捅破呢？

忽然，裴玄静看见窗棂上盘着一条蛇。

月色之下，蛇遍体泛出白光，简直像用纯银打造而成。两只菱形的眼睛绿莹莹的，火红的信子一吐一收，如同火舌。它也发现了裴玄静，刷地绷直身躯。

裴玄静全身的血液都冻结了。惊恐中她想起崔淼送的防虫香囊，随即又醒悟到，香囊已被自己慷慨地赠予了郑琼娥。

她只得继续与蛇对峙，可僵持才不过一瞬，就已经气促胸闷，难以为继了。裴玄静一咬牙，伸手去拉窗格，就在这一刹那，银蛇已蹿到她的面前。

"啊——"半声尖叫卡在喉咙里。

银光划过，裴玄静趔趄倒退半步，那条蛇坠落到窗户下面，不见了。

裴玄静几乎吓晕，却听有人在耳旁说："别怕，没事了。"

一回头，便见聂隐娘站在屋内。仍是那一袭夜行衣，气定神闲，根本就不知道她是怎么进来的。

裴玄静说："蛇……"

"死了。"

"……啊，多亏隐娘来了……"

聂隐娘一笑："这副受惊吓的样子倒挺可爱，总算像个闺阁中的小娘子了。"

"隐娘！"裴玄静缓过神来，情不自禁去拉聂隐娘的手，欢喜道，"你怎么来了？"

"来看你啊。"

聂隐娘顺手把窗户合上，才道："春分了，我看你这观中花木繁盛，夜间想必会有蛇虫滋扰，怎不小心关窗？"

"蛇虫？"

"我刚进长安时就听说了，今年冬天闹蛇。"

"是。"

"我又听说，有个姓崔的郎中有灭蛇绝招？"

裴玄静沉默。她不愿意对聂隐娘撒谎，但要从实说来，又不知该从何谈起。崔淼的所作所为和深藏难测的目的；她本人对他的看法与应对，以及他们之间所发生的一切，统统不足为外人道也，哪怕是对聂隐娘。

聂隐娘拉着裴玄静在榻上坐下："他那么能干，怎么不来帮你灭蛇？"

"他来过……"裴玄静申明了一句，又道，"不过他应该不会再来了。"

聂隐娘点了点头，没有追问。裴玄静稍微放了点心——至少对隐娘，是可以一切尽在不言中的。

她突然想起来一件事："哦对了，隐娘。禾娘一直和崔郎在一起。"

"哦。"聂隐娘冷淡地应了一声。很显然，她对禾娘的消息并不热心，而一旦她的脸上失去笑容，就会变得冷若冰霜。

两人都沉默了片刻，聂隐娘道："不说别人了。静娘，你过得好不好？"

"我吗？隐娘都看到了。"

"我是看到了，不错，都有闲情玩回文诗了。"聂隐娘拿起裴玄静摊开在案上的《璇玑图》，"这中间怎么破了？"

"是我……不小心弄破的。"这个解释拙劣得不像话，然而《璇玑图》是另外一个一言难尽的话题，况且涉及宫闱秘闻，聂隐娘还是不知道为妙。

聂隐娘并不在意，从怀中取出一样东西来，也放在几上："你看看这个，巧不巧？"

裴玄静一惊："也是《璇玑图》！"

"是啊。怎么近些日子，人人都玩起《璇玑图》了？"聂隐娘仍然不动声色，"莫非是有人在效法则天皇后，想要重新掀起这个风潮？"

裴玄静摇了摇头，细看聂隐娘带来的《璇玑图》，却见其五彩斑斓比之前见过的都更绚丽，锦帕的质地更是轻软细薄，在烛火下几乎透明，近千小字绣在上面，仍然轻柔得像一片羽毛，字体细腻纤秀到不可思议。她情不自禁地赞叹道："这幅《璇玑图》太美了。隐娘，你从哪里得来的？"

"不小心就弄到的。"

裴玄静窘得脸孔微红，聂隐娘方道："说来，还是从静娘的一位熟人那里得来的呢。"

"熟人？谁？"

聂隐娘把在终南山中劫了吐突承璀一伙的经过说了一遍。

裴玄静惊讶地说："我听说吐突承璀是奉命去广州运回南海蛟龙

的。"

"并没有什么蛟龙。只有一个南方女子的尸体。"

"难道……蛟龙之说是假的?"

"看来如此。"聂隐娘道，"我想，南海蛟龙多半是掩人耳目之策。不过吐突承璀的这个障眼法也有些太招摇了。南海蛟龙之说虚实难辨，招惹得各色人等都想一探究竟。据我所知，对他这一路感兴趣的绝不止我一人。吐突承璀也够狡猾，去时大张旗鼓，返回时却隐匿行踪，专挑隐蔽小道潜行，若非我们对终南山的地形特别熟悉，在他的必经之处守株待兔，是无法探知真相的。"

"隐娘如此大费周章，就为了看一眼蛟龙吗?"裴玄静觉得难以置信。

"当然。"聂隐娘冷冷回答，"我对人才没那么大的兴趣。"

想想聂隐娘一贯的作风，裴玄静虽仍存有疑窦，也就接受了这个解释。她将注意力转回到眼前的《璇玑图》上。

不论质地还是绣工，聂隐娘带来的这幅《璇玑图》都远远胜过宋若华的《璇玑图》。宋若华的《璇玑图》出自大明宫，已经是难得的精品，比民间之物强了何止百倍，不想与聂隐娘从吐突承璀那里抢来的《璇玑图》一比，简直成了粗糙的赝品。

从宋若茵之死开始，《璇玑图》就一次又一次地出现在裴玄静的视线中。直到宋若华死前，以扶乩手法在《璇玑图》上标出字来，裴玄静已然认定，《璇玑图》是宋家姐妹特别选取的工具，用来表达某些不便说出口的话。

可是现在，聂隐娘带来的这幅《璇玑图》却令她陷入新的困惑。为什么吐突承璀手中也会有《璇玑图》?假如他从南海千里迢迢是为了带回《璇玑图》，那么裴玄静就必须重新思考《璇玑图》的含义了。

她思忖着问:"那个死去的女子，隐娘能判断出身份吗?"

"看不出来。年纪并不大，也就二十来岁吧。小小的脸庞，细细的眉毛，一望便知是个性情温柔的女子，可惜。"

又是一个女子。裴玄静想到，与《璇玑图》有关的死亡似乎专属于女子，而自己至今还未找到症结所在，也没能阻止死亡的延续，真叫人无奈又悲哀。

聂隐娘说："既然静娘对这幅《璇玑图》有兴趣，我就把它留给你了，可好？"

"好是好，只是那吐突承璀专程为它去的广州，而今怎么去向圣上交差呢？"

"这我可管不着。他越为难，我越开心。"

聂隐娘说这话时玩兴大发的样子，哪里还像个冷血女侠。

裴玄静也不禁莞尔，转念又想，聂隐娘早已遁出江湖，或许对她来说，如今这样偶尔介入世间的纷争，确乎更像在玩耍。仅仅因为看不上吐突承璀的嚣张做派就去打劫他，取走一条看似无关紧要的《璇玑图》锦帕，却很可能令吐突承璀陷入极大的困扰之中。而她只轻描淡写地说一句：我开心。

要是让吐突承璀知道实情，他肯定会为招惹了聂隐娘而后悔不迭的。

"算一算，这阉官差不多也该进大明宫了。"聂隐娘仍然难掩得意之色。

裴玄静的心中又是一动。她意识到，让吐突承璀难受还不是聂隐娘的最终目的，归根结底，聂隐娘是想让皇帝不痛快。即使躲在万壑千重的宫墙之内，远离战场上的正面厮杀，却仍然无时无刻被人窥伺和算计。冷箭不知将从哪个阴暗角落射出，日日夜夜生活在这样的恐惧中，他该会是怎样的感受呢？

裴玄静陷入沉思。

聂隐娘说："很晚了，睡吧。"

"隐娘你？"裴玄静一愣。

"今夜我就歇在静娘这里，方便吗？"

"当然，我求之不得呢。"

聂隐娘微笑起来，头一次，裴玄静在她的眼角发现了淡淡的细纹。

放下帐帷，两人并肩躺下。寂静之中，从后院传来无名鸟儿的鸣叫，婉转悠扬。

"隐娘，听得出这是什么鸟儿吗？"

"听不出来。"少顷，聂隐娘说，"我学艺的时候，师傅要求我闻鸟鸣而发剑，鸟未飞，剑已到。对于我来说，鸟鸣就如刺杀的号令。"

裴玄静无语。

良久，聂隐娘又道："人家女儿捻绣针，我擎匕首，静娘你呢？"

裴玄静仍是无语。有聂隐娘在身旁，她感到少有的安全和放松。想必隐娘也是如此，所以才会絮絮叨叨说个不停吧，那么就听着好了，她知道隐娘并不需要自己的回答。

果然，过了一会儿，聂隐娘又道："我记得静娘身边有一把匕首，实为难得的宝刃，还在吗？"

"在。"裴玄静从枕头下摸出匕首，交到聂隐娘手中。

聂隐娘的眼睛一下子便亮起来。只听风拂竹叶般"噌"的一声，匕首出鞘，灰色的帐帷上顿现一段秋水的剪影，盈盈流动。

聂隐娘由衷地叹道："真是一把好刀。"她爱不释手地一遍遍轻抚刀背，突然问："静娘可否将此刀赠予我？"

看着那双充满热忱的双目，裴玄静却只能回答："对不起隐娘，玄静身无长物，唯此刀相伴终生。除非我死，绝不会让它离开。"

"为何？"

"因为……它是一件信物。"

这还是头一次，裴玄静对别人详述自己与长吉的姻缘。讲完时，她发现心中意外平静。聂隐娘却伸过手来，轻轻地为她拭去眼角的泪。

"明白了。"聂隐娘说，"静娘有这么一件利器防身，甚好。不过我要嘱咐你一件事，今后千万别在外人面前展露此刀。切记。"

裴玄静虽不甚明了聂隐娘的意思，但还是点头应诺。

聂隐娘引刀还鞘，仍然满脸不舍。刺客爱宝刀，这种情感发自内心，毫无虚饰。

两人复又躺下，聂隐娘道："我还是想不通，李长吉一个文弱诗人，从哪里弄来这样一把稀世罕有的宝刀？"

"莫非他也结交过什么江湖奇侠，就像我与隐娘这样？"

"不。"聂隐娘道，"此刀从未在江湖上现过身，否则我不可能不知道。静娘可知此刀的名字？"

"不知道。或许是有的，但长吉未曾告诉过我。"

聂隐娘说："而且，你别看这把刀鞘朴实无华，其实是有人将原先嵌在上面的饰物都除去了，那些东西绝对价值连城。"

"会不会是将装饰的珍宝取下，拿去换钱了？"

"那他可就买椟还珠了。金银珠宝尚有价，但这柄匕首本身乃是无价之宝。"

"真的吗？"裴玄静想着又不禁心酸起来。李贺家贫如洗，他肯定是把自己最宝贵的东西拿出来，赠予裴玄静作为定情信物的。既然匕首这么值钱，要不是给了自己，在他最困苦艰难的时候，或许还能应个急，也不至于……

她强压心痛，喃喃道："前些日子我倒是听说，有波斯人拿着图纸到处寻一把匕首，说任凭多高的价，他们都肯出。自虚看见过图纸，说是有点像这一把。"

聂隐娘道："波斯人遍收天下奇珍，他们才是真识货的。波斯人也没提匕首的名字吗？"

"应该没有。确实很奇怪……"

"但不讲名字，光靠图纸是认不出这把匕首的。"

"为何？"

"首先，刀鞘上的珍宝尽除，看外表平平无奇。其次，这把刀的特异之处，在于其刀背和刀刃一样薄，只有擅用匕首者才能发现这一点。所以上次东都留守权德舆搜到这把匕首，轻易便还了回来，因为在他眼中，这不过是一把普普通通的匕首而已。"

裴玄静笑道："听隐娘这样讲，我对它都要肃然起敬了呢。"

"应该。"聂隐娘正色道，"据我所知，在宝剑谱中只记载有一把类似的刺杀短剑，号称可连夺数命而不沾滴血，名为'纯勾'。"

"啊，隐娘犯了皇帝的名讳了。"

聂隐娘不屑地说："那又如何？现在你明白，为何匕首无名了吧？"

裴玄静问："隐娘的意思难道是说，我这把匕首就是……"

聂隐娘竖起食指，在唇前轻轻摆了摆。很快，她的呼吸声变得绵长而均匀。

裴玄静闭起眼睛，对长吉的思念再次充塞了她的心胸。有些情感并不会随着时间的流逝而淡忘，反而历久弥新，像树木的根须越长越深。

"黄尘清水三山下，更变千年如走马。遥望齐州九点烟，一泓海水杯中泻。"

裴玄静觉得，作为一个女人，自己既不幸又幸运。

幸运在于，她毕竟有过爱。不幸在于，最终她还是失去了。

……醒来时，晨曦透过帐帷直接照在裴玄静的脸上。她一扭头，身边空空如也。要不是卧簟上尚有浅浅的印痕，裴玄静真会以为，昨夜聂隐娘的到来，只是自己的一场梦。

她掀开帐帷，几上果然端端正正地放着那幅《璇玑图》织锦。屋内光线朦胧，唯有这幅《璇玑图》五彩绚烂，使她无法移开视线。裴玄静看着，看着……突然，她不由自主地瞪大了眼睛。

怎么会？

裴玄静几乎不敢相信——聂隐娘带来的那幅《璇玑图》的正中央，也是空的！

宋若茵以扶乩木盒中央的凸起触发毒笔，所以宋若华在扶乩时，特意将《璇玑图》正中央的"心"字剪去，以示无害。宋若华最终还是死了，但绝非死于扶乩木盒之毒，挖掉"心"的《璇玑图》正是明证。但昨夜聂隐娘带来的这副《璇玑图》，中央居然也没有"心"字！而且整块锦帕完好无损，也就是说这个"心"字不是绣上之后被去掉，而是一开始就根本没有绣过。

这是一幅没有"心"的《璇玑图》。

裴玄静惊呆了。

她小时候把玩过的《璇玑图》，都与这回在宋家姐妹案件中的《璇玑图》一般无二。在构成回文诗时，中央的"心"字总会增加不少难度，但也增添些许把玩的乐趣，常使玩者又爱又恨。裴玄静记得自己就曾抱怨过，真想把这个"心"字拿掉，因为有这个"心"字在，便不得不围绕着它找出更多回文诗句来，但又往往牵强难解……

难道有人早就这么做了，把"心"字从《璇玑图》里去掉了？可是去掉"心"字的《璇玑图》，还能算《璇玑图》吗？

裴玄静猛然想起，宋若华在扶乩之前，拿出剪掉中央"心"字的《璇玑图》时，就说过一句话——"璇玑无心胜有心"。裴玄静至今未曾参透这句话的含义。万万没想到，此刻真会有一块无"心"的《璇玑图》锦帕，出现在她眼前！

璇玑无心胜有心，到底是什么意思？

裴玄静索性将窗户打开，让晨光尽泻而入。在充足的光线中，聂隐娘带来的《璇玑图》更显得绚彩辉煌，字虽小却一个个玲珑剔透，耀眼夺目。她用激动得颤抖的双手捧起它……

"嫂子。"

李弥站在窗外，正一脸困惑地看着她。

裴玄静连忙招呼他进来，并将前后三幅《璇玑图》都摆到他面前，"自虚，你能看出什么不同吗？"

李弥先看宋若茵和宋若华的两幅《璇玑图》，指着宋若华的那幅问："中间的'心'字怎么没有了？"

"剪掉了。"

他点点头，又看最后一幅《璇玑图》。裴玄静等着他再次提出"心"字的问题，但李弥只是专心致志地研究着，过了好一会儿，他才放下织锦，抬头说："这个不一样。"

"哪里不一样？"

"这个，总共八百四十个字，比另外两幅少一个字。"

裴玄静很是惊讶，她从来没有想过去数《璇玑图》的字数，不料李弥注意的竟是这一点。她同意说："是，差了这个'心'字。"

"不是啊，嫂子。好多字都不一样，这幅《璇玑图》和那两幅不一样。"

3

宋若昭站在院中央的柿子树下，新萌的绿叶在头顶随风摇摆，仿佛是她的华盖。

"炼师，你可知这些柿子树的来历？"看见裴玄静进来，宋若昭便这样问道。

既然她不急于了解案情进展，那么裴玄静也乐意听她说些别的。皇帝所定的三天之限，今天已是第二天，但聊一聊柿子树的时间还是有的。

宋若昭说："其实，这座柿林院是专为上官赞德所建的。大明宫中本有翰林院，翰林学士们都在翰林院中拟写诏书。则天皇后称帝时，以上官赞德为拟诏女翰林，并在洛阳上阳宫中为她专设官邸。后来中宗皇帝登基，回都长安，仍用上官赞德拟写诏书，但大明宫中只有供翰林学士公务的翰林院，于是中宗皇帝下旨，在大明宫中另辟一处院落给上官赞德，就是这里。当时院中并无花木，上官赞德因喜食柿饼，说不如就种柿子树吧。柿子树高大苍郁，每年还能结果，制成柿饼分于宫中亦为美事。从那以后，这座院子就成了柿林院。"

"如此听来，倒也是一段佳话。"

宋若昭一笑："不过，上官赞德本人并没能吃到柿林院中的柿饼。柿子树栽下后，五年方可结果。可惜就在中宗皇帝即位五年之后，上官赞德就死了。"

裴玄静一愣，对了，上官婉儿正是死于景龙四年的唐隆之变。

她不禁抬起头："原来这些柿子树都有百年了？"

"来，炼师。"宋若昭轻轻牵住裴玄静的手，"来尝尝这些百年柿子树的果实吧。"

錾金描花黑漆盒中盛放的柿饼，一个个红润晶莹，规整的圆形好像用尺子量过一般，表面铺着一层雪白的糖霜，散发出带着甜味的清香。

裴玄静记起来了，在宋若茵死去的那晚，她曾在西院宋若茵的房中见过同样的柿饼，连盛放的器皿都仿佛是同一个。

怎么可能？裴玄静暗想，没人会把死者的食物再拿来吃。

宋若昭用银箸夹起一个柿饼，以丝绢垫着递给裴玄静："炼师，请品尝。"

裴玄静接过来，轻轻地咬了一口。

"好吃吗？"

裴玄静道："果肉醇香甜糯，的确是难得的美味。只是……"

"只是什么？"

"这柿饼不仅味甘，还有一种冰琼般的凉味，食之沁人心脾，是我从未尝到过的。"

宋若昭笑道："原来裴炼师不但是位神探，还是位美食家呀。的确，这种柿饼除去果子自身的品种优异之外，制作手法也大有讲究。首先，柿子要在霜降之后带枝采摘，然后经过留梗、淘洗、去耳、去皮，挂于通风之处，再经过几番揉捏成型。待风干到三成时，方可藏于阴冷无阳之地的瓷瓮之中。柿饼入瓮的过程也不简单，需将柿饼和柿皮层层相隔，直至将整个瓷瓮装满，方能封瓮。经月余之后，柿饼中的天然糖霜凝晶而出，令其表面蒙上一层雪白，与柿子本色的橙红相衬，宛如琉璃般剔透。炼师所尝的沁人甘凉，便是如此而来的。"

"看来非我为美食家，而是四娘子精于美食之道。"

"炼师谬赞，若昭不敢当。"

裴玄静说："世人皆知宋家姊妹以才学奉诏，却不知几位娘子各怀绝学。大娘子的书画造诣、三娘子的奇工巧计都让玄静叹服，原来四娘子还有这般……"

"炼师，"宋若昭打断裴玄静的话，"与二位姊姊相比，若昭实无所长，只会守拙。"

守拙？裴玄静端详着宋若昭的面孔。与二位姊姊相比，宋若昭守不住掩不掉的，恰恰是人所能见的青春美貌，韶华艳艳。若华和若茵堪称内秀，而若昭呢？她试图把自己形容成徒有其表，这本身难道不就是一种智慧吗？

实际上，就这些天和宋家姐妹打交道的感受，裴玄静恰恰以为，宋若昭才是其中心机最深的一个，有着远超过年龄的城府与盘算——毒笔最先是她藏起来的；另外一个扶乩木盒被送到杜秋娘处，也是她来通知裴玄静的。两位姐姐先后惨死，可是此刻你看她的神态，仿佛什么都与她无关。姐姐们的死因尚且不明不白，她却在这里大谈柿饼经。

裴玄静觉得，宋若华和宋若茵都曾出于某种原因言不由衷，但宋若昭却是将自己整个地伪装了起来。所以她虽生得最美，却拒人于千里之外。也许，这就是她所谓的"守拙"？

裴玄静决定单刀直入："四娘子，圣上给我三日期限破案，今天是最后一天了。明天，不管怎样我都必须面圣陈清案件的结论。"

"炼师有答案了吗？"

"有。"裴玄静道，"四娘子昨日派人送到金仙观的偶人，是一条关键的线索。"

宋若昭淡淡一笑。

裴玄静说："正是从这个偶人上面，我已经确切地知道大娘子是怎么死的了。所以今天特来向四娘子致谢。"

"炼师不必如此，澄清案情也是我的心愿。"

裴玄静点头："关于三娘子、杜秋娘和大娘子的死，明天我都会如实禀报圣上。不过，还有一件事，在面圣之前，我想先听一听四娘子的意见。"

宋若昭沉着地看着裴玄静。

"话，还得从《璇玑图》说起。"裴玄静取出宋若华扶乩时用的《璇玑图》，平铺于案上。

看到大姐的这件遗物，宋若昭的脸上隐现痛楚之色，墨珠般的双眸也浮现了泪光。裴玄静盯着她伸出的手，轻轻摩挲到织锦中央的空洞处。

"璇玑无心胜有心，大娘子扶乩那天，曾说了这么一句话。"裴玄静说，"当时我以为，她是在剪去《璇玑图》中央的'心'字之后，用这句话来自我宽慰的。但我现在知道了，其实大娘子另有深意。"

宋若昭低垂眼帘，默默无语。

裴玄静又取出一张纸来，在宋若华的《璇玑图》旁展开。宋若昭没有抬头，但发髻上玉簪垂下的珠璎珞却微微晃动起来，暴露了她越来越急促的呼吸。

考虑再三，裴玄静没有将聂隐娘劫得的《璇玑图》原物带来，而是将其临在一张纸上。不同丝线所绣的字，以不同色的笔写出。虽非实物，意思无差。

裴玄静说："我原来竟不知，世上存有两种不同的《璇玑图》。一种为八百四十一个字，中央是一个红线所绣的'心'字。另外一种为八百四十个字，中央无'心'，就像我录在纸上的。除了中央的红色'心'字，其余的八百四十个字，两种《璇玑图》也有所差异的。所以大娘子所说的'璇玑无心胜有心'，可能指的就是这两种《璇玑图》，对吗？"

宋若昭抬起头来，迷惘地说："炼师，我从没见过这种无'心'的《璇玑图》，我也不知道大姐的话，究竟是否有你说的意思。"

"那好，四娘子且听我说吧。"

将开口时，裴玄静忽然感到一阵恍惚。这已经是自己第几次在柿林院中分析案情了？过去的每一次，似乎都有突破性的进展，但紧接着便是可怕的死亡。她还从来没有碰到过这样的案子，似乎自己每前进一步，所带来的不是真相大白，而是更为残酷的罪行爆发。

她只能衷心盼望着，这将是最后一次。无论如何，明天，她都必须去向皇帝汇报调查的结果了，但愿那将是整个案件的终结。

裴玄静说："在我得到无'心'的《璇玑图》后，将它与我们所熟悉的有'心'的《璇玑图》做了对比，我发现两者有许多不同之处，但又你中有我，我中有你。而且，两相对照的话，我竟更喜欢无'心'的《璇玑图》。从八百四十字的无'心'《璇玑图》中读出的很多诗句，都颇有古风。其中有不少引自《诗经》，比如'君子好逑'，出自《关雎》；'岂无膏沐，谁适为容？'一句，出自《伯兮》；'南有乔木，不可休思'一句，出自《汉广》；'采封采菲，无以下体'，则出自《谷风》。还有这首诗：'召南周风，兴自后妃。楚郑卫姬，河广思归。咏歌长叹，不能奋飞。弦调宫征，同声相追。'引用了《召南》和《卫女》……总之，从风格来说，无'心'《璇玑图》中的诗句古朴优美，很让人喜欢。"

裴玄静停下来，看了看宋若昭。只见她垂眸而坐，面色如常，刚刚摇摆过的玉簪也纹丝不动了。

裴玄静继续说下去："其实，两份《璇玑图》中的绝大部分字都是重复的，但就是有少数字的替换和重新排列，使得从两份《璇玑图》中读到的回文诗截然不同，不仅诗意迥然，连风格都差之甚远……还说回无'心'的《璇玑图》吧。比如这一首诗：'佞谗奸凶，害我忠贞，妾婆赵氏，飞燕实生，班宠婕好，乱莘汉成。渐致人伐，用昭青青，虑微察深，祸在防萌。'读来纯乎是苏蕙的口气。应是苏蕙将窦滔偏宠的赵阳台比为汉代赵飞燕，讽喻她祸乱汉室，令成帝死于非命。但苏蕙又强调说，赵氏进谗终会败露，丈夫最后总会分辨出谁好谁坏，体谅到自己的一片真心。再看这一首：'长君思，念好仇。伤摧容，发叹愁。厢东步，阶西游。桑圃憩，桃林休。扬沙尘，清泉流。翔孤凤，巢双鸠。'表达女子与丈夫分别后的思念，触景生情，感人至深……还有这首诗我也很喜欢：'鸣佩飘玉，风竹曳音。飘佩鸣玉，步之汉滨。'先用四句描写丈夫的翩翩风采，赞美他那潇洒的身形、文雅的气质。然后又写到自己：'姿艳华色，翠羽葳蕤。华艳姿色，冶容为谁。'是感叹自己空有如花美貌，又以翠羽和香草妆点，打扮得华艳无比，却因为心爱的丈夫远离，没有人能够欣赏……"

宋若昭抬起头来，嫣然一笑，道："炼师想要一首一首解读过来吗？那可得花不少时间呢，不如再尝一口柿饼吧。"

裴玄静还她一笑："多谢四娘子好意，柿饼就不必了。诗，也品评到此，足够了。我想以四娘子的学识修养，应当能得出结论——无'心'《璇玑图》中的回文诗固然称不上首首精品，但均言之有物，饱含深情，而且是真正的女儿声调，确实像出自一个才女之手。那么，问题就来了。我们都知道，如今流传于世的《璇玑图》，是另外那一幅中央有红色'心'字的《璇玑图》。所以，《璇玑图》是如何形成这两种不同版本的？究竟哪个版本才是苏蕙原创的《璇玑图》呢？"

她停下来，紧盯着宋若昭，道："就我个人而言，喜欢无'心'《璇玑图》远胜于广为流传的有'心'《璇玑图》。我也愿意相信，无'心'《璇玑图》才是苏蕙创作的原始版本。"

"是吗？"宋若昭反问，"可是宫中所藏的《璇玑图》都是有'心'的版本。如果真像炼师所说，非苏蕙原作，那么这个版本的《璇玑图》又是从何而来的呢？"

"据我推测，可能是因为《璇玑图》循环往复均可成诗，所以并没有上下左右的区别。在流传的过程中，为了抄写方便，有人就在中央空白处添了一个'心'字，以示为中心所在。久而久之，便与其他八百四十字混为一体了。巧合的是，围绕着这个'心'字又能读出不少诗来，于是便以讹传讹，以这个版本的形式流传开来。更有甚者，为了能够配合'心'字成诗，后人又在原版的八百四十字中做了些修改，令此有'心'的《璇玑图》成诗数目大为增加，虽然其中不少都平庸晦涩，但研究《璇玑图》的风气就是要读出越多的诗越好，所以便无人追究诗本身的韵味品质，而只求数量了。"

"但是，当年则天皇后作序的《璇玑图》就是中央有红'心'的。"宋若昭突然抬高声音，像是要以气势压人，"我们在宫中所见的《璇玑图》藏品，均为此版本。难道炼师要说则天皇后也以讹传讹，拿一个错误的版本发诸天下？"

"为什么不可能？而且我以为，恰恰因为则天皇后也搞错了版本，才使得这个有'心'的《璇玑图》广为流传，苏蕙的真本反而湮灭无踪了。"

"但炼师又怎么找到这个无'心'的版本了呢？"

"这……"裴玄静犹豫了一下，隐娘从吐突承璀的运尸队伍中劫下无'心'《璇玑图》之事，她还不想向宋若昭透露，于是含糊答道，"机缘巧合，从一个来自边远南方的商队处获得。我想，之所以在南蛮偏僻之地还留存有这个原始的版本，大约是天高地远，则天女皇所推崇之版本未能抵达的缘故。所以至今，他们仍然保留着前秦苏蕙最初所作的《璇玑图》。"

"世上还有此等巧事？"宋若昭挖苦地说，"炼师的分析很精彩，结论也令人信服。炼师之能，若昭从心底里敬佩。可若昭不明白，今天炼师来说的这一大通《璇玑图》有'心'抑或无'心'的理论，与若昭有什么关系？又与二位姊姊的死有什么关系？归根结底，《璇玑图》不过是件闺阁玩物，就算有真有假，有这样、那样的版本，甚至有十种、百种《璇玑图》又能怎样呢？炼师在这上头花了那么多心血，所为何来？"宋若昭一口气说了这长长的一段话，淡定的外表有些维持不住了。

裴玄静一字一句地说："因为大娘子所说的'璇玑无心胜有心'，其实是扶乩的结论！"

"扶乩的结论？"

"对。扶乩占卜，必须要有一个结果，那就是'璇玑无心胜有心'。"

少顷，宋若昭才反应过来，问："你是说，大姐也知道无'心'的《璇玑图》？"

"只有这样才能解释她的那句话。"裴玄静道，"三娘子在扶乩木盒中央设置毒杀机关，在大娘子扶乩的时候，事实已经确凿无疑。大娘子仍然坚持扶乩，唯一的解释就是，她想通过这个方式传达某种意思给我，而这个意思是她不能明明白白说出来的。"

宋若昭讥笑道："炼师是想说，大姐不惜忤逆犯上，坚持扶乩，还把《璇玑图》中央的'心'字剪去，就是为了告诉你《璇玑图》有两个版本？"

"四娘子且听我说。刚才我们谈到，《璇玑图》有两个版本，一个无'心'，据我推测应该是前秦苏蕙的原作，但几乎不为人知。另外一个有'心'，却流传甚广，不论宫中还是民间，都以这个版本为准。原因何在呢？"

"……因为则天皇后作序推崇的是后一个版本。"

"没错。"裴玄静点头道，"也许在当时，有'心'的《璇玑图》经过多年传播已成主流，所以则天皇后所见的就只有这一个版本。又或者，则天皇后看到过不同的版本，但出于某种原因，她选择了有'心'的这版。总之，经过她亲自作序推崇，有'心'的《璇玑图》才作为才女苏蕙创造的织锦回文诗，广为天下人所知，也从此被认为是唯一正确的版本。从中，我们可以看到帝王的无上权威。哪怕是一件闺阁赏玩之物，有了皇权的加持，也就成了正统，享受全天下的顶礼膜拜，甚至成为颠扑不灭的真理。从此，再没有人去追究有'心'的《璇玑图》中不尽合理之处，也再没有会去质疑它。这，就是所谓的最高权威。"

说到这里，裴玄静也不禁一怔。她突然意识到，自己针对《璇玑图》的推理，不自觉地沿袭了《兰亭序》一案的思路。或者说，正是破解《兰亭序》真伪的过程给了她灵感。

宋若昭喃喃地说："什么最高的权威，你到底想说什么？"

"在杜秋娘死后，郭贵妃曾经召见过我。"

"郭贵妃？"

"是，正是郭贵妃向我透露了一些皇家隐秘，才使我认定宋三娘子出于嫉妒，设计扶乩木盒毒杀了杜秋娘，并畏罪自杀……当我这样告诉大娘子时，她却坚持扶乩。我记得非常清楚，当时她强调说，长安城中蛇患或除，但大明宫中的蛇患依旧猖獗，甚至是剧毒的蟒蛇、蝮蛇、虺蛇……所以我们必须扶乩，为大明宫除害，替圣上分忧。"

裴玄静望定宋若昭，道："大明宫中怎么可能有蟒、蝮、虺？……因为那些其实都不是蛇，而是人！"

宋若昭的面孔变得煞白。

"我们都知道，当年则天皇后的封后过程颇费周折。所以她在登上后位之后，便将高宗皇帝原先的王皇后和萧淑妃废为庶人，并且把王皇后改姓为蟒，把萧淑妃改姓为枭。后来又将她所憎恨的魏国夫人一族改姓为蝮，将越王李贞一族改姓为虺。直到中宗皇帝即位后，才在神龙元年下诏为这些族氏恢复了原姓。"裴玄静道，"宋大娘子特意提到大明宫中的蟒、蝮、虺，难道不是在暗示，扶乩表面上是因长安蛇患而起，其实是为了封后？"

"再后来，则天皇后登基，成了则天皇帝，意欲鼓励天下女子尽展才华，为《璇玑图》作序，方使有'心'之《璇玑图》风行天下。宋大娘子却说'璇玑无心胜有心'。她为什么不敢直说，却要用那般曲折又惨烈的方式来引起我的思考？"裴玄静深吸口气，说出结论还是需要勇气的，"扶乩是为立后之事占卜吉凶，但假如扶乩的结果直指则天女皇登基称帝的话，你觉得，圣上会怎么想呢？"

宋若昭把眼睛瞪得大大的。

裴玄静说："我知道，这个结论太令人震撼……所以今天我先来到柿林院中，问一问四娘子的意见。"

宋若昭突然大笑起来，笑出了眼泪。

"四娘子……"

"我的二位姊姊都已经死了。况且，圣上严令再不许行扶乩之事。"宋若昭终于止住笑，神色惨然地道，"郭贵妃是当今太子之母，炼师却指她一旦成为皇后，就将步则天女皇的后尘，还说是柿林院中扶乩的结论。炼师想过这样说的后果吗？炼师是自由身，或许尚能一走了之。我和小妹若伦怎么办？既然终其一生，我们都离不开这座柿林院，走不出大明宫，你让我们今后如何自处？"

"炼师请回吧。"宋若昭下了逐客令，"你怎么去向圣上复命，是你的事情，但千万不要把我牵连进去。我只想带着小妹若伦，在柿林院里安安静静地活下去。"

裴玄静点头起身："我明白了。"

4

将近正午的时候，裴玄静从大明宫铩羽而归。她没能说服宋若昭，但并不沮丧，对于"璇玑无心胜有心"的推理，裴玄静还是有充分自信的。宋若昭的抵触态度反而增进了裴玄静的信心。

她只是没有想到宋若昭的恐惧。大明宫中人皆有之的畏惧，今天她在宋若昭的身上又看见了，并且比过去任何一次的印象都更加深刻。

怎么办？明天是皇帝给的最后期限，要不要把宋若华拼死想表达的意思，告诉皇帝？

裴玄静犹豫着。才不过几个月前，当她破解《兰亭序》之谜时，面对触及大唐皇权根基的谜底，她都能无所畏惧，向皇帝从容陈述。现在想来，还真是无知者无畏也。

今天，裴玄静的胆量却变小了。

因为她有机会深入到大明宫的腹地，才真正懂得了皇权的可怕。

秉持真相，是裴玄静的原则。为此她可以不顾自己的安危，但是其他人呢？

马车停在金仙观前，裴玄静刚踏上台阶，忽听有人在喊："静娘！"

裴玄静大喜："韩郎！"

来者是刚下终南山的韩湘。

仍然一副不经世事的模样，半年多不见，韩湘没有跟着聂隐娘学到半分侠气，反而更有闲云野鹤的仙气了。因为也算修道中人，韩湘进金仙观时就像走亲戚串门似的，毫无常人对于这所皇家女观的敬畏。见到裴玄静更是亲热，干脆自称为"道兄"了。

约略攀谈几句后，裴玄静就发现，这位"韩道兄"不但对近几个月中的京城状况惘然无知，甚至连同行者聂隐娘的去向都稀里糊涂。他先是言之凿凿，说自己是和聂隐娘一路同行来到长安的。可又说，就在春明门外将入长安时，聂隐娘丢了。

"丢了？"

"是啊，我一不留神，隐娘和她的夫君就不见了。"韩湘满脸无辜。

聂隐娘夫妇不愿在长安城内暴露行藏，本在情理之中。不过这种突然消失在同伴面前的方式，也太有聂隐娘的风格了。更奇趣的是，韩湘丝毫不以为意，索性自己一人在城外的客栈歇息一宿，今日方姗姗然入城而来。要说潇洒和任性，世人还真没法和他们比。

听着韩湘绘声绘色地叙述打劫吐突承璀的经过，裴玄静颇感心虚。聂隐娘虽不曾特别关照，裴玄静也知不该告诉韩湘，就在昨夜，聂隐娘已到访金仙观，并且给自己留下了一幅无"心"的《璇玑图》。她更不会告诉韩湘，昨夜隐娘连半个字都没提到他。

总之，对韩湘撒谎是最容易的，因为他压根不会察言观色起疑心；但又是最不容易的，因为会遭到自己的良心谴责。

突然，正说得起劲的韩湘停下来，东张西望。

裴玄静问："韩郎，你找什么？"

"崔淼。他人呢？"

"崔郎……"只要一提起崔淼，裴玄静的心跳就会加速，"他在宋清药铺落脚。"

"不住在这儿？"

"这儿是女观啊，韩郎瞎说什么！"

"我知道啊，可他不是成天都围着你转的吗？"

裴玄静越发气恼："谁说的！"

韩湘上下打量几眼裴玄静，忽地起身道："你说崔淼在宋清药铺落脚？好，我这就把他找来！"

裴玄静根本来不及阻拦，韩湘已经跑得没影了。

她只得坐下来等待。

从辅兴坊的金仙观到西市的宋清药铺，就算步行，一个时辰也足够打个来回。可眼看着未时都快过了，敞开的房门外仍然只有白茫茫的一片——不知不觉中，柳絮开始飘飞了。

金仙观里的杨柳特别多，大团柳絮随春风闯入，在日光中翩跹轻舞，使整间屋中像是笼了一层薄纱。她所望出去的大千世界，便显得格外逶迤而柔和，而她的鼻子，也止不住地阵阵发痒。

才等了不到一个时辰，裴玄静已焦急得心浮气躁，掌中冒汗。

"静娘，静娘！"

裴玄静闻声跳起来，却又愣在门前。来者正是韩湘，但他的身后……裴玄静向外张望，并没有看见其他人。

"不好了静娘，崔淼那家伙让神策军给抓走了！"

"你说什么！"

韩湘擦着满头急汗道："我刚到宋清药铺，便见到一队神策军将铺子团团围住，任何人不得出入。紧接着便看到崔淼被人押了出来。我想上去问个究竟，哪里过得去，只能眼睁睁看着他们向皇城方向去了。我一想，这不成啊，我总得去打听打听出什么事了，便一路尾随直到承天门外。又在那里转了半天，才打听到，据说崔淼是藩镇派在长安的奸细，今年以来一直在城内制造蛇患乱象，闹得人心惶惶，意图谋逆作乱。此外，他好像还扯上了名妓杜秋娘毒杀案？唉，我也记不清了。总之乱七八糟一大堆罪名！唉，你说这个崔淼，怎么如此不安生呢？我想着大事不好，赶紧回来给你送信。"

"……天呐。"裴玄静只说出这两个字来，定了定神，她说，"我这就去大理寺。"

"你？"

"不。我去求见皇帝。"

"什么，静娘想去找皇帝求情？"

"不是去求情，是去陈情。"裴玄静坚决地道，"崔郎无罪，我去说。"

"你说圣上就会听吗？"

"听不听是他的事，但我必须去。"

裴玄静理了理道袍，刚要跨过门槛，眼前却是一黑，有个人影挡住去路。

"静娘。"

她猛地抬起头，那张笑意盈盈的脸离得太近了，看起来有点陌生。不，应该是前所未有的腼腆表情使他显得不太一样了吧。

"你……"裴玄静后退半步，"……你？"后面这个"你"是指着脸凑过来的韩湘。

"静娘莫怪哦，是我的主意，想给你来个意外之喜。"韩湘对裴玄静作了个揖。

裴玄静不说话，突然往房中一闪，低声喝道："出去。"

两个男人看她神色不对，都不由自主地向外一退。裴玄静用力将门合拢，挂上门闩。

"哎呀，静娘，你怎么生气啦！"韩湘在门外叫。

崔淼示意他闪开，自己贴在门上轻轻地唤："静娘，你不是盼着我来吗？怎么我来了，你倒避而不见？"

裴玄静气不打一处来："谁说我盼着你来？"

"哦？那我走啦？"

裴玄静不理。

"唉，韩湘出这个馊点子的时候，我料到静娘不会上当，所以才答应依计而行，本来是想看他的笑话，谁知道你竟然这么容易就被骗了……"

裴玄静还是不说话。

"静娘，其实我早就想来向你致歉，又怕你不愿意见我……"顿了顿，崔淼道，"那天在大理寺，是我错怪你了。多亏有你帮忙，我才能把秋娘安置妥当。请静娘开门，让我代苦命的杜秋娘向你作个揖，道个谢吧。"

裴玄静将背靠在门上。老天在上，她曾多么努力，企图让崔淼离开是非漩涡的中央。这种努力早在洛阳、在会稽就已经开始了。正因为她了解崔淼，了解他的才智、野心与胆魄，她才一遍遍地将自己挡在他与皇权之间。在裴玄静看来，即使大唐已褪尽盛世荣光，现在的皇帝也非昔日的"天可汗"，但大唐毕竟是大唐，百足之虫尚且死而不僵，更何况大唐只是有些黯然，有些衰弱，但绝非不堪一击。皇权，绝不是区区的野心家可以去挑战的。就连崔淼自己也承认是在"飞蛾扑火"，为什么非要一意孤行呢？

她的一番苦心，他终于肯认可了吗？

裴玄静打开门，崔淼就在门前深躬到地。

他说："都是我的错。在下给炼师赔礼了。"

待他直起身来，裴玄静才道："崔郎不必赔礼，也不必道谢。只需老实回答我，你究竟有罪否？"

"这个……不打紧吧。反正不管怎样，静娘都会为我说话，哪怕上达天听，也依旧站在我这边。"

所以这就是他的目的——试出她的真心。裴玄静忽然意识到，也许崔淼并不像他表现出来的那么自信和傲慢。至少在她面前，他还有许多的犹疑和彷徨。

于是她说："不要管我怎么想，我想从崔郎的口中听到真相。"

"风雨如晦，鸡鸣不已。"

——这就是他的回答。

裴玄静垂下眼帘，复又抬起："我相信你。"

崔淼笑了。她能清楚地感觉到他的如释重负，她又何尝不是呢？裴玄静突然冲动起来，脱口而出："崔郎，你走吧。"

"走？"

"离开长安。"

"这话你说过好多遍了。"

"这次不一样……我、我也走。"

"你……你随我一起走？"

裴玄静点了点头。

崔淼不敢相信："你是说真的？"

是真的吗？裴玄静也在问自己。当她从皇帝那里接下任务，继续破解"真兰亭现"之谜，并且遁入道观时，她无疑是做好了以小小才华为大唐效力的准备。她以为，这样她至少能够帮助长吉完成遗志，同样也是在效仿武元衡、裴度这些令她敬仰的长辈们。然而这些天来的所见所闻，使她开始重新审视自己的选择。

她认识了一个表面金碧辉煌、内里却千疮百孔的大明宫。她从来没有想到，会有一个地方生活着那么多身不由己的人们。从宋若茵开始，宋若华、宋若昭、郑琼娥，乃至后宫之首郭贵妃，再到虽身在宫外，却又与大明宫隐秘相连的杜秋娘……不论尊卑美丑，不分才华禀性，竟没有一个人能够按照自己的心意活着，甚至也不能按照自己的心意死去。这太可怕了。

崔淼的所作所为后，肯定有许多不可告人的秘密，既然他不肯说，裴玄静也决定不再追问。要让崔淼放弃所经营的计划，安心离开的唯一可能，恐怕也只有她自己了。

凡此种种，使裴玄静做出了令她自己都意外的决定——走。

一走了之。

想到这里，裴玄静发觉自己竟已迫不及待了。她抬起头，直视着他的眼睛：“是真的。”

他也注视着她：“他……会放你走？”

会吗？明天，裴玄静就将向皇帝陈述扶乩木盒杀人案的始末。她欠皇帝的，只剩下“真兰亭现”离合诗的来历。裴玄静认为，宋若华是个言而有信之人。她对裴玄静有所期许，亦有所报偿。临死之前，她留给裴玄静两个暗示。现在裴玄静解出了其中之一，另外一个，相信也会很快水落石出的。

裴玄静坚决地点了点头：“他会的。崔郎只需再等我几日，不长，最多十天半个月，我们便可一起离开。”

崔淼不说是，也不说否，仍是一脸熟悉的戏谑微笑。但她清清楚楚地看见，他的眼神中充满了怜惜。

裴玄静有些发急：“崔郎，你不相信我吗？”

“相信。”他说，“你我皆有身不由己之处。不过，我还是愿意相信静娘。”

"你答应了？"

崔淼终于点了点头。

裴玄静喜出望外地沉默了，崔淼也沉默地注视着她。就在默默无言的对视中，空中飘来一阵悠扬的洞箫曲声。

崔淼笑起来："是韩湘。"

循声而去，果见一棵海棠树下，韩湘摇头晃脑地吹着箫。身边一左一右，坐着禾娘和李弥。两人都仰着脸，专心致志地听曲，活脱脱的小儿女情状。

见二人过来，韩湘停下箫声，笑道："话总算讲完了？刚听到自虚背诵长吉的诗，颇有感触，不禁就想吹上一曲了。"

"是吗？"裴玄静好奇，"自虚，是哪首诗？"

李弥的脸红了红，竟装出没听见的样子，令裴玄静大为纳罕。

韩湘说："还是我来念吧，诗应景得很呢，'花枝草蔓眼中开，小白长红越女腮。可怜日暮嫣香落，嫁与春风不用媒。'"

这一下，连裴玄静的脸也红透了。

5

长安之春来到东宫时，便呈现出一种极端矛盾的气象。

一方面熏风送暖，只在朝夕之间，东宫里本就繁茂的草木便焕发了新生，处处绿草红花，缭乱争春。另一方面，从中和节起以各种理由告假的学生越来越多，崇文馆的课堂一天比一天冷清，和户外的曼妙春光形成鲜明对比。

来崇文馆上学的都是贵族子弟，靠祖荫即能封官获爵，参不参加科考、中不中进士，对他们的影响并不大。才华出众又爱读书者，当然可以勤学上进，没人会拦着你。相反的，也没人在乎。

既然春天是用来享受的，长安的游春季一到，崇文馆的老师就只能眼看着学生们散去。

这天来的人更少。到放学的时候，段成式一看，听他讲故事的人都不剩几个了。

算了！段成式迈开步子就走，他的心情本来就不好，也不打算讲故事。

可是——去哪儿呢？

段成式不想回家，看时间还能在东宫流连一会儿。他便向崇文馆后的盘龙影壁转过去。此地十分隐蔽，一向是他给大家讲故事的场所。可是今天，却只有他一个人。

段成式背靠着影壁坐下，地上的嫩草钻出土来，垫在屁股底下毛茸茸的，挺舒服。他抬头仰望长空，耳际掠过一声不知来由的长鸣，澹澹青色的天际仿佛有鸟儿掠过，但当他的目光刚想要追随捕捉时，却又无影无踪了。

段成式不自觉地想起最爱的诗人杜子美吟颂长安之春的句子："三月三日天气新，长安水边多丽人……绣罗衣裳照暮春，蹙金孔雀银麒麟。"在成都时读到这些诗句，段成式曾无比向往过长安的春天，期盼着能有这样一趟春游。

但如今他虽身在长安之春中，却并没有诗人笔下的春游。

他甚至开始想念成都。至少在成都的每个春天里，他都是快乐的，不像现在……

段成式突然觉得手背发痒，低头一看，好大一只黑黢黢的虫子在那里爬。"哎哟！"他吓得直蹦老高，拼命甩手。虫子掉到地上，段成式又冲上去连踏几脚，直到虫子都被踩进泥里去了，他才抹了抹额头的冷汗，惊魂未定地嚷道："你干什么呀，吓死我了！"

李忱看着段成式的狼狈相，"扑哧"一声笑了："胆小鬼……"

"谁是胆小鬼！"段成式气坏了，"我原来什么虫子都不怕的！还不是上回在'飞云轩'里给吓得……"他的眼前又冒出那可怕的场景来，连忙摇摇头，把它从脑子里驱赶走。

"诶，你怎么在这儿？"段成式问李忱。

"我跟你来的。"

"为什么不回宫？"

"不想回去。"李忱讲话不利索，一个字一个字往外蹦。段成式原来总觉得他呆傻，今天却发现，这孩子好像还蛮有主意的。

"为什么不想回去？"

李忱想了想，却道："你为什么不回去？"

哟，这小傻子居然还会反客为主。段成式觉得心情好多了，便拉着李忱一块儿坐在影壁下，说："我自有道理。可你还小，陪你来的公公不催你吗？"

"公公不爱管我。"

段成式想，大概是因为没油水吧，肯定也讨不得好。奴才们最会趋炎附势，不是有种说法吗？落魄的主子比奴才还不如。他端详着李忱的小脸，忽然惊问："咦，这是怎么弄的？"

李忱的面颊上有好几块青紫，像是被人用手拧的。

他垂下眼睛，不说话。

段成式猜了个八九不离十。他听母亲谈起过，十三郎生母的身份太低贱，所以由郭贵妃代为管教。可是郭贵妃会像亲娘一样待他吗，更别说十三郎还有点心智不全……

段成式不禁叹了口气："嗳，我听说你娘是大明宫中数一数二的大美人，你怎么长得这么寒碜呢？不像你娘，也不像你爹。"

李忱好像没听懂，光是嘿嘿地一个劲儿笑。

"傻。"段成式也笑了，伸手勾住李忱的小肩膀，感慨道，"其实你这样也没啥不好。干脆没人管，不像我，烦得要命。"

"你烦啥？"

"多着呐。我爹要我学舅舅，好好读书中状元。我这舅舅也奇了，居然连中三回状元，你说他是不是有毛病啊，要那么多状元干吗？"

"傻。"

"就是！"段成式又道，"我不喜欢读经史子集，就爱琢磨奇谭怪闻，我爹就不高兴。阿母替我说了几句话，爹爹就和她吵。他们这些日子常常吵……"他的声音低落下去。

段文昌和武肖珂的矛盾在中和节那天爆发。

杜秋娘死了。听到这个消息时，段成式心里不知是什么滋味。按理说他应该恨她，应该以她的死为乐。但他亲眼见过她，瞻仰过她的绝世美貌，甚至听她唱过一曲。据说，全长安听过杜秋娘这首《金缕衣》的人，加起来不会超过十个。段成式相信，就连自己的父亲也从未听到过。而她，就那么慷慨地唱给他听了，所以段成式无论如何对她都恨不起来。

但正是杜秋娘的死讯，使段成式的父母彻底闹翻了。为什么在她活着时，母亲还勉强隐忍，却在她死后突然爆发了呢？段成式弄不明白。反正他从到长安后就一直在盼望的春游，彻底没戏了。

最让段成式郁闷的是，自己明明不痛快，却无处发泄，连恨都不知道该去恨谁。

他喃喃地说："我真羡慕你，十三郎，你的爹娘永远也不会吵架。"

李忱看着他发愣。

段成式突然问："十三郎，上回你给我看的血珠，还带在身上吗？"

"嗯。"

"既然我们俩都不想回家，干脆……我带你探海眼，好不好？"

"海眼是什么？"

"哎呀，就是血珠来的地方。去不去？"

李忱缓慢地点了点头。段成式惊讶地发现，十三郎的动作越迟钝，就越显得信心十足。

说走就走。段成式拉着李忱站起来，刚要转过影壁，突然从影壁后跳出一个人来，挡住去路。

"哈，我全都听见了，带我一起去吧！"

段成式把眉头一皱："你？"

"是啊——我！"小胖子郭浣的脸涨得通红，也不知是太激动了，还是被风吹的。影壁后面背阴，现在这天气晒不到太阳，光吹冷风，郭浣为了偷听他们的谈话，也怪不容易的。

"不行！"

"为什么不行？"

"你会说出去的。"

"我发誓不说！"郭浣的脸都红得发紫了。

"你不说什么？"

郭浣给段成式问得一愣，想了想才说："我不说我们去探海眼，也不说十三郎有血珠。"

"这还差不多。"段成式凑到郭浣面前，"我告诉你啊，圣上发过话，谁见过十三郎的血珠，谁就得死。"

郭浣连忙摇头："我没见过！你见过——"手指头快点到段成式的鼻子上了。

段成式把他的胖手指扫落："带上你可以，不过你要先办到一件事，办得成就带你。"

"成，绝对办到！"郭浣把胸脯一挺，他终于有机会在段成式面前证明自己的能耐了。

崇文馆前并排停着三辆马车，分别等候着三位金贵的小主人。论身份李忱最高，但他又是最不受待见的，因而他所乘的马车制式虽高，细微处破旧肮脏，是宫奴们疏忽怠慢的结果。郭浣和段成式却都是备受宠爱的心肝宝贝。相形之下，郭家的势力和财力都更强，所以马车的装饰最奢华。

段成式低声对郭浣道："我们三个都坐你家的车。你过去说。"

郭浣会意，来到三驾马车前，大剌剌地道："阿母让我带段一郎和十三郎去家里玩，他们都上我的车，你们先回去告诉一声，完了我府中会派人送他二人回家。"

伺候李忱的内侍答应得很干脆。郭浣之母汉阳公主李畅本就是李忱的姑妈，因为同情李忱的身世平日就待他很好，经常把孩子接到自己府里玩。又因为李畅是郭念云的嫂子，郭贵妃对她还算敬重。若换了别人特别善待李忱，就等于在郭念云的太岁头上动土，她定不能容忍，唯有汉阳公主是个例外。

宫里的马车第一个离开了。

赖苍头忧心忡忡地看着小主人，惨痛的经验告诉他，段成式又在打鬼主意了。

他说："我就不回去了，跟着吧。"

"跟着？"郭浣刚要发作，见段成式朝自己使了个眼色，便装模作样地道，"也罢，你想跟就跟着。我告诉你，跟远点啊！"

"是。"

赖苍头愁眉苦脸地跨上车，等郭家的豪华大马车走出去几丈开外了，才催马跟上。

郭家的马车顶高篷大，旌幡招摇，在大街上煞是扎眼。所以赖苍头也不担心，只远远地跟着。却见那马车一路进了东市，在里面左拐右绕转起来。隔不了几个铺头就停下，三个孩子下车去逛，逛完了再回到车上往前走。如此三番两次的，赖苍头也烦了。想想这熙熙攘攘的闹市街头不至于出事，便索性来到东市中央的放生池旁停下等待。反正不管郭家的马车从哪里离开东市，都得在放生池边绕一圈，跑不了。

好不容易结束了东市漫游，赖苍头跟着郭家的马车一路进了安兴坊。郭府占了安兴坊四分之一的面积，进坊不远就是郭家高耸的府门了。

两辆马车一前一后地停下来。郭浣从车上跳下，正要往府里去，扭头看见赖苍头，问："咦？你怎么还跟着？"

"呃……不是说来郭府吗，我家小主人呢？"赖苍头突然有了种不祥之感。

"段成式？走啦！在东市里逛时他说要先回家，就自个儿走啦。我还以为他上你的车回去的啊。"

"什么？"赖苍头大惊失色，"小主人没来找我啊！"

"哦，那我就不知道了。要不你回东市去找找？许是还在那儿……"

赖苍头来不及多话，跳上马车，一溜烟向东市方向赶去。

郭浣两手叉腰在原地瞧着，脸上难掩得意之色。郭家的仆人过来招呼："小郎君，你进不进府啊？"

"我还有事，你们跟阿母说一声去，我晚点回来！"

还没待仆人反应过来，郭浣也跑得没影儿了。

按着和段成式商量好的，郭浣在街上又雇了一辆马车，直奔辅兴坊中的金仙观。小胖子活了这么大，从未像此刻这样感到自己的重要性——成功掩护段成式和李忱甩掉了赖苍头。郭浣激动得全身热血沸腾，今天他不仅要参与探险，而且是以有功者的身份参与，即使今后不能到处声张，想一想也是无比喜悦的。

金仙观大门紧闭，周围连一个人影都见不到。

郭浣想起段成式的指示，便沿着院墙一路寻觅而去。果然，他在一处墙根下发现了用黄泥做的记号。抬头看看，从院内伸出大块浓荫，粗壮的藤蔓笔直地垂落下来。

哈！郭浣将袍子下摆往腰带上挽了挽，蹭蹭几下便翻上墙头。

进到金仙观里，眼前一片森森绿意，点缀着不知名的各色野花。骄阳笼起一层轻烟，两三只粉蝶上下飞舞。不同寻常的寂静中，充满了神秘感。

这里，就是据称鬼怪出没的金仙观后院了。

郭浣听见自己的心跳得惊天动地，左顾右盼，好不容易又发现了段成式留下的线索：假山石上的黄泥记号。

郭浣猫下腰一路小跑起来。黄泥记号再也没有出现过，但郭浣已经不需要它了。因为铺满落叶和杂草的小径上，两行脚印清晰可辨，不用猜都知道：大点的是段成式，小点的是李忱。

跑着跑着，没路了。眼前是一大片干涸的池塘。脚印消失不见，只有踩得乱七八糟的树枝和枯草。中间似乎微微塌陷下去，难道是个洞穴？

郭浣小心翼翼地靠过去，探头一望，下面黑黢黢的，什么都看不见，只有腐草、淤泥和阴湿的气味冲鼻而来。

他压低声音叫："段一郎……十三郎……"

没有回应。

郭浣一下子没了主意，犹豫着要不要爬到洞下去一看究竟。他的勇气却不知跑哪儿去了，只好傻呆呆地站在洞边，心想，我先等等，说不定他们很快就出来了。

可是他等了很久很久，久得站不住了，只好坐下继续等。天渐渐黑下来，越来越浓重的阴影聚拢过来，像一个黑色的铁桶把他围在中间。不知从什么时候起，天空中又飘起雨点来。郭浣又冷又怕，整个人开始簌簌发抖。但他又不敢离开，段成式和十三郎还在下面，他们会不会出不来了？他好想回家，想去求救，可是他的双腿根本不听使唤，站不起来了。

真正的黑夜尚未降临时，郭浣已经害怕到麻木了。终于，他勉强支撑着站起，就着微暝的暮色，只知道一步一步顺原路返回。又费了吃奶的力气，才翻过来时的墙头。他沿着墙根走起来，却不知该往哪里去……

当如水的月色中出现几点红光，红光渐渐靠近。有人在叫："谁，是谁在那儿？"

郭浣好像突然惊醒，嘶声高喊："快来人啊，我在这儿！"接着便一屁股坐倒在地，号啕大哭起来。

6

春分一过，白昼明显地拉长了。傍晚时分，暮鼓从龙首原上敲起，一通接一通直到城南方止，夜色却未如之前那样，像帷幕一般自北向南，跟随着暮鼓声覆盖整座京城。

金吾卫开始巡夜。他们在半暝的夜色中疾奔而过，荡起阵阵烟尘，坊门一座座关闭，里坊之间的大街上再也见不到一个行人。但他们不曾注意到头顶上，一条黑影正以暮色为掩护，悄无声息地在树梢、屋顶和坊墙之前腾挪跳跃，宛如一只黑色的大鸟轻盈飞翔，最终落在朱雀大街向东的第二座里坊——崇义坊的内侧。

崇义坊是一座小坊，面积逼仄不适合营建豪门广厦，所以坊中充斥简陋狭窄的民居。又因为靠近皇城交通便利，租金相对便宜，许多职位卑微的官吏喜欢租住在这里。

在狭窄得仅容一人穿行的小巷中，聂隐娘手持一小盏黄铜提灯，一间间门户寻过来。终于，她在一扇门前停下来。

天完全黑了，周围也没有半点住家的灯火，只有手中一星火光照亮，聂隐娘敲了敲门。

好久才有人在门内应道："什么事？"瓮声瓮气的，话音含混不清。

"我来借宿。"

又过了好一会儿，门吱吱呀呀地打开了。

聂隐娘朝院内望进去，怎么空空荡荡？

"是你要借宿吗？"

她循声低头，才发现面前站着一人。这人的头顶仅到她的腰部，除了两只锃亮的眼睛之外，全身漆黑，连面孔都黑得无法辨识，与周围的暗夜融为一体。见聂隐娘终于找到自己了，他咧嘴一笑，两排白牙豁然而露。

聂隐娘算得见多识广，光天化日取人首级亦为平常，面对如此诡谲的形象，也不禁暗暗心惊——昆仑矮奴。

大唐显贵历来有役使昆仑奴的风尚。安史之乱后，大唐国力不复以往，来自安南和西域的昆仑奴日渐稀少，特别是其中一个天生侏儒的族群，更加物以稀为贵，除了宫中豢养了几名供皇帝取乐之外，只在最显贵的豪门中才能偶见一二。

万万没想到，今天竟会在这个破落民居中见到来自异域的畸形人。

聂隐娘不露声色，抬脚踏进小院："我要间房过一晚。"

"没问题，请娘子跟我来。"

矮奴将聂隐娘引到东厢，把房门向内一推，扬尘扑面而来。蜘蛛网挡住去路，聂隐娘边往里走边扯蜘蛛网，矮奴躲在她的下方，发出叽叽咕咕的笑声。聂隐娘随手把一大块蜘蛛网扔在他的头上。

"啊啊！"他挥舞了几下手臂。

聂隐娘问："这地方能住人吗？"

"怎么不能住。想当年，这个院子里可是住了不少官儿的。"

"胡说，这么破的地方哪里能住得下？"

"当年可没现在这么破。"昆仑矮奴还挺健谈，"也就最近几年来得人少了。十多年前，这里还住过宫里出来的大人物呢。"

"宫里出来的大人物？阉官吗？"

"呵呵呵。"矮奴笑道，"娘子不是来借宿的吧？"

"好眼光。"

"那么娘子是来……"

"我来寻一样东西。"

"什么东西？"

"一把匕首。"

"是不是这一把？"

暗夜中，一道白光突如闪电划过。矮奴憋着嗓子发出惨叫："啊！"当啷一声，他右手中的匕首落地。

聂隐娘把匕首踢到矮奴跟前："你这把是假的，蒙混不了我！"

"放开我！"矮奴被聂隐娘像提一只鸡似的提起来，两条腿在空中乱踢乱蹬。

"你究竟是什么人，说！"

"……有、有人叫我专门等候在此……"

"等什么？"

"就等像你这种，冲着匕首上门来的……"

聂隐娘仅用一只手便牢牢地扼住矮奴的咽喉，厉声追问："什么人派你在此，你们怎么知道这把匕首的？它究竟是何来历？"

"你、你放开我……我好说……"

昆仑矮奴在聂隐娘的手中拼命挣扎着。他的体形和体重都与常人迥异，让聂隐娘觉得手中好像提着一个奇形怪状的孩子。那副尖利的嗓音也有点像个孩子，但听上去很不舒服。他的身上还散发出一股浓烈的混合着膻味的体臭，令人厌恶。

聂隐娘忍耐不住，手略微一松，矮奴便像条泥鳅似的滑脱出去。她气得低叱一声，抬腿正踢在那家伙的头顶上。他朝前合扑于地，聂隐娘一脚踩在他的背上。

匍匐在地的矮奴呻吟着，拼命扭动粗短的四肢，看起来像极了一只鳖，但聂隐娘分明感到，有一阵古怪的寒意从脚底升起来，从未有过的恐惧感使她几乎无法自持，她不由得往后一退。

她的脚刚刚撤开，昆仑矮奴便在地上翻转过来，脸朝上冲着聂隐娘露齿而笑。惨白的月色照下来，只见他那漆黑的面孔渐渐膨胀开来，越扩越大，最后竟然化成一张摊开的巨大面皮。他的四肢躯体都消失了，被这张面皮裹挟进去。面皮旋即腾空飞起，如同一张半挂在空中的黑灰色丧衣，朝聂隐娘飘忽而来，挟带阵阵阴风，要将她席卷而入。

聂隐娘纵为闻名天下的刺客，见此情景也惊恐莫名。但她毕竟神勇，立即挺长剑向面皮中央刺去。

面皮轻薄软滑，随意变形，轻易便化解了她的剑势。虽然敌方近在咫尺，聂隐娘却觉得自己在与虚空对打，一身绝世本领全无用武之地。面皮时进时退，忽大忽小，稍一疏忽便无限放大，劈头盖脸地压过来。聂隐娘只得以灼灼剑光为牢——她知道，这次是遇上大麻烦了。

然而聂隐娘终归是聂隐娘。情势凶险，她反而镇静下来。一面舞剑护身，一面观察面皮的动向。她发现了，漆黑一片的面皮之上，有两个亮点始终盯着自己——肯定是昆仑矮奴的眼睛！于是聂隐娘卖了个破绽，脚下稍做趔趄，面皮果然像块黑云般罩顶而来。她看准亮点闪烁之处，挥剑直刺过去。

耳边划过一声破肝裂胆的尖啸。定睛再看时，面皮不见了。院子中央的空地上，蹲着一个小小的身躯，恍然是个六七岁大的孩童，正低头捂脸，哀哀哭泣着。

聂隐娘连忙收起剑锋，问："你怎么了？我伤到你了吗？"

他抬起头来，果真是个小男孩。但那张粉嫩的小脸蛋上，两只眼睛在流血！

长剑落地。

在聂隐娘的刺客生涯中，永远不堪回首的，是师父以取婴儿性命来试她的心志。她所修成的冷血酷忍中，从来不包括孩子。一时间，聂隐娘心痛如绞，后悔不迭地俯身去抱那孩子，想检查一下他的伤情。

就在她伸出双臂，暴露胸膛的那一刻，流血哭泣的孩子突然变形，回复成昆仑矮奴的狰狞面貌，向聂隐娘猛扑过来。这一次，她没来得及躲闪。

寒光掠过，聂隐娘的胸前绽开整片嫣红。她强忍剧痛向后退去，但昆仑矮奴又瞬间变成面皮，而且比之前更加庞大，翻飞起来几乎遮住整个小院的上空。聂隐娘无路可走了，再要硬拼，伤口血流如注，力气迅速衰竭。而她的剑锋所指，更是次次落空，连碰都碰不到对方。

如此缠斗下去，聂隐娘凶多吉少！

正在千钧一发之际，夜空中突然飞来数个白影，轻而易举突入暗黑阵式，形成夹击之势。巨大连绵的黑色面皮瞬间即被攻破，裂成七零八落的碎片，摔落地上，顿时化成一摊又一摊腥臭难闻的血浆。

血浆汇集起来，重新合成昆仑矮奴的样子，但已经七窍迸血，奄奄一息了。

"隐娘，你怎么样！"

聂隐娘在夫君的搀扶下坐起身来："……我没事。你快去制住他……"

"不怕，他的幻术已破，无力再作恶了。"空中盘旋着的白蝙蝠纷纷落下，围绕在韩湘的身旁。他喜滋滋地说，"真好，我的白蝙蝠们总算派上大用场了。哎，隐娘？你的伤……"

"皮肉之伤而已，这次多亏韩郎了。"

韩湘不好意思起来："啊，这不算什么……果老道兄的真传，我练了许久终有所成，下回再见着他，可以不被他笑话了。"

"这到底是什么阴毒招数？"聂隐娘今天吃了大亏，恨得咬牙切齿。

"应是西域幻术的一种，以咒语惑人心智，并能将人心中最深重的恐惧唤起，故而打斗之时，你所见的均为幻觉，功夫再高也没用。而白蝙蝠是灵物，所以能突破幻阵，噬血杀敌。"

听到韩湘的这句话，昆仑矮奴居然呵呵地笑起来，但他每笑一声，就有深黑色的污血从唇边溢出。整个小院中都飘荡着浓烈的腥臭气。

聂隐娘逼问："你到底是什么人？"

矮奴翕动双唇，似乎要回答，却突然昂起头，朝聂隐娘唾出一口脓血。她再也无法遏制怒火，手起剑落，将他的脖颈一割两断。

韩湘叫："隐娘！"

"他不会招的，留着也是多余！"聂隐娘恨道，"大唐全境能有几个昆仑矮奴？不想便知其背景极深，此人定为死士。"

"难道是皇……"韩湘倒吸了一口凉气。

"你说呢？"

"能用昆仑矮奴为死士的，要么是富可敌国的波斯人，要么就是……那里头的。"

"哼，那里头的……"聂隐娘冷笑，"我只听说他们上几代曾经豢养过游侠，当今皇帝还颇以为耻，称为人君者当光明正大，不必用暗杀这类下三滥的手段，却不知眼前这一幕更加阴损可怖，又该如何解释呢？"

"倒也不能那么确定……"韩湘岔开话题，"隐娘怎么会跑到这种地方来的？"

聂隐娘紧锁眉头道："没想到那把匕首的背后牵连如此之深。"她叹了口气，"我寻到此处，是因为李长吉。"

"长吉？"

"韩郎可听过这首诗：'落漠谁家子？来感长安秋。壮年抱羁恨，梦泣生白头。瘦马秣败草，雨沫飘寒沟。南宫古帘暗，湿景传签筹……'"聂隐娘刚念到这里，韩湘便叫起来："这是李长吉的《崇义里滞雨》！哦，崇义里，莫非就是此处？"

"正是，我打听清楚的，李长吉在长安做奉礼郎时，便租住在此地。"

韩湘不禁摇头道："唉，想不到李长吉落魄至此，太可怜可叹了。我那叔父也是，说起来怎么爱才惜才，眼看人家受这等苦楚，也不出手相助……"

"长吉未必表露，你叔父怎生得知。"

"倒也是。"

"不过，李长吉早在元和六年就辞官归里了。所以他最后一次出现在地，应该是五年前。方才矮奴也提起，此处过去还算热闹，近几年来才荒疏至此。"

"我不明白，寻访长吉故处，难道不该是静娘所为吗？莫非是她拜托隐娘来的？"

聂隐娘淡淡地说："静娘告诉过我，长安城中长吉的故地，她至今一处都未访过。"

"哦——"应当是害怕触景伤情吧，韩湘倒能理解裴玄静，便问，"那我就更不懂隐娘来此的目的了。"

聂隐娘没有回答，却吟道："家山远千里，云脚天东头。忧眠枕剑匣，客帐梦封侯。"

这是长吉诗作的最后四句。正是"忧眠枕剑匣"之句启发了聂隐娘，使她循着长吉在京城落脚的踪迹而来。本以为或能发现一些与那柄神秘匕首有关的线索，却不想几乎遇害。

不管昆仑矮奴的背后是谁，有一点是可以肯定的：有人正在疯狂地寻觅匕首的踪迹，为此不惜采取任何手段。匕首的图纸是在吐突承璀的身上发现的，今天昆仑矮奴也提到，若干年前有阉官自宫中而出时，曾经借宿此地。

聂隐娘感到很庆幸：裴玄静选择远离李贺在长安的故地。现在看来，恰恰是这份痴心救了她，如果裴玄静早早地寻访到崇义里来，只怕已陷入万劫不复的境地了。

"隐娘，我们该走了。"至此未发一言的夫君突然开口。

聂隐娘悚然惊觉，问："韩郎，你怎么来的？你不是和崔郎在一起吗？"今夜她来探崇义坊，原只留了夫君在巷口望风，韩湘有别的重要任务。不过，今夜要是没有韩湘的白蝙蝠，他们夫妇二人恐怕都遭毒手了。

韩湘说："是崔淼让我跟来的，他说你可能需要帮手。还让这家伙说中了！"

"糟了！"聂隐娘道，"我这一耽误，只怕坏了崔郎出城的计划。"

"问题不大吧？现在还不算晚，崔淼说他可以等。"

"快走！"

三人就着月光，一路狂奔出小巷。前方不远处，就是紧闭的坊门了。长安城夜间宵禁制度极为严格，暮鼓之后，除非持有京兆府发出的特别通行文书，任何人都无法敲开坊门。

"这……怎么过去啊？"韩湘问得心虚。

聂隐娘向夫君使了个眼色，两人一左一右抓住韩湘的两条胳膊，旋即腾空而起。

韩湘没来得及惊叫，就稳稳地落在了坊墙高耸的墙头上。

他还从来没从这个角度观看过夜晚的长安城呢。衢、街、里坊、集市、观、寺、楼、阁，还有朱雀大街上成排的槐树，仿佛都变矮了。夜色也显得更加静谧。

聂隐娘说："走吧。"

"走？怎么走？"

"就在这上面走啊。"

韩湘顿悟，长安城各坊的坊墙彼此相连，从坊墙的墙头上匿行，既可躲避金吾卫的巡查，又不必过坊门，而且还是条捷径。主意的确好，可是……

他伸开双臂平衡身体，颤巍巍地才向前迈出步子，就觉头发晕，腿发软，身子不禁一晃，赶紧抓住聂隐娘的胳膊。"不、不行。我……要不，你们去吧，我就不……"

聂隐娘恨声道："真啰唆，上来！"韩湘的身子突然又一轻，等他明白过来，整个人已经伏在了聂隐娘的背上。"这、这……怎么可以……"

隐娘的夫君道："你刚受了伤，还是我来背他吧。"

"没事，你的身子不如我轻，管好自己就行了！"

韩湘窘得都快哭了，却也明白别无选择。他只好闭紧双目，听夜风簌簌掠过耳际，在心里默默地把太上老君、元始天尊、菩提老祖等等挨个念过来。也不知过了多久，聂隐娘停下脚步。韩湘觉得身体坠下，脚底再次踏到地面。他睁开眼睛，前方的夜色中高耸着一座城门。半轮孤月悬在半空，勾勒出绵亘起伏的城墙丽影。墙外，重峦叠嶂，林薮丛密，偶尔传来几声鸟啼。

"景曜门？"他叫起来。

聂隐娘警告："莫出声！快寻一寻，崔淼他们是否在此？"

周围寂寂，看不到半点人踪。只有一路跟随的白蝙蝠纷纷落下，停在他们身边。

7

"朕打算把李逢吉派到剑南去。"

皇帝的人影印在帷帘上，烛光把他的头像拉得老长，摇摆不定。

吐突承璀跪在帷幕前，定定地望着皇帝的影子。他保持这个姿势很久了，始终一言不发。

皇帝的声音继续从帷帘后面传来，"近日他连上数奏，称裴度常在府中会见天下各色奇人能士，以宰辅之名揽才，行为失当。哼，他明明知道，裴度为了帮朕剿灭强藩，认为朝廷当广纳贤才俊杰，不该再像德宗皇帝后期那样，以金吾卫暗中侦察朝臣动向，甚至禁止宰相在自己府中会见宾客，所以向朕奏请于私宅会见宾客，经过朕的准许后才这样做。裴度的所作所为光明磊落，并无半点私心。李逢吉却还在这里无理取闹，实在令朕厌恶！他无非是担心裴度削藩有成，功劳超过了他，所以千方百计中伤裴度。看来，朕必须把他送出长安才行了！"

吐突承璀仍然在发呆。

"你没有听见朕的话吗？过去与你谈起裴度和那班宰相们，你总有很多话要讲。今天是怎么了，突然变哑巴了？"

吐突承璀稍稍回过神来，"裴度啊……"他嗫嚅着，眼神依旧十分空茫，前言不搭后语，"大家，奴不太明白，大家为何要把裴玄静放到金仙观里。那样，那样会不会……"

"会不会什么？"

"……会不会令贵妃心怀不忿？金仙观毕竟是她的隐痛……"

"贵妃？你什么时候开始在意她的想法了？莫非去了一次广州，连性子都改了？"

往常听到这种亲昵的责备，吐突承璀总能恰如其分地为自己辩解几句，同时还把皇帝奉迎舒服了，但今天他却讷口无言，似乎真的变了一个人。

"哗啦！"从帷帘中抛出一条金链，正好落在吐突承璀面前。"朕让你把人带回来，你却给朕带回这个！"

吐突承璀双手拾起金链："眉娘不愿意回来，我又不想强她……"他的喉咙哽住了，眼圈发红。

"记得那时眉娘来拜别，朕赐了她这条金凤环。这傻丫头，居然不懂得怎么戴上。"

"是啊，所以还是奴帮她缠到胳膊上的。"吐突承璀笑起来，真是比哭还凄惨。

"是吗？这，朕倒是不记得了。"

"眉娘的胳膊细得呀，金凤环足足缠了七圈，才算不往下掉了。"

静了好一会儿，吐突承璀又说："这回，也是我从她胳膊上褪下来的。想来十年中她都一直戴着它，从不离身。"

"你拿去吧，留个念想。"皇帝叹了口气，"朕知道，你心里舍不得她。"

"谢大家！"吐突承璀叩头，"奴再替眉娘谢大家的恩，准她附葬丰陵。眉娘祖祖辈辈积德，才能获此天大的恩典呐。"

皇帝沉默，少顷，突然问："李忠言怎样？"

"他？就是不出声地跪在眉娘的柩前，到我离开时，还一动不动地跪着，像木雕泥塑。"

"你都跟他说了？"

"说了。"

"说了什么？"

"奴说了眉娘这十年都在哪里，在做什么；奴又说了眉娘所奉的，是先皇之命；奴还说了……正是奴用自己的这双手，把眉娘给掐死了。"

"他什么反应都没有吗？"

"没有……"吐突承璀抬起头，瞪着一双血红的眼睛说，"对了，当奴追问他，知不知道眉娘在等什么人时，他突然说了两个字——贾昌。"

"贾昌？贾昌不是死在长安了吗？眉娘等的人是从海上来的。"

"可是眉娘说过，一旦她接到东瀛来人，就要交付一份先皇手谕，然后送来者启程赴京。如此想来，长安应该也有人在等候。李忠言提到贾昌，是不是这个意思？"

"也就是说，贾昌守的不单单是墙上的那些字？"帷帘的一角微微掀起，露出皇帝苍白的面孔。他的眉头紧锁，似在忍受某种难言的苦楚，"《兰亭序》的谜底，你都跟他说了？"

"奴谨遵大家的旨意，上回就去丰陵给他透过风了。"

"他相信你吗？"

"这十年来我总去找他倾吐，就算再多疑的人，恐怕也该放松警戒了。况且他困在那个与世隔绝的地方，只有从我口里才能得到些活生生的消息，由不得他不信。"

"所以你认为，他提起贾昌是确有所指？"

"对……只是我想再诱他多说一点时，他又死活不肯开口了。"吐突承璀终于从悲痛中摆脱出来，言谈重新变得爽利，"大家，要不奴再去一次丰陵？我就不信撬不开李忠言的嘴！"

"没用的，像他这种人，早就横下一条求死的心。你真用强，反而成全了他。"

"那怎么办？贾昌的院子都推倒了，灵骨塔里奴也搜了好多遍，连只耗子都藏不住，实在想不出还能从何下手啊。"

皇帝的目光一凛："朕早该想到，他不会那么轻易就……"他突然说不下去了，以手扶额，发出痛苦的呻吟，"这头真真是痛死了！"

吐突承璀慌了手脚。

"陈弘志，滚出来！"

"奴在……"陈弘志应声而出，小步疾行到御榻前跪倒，双手擎着一个托盘，高举过头。

吐突承璀看见，托盘上有一个金莲花酒樽，旁边还有一个金匣。

皇帝打开金匣，从中取出一颗黑色的药丸，又端起酒樽，手微微发颤。他正要将药丸朝嘴里送，吐突承璀突然叫道："大家，不可啊！"

这一声喊得着实凌厉，竟把皇帝吓了一跳，几滴玉液从金樽中晃出来。

"你怎么回事？"

吐突承璀喘着粗气道："大家，万万不可服丹，不可服丹啊！"说着，竟"咚咚"叩起响头来。

皇帝将酒樽缓缓放回托盘："把东西留在这儿吧。"

陈弘志忙把托盘放下，又无声无息地退到玄色帷帘之后去了。

"这丹丸对头痛有奇效，朕试了两次，也还不错。你何苦又要拦朕。"

吐突承璀直起腰来，额头上已是整块青紫。他颤抖着声音道："大家，先皇饱受头风之苦数十年，却坚决不肯服丹丸。您还记得吧？"

"那又怎么样。"皇帝冷笑，"最终仍不得延年。"

"可先皇毕竟不是死于……"

皇帝的目光像利刃一般扫过来，吐突承璀自知失言，冷汗一下便浸透全身。足以致人癫狂崩溃的寂静充塞殿中，连灯树银擎上的明烛都惶惶欲灭。

不知过了多久，皇帝的话音才又响起来："他不需要服丹，因为那数十年中，他都只是一位东宫太子。太子病了，称病不起便是。没有人等着他去上朝，也没有那么多纷争辩论麻烦乃至战局需要他去处理决断。所以他尽可以病倒，为避害而拒服丹丸。可是朕不行！十年了，朕几乎没有停过朝，更没有病倒过。因为国事不可停，朕更不敢病！这就是他与朕的区别！"

皇帝的情绪虽然激昂，声音并不高，但吐突承璀听得耳际嗡嗡鸣响。

皇帝越说越激动："可是你看看，他给朕留下了什么！这么大一个乱局需要收拾，朕殚精竭虑整整十载，仍然不能有丝毫松懈。朕很累，累极了，但朕必须坚持下去。朕的身体不能垮，绝对不能垮！"

"大家……"

皇帝低声道："朕担心他把病也传给朕了，那可就全完了……"他又狞笑起来："所以这一切都是宿孽，都是埋在血里的毒，传给朕，想躲也躲不开，你说是不是！"

吐突承璀不可能答话，所以只能浑身战栗着，徒劳地望着皇帝扭曲变形的面孔。极度恐惧中，他的感官变得麻木，空白的脑海中渐渐浮现出一句话：他给你的不仅仅是这些，还有身体发肤，还有……皇位。随即，他被自己这大逆不道该诛九族的思绪吓呆了。

就是在吐突承璀愣神之际，皇帝吞下丹丸，又将杯中之酒一饮而尽，颓然倒下。

吐突承璀连大气都不敢出，一动不动地匍匐在榻前。面前恰好是一尊银鸭香熏，他便死死盯住镂空花纹中闪动的火光，看龙涎香袅袅升起，在令人窒息的宁静中增添了一抹悲哀的气氛。

"……你不用劝谏，朕心里清楚。"皇帝作势欲起，"你倒口茶给朕。"

吐突承璀从煨在炭火上的银壶中倒了一盏热茶出来，双手奉到皇帝唇边。皇帝抿了两口，又推开来："怎么不凉？"

"大家要喝凉茶吗？"吐突承璀的心又是一沉。

"不必了。"这一会儿工夫，皇帝的面色倒是和缓了些，"前些天李道古荐了一个叫柳泌的方士上来。这就是他炼的丹丸，效力好像还不错，朕试试，若觉有异，不服就是了。"

"是。"

"关于贾昌，朕倒想起来，他身边的那个禾娘至今还未找到吧？"

"还没有。"

"那就去找！"

"遵旨。"吐突承璀道，"请大家放心，这回奴就算上天入地，也一定把她找出来。"

"嗯。"

"……还有那柄匕首，既然不是眉娘带走的，奴也再想想办法。"

"不必。"

吐突承璀又是一愣。

"你就去盯住李忠言，再设法找到禾娘。匕首的事情，朕交给李素去办。"

"他找了那么久，都没什么进展啊。"

"最近，朕和他商议了一个新办法——守株待兔。"

"守株待兔？"

"你想，当年之人除了死的和李忠言，真正放出宫去的只有两个——卢眉娘和内常侍俱文珍。现在可以确认，眉娘没有带走匕首，那么只剩下俱文珍是最可疑的了。"

吐突承璀思忖道："俱文珍当年是以病重为由出宫的。可他已卒于元和五年了啊！如果真是他带走了匕首，又如何查起呢？"俱文珍是阉人，身后并无子嗣。族中虽有些亲戚，但因俱文珍憎恨他们当初将自己去势，送入宫中的行径，也早断了往来，所以俱文珍最后是孤独一人死在长安的，对此吐突承璀多少知情。

"李素把俱文珍出宫后，在长安落过脚的所有地方都调查了一遍，并搜罗了一些身怀绝技的异人，许以重金，派他们分别驻守在俱文珍的那些落脚点，等着有人找过来，即所谓守株待兔。"

吐突承璀有些糊涂了，难道皇帝怀疑俱文珍将匕首带出大明宫后，转交给了别人。这种可能性当然存在，但拿到匕首的人为什么还要找回来呢？

皇帝仿佛看透了他的疑惑，解释道："找来的未必是带着匕首之人，但会循着这条线索而来的，肯定不是局外人。而今你又带回来眉娘的话，更加佐证了朕的判断。"

吐突承璀似有所悟："大家的意思是说——长安城中有内应！"

"否则东瀛来人，到长安干什么呢？"

"奴明白了。或许贾昌就是其中之一，但肯定不止他一个。"

"没错。贾昌十年前就快九十岁了，总要提防他死。所以埋伏在长安的内应绝对不止他一人。俱文珍带出去的匕首，很可能是相认的信物，或者行动的号令。"皇帝缓缓地道，"既然有所谓的十年之约，如今十年已过，东瀛并没有人来，那么埋伏在长安的人会怎么办？朕以为，他们必将有所行动。就算他们想按兵不定，朕也要诱使他们动起来！"

"诱使他们动起来……对，只有这样才能发现他们的踪迹，将其一网打尽！"吐突承璀灵光乍现，"莫非，大家重开金仙观也是此意？"

"你心里明白就行了。"今夜，皇帝头一次露出淡淡的笑意，"你跟朕围猎过许多次，应该懂得围猎的三个步骤。第一步打草惊蛇，让猎物动起来，离开隐蔽的巢穴；第二步设下诱饵，诱敌深入，把猎物引入包围圈；第三步才能围而歼之！你还不知道吧，自你走后，长安城里出了不少与蛇有关的是非。很明显，有人耐不住了，朕就干脆给他们抛出诱饵，促使他们现身。"

所以，皇帝把裴玄静和金仙观都当成诱饵了？

吐突承璀无语。假如有人像他一样醒悟到，此刻皇帝处心积虑谋划对付的，竟然是已经死去十载的父亲，大概都会感到不寒而栗吧。

但吐突承璀仍然觉得难以置信：先皇真的会在死前布下层层阴谋，

设置了长达十年的迷局，用来惩罚乃至报复自己的儿子？

不。他很想对皇帝说，肯定弄错了，您一直都是先皇最宠爱的儿子啊，他绝对不会害您的。

但是吐突承璀不敢说，因为他看得清清楚楚，对父亲的怨恨已深入皇帝的骨髓。更确切地说，皇帝需要这种仇恨。

"很晚了，奴服侍大家歇息吧。"吐突承璀低声说，"还是，您打算叫谁来侍寝？奴让人去传话……"

"你想害朕吗？"

吐突承璀吓得一激灵，这又是从何说起？

皇帝狡黠地笑了："柳道人千叮咛万嘱咐，服丹后两个时辰不碰荤腥，不可动气，更不许行房，所以……"

"哦，呵呵。是奴该死，该死。"吐突承璀也讪笑起来。

突然，寝阁的门被人大力推开，冷风顿入，将玄色帷帘吹得半卷起来，满屋的烛光乱晃。

吐突承璀大怒："什么人？如此惊扰圣驾，不想活了吗！"

陈弘志连滚带爬进来，颤声高喊："大家，十三郎不见了！"

8

京兆尹郭鏦是直接将郭浣拖到殿上来的，祠部郎中段文昌紧随其后，同样面无人色。

郭鏦把儿子按倒在殿前，气急败坏地奏道："十三郎与段侍郎的公子成式陷落金仙观地窟。请陛下下旨，臣等方可入金仙观搜索！"

皇帝惊骇得几乎坐倒在御榻上。郭鏦喘着粗气，将经过讲述了一遍。

当天下午段成式带着李忱潜入金仙观"探海眼"后便失踪了。郭浣引走赖苍头后，独自一人翻墙进入金仙观，在池塘边等了整个下午，到天黑时方才出观呼救。而赖苍头在东市遍寻小主人不着，回府禀报武氏后，段文昌才得到消息。等到郭府和段家都快闹翻了天，派出去的人马几乎找遍整个长安城时，有人在辅兴坊金仙观外不远处，发现了边哭边走的郭浣。

还是从郭浣的口中，众人才得知，随段成式一起失踪的还有皇子十三郎。

"朕的十三郎不见了？"皇帝在殿上惊问，"竟然没有人来禀报朕？"他团团四顾，"你们在做什么？你们不知道吗？你们、你们……"

皇帝哽住了。十三郎是他的亲生儿子，一位金枝玉叶的皇子，平白消失却根本无人问津。而他这个做父亲的，即使拥有全天下至高的权威，却还要等旁人来通知。

个中悲凉，盖过了愤怒和焦急，使皇帝一时说不出话来。

"陛下……"大殿之上，此刻唯有郭鏦还敢开口，"请陛下赶紧下令搜观吧。十三郎和段成式，已经没入金仙观地窟两三个时辰了，再不去找只怕要出意外啊……"

金仙观！

这个词激起了皇帝狂飙般的怒火。

金仙观，为什么是金仙观？

他大声质问："十三郎怎么会跑到金仙观里去，这究竟是怎么回事，你们谁能够回答朕？"

郭鏦冲着儿子怒吼："你快说啊，将前后经过禀报于圣上！"

郭浣哭得一把鼻涕一把泪，但好歹是皇帝的亲外甥，从小见惯了大场面，还能抽抽搭搭地回答问题。要是换了别的孩子，在这种情势下早就吓得魂飞魄散了。

郭浣说："因、因为十三郎有血珠，段一郎……成式说要去探海眼，找更多的血珠。所以我们就去了金仙观……"

"……血珠？"

郭鏦急道："你说说清楚，什么血珠？"

"就是鲛人血泪凝成的珠子、天下至宝……"郭浣看着殿上暴跳如雷的舅舅，想起见过血珠就杀头的话，吓得语无伦次了，只忙着辩白道，"我、我没见过血珠。十三郎只给段成式看过……呜呜……我都是听他说的……"

郭鏦看向段文昌，祠部郎中自从进殿后，就一直面若死灰地肃立着。

皇帝问："段卿？"

"陛下，臣对此确实一无所知。"段文昌俯首奏道。从刻意压抑的嗓音中，能清晰地感觉到他的焦虑、内疚和彷徨，所有这些情绪复杂地纠结在一起，压迫得他几乎抬不起头来。顿了顿，段文昌跨前一步道，"陛下，臣的这个儿子向来顽劣，实乃臣疏于管教之责，臣甘愿领罪。"言罢，长拜稽首。

皇帝闭了闭眼睛，不理段文昌，还是转向自己的胖外甥："就算十三郎有血珠，你们为什么要去金仙观？"

"因为段、段成式说金仙观里面有海眼，能够直通到大海里。鲛人的血泪凝珠后，从海眼中汇集过来。所以，我们只要进入海眼，便能找到更多血珠。"

"海眼？金仙观里有海眼？"皇帝连连摇头，"这都是些什么奇谈怪论？"

段文昌连头都不敢抬一抬。

郭鏦无奈地回答："臣听说这个段成式，一向喜欢胡编乱造些玄奇诡异的故事，什么妖魔鬼怪的，崇文馆里的儿郎们，还都特别喜欢听他讲那些东西……"

"朕问的是，为什么是金仙观！"皇帝喝道，"段成式怎么会知道金仙观里有地窟？"他看着段文昌摇头，"不，段卿和家人去年刚回到长安，根本不可能了解那些。莫非是你？"皇帝逼视郭鏦。

京兆尹急得额头青筋乱迸："陛下，臣、臣绝对没有啊……再说金仙观已经封了那么多年，都没人记得当初的事情了……"

"可是……"

"陛下，先不管这些了吧，找人要紧啊！"郭鏦情急之下，居然打断了皇帝的话，"没有陛下的旨意，我等兵马不敢入金仙观的后院。而今都已过了一更天，再不能耽搁了呀。陛下！"

烛火炎炎，把殿上每一张仓皇的脸孔都照得红白相间，格外怪异。其中最狰狞的一张，属于皇帝。在这副标致绝伦的五官间，已经找不到刚刚为儿子焦虑的父亲的痕迹，只剩下盘算和怀疑、恐惧和残暴。

他终于开口了："朕亲往金仙观。"

深夜的皇城夹道中，皇帝一马奔驰在队伍的最前方。狭窄的一方夜空被火把染得变了颜色，非黑非红，似明又暗。星辰在烟火缭绕中若隐若现。看不到北极星，因为他们正在朝相反的南方狂奔而去。

没有人说话。耳边只有急促的呼吸声、马蹄哒哒和兵械撞击的声音。在皇帝的率领下，他们仿佛正在奔向一场真正的战斗，却无人知晓敌方的身份。也许，那个首领是清楚的。然而谁都看不见他脸上的表情，只能盯住他的苍黄色披风，在奔跑中被鼓起扇动着，绣于其上的那条龙就如同活了一般不停地翻飞起舞。

走到院中时，裴玄静才发现地上的湿意。这是今年的第几场春雨了？在无人察觉时，悄悄地下过，又悄悄地停歇了。她径直来到观门旁的耳房前，从屋檐上掉下几滴雨水，落在她的发髻和肩头，湿湿凉凉。

烛光从半掩的房门里透出来，在门口的泥地上画了个红圈。圈中是一个端坐的人影，裴玄静一看，便莫名地心疼起来。

"自虚，"她站在门外轻声唤道，"为什么不关门，夜里还冷得很，会着凉的。"

光影中的人跳起来，赶至门口，脸上微微发红，"我一心在读《璇玑图》上的诗，就把别的都忘了。嫂子——"

裴玄静迈步进屋，东首的一张小小坐床上，点着一盏粗瓷油灯。灯下摊着的，正是三幅《璇玑图》，旁边还有数张黄草纸，上面已经涂满字迹了。

"就快读完了。"李弥喜滋滋地说，"而且嫂子，除了你教我的回文读法，我还想出新的读法来了呢。"

"是吗？"

见裴玄静有兴趣，李弥赶紧演示给她看："你瞧，回文就是一直……这么兜转着读回来。可是我觉得，应该还能兜一兜，再兜一兜地读。"

"什么叫兜一兜，再兜一兜？"裴玄静忍俊不禁。

"你看嘛，这里我录了几首诗，就是兜一兜，再兜一兜的读法。"

裴玄静接过李弥递上来的黄草纸，随意地扫过那些诗。突然，她的目光被其中一首吸引住了。诗云："神龙昭飞，文德怀遗，分圣皇归。"

"自虚，这首诗是从哪一幅《璇玑图》里读出来的？"

李弥拿起中间有个洞的《璇玑图》："就是这个。"

裴玄静陷入沉思。

李弥等了半晌，忍不住怯怯地唤了声："嫂子……"

裴玄静回过神来，抱歉道："哦，是我想出神了，差点儿忘记正经事。"她微笑起来，"嫂子问你件事，你觉得禾娘好吗？"

"禾娘？"李弥睁大眼睛，突然面红耳赤起来，"我……觉得……"连嗓音都虚飘了，"我觉得……好……"这个"好"字从口中吐出时，好似带着满心的期盼，又有无限的羞怯。

不出所料。裴玄静向他微微点了点，免得他更加窘迫。

李弥垂下眼帘，复又抬起，目光变得朦胧："可是……我不好。"

"你不好，你怎么不好了？"

李弥低头不语。

裴玄静的心中又是一阵悲喜难言。她说："那么，你愿不愿意随嫂子一起走？"

"走？"

"对，离开长安。"

"离开长安？"

"不止你我。我们同禾娘还有三水哥哥一起走。好吗？"

李弥瞠目结舌，少顷，喜笑颜开道："好！"

"这就好了？"裴玄静嗔道，"也不问问去哪里？"

"和你们在一起，我哪里都愿意去！"

　　裴玄静笑着点头，眼眶却胀胀的："还有件事嫂子要嘱咐你，从今往后，再不许告诉任何人你叫自虚，只说大名即可。嫂子也从此称你为二郎。明白吗？禾娘和三水哥哥，我也会对他们说的。"

　　"为什么呀？"

　　"不为什么，你只听话便是。"

　　"哦。"李弥答应，向房门外张望道，"奇怪，好像有很多人朝咱们观来了……唔，还有好多好多匹马……"

第五章
君如海

1

金仙观前，火把照得通明。绕着围墙数丈开外竖起了荆棘编成的路障，金吾卫团团肃立，仅让出一条通路，待皇帝陛下的马匹疾奔而至到观门时，所有人齐刷刷跪倒。

裴玄静和李弥及观内的女冠们全被金吾卫们押解着，跪在院墙之下。在辅兴坊中居住了大半年，裴玄静还从未见过这么多人聚集在金仙观前，也从未体验过如此诡异的寂静，仿佛所有看得见和看不见的活物都同时失去了发声的功能。此地，俨然成了一个暗哑的世界。

提前赶到的郭鏦抢步上前，奏道："陛下，观内人等已全部拘押在此。无人能够提供十三郎他们的情况。而今之计，必须进后院入地窟了。"

皇帝扬起马鞭："那还等什么！"

仍然是皇帝一马当先，金仙观后院的禁地赫然敞开了。

月亮躲入乌云深处，再也不肯现身了。在熊熊火把的照耀下，茂密的树丛中仿佛燃起火来，夜雾和烟彼此缭绕，将人身烘托得如同幢幢鬼影。

由枯枝、败叶、杂草和落花填埋的池塘中央凹陷，像一张黑黢黢的巨口向上张开着。

皇帝在池塘前驻马，众人也跟着停下。

坐在郭鏦马匹前的郭浣哭喊起来："十三郎，段成式，你们快出来吧！别躲了……呜呜……"

池塘中央的黑洞里无声无息。

所有人都在等待皇帝一声令下，那么多呼吸交汇在一起，重如千钧。

"下去找！"

几乎就在皇帝下令的同时，郭鏦手一挥，早就围拢在池塘旁的数名兵士立即开始行动。他们在腰上缠绕绳索，逐渐从干涸的池塘边缘下探。为了照亮，更多的火把围过去，遮住了裴玄静的视线。

她只能朝离得最近的皇帝的脸上望过去。他仍然高坐于马背上，也是唯一一位占据着制高点，可以俯瞰整个场面的人。裴玄静盼望从这张脸上寻得进展，寻得惊喜，甚至寻得答案……她的心中有太多的疑问，正越来越集中到这个人的身上——

金仙观里究竟发生过什么事？为什么要封闭后院？为什么这个干涸的池塘被称为地窟？为什么……要让自己来金仙观修道？

"水！啊，水，水！"

突然喧哗吵闹声起。皇帝胯下的青骢受到惊吓，踢踏连连。毕竟是宝马，立即又稳住了。但裴玄静分明看到，皇帝露出极端惊骇的表情。

原先围在池塘边的兵士们纷纷向后疾速退去。裴玄静从刚让出的缝隙看过去，却见干涸的池塘中央，咕嘟咕嘟地往外冒出黑色的污水，水势湍急，顷刻就淹没了兵士们的靴背。还有几个已经下到池塘中央的，正试图从水眼中挣扎着往外爬，有的被拽了出来，有的行动稍缓，眼看水就灭了顶。

皇帝惊喝："怎么回事？"

刚从水中爬上来的一名将领，全身淌着污水跪在皇帝马前，嘶声奏道："陛下，臣等刚下去，就见地窟里已经充满污水了。我们还想凫水找人，不料那水涨势极猛，我等只得赶紧退上来，可还是有人来不及……"

"退上来？谁允许你们退上来！"

将领吓得连连叩头："陛下恕罪！"

就在这几句话的工夫，黑色的污水越漫越多，越漫越广，眼看就将整个池塘填满了。枯枝、败叶、杂草、落花，统统在水面上漂浮起来，如同一层厚厚的尸体。

"成式！"一声凄厉的呼喊从人群中冲出来。

从开始到现在，祠部郎中段文昌都保持着一张死灰的脸和一副咬紧的牙关，终于在即将丧子的千钧一发之际彻底崩溃。他直奔到池塘边，不管污水淹没了官靴的靴筒，绯色官袍的下摆也全部浸入水中，只顾声嘶力竭地呼喊："成式啊，我的儿啊，你快出来啊！"

段文昌的模样揭开了最惨痛的现实——十三郎和段成式，不可能生还了。

裴玄静想叫却发不出声音。她知道自己完全无能为力，只能透过婆娑的泪眼，企盼地望向皇帝，本能地寄希望于他。

皇帝是天子，十三郎更是他的亲生儿子，皇帝应该想出办法来。

如同过了几生几世般漫长。

皇帝终于轻轻地抬起了手臂："……把地窟填平吧。"

没人敢应声，因为谁都无法领悟，也接受不了这个命令背后的隐义。

"没人听见朕的话吗？"皇帝的声音低哑而缓慢。

郭鏦颤声问："陛下，您的意思是？"

"朕的意思还不清楚吗？"

"可是……十三郎还在下面啊……"

"那你把他找出来啊！"

郭鏦垂首不语，也许他正在内心暗暗庆幸——至少自己的儿子还好端端的……

皇帝再度扬起马鞭，嗓音依旧干涩，却变得平稳："现在就填，连夜填平！"

郭鏦只得应道："臣遵旨。"正要吩咐手下，却见那段文昌如木雕泥塑般立于污水中，心中不忍，便亲自上前去劝道，"段兄，退后吧，圣上下旨了。"

段文昌充耳不闻，站得纹丝不动。

郭鏦将心一横，伸手去拽段文昌的袍袖："走吧，孩子们……没希望啦！"

"放开我！"段文昌甩开郭鏦，竟然扑倒在池塘的水中，痛不欲生地高喊着，"成式，成式！我的儿啊，你快出来啊！"这一刻他彻底剥下了平日的沉稳外表，一颗慈父之心暴露无疑。

他的身后数步开外，同样失去儿子的皇帝，却完全恢复了冷酷和威严，再命郭鏦："京兆尹，你还在等什么！"

郭鏦示意左右，两名兵卒上前硬把段文昌往水塘边拖。

"不行，不能填啊，成式他们还在下面啊！"段文昌仍然不顾一切吼叫着，撕扯着，企图要螳臂当车。凄惨之状令在场众人都看不下去。段文昌情急之下力大无穷，拖拉他的兵卒却多少有些手软，几个人便在一摊污水中扭打纠缠着。

"陛下！请陛下且慢动手，妾还有话要说！"裴玄静在人群中高声叫道。

皇帝的目光像利剑般直刺到她的脸上。

从水满池塘到皇帝下令填平，方才裴玄静被这一系列跌宕起伏震骇住了，脑子里几乎变成一片空白。但当段文昌拼命阻止填埋池塘时，裴玄静幡然醒转，也意识到如果再不采取什么行动，段成式和李忱这两个孩子就真的没希望了。

她向上叩头道："陛下！虽然池塘溢水，但两个孩子未必就没有生还的可能。也许他们在底下的洞窟中还找到了藏身之处。现在应该设法把水引出，再行施救。说不定还能有一线生机。如果以土石填埋的话，就等于是将两个孩子直接杀死啊，请陛下三思！"

"底下洞窟里的藏身之处？"皇帝冷笑反问，"你怎么知道这些？莫非你下去过？"

"我、我没有……"裴玄静紧张地思索着，目前首先得让皇帝收回填埋池塘的命令，然后再谋其他吧，她抬起头回答，"妾有一个弟弟，一直随妾住在观中，平日负责打扫院子，也曾带着段一郎在观中玩耍。妾想……他或者和段一郎一起来过后院。如果询问妾弟，说不定能寻出段一郎和十三郎的踪迹。"

"你的弟弟？现在何处？"

裴玄静回头，李弥也被押在众人中间，满脸惊惶和不解。

"你说他可能去过地窟？"火光耀眼，使得皇帝的脸隐没在逆光的阴影之下。裴玄静看不清他的表情，只能硬着头皮回答："是的。"

裴玄静从未想过李弥会欺骗自己，直到她在污水漫溢的池塘边，看到密密丛丛已经凋谢的迎春花枝，想起那次崔淼带着禾娘来观中"灭蛇"后，粘在李弥香囊上的迎春花蕊……她全想起来了！还有那天，段成式来访时提到后院，之后李弥现身时的古怪模样……裴玄静追悔莫及——是自己疏忽了！如果能多加警觉，如果能追问几句，也许今天的事根本就不会发生。

她的心跳得全无规则，从未如此缺少把握。裴玄静不敢估量，现在把李弥扯进来会导致什么后果。她只想拖时间，能拖一会儿就拖一会儿。即使池水满溢，但总归好过沙土掩埋。她想为段成式和李忱再多抓一点点生还的机会。

李弥被推搡出人群，跪在裴玄静身旁。

"此人就是你的兄弟？"

"是的，陛下。"裴玄静说，"二郎，你面前的是当今圣上，快磕头！"

李弥向上叩了个头。

"你……"皇帝的声音听上去疲累极了，充满厌倦，"京兆尹，你替朕问一问他吧。"

"是！"郭鏦应命，上前问李弥，"你下去过池塘中的地窟？"

"我？"李弥心虚地望了一眼裴玄静，见她微微点头，便涨红着脸应道，"……是，我、我下去过。"

旁人都以为他是惧怕天威，只有裴玄静明白，李弥是不敢面对自己。虽然已有所料，亲耳听到他承认这个，裴玄静还是在一团乱麻般焦躁的心绪中，体会到了真切的伤心。

就在此时，皇帝亲自发问了："你在下面看见了什么？"

皇帝的语调很奇特，听上去令人不寒而栗。

李弥也被吓住了，战战兢兢地回答："我、我见到里面有些画，画着龙和船……还有一扇大铁门……"

"住口！"霹雳般的一声怒喝，把李弥后面的话都震了回去，也将在场所有人震得全身一颤。

"除了你，还有谁见到那些了？"

李弥抖抖索索地回答："还、还有段……"

"不必说下去，朕都知道了。"

"京兆尹——"

"臣在。"

"将此人送入池塘。"

"陛下？"

"就是他，把他也用沙土埋进池塘里去吧。"

一片肃杀的静，没人能够那么迅速地反应过来。

皇帝并不恼怒，而是又缓缓地重复一遍："速将此人没入池塘，也以沙土掩之。"

郭鏦终于回过神来："臣……遵旨。"

立刻有人冲过来反剪了李弥的双手，把他朝污水里推进去。李弥拼命地挣扎喊叫起来："嫂子……"

"陛下！"裴玄静高叫，"为什么要如此处置妾弟，妾弟犯了什么罪？"

皇帝古怪地笑了："朕的十三儿也在下面，让你的弟弟去陪葬，是他的荣幸！"

裴玄静根本说不出话来了。

"朕记得让你进金仙观修道时，曾与你约法三章。任何情况下，不得入后院。你没有忘记吧？"

"妾确实谨遵圣旨。但妾弟不懂事，段小郎君和十三郎也都是孩子。即使后院为禁地，他们偶一犯错，也是情有可原的啊，陛下！"

裴玄静将李弥曾入后院池塘地窟的秘密抛出，本意是为了争取皇帝改变填埋池塘的主意，给段成式和李忱再谋一线生机，哪里想到事情演变成这样，竟将李弥也置于死地，裴玄静怎么可能接受？

"救？早就没希望了。"皇帝长叹一声。

"如果不是你的这个弟弟，想必段成式也入不了后院，更不会将朕的十三郎带进去……因而他就是罪魁祸首！"皇帝的脸扭曲得厉害，标致绝伦的五官已经完全变形，令人难以卒睹。

"陛下……"

皇帝摆了摆手，"不要再说了！"对郭鏦喝道，"还愣着干什么，难道要朕在这里陪你们一晚上吗？"

"是！"郭鏦连忙吩咐手下分头行动，有的去拖段文昌，有的来拽李弥，还有的准备开挖后院的泥土和沙石。池塘本身虽大，但地窟的入口有限，以池塘及周边的淤泥和沙土，足够将其掩埋了。

"嫂子……"李弥还在呼救，但立刻被人堵住了嘴。

裴玄静扑到皇帝的马前："陛下！求陛下开恩，不要杀妾的弟弟，不要啊……"热泪滚滚而下，裴玄静语无伦次地哀求着。

"金仙观，朕是为了你打开的。"皇帝一字一顿地说。

裴玄静愣了愣，随即昂起头道："陛下说得是。今日之祸，皆为妾之罪责。求陛下放过妾的弟弟，让妾去为十三郎陪葬吧！"

她的声音并不高，但此言既出，所有人为之一震。纷乱暂止，大家再度期待地望向皇帝……

没有人看出来，此时此刻，为了压制腹中那团越烧越旺的烈火，皇帝的全身都被汗水浸透了。这是一种他从未体验过的剧烈痛楚，伴随着前所未有的狂躁精力，席卷整个躯体。

原来，这就是柳道人所警告的可怕后果！

可是皇帝发现，自己竟然酷爱这种感觉。极端的痛苦带来极端的力量，使他觉得自己无所不能。作为天子他本应无所不能，但只有现在，他才发觉自己可以抛弃掉一切软弱和犹豫，仅凭冷血意志操控天下众生。

皇帝俯瞰着裴玄静。奇怪，为什么竟三番五次下不去手杀她？

一抹狞笑浮现唇边，皇帝说："好吧，朕便成全了你！你和你的弟弟，还有这座观中所有的女冠们，统统去为十三郎陪葬吧！"

裴玄静当即被按在地上。额头重重地撞向树根，热乎乎的血流入眼眶，她的视线变得模糊，眼前的一切都蒙上血色纱幕。

她感觉不到痛，只觉天地在这一刻倾覆，黑白颠倒，对错不分，人间和地狱混为一体。她在心中所坚持的大义和真相瞬间崩塌，她的信念都被那无可抵挡的残暴碾压成了齑粉。

她想呼救，却再也找不到对象。这世上还有谁能救她，救李弥，救段成式和十三郎，救所有无辜的生命……

2

段成式想，我们一定是掉到海里去了。

周围全是黑色的水，无边无际，望不到尽头。

一丝光都没有。但奇怪的是，他仍然能够看见模糊的景物，在狭小的空间里延展开去……抬起头时，他看得见夜空中闪耀的群星，漫布苍穹。最低的仿佛就垂落在他的面前，一伸手便能摘下来。

水还在持续不断地上涌，水流又急又猛，岩壁湿滑，长满苔藓。段成式把手指探入岩壁中的缝隙，用尽全力抓紧凸起的石块，但仍然好几次险些被水冲走。

体力正在迅速耗竭，段成式不知道自己还能坚持多久。他心里多少明白，自己脑海中的星空和海面，其实并非是真实的。就如身边汹涌澎湃着的海浪，也是窒息和虚弱造成的幻觉。

但他绝不能放弃，不仅为了自己的性命，还有十三郎的生死也系于他一身。

段成式还能模糊地回忆起，事情究竟是怎么发生的。

起初他只想再去探一次池塘下的洞窟。上回没能看完的最后一幅画，久久萦绕在他的心头，挥之不去。带上十三郎，一来是小小的炫耀心思；二来是他盘算着，假如真能看到画着鲛人血泪的图，他就要拿十三郎的血珠，实物比较一番。

毕竟，谁都没见过真正的鲛人血泪，如果自己能够证实血珠和鲛人血泪的联系，那就太了不起了！

因为来过一次，所以段成式很快就在金仙观的后院外墙找到突破口。金仙观一向戒备森严，又有闹鬼的传说，后院外墙上有不少剥损断裂之处，居然无人过问。李忱年纪虽小，又有些痴呆，却不影响他爬树爬得飞快。两个人非常顺利地翻墙进入金仙观。

段成式同样毫不费力地找到了池塘中的地穴口，一路上还没忘记给郭浣留记号。

按照上次的方法，段成式做了个小火把，带着李忱下到地窟里。在洞中一路前行，毫无意外，在应该是最后一幅画的位置，巨大的铁门封住了去路。

这次没有李弥在旁催促，段成式对铁门研究了老半天，仍没有丝毫突破。

真是又累又失望。

李忱一点儿都帮不上忙，只会坐在旁边发呆。

段成式也在李忱身旁一屁股坐下，自顾自地懊恼着。

就在这个当儿，插在岩壁凹槽中的火把灭了。

周围顿时一片漆黑。段成式先愣了愣，随即又觉得奇怪。两次，火把都是在同一个地方突然熄灭的。

莫非这里真有什么鬼魅存在？

又或许，是鲛人之灵不愿意被闯入者打扰？

黑暗之中，段成式的头脑开始疾速运转起来。各种古怪的念头一个接一个，把他自己搞得应接不暇……

"光。"突然，黑暗中响起李忱愣愣的声音。

"什么光？"段成式刚问出口，就情不自禁地睁大了双眼。确实，在伸手不见五指的整片黑暗中，跳动着几点萤火般的微光。

那是什么？

段成式本能地朝光芒所在之处伸手一抓，触手冰凉。是铁门！

刚才他已经仔细研究过了，铁门由四块巨大的铁板拼合而成，合缝处有连排的铁钉，早就锈蚀得和其他部分成一体了。靠小火把的幽暗光线几乎无法分辨。用手摸时，才能感觉到凹凸不平。

光芒，似乎是从一颗接一颗凸起的钉子上冒出来的。

他又细细地摸了好几遍，弄得满手都是苔藓和锈屑，也没发现什么名堂。更可气的是，方才所见的光芒也消失了。

段成式泄了气。况且在黑暗里待久了，他也着实害怕起来，便道："这里什么都没有。十三郎，刚才是你看错了吧？"

李忱没吱声。

段成式有些不安，忙向身边摸了摸，摸到了李忱的脑袋，方才松了口气。

他拉着李忱的小胳膊说："火把灭了，这里怪吓人的。我带你出去吧。"

李忱不动。

"走啊！"

"光！"李忱小声说，语调里有罕见的欢欣，甚为灵动。

段成式大惊——真的有光！而且比刚才所见更加明亮，微微泛红的光芒还在轻轻摇摆，仿佛要幻化出什么活生生的东西来……

"啊！"段成式刚叫出声，光又消失了。

"怎么会这样？"他急得喊起来，满洞的回声从四面八方涌过来。

李忱"呵呵"地笑了。就在他的笑声中，那几点红光忽隐忽现。

段成式一把抓住李忱的肩膀："是你在捣鬼！"

黑暗中，李忱把自己的小手送到段成式的掌心里："你看呀。"

段成式感到，李忱把手摊开了。与此同时，不远处铁门的方向，几点红光幽然而起。

这一次又更亮了些。段成式甚至能借着微弱的光线看清李忱的脸了。更重要的是，他看见李忱摊开的手掌心中，五颗皇帝所赐的血珠正在熠熠放光。

原来血珠会在黑暗中发光。不仅如此，段成式还看到，当血珠在李忱的手中亮起时，铁门上的某一处也跟着映射出光芒来。

他将李忱的小手捏住，血珠光芒尽敛，铁门上的微光随之寂灭。

段成式惊喜地叫道："我明白了，是铁门映出了血珠的光！但是……"

但是为什么，只有那一点有反射呢？

段成式拉着李忱凑到铁门旁，又接连做了几次验证。没错，正是李忱的血珠发出的光芒，在铁门的某一点反射出格外妖异的光辉。

段成式的心跳加速，几乎喘不过气来。岩壁上所绘的鲛人屠龙的画面，唯独缺少最后蛟龙伏诛，鲛人泪落成血的那一幕。按照位置判断，就应该在封闭的铁门之后。而如今，李忱手中的血珠竟然点亮了铁门上的某一点。

那个正在闪闪发光的地方，一定有秘密！

段成式在发光的地方来回摸索。他发现，这里恰好是四块铁板拼合的正中。最终，他的手指触到了一个凸起。段成式喃喃地说："就是这里了。"

紧张的情绪突然消失了，头脑也变得空白，仿佛不受头脑的操纵，手指自动按了下去。

似有不易察觉的一阵微风拂过，那点亮光灭了。

但在黑暗再次笼罩的刹那之后，耳边又响起一阵奇怪的吱嘎声。

段成式感到，紧贴在身边的铁门震动起来，震动越来越剧烈，噪声也越来越响。他吓得护住李忱，向后连退几步。

轰然一声巨响！

段成式和李忱被震得趴倒在地。段成式用身体护住李忱，虽然什么都看不见，但觉脑袋周围嗖嗖的，冷不丁什么东西迎面撞过来。"哎哟！"他痛得大叫一声，抬手去摸，摸到一巴掌热乎乎的血。原来洞窟内飞灰四起，碎石乱溅。两人犹如像陷入乱石阵中，只得以手臂护头，拼命趴在地面上。

过了好一会儿，周围才又安静下来。

段成式料得应该没事了，才拖着李忱站起来。两人刚刚歪歪斜斜地站定，向前方一看，顿时目瞪口呆。

铁门——敞开了。

本以为铁门后面是岩壁，没错，但岩壁中赫然露出一个洞口，朝向不可知的黑暗前方。

终于明白了，铁门是为了封住这个洞口。

那么鲛人伏龙的画是不是没有了呢？又或者，还要深入洞口，继续向前探索？

段成式太激动了，因为他的那些鲛人伏龙的想象，正在这个神秘的洞穴中以匪夷所思的形式展开，远远超越了他最狂热的梦境。

"海眼……"他用力攥住李忱的小胳膊，"十三郎你快看，前面肯定就是海眼，我没骗你吧！"

李忱用力地点了点头。挂在胸前的血珠熠熠发光，把他的小小面庞照得格外红润。现在看起来，十三郎可一点儿都不呆傻。

更有意思的是，自从铁门敞开之后，整座漆黑的洞窟就变亮了。青白色的微光从新露的洞口里平稳而持续地透过来，仿佛那一侧真能通向某个奇异之所、某一方独立于世外的新天地。

段成式问："去吗？"

"嗯。"

段成式拉住李忱的手，并排穿过洞口，走进崭新的地道。起初那一段平淡无奇，和铁门外的洞窟并无二致，只有青白色的朦胧光线一直在前方，让人猜不透从何而来。

因为周围较之前亮了一些，段成式边走边留意着岩壁，并没发现有任何壁画的痕迹。但他感觉到，洞窟里的空气越来越潮湿。铁门另一头的洞窟，岩壁上苔藓丛生，水迹纵横，已是极湿。到了这里才发现，水从岩壁里直接渗透出来，头顶、身边和脚下，处处水流，一不小心就会滑倒。

段成式只能用力扯着李忱的手，拼命稳住步子前行。

脚下的水越来越深，很快就把两人的靴面浸没了。李忱的呼吸声越来越响，虽不像别的孩子那样叫唤，也没有赖着不走，但段成式明白，他快走不动了。

段成式自己也接近力竭。

他估量不出他们下来多久了，但肯定已经超过一个多时辰。郭浣那小胖子居然没跟过来。不过即使郭浣找到池塘中央的地洞，因为他们已经深入太多，也肯定听不到他的呼喊声了。

脚下的水还在上涨。

段成式开始感到慌张，难言的不祥感攥紧了他的心。而就在他们停止前行的同时，地道的远方传来隐约的闷响。段成式从来没有听过类似的声音，只觉那响动虽然遥远而低微，却似挟带着万古洪荒的威力，正向他们迎面扑来。

海！

如果这条地道真的能通向大海，那么前方等待着他们的将会是什么？

段成式突然大喊一声："十三郎，快跑！"

他的话音未落，李忱原地蹦起，向前撒腿就跑。

"哎呀，往回跑啊，笨蛋！"段成式急得直喊，跟在李忱后面猛追。真没想到李忱跑得那么快，满地积水，再加上处处拐弯，段成式一下子居然没能抓住他。直待跑出去好远，李忱慌不择路地拐进小岔口，跑到死路时，段成式才赶上他。

段成式气喘吁吁地问："你，你干什么瞎跑啊？"

"……不是你叫我跑的吗？"

"咳！我是让你往回跑啊。算了，咱们赶紧回去……"

但他们没来得及退回去。刹那间，一直远远萦绕的响声骤然变大，整个洞窟里如同地动天摇，伴随着震耳欲聋的巨响，一股黑色的洪水裹挟着万钧之力，从远方直泻而来。

段成式和李忱完全吓蒙了，只知本能地向后退缩。他们所处的这个空间狭小，退无可退，两人背靠岩壁，眼睁睁地看着洪水从面前汹涌而过。

片刻之后段成式才醒悟到——正是无意中躲入的这个小凹坑救了他俩的命。如果此时他们还留在地道里，毫无疑问已经被送上黄泉路了。

段成式搂住发抖的李忱，低声安慰："别怕，别怕。咱们躲在这儿，没事的……"

李忱呜咽着。

真的没事吗？不知李忱能否明白现在的处境，但段成式的心却在疾速下沉，仿佛已没入那股没头没尾、无止无尽、深不可测的黑水之中。

他们藏身的凹洞中，水面还在迅速抬升。李忱个子矮，眼看水就到胸口了。段成式在岩壁的略高处找到一小块容身地，抬起双臂，把李忱抱了上去。

随着水面的上升，黑暗重新变得浓重，只在水面上方还有隐约的青白光亮。段成式有些明白了，原来这种特殊的青白色来自水面。一旦水充满整个地道时，光便消失了，一切也将不复存在。

接下去，就是死亡吗？

心里忽然有种麻木的平静，死亡突如其来，根本不给他准备的时间。同样，也没有给他害怕的时间。在段成式一向的想象中，死后的世界烂漫多姿，丝毫不逊于活人的天地。当意识到自己即将死去时，他的心中甚至还有一丝丝好奇。

他竭力去想象大海，海上的星空和明月。水升到脖颈了，段成式的呼吸开始困难起来。恐惧感变得鲜明，取代了好奇心。他可以接受死，但是真的要这么难受地死去吗？

在他的心目中，海是辽阔无垠的梦乡，像母亲的怀抱一样恬静温暖。而眼前所见的，却分明是一场冰冷丑陋的噩梦。

"阿母……爹爹……"传来低低的啜泣声。段成式抬起头，看见李忱竭力缩起小小的身体，像只小猫似的蜷成一团，哭得满脸眼泪和鼻涕。

段成式艰难地伸出手去，安慰他："十三郎，别怕，别怕。"

"呜呜……我要回宫里去……我要阿母……我要爹爹……"李忱哭得更大声了，"我不要在这里……死……"

死！这个人人称之为痴儿的十三郎居然也明白，自己就要死了。

段成式突然想起来，原来今天要死的不止自己一个人，还有十三郎！

他的思维从无序和浪漫中回到现实。即使他自己能够接受死亡，但别人呢？

且不说十三郎才六岁，完全是懵懂无辜地被他带入这个可怕的境地。死的只是他们两个，但活着的人还有许许多多，他们该怎么面对这一切？

阿母！一想到阿母，段成式的心就痛似刀绞了。阿母视儿如命，自己这一死，只怕她也活不成。还有爹爹，刚回到朝廷任职，自己这回连累一位皇子共赴黄泉，哪怕十三郎只是所有皇子中最不受疼爱的一个，其罪也不可饶恕。爹爹的仕途肯定完了。父母亲养育自己一场，未及报恩尽孝，难道就要带给他们无尽的痛苦和煎熬吗？

想到这些，段成式的泪止不住地淌下来。可他又能怎么办呢？他茫然地抬起头，看着李忱涕泪交流的脸……

"十三郎！"段成式突然叫起来，"血珠呢？血珠还在吗？"

李忱抽泣着，把摊开的手掌送到段成式面前。

红光耀眼。血珠放出的光芒比之前亮了很多，几乎将他们容身的小凹坑都照彻了。

"好神奇的血珠！"段成式一下子忘记了悲伤和绝望，因为真实的奇迹正在他的眼前展现。鲛人血泪结珠，在深不可测的黑色水面上，放出火焰般跳跃的光辉。

那是深沉凝练的希望之光。

段成式的求生欲望，瞬间就被点燃了。

"十三郎别哭，咱们不会死的，一定能活着出去！"

李忱抽噎着点了点头。

段成式说："你就躲在这儿，千万别慌，也别乱动。我现在就出去找人。只要有血珠的光照，总能找到你的。"

李忱又点了点头。

"好样的十三郎。"段成式笑起来，"你是我见过最勇敢的孩子，真正的皇子！"

他让李忱将血珠尽量举高，让那火焰般跳动的光芒照得越远越好。然后他深吸口气，跃入无边无际的黑水之中。

他们藏身的小洞穴地势较高，所以段成式一出来，地道里的水就浸没了头顶。他在水中奋力游起来。多亏小时候在成都长大时，在解玉溪中学会了游泳，此刻派上了救命的用场。

段成式全力向前游去，血珠的红光很快被抛在后面。他又进入到一片混沌的黑暗中。这时方知，冬季尚未完全过去，他所置身的水冰凉彻骨，冻结血液，让他的手脚越来越不听使唤。段成式早已不辨方向了，只是机械地摆动着四肢。他的心里还保留着最后一丝清醒的意识，只要停下来，自己就完了。十三郎也完了。所以无论如何也不能停……

然而，他终于精疲力竭了，再也指挥不了自己的手脚。段成式感到，自己像一段木头似的僵硬，直挺挺地沉下去。

水没过头顶，心脏在胸口爆裂开来。无数锋利的钢针刺入全身。

无法形容的剧痛。

段成式失去了知觉。

但仿佛仅仅过了一瞬，他便苏醒了。段成式惊讶地发现，肉体上的痛楚统统消失了。自己竟然能够像一条鱼似的地在水中自由穿行，水依旧是漆黑的，但段成式的眼睛突然具备了穿透的视力，能够清楚地看清周围的一切。

他欢悦地游着，游着，游出了地道，游入了一片辽阔无垠的水中。

是海。

海眼，果然把他引入了真正的大海。

前方传来缥缈的歌声，是鲛人在歌唱！

段成式激动地劈波斩浪，向那个方向快速游去。

近了，近了，看见了！

在一大片如莲花般盛开的波浪中央，鲛人的身姿亭亭玉立，透明羽翼像鼓起的风帆般在周身飞舞。她面向前方，段成式只能看见她的背影。

段成式浮出水面，悄悄地向鲛人游过去。

她停止歌唱，转过身来。

这张脸美得出乎意料，足以令天下佳丽尽失颜色，段成式喊出了声："……杜秋娘！"

3

守在榻前的武肖珂听到这声喊叫，身子像中了一箭似的晃了晃，旁边的段文昌及时伸出手，将她扶住。

两人的眼神刚一交错，便立即闪开了。

武肖珂轻吁口气："这孩子说的什么胡话……"

段文昌尴尬地轻咳一声，低头放开武肖珂。她却主动伸出手，反将他的手握住。段文昌的心头一热，更用力地将她的手握紧。

榻边的太医捋着胡子，就像什么都没看见没听到，气定神闲地松开诊脉的手，道："小郎君当无大碍了。"

"真的？"武肖珂又惊又喜，"可成式为何还不醒来？"

"小郎君受惊过度，体力衰竭，身心都需要休养生息。此刻的酣睡对他的恢复是极为有利的。娘子大可不必忧心，在旁守护即可。小郎君的脉息已十分平稳，料想不出一两个时辰，定会安然醒来。"

"谢天谢地，多谢张太医了。"武肖珂向御医频频致谢，转首看着段成式的脸，又问，"只是成式的面色还很苍白啊，太医是不是再……"

段文昌赶紧上前一步道:"太医辛苦了。"一边使劲丢了个眼色过去,才算阻止了武肖珂的唠叨。

张太医微笑起身:"我还要赶回宫里去,告辞了。"

段文昌道:"张太医百忙之中还来替成式诊治,实在感激不尽。"

"哪里,我只是奉圣上之命,要谢还是谢天恩吧。"张太医说着,朝东北方向拱了拱手。

"是,是。"段文昌陪着张太医向外走,一边问,"十三郎可还好?太医赶回宫里去,是为了他吧?"

"十三郎?他并没淹到水,仅仅是受了些惊吓。况且……你我都知道,"张太医爽朗地笑起来,"十三郎生得钝拙一些,在那种情势之下,反倒是件好事。"

"也对,也对。"

见已到二堂,段文昌止步躬身道:"圣上有令,命我在家中闭门思过,故只能送太医到这里了,还望见谅。"

"好说,好说。"张太医含笑颔首,"圣上奖惩分明,赏罚有度。这次的事情能有现在的结果,也着实令我等欣慰啊。"

段文昌一揖到地。

直到听不到张太医的脚步声了,段文昌才返身回去。

刚踏进门,就听到屏风后面传来武肖珂又哭又笑的声音:"成式,成式!"

段文昌吓了一跳,几步转到屏风后,却见段成式已经醒来了,睁圆了一对大眼睛,正被武肖珂搂在怀里,没头没脑地亲吻着。

"我的儿啊,你总算醒了。"武肖珂喜极而泣。

"阿母……"段成式的声音还有些虚弱,但比他的母亲镇定多了。见段文昌也赶来榻前,他便喊了声"爹爹",稍稍将母亲推开些,显得有些不好意思。

段文昌百感交集地应道:"成式,你好些了么?"

段成式左右四顾,又看了看父母,喃喃道:"我回家了……"

"是啊，成式，你可吓死阿母了。"武肖珂又落下泪来。

段成式叫起来："十三郎！十三郎呢？"

"他没事，没事！"段文昌忙道，"已平安回到大明宫中了。"

段成式松了口气，顿觉气虚体乏，软软地靠到母亲怀中："阿母，我好累……"

段成式在武肖珂的守护中，再次沉沉睡去。

段文昌坐在帷幕的另一边，看着武肖珂隔着散花帘幕的背影，恍惚发觉，已经好久没有这样专注地看过妻子了。他发现，她的身形比在成都时纤瘦了不少。这两日因为看护段成式，没有时间和心情在头上盘高髻，只挽了个寻常的发髻，金钗玉簪随意地插了几支在上面。对武肖珂这样的大家闺秀来说，如此仪容实在有失身份，但此刻看在段文昌的眼中，却显得格外真实而亲切。

这才是他的妻子，他儿子的母亲。

段文昌轻轻地叹息，有多久了？自己已经体会不到这种寻常人生中的点滴暖意，虽然庸凡，却让人倍感踏实，是从来到长安开始的吧。

"成式睡着了。"

段文昌头一抬，妻子站在面前。

他微笑着招呼："让他睡吧。来，坐到我身边来。"

武肖珂坐下来，段文昌将她揽入怀中，下颌摩挲着她的黑发，叹道："我们多久没有如此了。"

她说："那还真得感谢圣上。若非他下令你禁足，你还不知……"言语之间，怨气似乎还未褪尽。

段文昌笑了笑。

见丈夫不争辩，武肖珂反又替他不平起来："圣上也太过严厉了，竟以你在事发时言行失措，有损官仪为由命你闭门思过。我却不懂了，爱子分明是人之常情，何过之有呢？再说，要不是我们成式，十三郎是断断回不来的了。"

"娘子此言差矣。"段文昌正色道，"十三郎陷入地窟，本来就是成式带去的。所以这次他们俩都能平安生还，实为不幸之中的万幸。今后，成式还是要严加管教的，否则又不知要闹出什么祸事来。不是每一次都能有同样的幸运的！"

武肖珂就不爱听段成式的坏话，登时沉下脸来。段文昌亦默默无语。

少顷，她的心又软下来。她想起人们告诉自己的，在那个可怕的夜晚，在金仙观中，段文昌是如何不顾尊严不惜忤逆，在众目睽睽之下，以血肉之躯阻挡皇帝下令填埋地窟，为了儿子生还的一线希望而拼死相争。她竟不知道，在对儿子一向严厉的外表下，丈夫还深藏着这样一颗拳拳爱子之心。想到这里，她又觉得他的所有行为都是可以原谅，可以理解的了。

武肖珂抬起头，看着丈夫略显落寞的面容，轻声叹道："你说的也有道理。成式，是该好好管管了。"

"倒不急在这一时。"段文昌释然地笑道，"虽然成式这孩子常常天马行空，所作所为有些出人意表。但这一次他的表现，绝对称得上勇敢，其实我很为他自豪。若非他的英勇，圣上又怎会仅以'斯文扫地'这一项罪名来责罚我。总之，经此一劫，我和成式都要好好反省。"

"我也是。"

话说至此，夫妻二人相视一笑。多少误解和伤害，仿佛都在这个瞬间泯然。

"对了，"段文昌问，"方才成式醒来时，可曾提到获救前的情形？"

"零碎说了几句，不过他精神还未完全恢复，有些前言不搭后语。"

"不急。等他休息好了，再细细询问吧。"

武肖珂明白段文昌的意思。在下令让段文昌闭门思过的同时，皇帝另有一道旨意，要求在段成式清醒之后，将他所述的事发经过陈文上奏。段文昌今后的官运，恐怕还得看这道奏表能否让皇帝满意。

她迟疑地说："方才他接连提了两次……那个名字。"

"你是说……"段文昌狠一狠心，脱口说出，"杜秋娘？"

武肖珂默然。

气氛又变得滞结起来。

是时候了。段文昌下定决心，该向妻子坦诚心迹了。他艰难但坚决地开口，"娘子，前一段时间我常常造访……平康坊，确实是为了去见那位杜秋娘……"

"郎君去北里，我并不想擅加干预……"

"不不，娘子你误会我了。"段文昌苦笑道，"对士人男子来说，狎妓寻欢，确实不算什么。但我去访那杜秋娘，却不是为了寻欢作乐。"

武肖珂不禁把眼睛睁大了。

"娘子应该知道，那个杜秋娘非是一名寻常的歌妓。"

"这……倒是听到过一些传闻。"实际上，正是宋若茵把皇帝悄悄临幸杜秋娘的隐秘告诉给武肖珂的，但当时她并未在意。离开长安许多年，武肖珂对于朝廷和皇帝都相当隔膜，没有太多兴趣。后来在她得知丈夫频频造访北里，并且与自己日益疏远时，所怨所恨的也无非是丈夫耽于美色，却从没想过，这里头居然还有皇帝的因素。

"难道郎君造访北里的目的，竟与圣……"武肖珂把自己吓了一跳，不敢往下说了。

段文昌却显得很镇定，苦笑着说："娘子知道，我自从去年底回朝任职，颇受京城官员的排挤。似乎有不少人认定，我是想借着丈人惨死、圣上恻隐之机，谋官擢升。而我既不屑为自己辩解，朋党之中又无我的容身之地，就一心想要获得圣上的青睐。可是心越急，越容易犯错，我竟冒失地向圣上提出册封郭贵妃为后的表章。"

武肖珂惊道："上回你让我向宋若茵打听圣上对立后的看法，就是为了这个？"

"可是宋若茵误导了我。"

武肖珂面色发白："我也是后来才知道，若茵说得不对。可是……她为什么要骗我？"

段文昌冷笑道："知人知面不知心啊。按说死者为大，她又是你的闺中密友，我不该说她的不是。但这个宋若茵确实心怀叵测，我的的确确是被她给害了。"

"圣上迁怒于你了吗？"

"倒不曾有明确的表示。他只是将我的表章按下不回，但在朝堂上明显地对我冷淡了许多。我感到十分不安，又弄不清楚问题出在哪里，恰好那日宋若茵来访，我匆匆向她求教，结果她暗示我，去平康坊找杜秋娘。"

"天哪！"

段文昌苦笑："事情就是这样。我去了平康坊好几次，想见杜秋娘一面却分外困难。即使见到了，也根本谈不上什么话。那段时间我仿佛陷入魔障之中，越困惑就越挣扎，越混沌就越焦躁，于是便干脆夜夜去访。与此同时，我也开始对宋若茵起了疑心，所以就更无法面对你……"

武肖珂喃喃："但你最终也没在杜秋娘那里找到答案。"

"当然没有。而且不久后，宋若茵和杜秋娘相继横死，我大为震惊，怎敢再轻举妄动。圣上正在全力调查宋若茵和杜秋娘的死因，我只想尽快知道结果，以解心头疑团。谁又能想到，成式突然出了这么大的事。"顿了顿，段文昌又喟叹道，"正是在那一夜的危局中，我才发现所谓的皇恩、所谓的仕途，种种皆为虚妄。任凭什么，都不能让我眼睁睁看着亲生骨肉遇害而无动于衷。也正是那个危局，令我彻底醒悟。咳，我过去的那段时间里，都在做些什么？如今想想还感到后怕，所幸未曾造成不可挽回的后果。现在，成式也平平安安地回家来了，我再无他求。"

"郎君——"武肖珂嘤咛一声，投入段文昌的怀抱。两人紧紧相拥，真如分别了半生再重逢一般，情深缱绻难分难舍。

她沉醉地想，为了这一刻，再多的失望和磨难都是值得的。也许，这一切都是上天给他们夫妇的试炼……

"你方才说，成式遇险时见到杜秋娘了？"段文昌突然问。

"啊，他是这么说的。"

"怎么可能，杜秋娘数日前就死了。"

"大约……是他的头脑还未清醒吧？"

二人还在疑惑，却听榻上传来低低的叫声："阿母……"

"我来了。"武肖珂连忙答应，向丈夫微笑，"成式醒了，直接问他吧。"

4

两天后的晌午，在京兆府中，郭鏦把段文昌的奏表一连读了三遍，越读心情越沉重。

按理说，段成式和李忱都安然无恙地救了回来，皇帝也格外开恩，免去追究所有相关人等的罪责，只是将金仙观中的池塘填埋，后院重新封闭了事。危机已经过去，生活也恢复了原先的秩序与平静。整个事件，似乎都可以被看作为无知小儿闯出的一次不大不小的祸事，应该将其彻底抛至脑后了。

唯有京兆尹郭鏦奉圣上旨意，要把事件的全部经过梳理清晰，以鉴真相。

三个孩子中，郭浣早把能说的都说了，并且在事后挨了郭鏦的好一顿胖揍，至今仍赖在房中不肯见人。李忱，本是个人尽皆知的痴儿，救回来时虽没受什么外伤，但问什么都不开口。皇帝怜惜这个傻儿子，已带回大明宫中自己的寝殿里，两天来除了处理政务之外，都亲自陪伴安抚着，自然也强他不得。所以，郭鏦对段文昌的奏章抱了极大的希望。

一则，段成式是整个事件的主谋；二则，段成式是三个孩子中年龄最大头脑最灵的；三则，是他拼死游出地道求救，才保得十三郎平安。郭鏦满心以为，只要段成式清醒过来，将来龙去脉说清楚，自己也就能向皇帝交差了。

可是段文昌交上来的奏表，却令郭鏦大为困惑了。

前面关于三人合谋去探"海眼"的描述，和郭浣所述的一致，并无出入。从进入地窟之后到李忱的血珠放光，引导段成式触动机关开启铁门，就让郭鏦觉得有些匪夷所思起来。再到进入地道，积水灌注，淹没去路，两人凑巧躲入地道侧壁上一个凹陷的附洞才侥幸逃命，倒是让郭鏦读得惊心动魄，后怕不已。之后便是段成式决定凫水游出地道求救，郭鏦正在暗暗为这孩子的勇敢叫好，紧接着，便看到了让他实在无法接受的段落。

据段成式描述，他通过"海眼"游入大海，见到了杜秋娘幻化而成的鲛人。正是鲛人将他从海中救起，又施法术救出了十三郎。

为了慎重起见，郭鏦把这段描述读了又读，企图找到些真实感。但每次读完，他都在内心里发出同样的感慨："这不是胡说八道嘛！"

京兆尹郭鏦知道，段成式素有想象驰骋、信口开河之名，却不料他在生死攸关的大事上也能编出花来。更可气的是，段文昌居然把这些胡言乱语都一字不漏地录下来，并在奏章上美其名曰：如实据奏，不敢擅动一字。

郭鏦心说，好个段文昌，你的宝贝儿子闯了大祸，你倒把责任推得一干二净。可我要是把这些疯言疯语上奏给皇帝，他肯定又会大怒。到时候怪罪下来，算你的还是算我的呢？

郭鏦正对着奏表生闷气，衙役来报，司天台监李素到了。

郭鏦可算盼到了救星："快快，快请他进来。"

因是多年老友，彼此无须寒暄，刚一落座，波斯人便眯缝着一对碧眼道："京兆尹大人这么急着召唤本官，是有什么要紧的事情吗？"

郭鏦把段文昌的奏章往对面推了推："你看看这个。"

李素只扫了一眼，便摇头道："不妥。这份奏表涉及前两日的危情，圣上并未命李素参与调查，我不能看，不敢看，万万不可。"

郭鏦道："拜托，此事或涉鬼神，必须要司天台监助我一臂之力啊。"

"事涉鬼神？那就更与我无关咯。我只管天象，又不管捉鬼伏妖。"

郭鏦没好气地说："前些天我可是亲耳听李大人说，天璇和天玑星有异状，意谓皇家有难，如今天象可有变化？"

"化险为夷，化险为夷。"

"所以嘛——"郭鏦道，"你就读一读这份奏章吧，会有你感兴趣的。须知这化险为夷里头，还有很深的内情呢。"

郭鏦再三相求，李素这才取过奏章，认认真真地看了起来。许久，他抬起头来，一双深沉的碧眼在皱纹中若明若暗。

"怎么样？"

李素长吁口气，以略带感伤的口吻道："不瞒郭大人……个中文字令我想起了很多年前。"

"谁说不是啊，我这两天也一直在想，经历过当年金仙观案件的人已所剩无几。除去大明宫里的那几位，在宫外的，也就是只有你我了吧。"

"没错。我记得当年处理此案的金吾卫大将军，正是阁下的叔父。"

郭鏦黯然神伤，当年的金吾卫大将军郭曙，正是郭子仪的第七子，也是他和郭念云的亲叔叔。时光荏苒，他不禁喃喃："一转眼，都快二十年了。"

李素问："奏章里说金仙观地窟的出口以巨幅铁门封锁，就是在当年那个案件之后吧？"

"是。那年德宗皇帝下令，由当时的太子殿下也就是先皇全权处理此案，正是先皇下了皇太子敕令，命以铁门将地道彻底封堵，并由家叔秘密施工完成的。之后，整个金仙观也给封闭了起来。这么多年再无人入内，所以连池塘都干了。"

"为什么圣上突然又将金仙观打开了呢？"

"唉，圣意不可测啊。"郭鏦叹息，"最可怕的是，金仙观刚一打开，就出了此等大事。而且你看，段成式的这些疯话中提到的血珠、铁门、地道云云，分明就是将尘封多年的秘密一一揭开，难道，真有什么冥冥中的意志在作祟吗？"

李素正色道："子不语怪力乱神，京兆尹切勿妄言。这些话我听见也就算了……"

"咳，我懂，我懂。"

一阵浑浊而阴森的恐惧袭上心头，郭鏦不自觉地闭紧了双唇。作为当朝最显赫的豪门子弟，他能够幸运地始终置身于政治斗争的漩涡之外，一方面是他本人的个性使然，另一方面也多亏了妻子汉阳公主李畅明哲保身的智慧。但郭家，一直以来都在权力的锋刃边缘艰难地维持平衡，却是他不得不看在眼里的惊心动魄的现实。

多年前的金仙观案件，就曾经对郭家造成巨大的冲击。虽然由当时的太子，也就是顺宗皇帝多加周旋，才算平息了风波。为了尽量遮掩事实，消除后续的影响，先皇以皇太子敕，密令当时的金吾卫大将军郭曙修筑铁门封堵地道，之后又奏请德宗皇帝将金仙观整个封闭了。

谁能想到，二十年后余波又起。

郭鏦情不自禁地打了个寒战，"龙涎香之杀"这几个字好像自动从他的嘴里蹦出来。待他发觉自己在说什么时，竟吓得脸色煞白了。

京兆尹和司天台监，两位紫袍大员在午后寂静的京兆府大堂上面面相觑，心惊胆颤。

这世上有一些禁忌，是绝对不能触碰的，触之即是毁灭，其中就包括：龙涎香之杀。

永贞元年的春天，在大唐动荡不安的朝堂之上，曾经发生过一系列神秘的刺杀案。被刺杀者皆为权倾一时的高官贵胄，恐怖气氛弥漫，长安豪门之中几乎人人自危。由于刺杀现场总会有龙涎香的香气经久不散，所以这些刺杀案被总称为"龙涎香之杀"。又因为龙涎香极其珍贵，向来为天子所私有，便有人揣测，所有这些刺杀都是在顺宗皇帝的授意下执行的。

顺宗皇帝登基之时就已中风，卧病不起，不得不采取非常规的方式把控政局。为此豢养刺客，以暗杀的方式消灭政敌，也不是不可能。只是没有人敢议论，更没有人能见到深宫中缠绵病榻的皇帝，当面问一问他。所以"龙涎香之杀"就成了一个连提都不能提的恐怖谜团。

郭鏦的叔父，当年的金吾卫大将军郭曙就是在一次"龙涎香之杀"

中遇害的。凶手照例不知所踪，永贞元年时局太乱，郭家只能暂时吃下这个哑巴亏。到了当年八月，顺宗皇帝以病重的名义内禅，李纯登上皇位，郭家更把举族荣华押到了郭念云的身上。先皇或为郭曙之死的幕后黑手这类猜测，当然就更不能提了。

先皇为什么非要置郭曙于死地？与先皇争夺皇位的舒王李谊曾经和郭曙过从甚密，这肯定是一个原因。另外一个重要的原因恐怕就是，郭曙是当年金仙观案件的知情人。

郭曙死于永贞元年初，不久以后，先皇也驾崩了。整整十年过去，往事似已成烟。谁又能想到，当今圣上的一个意义不明的决定：重启金仙观，竟会引来这样一场轩然大波。

沉默良久，郭鏦把自己的思绪拉回现实。

"你看这血珠又是怎么回事，怎么竟能开启铁门上的机关？"

"不知。"李素摇头，想了想又道，"血珠的事，我看你就不必操心了。既然血珠在十三郎的身上，肯定是圣上给他的。圣上自己心中，绝对是有数的。"

郭鏦思忖道："也对。那么这地道中灌水……"

"应该是铁门打开之后，与城中的地下沟渠贯通了吧。"

"我也是这么猜的。不过……"

"你看着我干什么？"李素道，"那个救出十三郎和段成式的人，此刻不是关押在你京兆府中吗？有什么话，你去问他呀。"

郭鏦干笑几声，"不是关押。呵呵，仅仅是禁足而已。你知道，事涉皇家机密、宫闱内幕，总要谨慎小心一些。"

他的眼前又出现了那夜的情景。

当时现场已乱作一团。金吾卫们要将观内所有人等统统驱赶入污水漫溢的池塘。女冠们虽无力抵抗，却鬼哭狼嚎，哭闹声喧天，不少人被打得头破血流，昏厥过去。

郭鏦只剩下一个本能的反应，把郭浣的脸按向自己的胸口，按得牢牢的，不让孩子目睹这人间地狱般的惨状。但他心里明白，封得住孩子的眼睛，封不住孩子的耳朵和鼻子。郭浣仍然能听到，甚至嗅到这份惨烈和血腥。经过这一夜，小小年纪的他不仅要直面好友的意外身亡，还要体验人世间的莫大不公与残酷。两者叠加，郭浣的少年时代肯定宣告结束了。虽然是迟早的事情，但也不要以如此残酷的方式吧。

郭鏦心如刀绞，也只能徒劳地望向皇帝，再没有勇气说一句规劝的话。

因为，在今夜失去至亲的人，首先就是皇帝自己。

皇帝像一尊塑像般纹丝不动，凝视着眼前的混乱。皇帝登基十年了，郭鏦日日对着御阶上的那套冕旒叩拜，直到此时此刻，才重新以一个陌生人的畏惧眼光，认识了大唐的天子。

能够杀伐于千里之外者，还不足以称之为天子。灭绝人伦者，方为寡人。

黑云压顶，黯月无光。金仙观后院的这幕人间惨剧，似已不可逆转了。

突然间——

守在最外围的金吾卫们一阵骚动，有人在激动地喊："十三郎，是十三郎！十三郎回来了！"

郭鏦还没反应过来，怀中的郭浣已挣脱出去，向前边叫边跑："十三郎，十三郎！"

也许是太激动了，郭浣没跑几步就扑通摔倒了，恰好倒在皇帝的马前。他刚撑起身子，便看见浑身上下又是泥又是水，如同一块小黑炭似的李忱滚到皇帝跟前。

皇帝跳下马来，弯下腰，一把将李忱抱了起来。

熊熊火光将父子俩的面孔照得格外明亮。满脸泥浆的李忱，像只花猫似的拼命把脑袋往皇帝的怀里蹭，嘴里含混不清地叫着："爹爹，爹爹……"皇帝则把儿子的脸用力贴在自己的脸上，全然不顾自己的面孔和衣服也变得肮脏不堪。他的嘴唇在微微翕动，但是没有人能听见他在说什么，他是在和自己的儿子说悄悄话。

很快，李忱便放松地窝在父亲的肩上，闭起了眼睛。

郭鏦激动地上前去——转机来了！其实自十三郎现身起，金吾卫们就停下来待命了。现在京兆尹要请皇帝新的旨意。可当靠近时，郭鏦又不知如何开口了。因为，他清清楚楚地看见了皇帝眼中的泪光。

甫一愣神之际，郭鏦听到了儿子郭浣的又一声高喊："段成式！"

他闻声回头，只见一人快步走入火光的包围圈中，双手间托抱着的，不正是段成式嘛！

5

"我听说，这位救了十三郎与段小郎君的人，是个郎中？"李素的两只眼睛放出灼灼绿光，让郭鏦想起家中的黑猫，一模一样的鬼魅。

"是，此人名唤崔淼，是个江湖郎中。"

"皇子为江湖郎中所救，可谓佳话。"

"佳话，还是假话？"

李素反问："此话怎讲？"

"这个崔淼郎中，原先本官就认得。"郭鏦闷闷不乐地道，"前一阵子京城频发蛇患，哦，那回圣上不是还特意将你我和段文昌召入宫中，商议对策吗？"

"宫中扶乩，当时是这个决定吧？"

"唉，就是宫中扶乩，又闹出多少祸害来……"郭鏦欲言又止，"今天不提那些个。还是说回崔淼郎中。其实那次延英殿召对之后，我还是想了许多法子除蛇患的。既然身为京兆尹，总不能尸位素餐。结果，就找到了这位崔淼郎中。说起来，这崔郎中真有一手，自终南山中采摘到特殊的草药，遇到蛇穴便焚药将蛇驱出，再洒上药粉灭之，居然卓有成效。你有没有感觉到，其实最近城中已很少有人提到蛇患了？"

李素道："春分都过了，这会儿就算爬出些长虫短虫来，也不足为奇了吧。"又见郭鏦一脸不悦，便笑道，"和你开个玩笑嘛。京兆尹替圣上分忧，为百姓除害，居功至伟啊，李素打心眼里敬佩！"

郭鏦摇了摇头："我所做的都是本分。倒是这位崔淼郎中，确实立下大功一件。我本来打算为他向圣上请功的，不巧近来宫中接连出事，崔郎中又牵扯到了杜秋娘横死一案中去。虽然案情与他无干，但我想还是先等一等，待那个案子水落石出，圣上心情好转之后再为他请功，应该比较容易办到，所以就一直没提。"

"这不巧了吗？"李素道，"崔郎中又救了十三郎和段小郎君，干脆请圣上两件功劳一块儿奖赏，岂不皆大欢喜？"

"哪有那么简单。"

李素等了一会儿，见郭鏦顾自沉思，便问："我很好奇啊，一位江湖郎中怎么能救下十三郎他们的，段成式怎么完全没有提到他？他是如何解释的呢？"

"据崔郎中说，当天夜里他带着随从在辅兴坊中灭蛇。哦，长安城他基本上都走遍了。南方地势低洼，蛇患更甚，所以他是从南向北一路扫过来的。之前他曾去过一次辅兴坊，但畏于金仙观的背景，没有入内灭蛇。那夜他是特地等在辅兴坊中，准备围绕着金仙观，黾夜灭蛇的。"

李素点了点头："那么，他又是怎么碰上两个孩子的呢？"

"他说，当时他正在辅兴坊东侧坊墙下的沟渠边查找蛇穴，忽见一队人马冲出宫城夹道，气势汹汹直奔金仙观而去。他不知发生了什么变故，吓得赶紧带随从藏身于一棵大槐树下。只见金仙观上空彤云如遮，火把竟染红了半边天，耳边又时时传来人喊马嘶，心知金仙观中必有大变故，吓得不敢动弹。如此等了一会儿，突然看到沟渠中有个孩子凫水而来。"

"难道是段成式？"

"正是他！辅兴坊中的这一段沟渠和永安渠相连，有活水源源不断从西内后的禁苑上流下，水势湍急，水位又深，不慎掉入的话根本无法爬上来，所以一直是城中明渠中最危险的一段。崔郎中见到段成式时，他已经游不动了，若非崔郎中及时将他救起来，这孩子肯定一命呜呼了。"

"原来如此……那么十三郎呢？"

"崔淼说，他救起段成式时，段成式拼着最后一线清醒告诉他，水下还有个孩子要救。崔淼按段成式的指示沿沟渠寻找，最后是在离开金仙观不远的地方找到十三郎的。那一段是暗渠，埋于地下，十三郎幸亏是窝在渠壁上的一个凹坑里，才没有被水冲走。但如果不是段成式拼死游出来求救，十三郎的小命也休矣。"

李素沉吟道："听起来，尚能自圆其说。"

"我也是这么想的。不过，圣上的意思必须得到段成式的供述，两相合拍方能尽信。"

李素恍然大悟："原来你烦恼的是这个。"

"正是！"郭鏦敲敲案桌，"你看看段文昌呈上来的，都是些什么呀。"

"以我看，倒也无妨。毕竟在当时的情况下，段成式已极度虚弱，屡受惊吓中又竭力求生，头脑昏眩产生种种幻觉也不奇怪。获救后，段成式不是还昏迷了好几日，才刚醒来，就当他说的都是胡话吧。"

"那我该怎么上报圣上呢？"

"当然是以崔淼郎中的叙述为本咯。"

郭鏦沉默，李素稍待片刻，又笑道："至于杜秋娘什么的，我看还是不提为妙。除非你想惹圣上发怒。"

"杜秋娘死都死了，我肯定当是小孩子信口开河，按下不表便是。只是其他的……"

"其他？"

郭鏦看着对面的李素——波斯人在大唐出生长大，又在大唐为官，如今已到暮年，但只要看他的隆鼻凹目，灰发碧眼，异族的感觉仍然那么鲜明。李素的面貌中，总有挥之不去的深深疏离，还有一种背井离乡的忧患。波斯人的目光有多么狡诈，就有多么悲怆。

郭鏦终于说："当初向我推荐这位崔淼郎中的人，正是令郎李景度。"

李素并没有露出惊讶的表情。实际上他什么表情都没有，只是长久地沉默着。

郭鏦压低声音道："你我都知道，金仙观下的地道连接暗渠、御沟和永安渠。铁门封堵的，其实是一个四通八达的地下入口。经永安渠可以向北入禁苑，循暗渠则可以神不知鬼不觉地直入宫城！当年金仙观出事后，先皇就是为此才让家叔铸铁门，并将后院封闭的。这次圣上放着十三郎的性命不顾，忍痛下令填埋地窟，也是为了保住这个性命攸关的秘密啊！如今十三郎虽然回来了，但秘密泄露的疑虑依旧存在。圣上命我将崔森郎中暂时留在京兆府中，待段成式的口供来了，经过核实无误方可放人，便是出于同样的考虑。"

　　"我懂。你担心的是，段成式的供述和崔森的碰不上。"

　　"不，你不懂！我担心的是，圣上疑心难解，终至无辜之人蒙难啊！他……连十三郎都下得去手……"说到这里，郭鏦的脸涨红得像个熟透了的大柿子，最终还是把谴责皇帝的话硬生生咽了回去。汉阳公主怜惜李忱，常常把十三郎带去自己府中照看，所以郭鏦这个当姑父的也特别疼爱李忱。皇帝下令填埋地窟时，他同样心碎欲裂，至今后怕。

　　平复了一下心情，郭鏦又道："区区一个江湖郎中不算什么，但崔森郎中灭蛇患、救十三郎和段一郎，于公于私都立下了大功，假若不赏反责，甚至殃及性命，且不说有损圣上之英明，难以服众，光我这心里头就过不去啊。"

　　"那么，郭大人就替崔郎中在圣上面前美言几句呗。"

　　"你又不是不知道，圣上不是耳朵根子软的人。况且，身为臣子，第一对圣上有责。崔郎中究竟是忠是奸，必须慎重，故而左右为难啊……"

　　"唉，京兆尹真真是个大好人啊。"李素唱叹一声，从袖中取出一个纸卷，置于案上，"看看吧。"

　　郭鏦迫不及待地展卷一阅，惊呼起来："这、这……这是什么？"

　　李素看着这位性格忠厚的显贵，摇头叹道："京兆尹大人不会连这都认不出吧，此乃长安城中所有排水沟渠的图纸，明渠、暗渠和天然的河道，都标注得一清二楚。"

　　"我看见了……可是，这张图纸实在太详尽了，而今连京兆府中都找不到可与之匹敌的。你又是从何而来？"

绿眼睛中满是狡黠的笑，李素手点图纸："你再仔细看看。"

"这……"郭鏦都快趴到图纸上了，看了半天道，"怎么墨迹有深有浅，标注的字体也不一样？莫非……有些个沟渠是新标上去的？"

"郭大人好眼力。"

"怎么辅兴坊这一片是空的？是金仙观吗？"郭鏦的脸色变了，"还有皇城，里面也是空的？"

他抬起头，定定地望着李素。

李素道："此图，是我逼着我儿景度交出来的。"

"李景度？他又是从哪里弄来的？"

"还能怎么弄来？当然是买来的。"

"啊，你们波斯人有的是钱。"

"哼，钱……"李素满脸都是一言难尽的表情。

郭鏦看看他，再看看图纸，举手一拍额头，"我明白了！李景度买到的图纸上只画着部分沟渠，新墨所标的那些是后来添加的。我看看……这里，青龙坊中有几处，哦，还有永平坊、道政坊……"他突然住了口，用难以置信的口吻道："这些新添加的都是崔郎中灭蛇患时的重点区域，莫非说他……"

李素点了点头。

"天哪！"

"现在京兆尹大人明白，崔郎中是忠是奸了？"

郭鏦紧锁双眉，低头不语。

少顷，李素才又悠悠地道："当然，如果崔淼不救那两个孩子，也不至于将自己暴露出来。可见此人还是有一副侠肝义胆的。"

"是啊，他不仅救了两个孩子，还救了金仙观中所有的人呐……"

李素含笑道："其实我对景度的行为早有怀疑，但若不是抓住了这个把柄，他也断断不肯承认的，更不会将图纸轻易交出来。"

郭鏦眼睛一亮："你这心里早有盘算了？"

"否则我也不敢来京兆府啊。"

"如此说来，崔淼的确假借灭蛇为名，帮着李景度勘察长安城中沟渠，绘制图纸？"

"景度承认了，是他和崔郎中共同策划的。"

"他们究竟想怎样啊？"

"崔淼嘛，应该是为了钱，景度出手向来阔绰。哼，至于我这个逆子，就是唯恐天下不乱，好日子过烦了，想作死！"李素恨道，"此图现已落入我手，且无摹本，故不足为患矣。我已教训了景度，今日特将图纸献于京兆府，还望京兆尹大人法外开恩！"说着站起来，欲向郭鏦行大礼。

郭鏦慌忙拦住："哎呀，李大人不必如此。图纸既未流出，就……权当李景度为大唐做了件好事吧，不提了不提了。"

波斯人在大唐以金钱为饵，暗中勾结各方势力谋求复国，朝廷采取睁一只眼闭一只眼的态度。毕竟在皇帝的心目中，藩镇才是心腹大患。假如对波斯人逼迫太甚，说不定他们就彻底投靠到藩镇那边，带去巨大的财富，造成的威胁才是不可估量的。像李素这类忠实于大唐朝廷的波斯官员，绝对是需要拉拢的对象。今天他能摆出大义灭亲的姿态来，实属不易，郭鏦当然知道该如此处理。

更重要的是，李素解开了郭鏦的心结。司天台监果然能未卜先知啊。

两位大人再次坐定。

郭鏦又看了看图纸，喃喃道："看来金仙观地窟的秘密尚未泄露。"

"可以说仅差一步。"

捻须相顾，二人终于都如释重负地大笑起来。李素交出图纸，向朝廷宣誓效忠，换得李景度免于追究。而郭鏦也可以心安理得地为崔淼请功了。在他看来，这位崔郎中有能力有野心，并不失侠义心肠，当可一用！

6

这几天来，宣徽殿中的烛火摇摇中多了些温馨的感觉。宫奴们像平常一样秉烛垂帘，手脚却比往日更轻捷，是因为这座寝殿中多了一个孩子吗？

皇帝的寝宫中，终岁来访的是六宫粉黛，是姿色纷呈的女人。孩子，却是破天荒的头一遭。在金仙观里获救后，十三郎便由皇帝亲自带在寝宫中，与父皇同吃同睡，已经好几天了。

变化是明显的。皇帝的脾气暴躁易怒，喜冷畏热，每到早春就要求卷起棉帘，将御榻移到暖阁之外。时常有前来侍寝的嫔妃冻病了，皇帝从不以为意。这回却为了十三郎改变习惯，暖阁厚帘至今不变，还焚起了龙涎香。

对宫奴们来说，怎么服侍都是服侍，他们更关心的是不要犯错，不要无故遭到打骂，甚至仅仅因为皇帝的心情不好，便草菅他们的性命来发泄。所以十三郎到来的这几天，宫奴们由衷感恩，因为皇帝每天回到寝殿时都是愉快的，和李忱有说有笑，连夜间都睡得安稳了许多。大家都知道这种日子不会长久，过一天算一天，所以更加值得珍惜。

三天后，夜尚未深，十三郎已经在御榻上睡着了。皇帝从暖阁中出来，吩咐打起帷帘，他要到殿外去站站，赏一赏春天如水的月色。

陈弘志小心翼翼地上前道："大家，贵妃在殿外候着呢，您看……"

"她？什么时候来的？"

"快半个时辰了，一直候在殿外廊下。"

皇帝微微皱起眉头："为何不来通报？"

"是贵妃自己坚持不打扰您和十三郎，说等大家得空再报。"

"笑话。假如朕这就睡下了，难道她还等一晚上不成？"

陈弘志垂头不语。

皇帝想了想，缓缓行至殿外。

清冷月光洒在殿前的丹樨之上，宛如铺了一层薄薄的银箔。夜色恢弘无限。宽广的静谧从四面八方汇聚而来，簇拥着他。

皇帝觉得，白天当他站在大明宫的中央时，是为万民的主宰，人间的皇帝。而夜间此时，他更像是站在整个宇宙的尽头。天地洪荒，唯孤一人。

"大家——"

皇帝循声望去，只见郭念云亭亭玉立在廊前。一如既往地盛妆，头上的惊鸿髻高耸，插入背后的夜空。

他看着她，什么话都没有说。

郭念云直接跪在丹樨上："大家，妾是来向大家请罪的。"

"哦？"他并没有让她起来，而是俯瞰着她问，"贵妃有何罪？"

"妾没有看护好十三郎，令他身陷险境。妾有罪，请大家责罚。"

皇帝沉默片刻，方道："你可知，朕为什么要把十三郎交给你来照顾？"

"因为其母卑贱。"

"郑氏是你的宫女。"

郭念云抬起头，直勾勾地注视着皇帝。不论她的语言多么谦卑，她的眼神和姿态中并没有丝毫畏惧和自省。

皇帝冷笑一声："既然贵妃不能照顾好十三郎，朕还是将郑氏封为才人吧，这样她至少可以看护自己的孩子。朕总不能亲自把十三郎带到大。"

"大家万万不可！"郭念云的脸色一阵红一阵白，情不自禁地抬高了声音，"那郑琼娥是什么身份？她既为叛臣之妾，本该没入掖庭的，却胆敢以美貌惑上，生下皇子，我才同意将她留在长生院中为奴。这已是对她最大的宽待！如果大家非要册封她为才人……"

"怎么样？"

"妾掌管后宫不力，纵使贱人承恩，令大家名望受损……妾将无以自处！"

皇帝轻挑剑眉："原来贵妃不是来请罪，而是来问罪的。"

郭念云伏地拜倒。

少顷，皇帝说："起来吧，里面说话。"

在暖阁之外的榻边，皇帝示意郭念云："坐下吧，你也站了好久了。"

"谢大家。"郭念云款款落座，不论何种情境，她还是能维持住这一身高贵的气派。只是当她再次望向皇帝时，一双秀目中已有点点晶莹。

她不记得一年之中有几次，他们能像夫妇般坐在同一张榻上。她失去的太多了。

皇帝也在若有所思，许久方道："你容不下郑氏，也就罢了。但十三郎只是个孩子，还是个心智不全的傻孩子，你何至于对他那么苛刻。"

"这只是疏忽，不是苛刻。"

"疏忽？朕的儿子是可以随便疏忽的吗？"

郭念云冲口而出："大家，并不是只有十三郎一个儿子！"

"哦？"皇帝不动声色。

郭念云却控制不住自己了，太多屈辱和寂寞在她的心中翻滚，眼看就要喷发出来。她说："妾不明白，大家何以对十三郎如此优待？皇子之间，难道不应该一视同仁的吗？"

"朕亲自把十三郎带在身边，是因为他刚刚受了很大的惊吓，需要关爱。还因为，在这座大明宫中，并没有人真正地关心他。"

郭念云倔强地回视皇帝："我指的不是这个。"

"那你指的是什么？"

"血珠。"她终于吐出了这两个字。

"血珠？"

"妾听说，此次十三郎身陷金仙观地窟，是与大家赐给他的血珠有关！"

"那又怎样？"

“妾想问，大家为何要将血珠赐给十三郎？”

皇帝一哂：“朕想赐哪个皇子血珠，难道还要征得贵妃的同意吗？”

“天下宝物皆为大家所有，任凭大家想赐给谁就赐给谁，当然无人能置一词。但是，血珠不一样。”郭念云将心一横，还是直说了吧，“因为血珠乃圣人传承的信物，大家将血珠赐给谁，就等于把……”说到这里，她突然又心虚得说不去了。

“就等于什么？”皇帝的面上依旧波澜不惊，“难道贵妃的意思是，朕将血珠赐给十三郎，就等于要将皇位传给他？”

郭念云语塞。

皇帝轻哼一声：“朕年前不是刚刚将三郎立为了太子吗？贵妃是要指责朕出尔反尔，言而无信吗？再者说，朕欲将皇位传给十三郎，说出这种话来，贵妃你自己相信吗？”

“我……”虽被斥责得窘迫难当，郭念云仍不肯服软，“正因为大家刚刚立了太子，才该在对待诸皇子的态度上慎之又慎。毕竟，那血珠非寻常物件，乃开元期间在兴庆宫龙池边发现的异物。以血为色，黑暗中能发奇光，并有蛟龙腾飞之影幻现。当年玄宗皇帝以绛纱包裹，赐给刚出生不久的肃宗皇帝，就说过：‘吾见此子异样，当为李家有福天子。’之后历代，从肃宗皇帝赐给代宗皇帝，再至德宗皇帝乃及先皇，每朝皆为太子所有。妾将血珠视为传位之信物，难道有错吗？”

“所以你的意思是，朕只能将血珠赐给你的儿子？”

郭念云强硬地昂起头：“赐给其他皇子，必将引起无谓的纷扰。还请大家三思！”

“假如……朕就是不想给太子呢？”

郭念云面色煞白地沉默着。

今夜皇帝的情绪倒还稳定，仍然十分平静地说：“你所说的先例只能证明，血珠代表了我李家的父子情深。每一代父皇，都将血珠传给他最爱的皇子。只不过恰好，那些先例中的皇子都是太子。而朕，决定将血珠传给十三郎，恰恰是为了避免皇子之间的纷扰。”见郭念云面露困惑，皇帝冷笑道，"在朕所有的儿子中间，唯十三郎最没有可能登上皇位。就算要夺嫡，也轮不到他。所以，朕才放心将血珠赐给他。你还不明白吗？"

郭念云负气道："不明白！妾以为，大家此举毫无必要。"

"贵妃！"皇帝终于现出怒容，"你方才也说过，朕不是只有太子这一个儿子。朕最爱的儿子也不必就是太子！"

所以他就是要证明这一点——就算立了太子，他仍然从心底里蔑视他们母子。郭念云气得全身颤抖起来，甚至自己都能听见，簪钗在鬓边发出轻击的脆响，好似敲打在她的心上。

透过模糊的视线，皇帝的面容微微变形。他问："贵妃的话都说完了吧？"

"没有。"

"那就说吧。"

郭念云深吸口气，竭力让声音平稳："妾还听说，这次出事是在金仙观中。"

皇帝沉默。

"金仙观不是已经封闭很多年了吗？"

"朕在去年底下旨重新启用的。"

"为何？"

皇帝瞥了郭念云一眼，戏谑地道："朕需要安顿一个女道士。"

"长安城中遍地女道观，哪里不能安顿？"

"那贵妃当年修道，为什么非要入金仙观呢？"

郭念云的脸色变得煞白。她今天鼓足勇气而来，想以旧事重提挑衅皇帝，却不料他早就识破了她的企图，先发制人了。但她是不会被吓倒的。

郭念云从容答道："因为妾是皇家女眷，只能入皇家道观。可妾听说，大家这次安排入金仙观的，只是一介平民女子，不合规矩。"

"当朝宰相的侄女，不能算一介平民吧。再者说，由朕亲自安排的人，自然就有了皇家身份。"皇帝的语气中除了嘲讽，又增加了些许暖昧。他似乎很享受与郭念云的这番口舌之争。

"但正是大家的这个决定，导致了金仙观的祸事。"

"虚惊一场罢了。"

"难道大家打算让那个裴玄静在金仙观继续待下去？"

"当然。否则，朕让她去哪儿？"

"如此下去，金仙观中的秘密总有一天会泄露的！"

"哦？朕竟不知道，金仙观里有何秘密，今日倒想向贵妃请教一二。"

郭念云再也控制不住下颚的颤抖了，这使她的面孔略显狰狞："妾不了解金仙观的秘密。但是妾记得当年之事，大家也记得吧？"

他不回答，她就继续说下去："当年妾之所以入金仙观修道，是因为妾失去了……我们的第一个孩子。"

她没有想到，那么多年过去了，今天再提时仍然心如刀绞，泪水也不受控制地落下来。

那一年，郭念云刚嫁给广陵王李纯不久便有了喜。这将是李纯的第一个孩子，如果是男孩的话，便将顺理成章地排在皇位继承的优先序列上。

然而，她没能保住这个孩子。

流产时胎儿已成型，果然是个男婴。郭念云遭到打击后一蹶不振，提出要入道观修道，以平复心情。于是德宗皇帝下旨，将她安排入了皇家女观——金仙观。

郭念云在金仙观中并没有待多久。几个月后，金仙观中就发生了一件灭观惨案，仅有几人幸免于难，郭念云是其中之一。案发之后，金仙观便被彻底封闭，而郭念云也返回广陵王府，重新恢复了王妃的生活。没有人知道金仙观的惨案最后是否告破，因为随着金仙观被封，所有相关的事实彻底湮灭无痕，再也不被提起。

对于郭念云来说，金仙观是心头一块永远不能揭的疮疤。因为金仙观是她人生中的一个巨大转折。在进观之前，她是皇长孙的正妃，肚子里怀着皇长孙的长子。在可以预见的将来，她将顺理成章地成为太子妃、皇后，乃至皇太后。但是当她离开金仙观时，有些东西永远无法挽回了，比如那个失去的长子。此后郭念云虽然生下了李宥，但已经是李纯的第三个儿子。就是这个错失，让她直到最近还要为李宥的太子身份费尽心机，就更别说自己的皇后位置了。为此她与皇帝的嫌隙日深，几乎到了无法面对彼此的程度。

而今，皇帝还要将金仙观的丑闻暴露出来，不是存心让她痛苦和难堪吗？

郭念云可以忍耐郑琼娥，可以忍耐杜秋娘，可以忍耐十三郎的血珠，甚至可以忍耐永远待在贵妃的尴尬位置上，但是她绝对不能接受金仙观的重启！

"你提的往事与今日之事有何关联？"皇帝皱起眉头，"你勿要庸人自扰。"

"大家……"她还想说什么，却又说不出什么。

"还有一件事，今天朕就对你明说了吧——朕将效法先皇，在位期间不立后。"

并不是没有思想准备，但郭念云仍如五雷轰顶一般，呆住了。

"好了，夜已深了，贵妃请回吧，朕要睡了。"

皇帝的逐客令不允许违抗，郭念云本能地站起身来，心中忽明忽暗。转身之际，眼角突然瞥见暖阁屏风后的一枚衣角。

她的心中一动，有人躲在暖阁里偷听吗？

邪恶的念头骤起，郭念云停下脚步，朗声道："妾听说那天十三郎身陷地窟时，大家不允救人，却命以沙土填埋池塘，不惜牺牲十三郎的性命，也要令金仙观的秘密永不见天日。大家之权衡与决断，着实令妾敬佩。正如大家所言，妾为失去一个儿子耿耿于怀，至今无法释怀，实属妇人之见。大家有不止一个儿子，所以当宠则宠，当杀则杀。先为君，次为父，才为君父。"

言罢，郭贵妃款款行礼告退。皇帝一言不发，但他的惊怒被她看得一清二楚。

走下丹墀之时，郭念云脚步轻盈，满面春风。她的报复成功了，尽管只是一次小小的攻其不备的胜利，也足够让她快乐好一阵子了。

皇帝愣着，直到听见暖阁屏风后传来的声音，才回过神来："十三郎？"

李忱躲躲闪闪地从屏风后转出来。

"过来啊。"皇帝将李忱招呼到跟前，轻轻揽入怀中，"你什么时候醒的，听到我们的话了？"

李忱呆呆地望着父亲，并不回答。他一贯如此，皇帝也不以为意，从李忱的颈上拉过血珠，在掌心轻轻摩挲着。

他说："你想不想知道，朕是如何得到血珠的……当年，朕和你现在差不多大的年纪，还和先皇一起住在东宫里。有一天德宗皇帝，啊，就是朕的祖父，你的曾祖父驾临东宫，在花园中见到正在玩耍的我，煞是欢喜，便把我抱在怀中，戏问：'你是谁家的孩子，怎么在我的怀中啊？'我回答：'我是第三天子啊。'德宗皇帝连连称奇，先皇见他高兴，便请他赏赐于我。德宗皇帝却说，来东宫时未曾准备，也不愿随便赏个普通的东西。先皇想了想，建议说要不就赏血珠吧？德宗皇帝点头，于是先皇从自己的腕上褪下这串血珠，呈给德宗皇帝，再由德宗皇帝亲手系于我的颈上……从那以后，血珠就一直陪伴着我，直到前些天你过生日，我将它们赐给了你……"

皇帝停下来，看着怀中沉默的李忱。这孩子仍然一脸木讷，也许他根本听不出这番话中的深意，更有可能，他根本就没在听。皇帝十分扫兴，又不甘心地端详着李忱的眼睛，想从中看出些什么来。

这双眼睛就像一潭空水，只能映出皇帝本人的影子。皇帝发现，仔细看时，能从李忱的脸上找到许多血亲的痕迹。比如，他的眉毛长得很像先皇，鼻子好似德宗皇帝，嘴巴的形状又与皇帝自己十分相近。但凡此种种的渊源传承，却凝聚成一个含混不清的形象。仿佛李氏血脉中所有令人眼前一亮的光华，经过代代稀释，终于在李忱的身上彻底化为乌有。事实上，他从一出生就背负噩运，母亲是罪臣的姬妾，他自己又生来智力低下。所以皇帝对他的爱，既尴尬又真切，饱含着怜惜与愧疚。

皇帝将血珠赐给李忱，是因为他绝对不会参与到皇位的竞争中去。

把皇位传承的信物交给一个不可能继承皇位的儿子，正是皇帝的破例之举，暗含着他心中最隐秘的愿望：有朝一日，在自己临终的病榻前，有一个出于真心为自己流泪的儿子。一个就够。

皇帝叹了口气，将血珠重新塞回到李忱的衣襟里。

就在这时，他的眼角突然瞥见一道凶光。皇帝一怔，连忙再看，李忱的眼神毫无变化。

不，肯定是自己看错了。

皇帝自我安慰着，心情却径直灰黯下去。他再也提不起兴致了，吩咐内侍带十三郎回暖阁睡觉。

"大家，二更已过了。"

皇帝如梦方醒，站起身道："准备步辇，朕去清思殿就寝。"

陈弘志一愣，应道："是。"

"明天，你把十三郎送去驸马都尉府。传朕的话给汉阳公主，请她代为照管十三郎。过段时间，朕会找一处寺庙安置十三郎。"

"寺庙？"陈弘志脱口而出。

皇帝看了他一眼，又道："还有，安排郑氏去兴庆宫，命她服侍皇太后。"

"是。"

春夜乍寒，步辇的帷幡在风中猎猎作响。皇帝微合双目，却总能看见那道怨恨的目光。

是郭贵妃的话引起的吗？他不知道，抑或仅仅是自己的良心不安所致。但皇帝明白，那个父子相残的诅咒仍然牢牢纠缠着他。他企图以破例赐予血珠的方式破除诅咒，结果还是失败。

皇帝骗不了自己——作为父亲，他已经下令杀过一次十三郎了。

血珠拯救不了他，什么都拯救不了他。

7

现在再回忆三天前的那个夜晚，多么像一场真正的噩梦。

十三郎和段成式获救的场面，裴玄静记不太清楚了。她只记得十三郎扑入皇帝怀中的那一幕，紧接着人群闪开一条道，有人抱着段成式快步而来，一边高喊："孩子活着！"

——是他。

皇帝带领众人撤了，比来时还要迅疾。留下来的金吾卫们填埋池塘，整理花园，加固院墙和门，很快就使金仙观恢复了原状。唯一的变化是，从上元节起撤掉的守卫重新将金仙观包围起来，裴玄静再度成为名副其实的囚徒。

崔淼，则被京兆尹郭鏦隆重请走了。是去致谢、审问还是拘押？恐怕兼而有之。

街头巷尾都在议论，崔淼郎中救了皇子，这下可要发达了。

发达？裴玄静对这个词没有感觉，但有一点她能确定：今后很难再见到崔淼了。

有些机会，一旦错失，便永远无法挽回了。

但至少，他们都活了下来，日子也还得过下去。

皇帝派人来召唤裴玄静了。

来到清思殿外时，裴玄静在廊下驻足回顾。从这个高度俯瞰，只见大片殿顶鳞次栉比，黄色的琉璃瓦片在槐柳荫荫中闪着光。春风荡起之时，所有大殿廊下的檐铃便响成一片。远方，长安城中一座座伽蓝里钟声跟着响起来，起伏回荡，久久不绝。

她的决心坚定下来。

入殿前，裴玄静将随身携带的一个漆盒交给陈弘志。他虽面露狐疑，还是捧起盒子与她一起进殿。

大礼参拜之后，皇帝的第一句话便是："原先说好的三天为限，不意又多给了你三天。"

"妾已有结论。"

"说。"

裴玄静深深地吸了口气："请陛下允许妾从头说起——数日前，因长安频发蛇患，陛下命女尚书宋若华主持扶乩，以卜吉凶。为此，宋若茵提出要制作一套新的扶乩用具。她的理由是：这次扶乩与以往不同，专为蛇患占卜，所以不能使用已有的扶乩方法。但她的真实意图却是——制作一件杀人凶器。她找到将作监的学徒木匠，偷偷打造了两个同样的木盒，又在东市'飞云轩'定制了两支截短的笔，并要求'飞云轩'中的练蛊者老张在其中一支笔上淬以剧毒。宋若茵还在取走毒笔时，设法放出老张所练的蛊虫，弄死了老张，杀人灭口。随后，她自己给两个扶乩木盒各自配上《璇玑图》和短笔，一个留存自用，另一个送给了平康坊北里的名妓杜秋娘。但是她没有料到，老张的心机极其险恶，也许他看出了宋若茵的祸心，便提前下手，在两支笔上都淬了毒。结果宋若茵在试用那个以为无害的木盒时，便中毒身亡了。也就是说，老张和宋若茵这两个狠毒之人，阴差阳错地将彼此都害死了。而送去杜秋娘那里的木盒，因妾未能及时警告，也不出意外地害死了杜秋娘。那么，为什么宋若茵要处心积虑地害死杜秋娘呢？"

裴玄静停下来，看了看皇帝。他不动声色地回望她，目光冷酷威严。

她继续说："与男子不同，女子杀人通常只为了两件事——情，或者仇。杜秋娘和宋若茵，一个是北里名妓，一个是宫中女官，彼此素无往来，经妾调查，她们之间也无世家仇怨。那么，就只剩下一个'情'字了。不过，对此妾只有猜想。因为杜秋娘是京城名妓，所以妾推测，在她的恩客中有一位，恰好也是宋若茵的心上人。尽管宋若茵身居大内，誓言不婚，但谁都不能保证，她不曾心有所属。而越是无法言说、难以实现的情感，才会越炽烈乃至令人疯狂。妾猜想，宋若茵正是在这种无望的疯狂驱使之下，决心杀死她所自认为的情敌杜秋娘。"

少顷，她才听到皇帝用讥讽的口吻说："你猜想？"

"是的陛下，妾猜想。妾亦不能妄自猜测那位恩客的身份。妾还以为，这一点对于了结此案，并不重要。"

"好，就先按你猜的往下说。"

"是。至此，已经厘清宋若茵、杜秋娘、飞云轩老张这些人的死因。现在，就剩下宋若华的死了。女尚书之死更加蹊跷，因为她执意用来扶乩的木盒，经过妾仔细检查，绝对没有任何问题，但大娘子仍然死了。妾只能肯定一点：宋若华绝对不是中毒而亡的——实际上，宋大娘子是病故的。"

"病故？什么病？"皇帝问，"女尚书患病，应当请宫中女医诊治，你都查过了吗？"

"陛下，关于宋大娘子所患的病症，妾详细询问了宋若昭。她起初语焉不详，刻意回避，后经不住我再三逼问，才坦白道，大娘子已患病多年，却从不在宫中就医，只从宫外买药回来服用。宋若茵经圣上许可，有随意出入宫禁的自由，才能为大娘子定期带回药物。据宋若昭说，近年来大娘子的病势加重，药物不可有一日间断，几乎成了她续命的唯一办法。而宋若茵一死，大娘子的药就接不上了，身体便急剧衰弱。她又害怕暴露病情，不肯延医治疗，结果可想而知——所以大娘子是拼着一口气完成扶乩，当天夜里便病故了。"

皇帝逼视着裴玄静："你说了这么多，还是没有回答朕，宋若华所患的究竟是什么病？"

"那是一种女子的病症……"裴玄静说得有些艰难，"称为血崩。"

"血崩？宫中治不好吗？"

"宫中后妃众多，此症候并不罕见。按轻重不一论，有的能治，有的不行。"

皇帝面沉似水，他大概已悟到了些什么，但此刻即使是他，也无法阻止真相的揭露了。

裴玄静说："女子患上血崩之症，通常的起因只有两个：小产，或者堕胎。这两样都有可能直接致命，即使当时侥幸活下来，日后调理不当的话，必染此症。陛下，宋若华患病的唯一可能性便是，她在许多年前曾经怀过孕。"

皇帝的脸色更难看了。

裴玄静不再朝他看。他叫她来，不就是要听真话吗？可惜，真话从来就不是那么动听的。

"宋大娘子死时，身边放着一个偶人。妾在偶人中找到了一样东西。今天，妾带来了。"

她对陈弘志道："请陈公公将它呈给陛下。"

陈弘志看着皇帝，见他点了一下头，才战战兢兢地将漆盒捧上御案。

皇帝示意陈弘志打开盒子，朝里看了一眼，脸上露出困惑的神情。他皱了皱眉，低声命令："取出来。"

"是。"

陈弘志双手探入漆盒，向来机灵的眼神也有点发木。他小心翼翼地将盒子里的东西捧出来，放在皇帝面前。

那是一个不太规则的圆形物件，大小仿似鹅蛋，外面包裹着雪白的丝帕，并在顶端打了个结。淡淡的龙涎香气随之溢开来，和殿内鎏金兽头香薰中的袅袅香芬汇聚在一起。

皇帝犹豫了一下，命道："打开。"

陈弘志将丝帕的结解开来，突然"啊"的一声惊叫，向后倒退半步，扑通跪倒。

丝帕中央，赫然是一个骷髅！

但是这个骷髅比通常的骷髅要小很多，甚至比一般孩童的头骨更小，额顶更圆更大，还缺了个洞。

——这是一个尚未足月、张着囟门的婴儿头颅，所以看着并不让人心生恐惧，反而有些莫名的心酸。

皇帝从御座上半抬起身，死死盯着骷髅，半晌才又缓缓地坐回去。

他的声音有些嘶哑："裴玄静，你好大的胆子。"

裴玄静向上叩头："陛下恕罪。"

"你知道朕在说什么吗？"

"知道。"

"知道什么？"

裴玄静挺直身躯，回道："除了陛下的这块丝帕，妾确实找不到其他能与这个尊贵的头颅相称之物，可以用来包裹它。"

皇帝咆哮起来："尊贵？你有什么资格评说尊贵！"宽大的袍袖扫过御案，小骷髅掉落在花砖地上，还轻盈地弹跳几下才停住，没有碎。丝帕跟着飘落，刚好掉在它的旁边。

"去，把这些东西都烧掉！烧成灰！"

陈弘志捡起骷髅和丝帕，快速退下。

皇帝肃然而坐，凝望着御阶下那个纤美而倔强的身影——所以，这就是她带来的案件结果？

裴玄静用委婉又直接的方式，明明白白地告诉他：当年那个令宋若华珠胎暗结，又使她终生背负难言的痛苦与屈辱的人，正是皇帝的亲人，而且是他的至亲长辈。

甚至这个骷髅头的主人，也应该是皇帝的长辈吧。

"德宗七年，帝试若华以诗赋，兼问经史中大义，深加赏叹。遂纳若华入宫，每进御，无不称善……"

狞笑把皇帝的嘴唇都扭歪了。

所谓的"誓不从人，愿以艺学扬名显亲"；又所谓的"帝不以宫妾遇之，呼为学士、先生，连六宫嫔媛，太子、诸王、公主及驸马皆师之，为之致敬"，如今想来，竟是耻辱得可怕。

普天之下，再没有人比皇帝更了解宫禁深处的肮脏。金碧辉煌，藏污纳垢，这两个词从来就是相辅相成、缺一不可的对大明宫最好的形容。

但经由裴玄静揭示出来的这个秘密，其黑暗污秽的程度仍然超越了皇帝本人的想象，也超过了他所能接受的限度。假如不是现在阶前跪着的她，他大概会当场呕出来吧。

皇帝强压下胸口的烦闷，深深地吁出一口浊气。

"你知罪吗？"他向下问道。

"妾不知。"

"哦？娘子不是最精明善断的吗？"皇帝的神态已经平稳多了，"如果朕没有记错，今天是娘子第二次诋毁大唐的皇家尊严了。朕曾经警告过娘子，犯此罪者，当凌迟处死。"

裴玄静抬起头来："陛下命妾查案，妾便查案。有了结果，便如实据报，妾只想为陛下效力，至于是否诋毁了大唐的皇家尊严，实非妾之所虑，也绝不是妾所能承担的罪名……况且，妾以为，大唐的皇家尊严并不是那么轻易能被诋毁的。"

"你真是这么想的吗？"皇帝居然露出了一丝笑容。他明白自己始终不能下手杀她的原因了——裴玄静，实在是他所见过的最大胆的女子。而她的勇气来源竟是——真相。

她似乎坚信，只要秉持真相，就可以挑战他的权威。

多么天真，天真得可笑。

在裴玄静今天的言行中，皇帝还看到了敌意。这是之前没有过的。因为金仙观的那一夜，她的心中对他有了恨，也许裴玄静自己都没有意识到，但是皇帝却发现了。

所以就更不能杀掉她。毁灭她，远不如征服她来得痛快。

何况她还那么有用——想到这里，皇帝点了点头，道："说得不错。回到案情上来吧。关于宋若茵、杜秋娘和宋若华，朕权且认可了你的结论。不过朕记得，你还欠朕一个案子吧？"

"是。还有'真兰亭现'离合诗的来历。"

"唔，有答案了吗？"

裴玄静黯然地摇了摇头："妾以为宋若华是知道内情的，她也给过我暗示。可惜的是，妾还没来得及问清楚，她就死了。"

"所以，娘子并没有完成朕交代的全部任务。"

"没有。"

"朕记得，娘子曾经提过要离开金仙观？现在还那样想吗？"

"妾……任凭陛下定夺。"

皇帝轻松地说："既然娘子还有个案子没查完，朕自然不能放娘子走。回金仙观去吧。"他看着裴玄静，又温和地补充道，"做完你答应的事情，到时候再商议。"

　　裴玄静叩首告退，步履有些轻飘。

　　清思殿外，已换上了一幅灿烂的夕照胜景。落日与视线齐平，如同一只火球在西方的天际熊熊燃烧，染成金色的云海覆盖在长安城的上空。万道霞光穿破云层，落在九街十二衢上，落在一百一十座里坊上，落在千家万户的屋顶上。

　　宏伟的长安城，在这时看起来，像极了一个小小的金色棋盘。

　　裴玄静收回目光，看见陪送在身边的陈弘志，欠身道："陈公公。"

　　"圣上命奴送炼师。"只要不在皇帝面前，陈弘志的言谈举止就显得老练多了，"请。"

　　两人走了几步，裴玄静说："今天在圣上面前，有一件事我没说。"

　　陈弘志微笑，并不追问。

　　"据我查得，送扶乩木盒去杜秋娘宅的人，正是陈公公。我没说错吧？"

　　陈弘志仍然微笑不语。

　　"如果圣上追问，我一定会如实相告。但是……"

　　"……圣上并没有问。"陈弘志接上话头，"他不会问的。炼师心里也明白吧？"

　　裴玄静料到皇帝不会追问。因为杜秋娘轻易相信宫里送去的东西，就说明了皇帝和她的隐秘关系。方才在他们的对谈中，尽管神秘恩客的身份昭然若揭，但毕竟没有人捅破那层窗户纸。

　　裴玄静曾经在北里杜秋娘宅旁遇上皇帝，这件事成了裴玄静与皇帝之间心照不宣的秘密。所以皇帝避开了扶乩木盒是谁送去的这个问题，免得让自己难堪。但皇帝究竟知不知道，那个关键的传递者就是他身边的宠宦陈弘志呢？

假如他知道，就只能说明皇帝从一开始便了解宋若茵的谋杀计划，甚至整桩谋杀案根本就是他指使的！陈弘志在暗示裴玄静的，便是这层意思。

但裴玄静不相信他。

因为那样的话，皇帝完全没必要大费周章地追查杀害杜秋娘的凶手，假如他想做戏，结果只会欲盖弥彰。以皇帝的智慧，绝对不会做这种傻事。

况且在裴玄静看来，皇帝的残暴是帝王式的残暴，正如他在金仙观的那一夜中，于狂怒中要活埋观中所有的人，甚至包括他自己的亲生儿子——因为对他来说，杀便杀了！

他可以事后为自己的行为寻找借口，但绝对不会偷偷摸摸地干完，再装腔作势一番。

这不是一位帝王的酷戾，更不是当今圣上的性格，这是小人行径。

那么，假如陈弘志未经皇帝允许将木盒送给杜秋娘，又意味着什么呢？

他是有意还是无意成了宋若茵的帮凶？

陈弘志显然拿准了一点，皇帝会想当然地以为，是宋若茵亲自将木盒送给杜秋娘的，也就永远不会怀疑到他的头上。况且今天之后，杜秋娘一案算有了个了结，皇帝应该很快把此事抛到脑后去了。

裴玄静决定，至少不能让陈弘志以为自己成功逃脱。她要让他意识到，有人在盯着他。

她走下最后几级台阶，随口问："清思殿中又有新铜漏了？"

"唔？"陈弘志愣了愣。

"我听见宫漏的声音，前几次来都没有的。"

"哦……"他的眼皮跳了跳，"不是新的呢。就是之前我跟炼师提到过的，圣上赐给宋若茵的仙人铜漏。"

"不是找不着了吗？"

"啊，是这么回事，昨天祠部郎中段文昌大人送来这个仙人铜漏，说宋若茵前一阵子把铜漏拿去了他府里，他刚刚才从夫人那里知道这件事，不敢私藏皇家宝物，便赶紧送回宫里来了。”

“铜漏修好了？”

陈弘志表情夸张地说：“修？铜漏好好的啊，哪里用得着修？”

“哦……是我搞错了。”裴玄静赧然一笑，“我猜，陈公公把这回事瞒着圣上了。”

“哎哟，炼师这么说话，奴可担当不起啊。”

“你告诉圣上铜漏出过宫？”

“那倒没有。唉，圣上这些天的烦心事太多了，奴看着实在心疼，所以就告诉圣上说，是奴自作主张把仙人铜漏从柿林院里取回来的。圣上也就没说什么。仙人铜漏可是件宝贝，那宋若茵根本就不配嘛！”

8

三月三日上巳节，真正到了赏春游玩的最佳时节。

整座长安城几乎倾巢而出了。从晨起，以朱雀大道为中心，游春的百姓把每一条通衢大道都占满了。在春风和飞花相伴之下，车马辘辘都朝着同一个方向奔去——城南。

长安城南的三座城门，今日也以最靠近曲江的启夏门最为繁忙。人群络绎不绝地穿门而出，涌向城外更广阔的曲江两岸。一辆接一辆的碧油香车在城门下进进出出，金吾卫们统统视而不见。谁知道车里是不是某位王爷养的美姜，又或者是命妇贵主舍弃了帷障出游赏春，在这种时候严加盘查，岂不是败坏了大家的兴致。

所以这辆油篷车便在众金吾的眼皮子底下，大摇大摆地出了城。

走出去一小段路，聂隐娘撩开车帘的一角，向外观望。

坐在她对面的人怯怯地问：“没有追兵吧？”

“就是有也不怕。”聂隐娘冷冷地说，“你怎么了，害怕了？”

对面的女子虽坐在车内，一张脸仍被黑纱罩得严严实实，看不到她的表情。

聂隐娘又道："你连诈死都敢，何以现在又怕了？我倒觉得你胆魄惊人呢。"

"不是我有胆魄，是我……信得过崔郎。"

"可是此计连环相扣，只要有一步差池，你必死无疑。"

"当初崔郎为我设下此计时，也是这样对我说。他问我，是不是宁愿死也要逃出长安？我说是。我们便依计行事了。"她说着，轻轻撩起面纱，露出了那张令长安城中所有风流俊杰们渴慕的面孔——杜秋娘。

"计策定得很仓促。当时我拿到裴娘子的信，便赶紧去请崔郎商议对策。崔郎仔细检查了扶乩木盒，发现送给我的这个木盒并没有下毒。"

"为什么？"

杜秋娘摇头："原因我们至今都没想通。但当时崔郎却说，他想到一个将计就计之策，也许能让我从此摆脱……'那个人'，他问我愿不愿意冒那个险？"

"还真是非常冒险。也亏他想得出来，亏你会听他的。"

"因为我再也不想这样生活下去了。与其生不如死，未若向死求生。"

聂隐娘一笑："能蒙天恩，可是天下女子巴不得的福气呢，偏你这杜秋娘与众不同。"

"隐娘莫要取笑我了。我杜秋娘虽为娼妓，却以才艺立身，本也活得自由自在。谁承想，那次襄阳公主府中宴饮，请我去助兴。我于席上唱了一曲《金缕衣》，竟……让他听到了。从那以后，我的生活就彻底改变了。虽然他为了掩人耳目，还命我照旧开门接客，但事实上，只有他格外开恩，我才能去给几个王公显贵们的酒宴掌席助兴，其余的时候，我必须以各种理由拒绝邀约。世人都以为是我价高难攀，却不知我早已失去自由，全然做不得自己的主了。我的人虽还在大明宫外，其实已为宫禁所锁。更不知道哪天他一高兴，我便只能入宫去了。"

"入宫不好吗？享不尽的荣华富贵，总好过卖笑为生吧？"

杜秋娘正色道："我说过了，我情愿死。"

"没想到你还挺有见识。"聂隐娘的眼神中有了点惺惺相惜。

"隐娘与我，原非寻常闺阁女子，见识自与她们不同。"

"说得好。"聂隐娘微笑了，"不过，这个计策也太冒险了。"

"崔郎说得清楚，他给我服的诈死药，能让我闭息锁脉十二个时辰。在这段时间里，我看起来就是一个死人。但只要十二个时辰一到，必须立即给我喂下还魂丹，否则我就永远是个死人了。"

"而且在还魂之前，任何一个环节有疏漏的话，秋娘必死无疑。"

"没错。但崔郎也告诉我，以他对……那个人的判断，在那人知道我的死讯之后，一定会叫裴娘子来查验我的尸身。因为对那人来说，我已经做过他的女人，就算死了，我的身体也不可以让别的男人来触碰。所以，他绝对不肯叫大理寺的仵作来验尸，但又不便让宫中的阉人来。而裴娘子正在为他调查扶乩木盒的案子，所以他只有裴娘子这一个选择。而只要是裴娘子来查案，崔郎便有把握让她在十二个时辰内，允他来收殓我——他果然做到了。"

"所以，你也就抢回了这条命。"

"崔郎是秋娘的救命恩人。"

聂隐娘若有所思地说："我倒觉得，你更应该感谢的人是——她。"

"她？"

聂隐娘转换了话题："那夜，原定由我送你们自景曜门出城的，可我遭到暗算耽搁了些时间，待我赶到时你们已经不见了。这之间究竟发生了什么，如何崔郎又跑去了金仙观，还救下了皇子？此间详情，我至今还没机会问他。"

"崔郎把我从大理寺救出之后，就在修德坊中找了一个僻静之处，让我暂时栖身。波斯人李景度负责打点好了景曜门的守卫。计划出城的那天夜里，我先藏身与一辆马车，躲藏在靠近景曜门的巷子中，崔郎守护在旁。只要你和韩湘现身会合，便立即准备出城。可我们尚未等待多久，没有等到你和韩湘，却听到街边的沟渠里传来有奇怪的响声，仔细一看，发现竟是个孩子在沟渠里载沉载浮，拼命地挣扎！"

聂隐娘道："永安渠自城北入长安城，首先灌进景曜门内的沟渠，再经由这些沟渠四通八达地分流出去。所以景曜门附近的明渠比别处的都宽都深，水流也特别急，若是小孩子掉在里面的话，的确非常危险。"

"隐娘说得没错。以我们当时的处境，本不该管闲事，但那毕竟是一条性命啊。所以崔郎并未犹豫，下水将那孩子救起来。待救上一看，发现竟是段家的小郎君成式，这孩子之前曾去过平康坊。段小郎君获救时已十分虚弱，却拼着一口气告诉我们，水底下的暗沟里还藏着一个孩子，正是皇帝的第十三子！又说他们两是在金仙观的地窟下遭到水淹，他凫水出来求救的。唉，那可怜的孩子当时神志不清了，说话就像在胡言乱语，但我们又不敢不信。恰在这时，波斯人李景度赶来，叫我们立即出城。

"崔郎却断然拒绝了。他说，若无隐娘在旁相助，万一有变，我们三人定有性命之虞，此其一；其二，皇十三子陷于地下沟渠，宫中很可能已经发现他失踪，金吾卫和神策军马上就会出动，全城搜寻，我们若在这个时候去闯城门，绝对凶多吉少。眼下不如先救皇子。

"他逼李景度取出地下沟渠的图纸，两人在纸上比来画去，崔郎说，看起来十三皇子的位置应该不远，还有的救。但那李景度却破口大骂起来，说这么一来他们就前功尽弃了。我听不懂他这话的意思。崔郎和李景度又用波斯语争论起来。也不知他用了什么说辞，最后那波斯人到底还是被说服了。于是崔郎叫我在车中照顾段成式，他和李景度沿着沟渠爬下去救皇子……"

杜秋娘一口气说到此处，凄婉一笑："现在回想，其实等待的时间并不长，可当时真仿佛过了一年半载似的。段小郎君昏迷不醒，满嘴里说的都是胡话，什么血珠啊，大海啊，还冲着我一个劲儿喊什么鲛人……连我听着都快魔怔了。真是好不容易才等到崔郎和波斯人回来。崔郎的怀中果真抱着十三皇子，安然无恙！我刚松了口气，却见东北方向亮起了一路耀眼的火光，还有人马杂沓的声音向南方疾奔而去。崔郎当时便叫了一声：金仙观！"

自大明宫经皇城夹道往金仙观所在的辅兴坊，首先要穿过修德坊东侧的夹道。暗夜之中，皇帝率领的大队神策军向金仙观扑去，灯球火把照彻一线夜空，而马蹄声更是连厚厚的青砖墙也挡不住的。

"因此他就赶往金仙观去了？"

"李景度想阻拦，可是崔郎根本就不理会他。碍于皇十三子的缘故，波斯人最终让步了。两人商定，由李景度护送我回原来的住处躲藏。崔郎自己骑上马，一前一后载着段小郎君和十三皇子两个孩子，朝金仙观去了。"杜秋娘长长地舒了一口气。

说话间，马车已经走上长安城南的广阔原野，汇入到越来越庞大的游春车队中。

乐游原上和曲江之畔，差不多每一片飘拂的烟柳之下，每一丛盛开的桃李花中，都已被游春的人们铺了毡毯，拉了帷帘。歌乐声声，此起彼伏。幞头上簪花的风流男子，娇容半遮半掩在帷帽轻纱后的窈窕淑女，踢毯打架的少年们，一大早就喝得醉醺醺的醉汉们……所有的人都在尽其所能地享受着春光。

更有不甘寂寞的鲜衣男子口衔柳叶，轻骑疾驱，在一辆辆马车前后往来，故意吹出清润的柳笛音，招惹车中妇人掀帘望外，露出姿容。若是美人，柳笛声便格外悠扬。

她们的马车旁，一左一右也响起了柳笛。

聂隐娘嗔道："又是什么好色之徒。"手中捏起一个银珠弹丸，掀起车帘的一角。杜秋娘正在想，车外的无赖少年这回要被教训了，却见聂隐娘又把车帘放下了。她望着杜秋娘道："娘子这一走，今生回不了长安，也再不能唱那支《金缕衣》的曲子了。不如，今天就最后唱一次吧，也让我一饱耳福。"

杜秋娘一愣，随即明白过来。她从身边的布套内取出紫檀琵琶，横抱胸前，低声唱起来："劝君莫惜金缕衣，劝君惜取少年时。有花堪折直须折，莫待花落空折枝。"

一曲终了，两行清泪潸然落下。

她的歌声极低，所以除了对面的聂隐娘之外，只有紧靠在马车左右的两个"无赖男子"听了个真切。听完这曲，二人便吹起柳笛，驱马又盯上别的游春车驾，仍然并驾齐驱，成双作对地以柳笛引扰车内的女子，甚而放言调笑，直如狂蜂浪蝶入花丛一般。

不亦乐乎得玩了好一阵子，其中一人道："今日已尽兴，回去了！"调转马头向长安城的方向奔去，跑了几步，突问紧跟而来的同伴，"诶，你怎么跟来了？"

韩湘说："我也回长安啊。"

崔淼皱眉："你回长安干什么？你不是应该继续入终南山练白蝙蝠吗？"

"那个也不能老练……再者说，隐娘又不要我了。"

"她不要你？"

"是啊，她说要送那个……谁走，嫌我跟着麻烦。"

"那你打算回长安干什么？"

"还能干什么？回家啊。"

崔淼将双目一瞪："吾为韩夫子忧。"

"我叔父可用不着别人替他操心，他好着呢。倒是你，如今成了救皇子的大红人，听说京兆尹正在奏请圣上，封你为医待诏，虽说只是个芝麻官，要周旋的可都是达官贵人，甚至还有当今天子——崔郎中，吾实为尔忧！"

"吾将飞黄腾达，有何可忧？"

韩湘笑道："老子曰'吾有三宝：一曰慈，二曰俭，三曰不敢为天下先。'崔郎你呀，真该多念念《道德经》。"

崔淼也笑了："事已至此，现在再念《道德经》，为时晚矣。"

韩湘追问："你真的不打算再见她了？"

"她？哪个她？"

"哎呀，你知道我说的是谁！"

崔淼似笑非笑地看着韩湘："那你先回答我一个问题，我再回答你的。"

"什么问题？"

"你那个宝贝草篓到哪里去了？装白蝙蝠的。"

"我要回长安城中居住，怎可镇日带着那些白蝙蝠，岂不委屈了它们。我已将白蝙蝠放飞，待回到终南山后，它们自有吾道兄张果老驯养，草篓是用不着了。"

"说到这儿——你那位果老道兄，如今到底高寿几何？"

韩湘的脸红了红："呃……好像是一百岁？不，应该是二百……三百岁？"他还在计算着，抬头一看，提问者早就把他甩开老远了。他连忙拍马跟上，"哎，你……等等我啊……"

乐游原的最高处有一座青龙寺。从青龙寺前的塬地往下眺望，一览无余的烂漫春色，从乐游原铺展向城南的大片原野，整个曲江尽收眼底。

奇怪的是，如此大好的赏春去处，今天竟只停了孤零零的一辆马车。车篷遮得严严实实，也始终不见有人下车来，晒一晒暖融的春阳，吹一吹清新的春风。

青龙寺里的钟声响起来。

"走吧。"守在车外的侍卫终于等到了这句话。

"是。"他立即答应着，又毕恭毕敬地提醒一句，"现在派人去追，还来得及。"

"不必了，让她们去吧。"

"是。"

马车向青龙寺下驶去，绕过已经荒芜的芙蓉园，便是夹道入口了。

在马车轮子的辘辘声中，紧靠车窗而行的侍卫听到车里传来低低的吟诵声："闽国扬帆去，蟾蜍亏复圆。秋风生渭水，落叶满长安。此地聚会夕，当时雷雨寒。兰桡殊未返，消息海云端。"

出身世家的侍卫深通文墨，立即听出车中人所诵的，是曾经在青龙寺出家为僧的贾岛所作《忆江上吴处士》。侍卫暗想，此诗抒写离情别意，倒也应景，但诗中的闽国、长安之秋，乃至绝于海云深处的音讯，放在今日似又不甚贴切。

当然，这些就不是他所能品评的了。

9

上巳节一过，就是二十天的牡丹花期。"花开花落二十日，一城之人皆若狂。"在这二十天中，全长安百万之众，仿佛都只为了那些花儿活着。

牡丹渐次凋谢。直到那一天，扬花拂柳的大街上又跑来一匹匹快马，马上的中使高举着皇帝刚刚采下的火种，阵阵轻烟，散入五侯人家——寒食节也过去了。

清明之后，禁中传来消息，皇帝终于决定把最心爱的妹妹襄阳公主嫁出去了。驸马名叫张克礼，是德宗期间的朝廷重臣，是曾任义武节度使的张孝忠之幼子。张孝忠的长子袭了义武节度使，其余几个儿子均在朝为武官。张克礼时任左武卫将军，刚被选为驸马，皇帝就又给他加封了都押衙。

不过襄阳公主的名声太坏了，人们对于新晋驸马张克礼没有羡慕，唯有同情。

也许正因为这一点，皇帝在贵主下嫁的诏书中，给襄阳公主授了新封号——云安。应该是希望公主嫁为人妇之后，能够从此改头换面，安分做人吧。

吉日良辰，云安公主的婚礼热热闹闹地举行了。

从张府到皇宫的迎亲道上，全部以红毡铺地，沿街的榆树上挂满彩灯。宫女们沿途抛洒彩果金钱，教坊歌妓载歌载舞，整条街上舞乐不绝。长安百姓倾城而动，涌入皇城观礼助兴。披红挂彩的驸马爷骑在高头大马上，一路不知洒了多少银钱，突破重重障车队伍，还挨了不少守卫们的棍棒交加，吃够了苦头，才算突入到最后一层院门之外。

驸马站在门外，高声念起催妆诗。接连念了好几首，门内都应了回去，可见新妇子身边有高人。张克礼抹了抹满头的汗，重整旗鼓道："天上琼花不避秋，今宵织女嫁牵牛。万人惟待乘鸾出，乞巧齐登明月楼。

少妆银粉饰金钿，端正天花贵自然。闻道禁中时节异，九秋香满镜台前。"

这是张克礼特别请皇太子僚属、江南才子陆畅准备的催妆诗。诗写得相当不错，连驸马自己都念得得意起来，心道，谁还能对得出来？

院门果然开了，张克礼大喜，刚要往里进，却有个窈窕的身影挡在门前，念道："十二层楼倚翠空，凤鸾相对立梧桐。双成走报监门卫，莫使吴歈入汉宫。"

张克礼大窘，对方不仅识出方才的诗乃陆畅代笔，还立即还以颜色，嘲笑陆畅的吴地出身。

只剩下最后一个杀手锏了。张克礼朝拦门的女傧相宋若昭深深一揖，朗声念道："云安公主贵，出嫁五侯家。天母亲调粉，日兄怜赐花。催铺百子帐，待障七香车。借问妆成未，东方欲晓霞。"

宋若昭嫣然一笑，这才道了声："好。"闪身退到门边。张克礼过关，还没来得及高兴，就被门内涌出的一群宫女笑嚷着连拖带拽拥进院中。

贵主终于在花灯、步障和金缕扇的簇拥下现身了，院内响起一阵欢呼。宋若昭正要跟进去，身旁有人轻唤："四娘子。"

"炼师。"宋若昭惊喜地叫起来。原来今日公主大婚，皇家庙观中的僧道均到场祝贺，难怪裴玄静也在其中。

两人相互打量，为了参加婚礼都比平常装扮得鲜艳些，不觉彼此会心一笑。

宋若昭道："炼师随我来，咱们找个清静地方说话。"

她携起裴玄静的手，沿着宫院外墙快步而行，在山石后找到一条小径，两人一前一后漫步其上，穿过黑沉沉的树影，由冰霜一般的月色引导着，来到一处不知名的宏伟殿宇后方。

"这是什么地方？"

"紫宸殿后面的偏殿，平常很少人来。"宋若昭道，"我就喜欢这里，因为清静，还因为从太液池引至浴堂殿的泉水就在后面的山坡成瀑，你听……"

果然，那淙淙水声就如乐音在耳边流淌。感觉上，婚礼的欢歌笑语隔得很远了。

　　她俩并肩在殿阶上坐下，眼前只有青草和月色。

　　裴玄静好奇地问："四娘子怎么知道这里？"

　　"我十岁入宫，至今已逾十五年。大明宫中的一草一木我都很熟悉。"宋若昭轻笑道，"我待在大明宫里的时间，可比当今圣上还长呢。"

　　看她巧笑倩兮的模样，俨然已走出两位姐姐之死的阴影。

　　裴玄静道："我听说，日前圣上追赠宋大娘子为河内郡君。宋氏二位娘子均得以厚葬，连大娘子原先的尚宫之职也由四娘子领了。大娘子的毕生心血《女论语》，圣上也命四娘子继续编写注释，以待传世。玄静着实为四娘子高兴，恭喜了。"

　　宋若昭沉默片刻，方道："这一切实为炼师成全。炼师大恩，若昭没齿难忘。"

　　裴玄静摇头："四娘子不必说这些。只是对于此案，我心中尚存有若干疑问，今天这个机会难得，还望四娘子能帮我解惑。"

　　"炼师请说。"

　　"首先，是那个偶人。四娘子派人送来的偶人，其中所藏之物是破解女尚书之死的关键。记得当时收到偶人时，我立即就找到了偶人背后针线缝合的部分，剪开后见到婴儿骷髅，案情便水落石出了。但这件证物是有问题的——偶人是件旧物，而针线却是新缝上去的。"

　　宋若昭轻声说："果然什么都瞒不过炼师。"

　　"我在想，假如婴儿的头颅真是大娘子藏进偶人的，那该是很多年前的事了。既然偶人旧了，缝合的针线也应该旧了。所以这是第一个破绽。其次，我记得大娘子死在床上之时，偶人就摆在她的枕边。现场如此显眼的一样东西，为什么我没有当即取走，还要等后来四娘子遣人送来呢？"

　　"因为我阻挡了炼师。"

　　"对。当时四娘子扑在大姐身上痛哭流涕，哀哀欲绝。想到四娘子接连失去两位相依为命的姊姊，我又怎么忍心硬将四娘子拉开，取走偶人呢？"

宋若昭沉默着。

裴玄静接着说："以上两点理由使我怀疑，婴儿头颅原来并不在偶人中，而是刚刚有人把它藏进去的。"

"那个人，自然是我咯？"宋若昭的声音很平静。

"按上述事实推测，四娘子的确是最可疑的。不过，直待我意识到另外一个更加关键的问题时，才最终锁定了四娘子的嫌疑。"裴玄静道，"——我发现我犯了一个严重的错误。"

"哦，炼师也会犯错吗？"

"是人都会犯错。"裴玄静镇静地说，"那次我去柿林院，向四娘子讲述了我对女尚书之死的初步推断，当时我认为——大娘子在最后一次扶乱时，强调'璇玑无心胜有心'，是暗指则天皇以八百四十一字《璇玑图》取代苏蕙的原作之八百四十字《璇玑图》，从而引出女主登基的结论。但后来我再斟酌时，突然想起：我得到无'心'《璇玑图》纯属偶然。大娘子怎么可能预知我能得到苏蕙的原作，并且时机还恰到好处呢？她拼着最后一口气要留下线索，引导我的思路，绝不能依赖于无人能未卜先知的巧合。大娘子是绝对输不起的。那么她会怎么做呢？她应该留给我一幅无'心'的《璇玑图》！"

裴玄静看着宋若昭："藏在偶人中的，本来是一幅八百四十字的《璇玑图》，对吗？"

宋若昭目视前方，答非所问："大明宫中景色最佳又清静的地方，是太液池的水岸边。但你我要是在那里谈话，立刻就会被人发现。而此地，前方有一座崇殿遮挡着，我们才能安心躲避。"她向裴玄静淡淡一笑，"我在大明宫中长大，性情愚钝，见识也差强人意，只精通了一样本事：自保。是，炼师说得很对。偶人中原藏有一幅苏蕙原作的《璇玑图》，是我将它取出，换成了婴儿头颅。那骷髅原先埋在院中央的柿子树下面，是我把它挖出来的。"

"为什么？"

"那就从头说起吧。"宋若昭抬头望向夜空，星光灿烂，北斗七星的勺柄又偏向了卯方一些。这个春天过去一半了。

"许多年前，大姐在宫中秘藏里发现了一幅八百四十字的《璇玑图》织锦。因其与人所共知的《璇玑图》不同，她便做了一番研究，找出了其中的秘密。大姐将这个秘密仅告诉了我们姐妹几个，然后便叫三姐做了一个偶人，将那幅《璇玑图》藏进去，摆在房中。时光荏苒，渐渐大家都把这事淡忘了。直到旬月前，广州送来一幅绣在南海鲛绡上的《璇玑图》，圣上叫三姐去辨识，三姐一眼便认出，此图出自先皇的宫人卢眉娘之手。"

"卢眉娘？"

"对，这位眉娘的身世说来也挺传奇的。她是贞元末年由南海选送入宫的，当年才十四岁，有一手刺绣的绝技，还擅唱游仙歌，深得先皇喜爱。据说她的名字眉娘，也为先皇所赐。先皇驾崩之后，眉娘奏请当今圣上放她返乡，圣上天恩浩荡，竟准了她。永贞元年末，卢眉娘离开大明宫，从此音讯杳然。谁承想，十年之后，她竟以一幅《璇玑图》织锦重新现身了。"

裴玄静的心头一颤，不用问，聂隐娘所见到的那具尸体应该就是卢眉娘了。

宋若昭还在说："三姐还告诉我们，卢眉娘所绣之《璇玑图》是八百四十字的。如今想来，三姐就是从那刻开始，萌发了制造扶乩木盒，用《璇玑图》中央的'心'字来杀人的念头。"

"我还是不明白，何以卢眉娘所绣之《璇玑图》就是八百四十字的，难道她也在宫中见过？"

"因为卢眉娘擅刺绣，当年正是她在浩如烟海的宫中绣品中找出了那幅不一样的《璇玑图》。眉娘不通文墨，她所唱的游仙歌和绣的经诗，都要找人逐字逐句教会她。那时候，眉娘的老师正是大姐。当大姐发现这幅《璇玑图》与众不同时，就随便找了个理由让眉娘放弃绣它，自己却把这幅《璇玑图》藏了起来。如今想来，眉娘当年虽然没有绣成，却把《璇玑图》作为图样抄了下来。十年后，她在家乡把它绣了出来。"

最终，这幅《璇玑图》夺去了卢眉娘的生命。

宋若昭轻轻地舒了口气："之后的事情，炼师都知道了。"

裴玄静道："四娘子还没有回答我刚才的问题。"

"当我看见大姐长眠的景象，身边还摆放着偶人时，我便知道她想做什么了。但我不能让她那么做，所以就扑上去，用身体挡住了偶人。不过我也知道，炼师已经看见了偶人，肯定要拿到它。因此我便拆开偶人，取出《璇玑图》，又从柿子树底下挖出骷髅，装了进去。"

"可是我想，这一定不是大娘子的愿望。"

宋若昭冷笑："大姐受了一辈子的苦，为什么到死还要替他们隐瞒？揭露她的真实死因，我问心无愧。"

"你就不怕触怒圣上？"

"不会的。这虽是丑闻，但毕竟已经过去那么久了。圣上英明，只会因此善待我们一家。炼师，你已经看到结果了，我宋若昭比你更了解圣上。"

并且，从此皇帝会对柿林院绝对敬而远之。宋若昭用以"自保"的智慧，远比她的两位姐姐更决绝。

裴玄静说："我还有一个问题，四娘子为何不愿我说出女主登基的结论？"

"我上次就说过了：得罪郭贵妃，只会给我和小妹带来无妄之灾。今后我们将如何在大明宫中生存？"

"这个道理难道大娘子不懂吗？"

"她懂，可她更傻。"宋若昭的声音颤抖起来，"她明知圣上因立后之事为难，就想以自己的死为契机，多给圣上一条拒绝郭氏的理由。她妄想经由炼师之口，把郭贵妃将步则天女皇后尘的话说出来。可是这不仅会害了我们，也会害了炼师。难道不该阻止吗？"她平息了一下心情，又道，"所幸炼师心智清明，早把这其中的厉害端倪都看透了，没有上大姐的当。"

过了许久，裴玄静才低声道："玄静还是应该感谢四娘子。"

宋若昭微笑："炼师太见外了。"

"对了，玄静想提醒四娘子注意一个人。"

"谁？"

"圣上身边的宠侍陈弘志，此人或与三娘子之死有关。但我没有证据，只是一种感觉，所以只能先以'自作自受'来解释三娘子的死因，也是不想再给柿林院带来灾祸。"裴玄静望着宋若昭说，"如果四娘子不愿三姐永远蒙冤九泉，就应该盯住这个陈弘志，寻找他的破绽。同在大明宫中，四娘子比我更方便做这件事。"

宋若昭问："陈弘志？炼师有什么特指的吗？"

"圣上曾经赠予三娘子一个仙人铜漏，三娘子将它送到武府暂时保管，而今又回到清思殿里了。据说……修好了。"

"修好了？"

"原来那个铜漏快了。"

"快了？"宋若昭的眼睛一亮，"我会留意的。真是太感谢炼师了。"

裴玄静笑道："那么，可否请四娘子再回答我一个问题？"

"当然。"

裴玄静摊开右手，"四娘子，这是方才婚礼上抛撒的果子，我尝过了，和那次四娘子请我吃的一样甘美。"

月光之下，柿饼上的冰霜越发显得晶莹了。

"可是我问了旁人，这柿饼并非产于柿林院。他们告诉我，柿林院里栽种的柿子树，结出的果子又苦又涩，根本不能吃。四娘子，这又是怎么回事呢？"

"他们有没有告诉炼师，柿饼真正产于何地？"

"他们说……大明宫中所用的柿饼均产自先皇山陵，由那里的守陵宫人采摘制作。"

宋若昭点头道："既然炼师都知道了，为什么还要问我呢？"

裴玄静沉默了。

她至今还欠着皇帝一个谜底："真兰亭现"离合诗的来历。皇帝与裴玄静都认为，宋若华是解开这个谜的最佳人选，可是她死了。在死前，宋若华做了一场扶乩，留下七个晦涩难解的字："春贞永不木同嗟。"

裴玄静一直没有参透其中的含义，直到在今天的婚礼上看到来自丰陵的柿饼。

她想起来，先皇于元和元年初秋葬入丰陵时，元稹曾做过一首挽歌。奉制诗往往缺乏诗意，但元稹做的这首挽歌情景交融，十分感人，因而流传开来。

诗曰："七月悲风起，凄凉万国人。羽仪经巷内，辒辌转城闉。暝色依陵早，秋声入辂新。自嗟同草木，不识永贞春。"

宋若华留下的谜题迎刃而解了——"春贞永不木同嗟"，是挽歌的最后两句"自嗟同草木，不识永贞春。"经过回文后，删去了"自""草""识"三字的新句子，使这句话看起来像女子的自怨自伤之语。实际上，这句话只是为了指明一个地点——丰陵。

现在，宋若昭也默认了裴玄静的判断。其实那天她不合时宜地大谈柿饼经，正是为了提示裴玄静。

同时裴玄静还弄懂了，为什么宋若华在最后一场扶乩时，不直接使用无"心"的《璇玑图》。在仔细比较了两版《璇玑图》之后，裴玄静发现"春贞永不木同嗟"这七个字，只能从有"心"的《璇玑图》中找全。

宋若华真是言而有信之人。她巧妙地安排两种《璇玑图》，既传达了自己想说的话，又把离合诗的谜底交给了裴玄静。

神秘的离合诗果真来自先皇山陵？裴玄静陷入深思……

宋若昭突然叫道："那是什么？"扬手向前方的草丛扔出一个石块。紧接着便听到"喵呜"一声怪叫，什么东西蹿了出来，落荒而逃。原先寂寂无声的草丛中虫鸣声骤起。

裴玄静吓得差点儿蹦起来。

看着她的慌张样子，宋若昭笑起来，"炼师莫怕。我的习惯，在宫中时时刻刻保持警觉，方才见草叶有些晃动，担心是人。还好不是……

大明宫中，我只怕人。"

她伸手拉裴玄静："咱们走吧，贵主应该被新婿接上车了。现在过去，还来得及喝杯喜酒。"

裴玄静说："上官婉儿。"

"什么？"

"四娘子最崇拜的人是上官婉儿，对吗？"

宋若昭神色坦然："是啊。炼师怎么突然想起这个？"

"因为我出入柿林院多次，不管大娘子还是三娘子，对柿林院与上官氏的渊源都只字未提。只有四娘子为我详加叙述。而且，四娘子始终以婉儿在则天皇后朝时的官职"赞德"来称呼她。我记得，当上官氏入住大明宫时，应该是中宗皇帝的昭容了吧？可四娘子一次都不曾称她为上官昭容。"

宋若昭道："炼师问了我一个晚上的问题，我是不是也可以问炼师一个问题？"

"四娘子请问。"

"在炼师看来，男子对女子究竟意味着什么？"

裴玄静被问得愣住了。宋若昭又是一笑："炼师可以不回答，但也绝不要用'男子为女子之天'这样的套话来搪塞我。"

裴玄静老实回答："我要想一想。"

"炼师慢慢想。我先告诉炼师我的想法。就拿那句'璇玑无心胜有心'来说吧。我的二位姐姐都是女中豪杰，然而她们最终死在'有心'这两个字上。因为女子只要有心，便会心有所属。她们都爱上了不该爱上的男子，为了所爱她们愿意付出一切包括生命，可她们所爱的男子，却从未将她们放在心上。所以若昭以为，女子若想活得好，就必须——无心。"

"无心？"裴玄静喃喃地问，"这可能吗？"

"当然可能。则天女皇就是一个无心的女子，所以她成就了空前绝后的一世辉煌。上官婉儿也是一个无心的女子，故能历数载宫廷剧变而幸存。最后她之所以不能善终，错误在于——背叛。"

"她背叛了谁？"

宋若昭在夜色中肃然而立，秋水般的光华在双眸中流转，她说："炼师何必明知故问呢？"

上官婉儿背叛了则天女皇。

她在最后关头倒向神龙政变一方，意图自保。为了表明态度，她在原先八百四十字的《璇玑图》中绣上了"心"字，并且篡改了不少字，使整幅《璇玑图》从女子自尊自爱的口吻转为自轻自贱。甚至，她还在八百四十一字的《璇玑图》中设计了一首公然称颂神龙政变的回文诗："神龙昭飞，文德怀遗，分圣皇归。"——也就是李弥读出的那首兜来兜去的怪诗。

诗中写道：神龙在太宗皇帝的昭陵上空飞翔，长孙皇后的后代为上天所庇佑。时机到了，当今的圣人要分出位置，真正天命的皇帝即将回归。

曾经，上官婉儿为则天女皇代写了许多诗文，起草了许多诏书。甚至，连武则天给苏蕙《璇玑图》所作的序文，也很可能出自上官婉儿之手。但为了保住性命，上官婉儿以旷世才情伪造了一幅有'心'的《璇玑图》，却仍然不能幸免于难。

可悲可叹。

宋若昭说："炼师实乃不凡的女子，自是心清目明。若昭只有一句忠告要给炼师：千万不要介入皇家的纷争，那是一个无底的深渊，近不得也。切记，切记。"

——离合诗来自丰陵。

裴玄静花了整整一个晚上思考，是否要将这个谜底交给皇帝。

更声响起又落下，不灭的烛火照亮《璇玑图》，烛泪斑驳。

宋若华、宋若茵、宋若昭、杜秋娘、郑琼娥、卢眉娘，还有郭贵妃，乃至上官婉儿……经过这一夜，裴玄静深深地理解了这些大明宫中的女子，体会到了她们的盼望与恐惧。

只有无心，才能在大明宫中生存下去。

但孰能无心？没有心，即使活着也只是行尸走肉。

或许有一个例外——则天女皇。因为她是空前绝后的武则天。但也正是她的血脉，给李氏皇族的后代注入了更多的冷酷和暴戾，令骨肉相残成了这个家族代代相传，永远无法逃避的宿命。

宋若华和宋若昭都说过，千万不要介入他们的纷争，那是一个无底的深渊。

裴玄静何尝不知。

离合诗来自丰陵，一旦将这个谜底交给皇帝，她就等于站到了悬崖边缘。

怎么办？

窗外忽然响起窸窸窣窣的声音，窗纸微微泛白，又一场春雨飘来。雨滴落在树叶上，落在廊檐上，落在瓦片上，细密温柔。

裴玄静想起上官婉儿的两句诗："月下洞庭初，思君万里余。"她曾经不理解，从未踏出过皇宫的上官婉儿，怎么会去思念一个万里之外的人。现在她懂了，世间有一种距离叫作咫尺天涯。

君心似海深。

他们曾经那样接近过。但为了救她，也为了自己那飞蛾扑火的野心，他终究还是放弃了他们共同的未来。

裴玄静能清晰地感觉到，确实有一种强大的意志在悄悄左右他们的命运。她必须做出选择。如果只求自保，现在退出或许还来得及。但那也意味着，从此她将只能"思君万里余"。

她认识到自己力量的薄弱，与天抗争，哪怕小心翼翼，步步为营，失败仍然不可避免。

一场注定失败的战斗是否还值得去打呢？

次日清晨，汉阳公主的帖子送到时，雨刚刚停。

使者说："皇太后要召见炼师，汉阳公主派奴来请炼师，入兴庆宫觐见。"

皇太后，汉阳公主？光这两个身份还不够让裴玄静诧异，真正使她震惊的是——自己将要踏进兴庆宫了吗?

兴庆宫,那可是唐玄宗的龙兴之地,也是他与杨贵妃的温柔乡。勤政务本楼、花萼相辉楼、南熏殿、沉香亭……留下无数旖旎传说的大唐南内。"天长地久应有时,此恨绵绵无绝期"的旷世之恋,便是在这座巨大舞台上演的。

看来命中注定,她将不可避免地与李唐皇家纠缠下去了。

裴玄静登上马车。她预感到,自己将在兴庆宫中做出抉择。

（敬请期待《大唐悬疑录3:长恨歌密码》）

《大唐悬疑录3：长恨歌密码》即将出版，精彩预告：

唐宪宗元和元年（公元806年），大诗人白居易任周至县尉。一日，与友人陈鸿、王质夫到马嵬驿游玩，在皇太后族弟王质夫讲的史料故事的激发下，白居易一气呵成写下千古名篇《长恨歌》，文人陈鸿同时也写了一篇传奇小说《长恨歌传》。

谁也不曾想到，十年后的元和十一年（公元816年）秋，被贬江州的白居易在浔阳江头听了一名中年歌女弹起琵琶，惊为神曲，遂写下名篇《琵琶行》相赠。不料此女将随身的紫檀琵琶回赠白居易，向他发出警告后突然投江。次日，大明宫急急传来消息，王质夫失踪，太常博士陈鸿猝死。

白居易受到什么危险？两桩命案如何告破？女神探裴玄静临危受命，发现围绕着《长恨歌》深藏着一个天大的皇家机密。这个机密牵扯到马嵬驿兵变后杨贵妃的真实归宿。紧跟着，元稹、女诗人薛涛、八仙之一韩湘子、刺客聂隐娘、名将郭子仪的孙女郭贵妃、大书法家颜真卿的孙子等等名流尽皆卷入漩涡，牵扯之大，影响之远，超乎想象。

女神探裴玄静将如何抽丝剥茧，大白真相于天下，敬请关注《大唐悬疑录3：长恨歌密码》。

扫描紫焰二维码，并回复"大唐3"，即刻抢先阅读
《大唐悬疑录3：长恨歌密码》前一万字！

图书在版编目（CIP）数据

大唐悬疑录 . 2, 璇玑图密码 / 唐隐著 . —— 南京：
江苏人民出版社，2016 . 8
ISBN 978-7-214-19297-4

Ⅰ . ①大… Ⅱ . ①唐… Ⅲ . ①长篇小说 – 中国 – 当代
Ⅳ . ① I247.5

中国版本图书馆 CIP 数据核字 (2016) 第 171039 号

书　　　名	大唐悬疑录 . 2, 璇玑图密码
著　　　者	唐　隐
出 版 统 筹	陈　欣
责 任 编 辑	张一申
选 题 策 划	紫焰传媒
特 约 编 辑	杨新雨　王菁菁
封 面 设 计	冯玉超　石　磊
出 版 发 行	凤凰出版传媒股份有限公司
	江苏人民出版社
出版社地址	南京市湖南路 1 号 A 楼，邮编：210009
出版社网址	http://www.jspph.com
	http://jspph.taobao.com
经　　　销	凤凰出版传媒股份有限公司
印　　　刷	北京嘉业印刷厂
开　　　本	700mm × 1000mm 1/16
印　　　张	21.5
字　　　数	302 千
版　　　次	2016 年 8 月第 1 版　2016 年 8 月第 1 次印刷
标 准 书 号	ISBN 978-7-214-19297-4
定　　　价	36.00 元

（江苏人民出版社图书凡印装错误可向承印厂调换）